王 家 新 作 品 系 列 　 诗 论 随 笔 集

你深入在我们之内的钟

哥特兰岛上的追寻

诗人与他的时代

她那黄金般无与伦比的天赋

诗人与他的时代

王家新 著

GUANGXI NORMAL UNIVERSITY PRESS

广西师范大学出版社

·桂林·

你深入在我们之内的钟

哥特兰岛上的追寻

诗人与他的时代

她那黄金般无与伦比的天赋

目　录

灾难岁月的艺术

——读加缪《鼠疫》

一

"这本记事中所描写的异常事件发生在一九四几年，地点在俄兰城……"这就是《鼠疫》[1]的开头。加缪以一种编年史家的笔调开始了他的这部作品。

隐现在叙事过程中的主要人物是李尔医生，他同时也是故事的叙述者（他的这一身份到小说的最后才透露出来）。以他为线索，并通过他的记述，读者得知一场可怖的疫情从春天到来年二月在"俄兰"的发生、肆虐和消退的过程；又看到一个个人物，他们在这场灾难中的出场，他们或死或疯或良心发现或坚持下来的命运，都给读者以某种触动，甚至是出乎意料的震动。

---

[1] 阿尔贝·加缪:《鼠疫》，孟祥森译，（台北）远景出版公司。

显然，加缪通过一个见证人和"治疗者"的眼光（他的李尔医生），不仅是记录一场疫情，而且对人类处境，对人类内在的冲突、危机和创伤，对人生的种种问题进行了深入的参与和探讨。换言之，这不仅是一份"记事"，还是一个寓言，一部具有某种史诗和神话性质的艺术作品。正如加缪在小说卷首所引用的一句话："通过一种囚禁来表示另一种囚禁，通过某种不存在的东西来表示任何确实存在的东西，这两者都是合乎情理的。"

　　意想不到的是，在 2003 年这个异常的 SARS 横行的春天，加缪的小说再次变成了我们生活中的场景。一个作家所要见证、抵御的一切都再次来到我们中间。难道我们经历这一切，是为了加深对一部艺术作品的理解？

二

　　正是处在这样一场浓重的 SARS 迷雾中，加缪对人类"与黑死病天使的角斗"的讲述深深地吸引了我。从一只只死耗子无端暴露在人们脚下，到灾难不可阻止地发生；从黑死病的神出鬼没（"像撒旦一样容光焕发"），到焚尸炉冒起滚滚浓烟；从旷日持久的封城，身心衰竭的隔离（"所有车辆都绕开城市离去了"），到瘟神突兀而可疑的消退——"一边撤退一边抓住几个似乎命定的牺牲者"。这一切，真像是一场噩梦！

　　然而问题在于，"鼠疫"是邪恶的化身吗？在小说之外，加缪本人似乎倾向于这样认为，他曾谈到"鼠疫"主要影射的是法西斯主义在欧洲的蔓延和肆虐。小说在 1947 年出版后，成千上万的读者也很可能是这样来读的。好在这样的意义在小说中从来没有直接地表露过。因为在小说中，加缪主要依据的是李尔的视角，而李尔首先是一位医生。

李尔与潘尼洛神父的冲突颇耐人寻味。对于这场带来可怖的灾难的瘟疫，潘尼洛神父完全是从"天谴""神的惩罚"来看的；在他狂热的布道中，人们为了某种不可知的罪已被宣判，黑死病被比喻成"上帝之鞭"；人们要做的，是跪下来忍受它的抽打，而拯救就在其中。

潘尼洛神父不是没有来由的。在美国作家梅尔维尔的《白鲸》中就有这样一个布道者，告诉人们白鲸是上帝的可畏的使者，体现了冥冥中的神意。而在更早，索福克勒斯在《俄狄浦斯王》中就写到流行瘟疫，这出古希腊最有名的命运悲剧把它和弑父娶母罪联系起来，对凶手的追查变成了对自身罪恶（哪怕它是无意间犯下的）的追究。悲剧合唱队那感叹人生盲目、命运无情的合唱，至今听来仍是那样震颤人心。

看来灾难总是伴随着一种强烈的神秘主义。当灾难突然无端地发生，即使在世俗的"无神论"者们那里，也往往涌起"天谴""报应"这类让他们浑身打战的念头。这是一种古老的恐惧，而它源自深不可测的集体无意识的汪洋大海。

然而李尔与这一切拉开了距离。他知道人们需要认识自己的苦难，但他无法把鼠疫看成是神的意志的神秘体现，他也不可能听天由命地接受它强加于人道的一切，因为这与他个人的理性不容，而且使他深感屈辱。

李尔与神父的不同，还在于他不能接受"牺牲"和神的"拯救"这类想法。当检察官的孩子忍受黑死病的可怕折磨，神父居然这样祈祷"我的上帝，饶了这个孩子吧"时，李尔再也听不下去了，"至少这个孩子是无辜的，是吧？"他忍不住这样对神父说。当神父转移话题，说李尔和他一样都是在从事"拯救"时，李尔这样回答："对我来说，'拯救'这两个字太重了些。我的目标没有定得那么高。我关怀的是人的健康……"

正是在这种冲突中，李尔确立了自己的身份：作为一个人道的救助者、治疗者而不是审判者。加缪最认同的是这种态度，然而这部作品的意义并不是由单一的视角来建构的。正如人们已注意到的，在《鼠疫》中，加缪由他惯有的内心独白转向了不同声音的对话。小说中的李尔是一个视角，神父是一个视角，李尔的朋友、助手塔霍同样是一个视角，对这位替父负罪、不信神但却致力于自我拯救的人来说，"我们每个人心里都有瘟疫"，而且一不小心就会把"这种细菌喷在别人脸上"；因而他感叹"害了瘟疫是一件让人疲倦的事，但拒绝害瘟疫却让人更疲倦"。李尔对此默然，他深知人心中的这种艰难。不过，《鼠疫》的所有人物中，只有一人李尔不能替他说话，此人是罪犯，他希望局面更混乱（"地震！大地震——把一切毁灭！"），他便可逃脱惩处。但加缪有意没有说明他犯下了什么罪。也许，他犯下的正是逃避自身的罪的罪？

这就是《鼠疫》：一个关于灾难和救治的神话。对于这部作品，在今天看来，它有着它不可简化的丰富性和启示性。小说中还有这样一位人物，从一开始的自杀冲动到最后从窗口射杀无辜，难道不是一种疯狂？这在欢庆解禁的光天化日之下发生的事件，让李尔"觉得非常不真实，像是在梦里"。但这就是存在。《鼠疫》为我们保留了某种超出理解之外的东西。

三

因而不必再问"鼠疫"是什么。它已不再只是历史上的黑色文献，它就是我们每个人都有可能进入的一种处境。这也就是为什么加缪会这样说："我想通过鼠疫来表达我们曾遭受的压抑和我们生活在其中的威胁和流亡的气氛。同时，我想使这层含义扩大到一般意义上讲的生存概念"。(《记事》，1942年)

的确，重要的不是事件，而是对其描述所显露的存在本身的血肉本质，是一个作家对这种人生境况的态度。据传记材料，着手写《鼠疫》时的加缪——这位《局外人》《西西弗的神话》的作者，已厌烦了"荒谬"这个词，它已由"可怖"所代替。在《鼠疫》中，他更关注的是人对自身的救治。他要创造"一种在灾难岁月生活的艺术"。

这正是加缪最可贵也最感动我的一点，"他由一种真诚的道德感所激励，将整个人生奉献于人生最基本的问题之探讨"（诺贝尔文学奖颁奖辞）。因为人要在苦难和沮丧中活下去，就必须从自身中找到这活的勇气和意义；"白天和夜里，总是有那么一两个时辰，人的勇气落到最低潮，而这是他唯一惧怕的时辰"，塔霍在日记里这样写道。也许正因为如此，苦难与救治同源。恰恰是灾难的到来，"将精神重新带回其冲突的渊源"，使原本对生活淡漠的人因此而奋起；正是"生之绝望"，使人们重新发现了对生活的爱。李尔母亲的形象，在小说中着墨不多，然而却十分重要。在等待儿子归来的时候，"那操劳的一生在她脸上所留下来的沉默的自我否定，这时候似乎突然发出了一点光辉"，而已疲惫不堪的李尔，"突然感到一种已被遗忘的情感涌上来，那是他童年的爱"。

正是这些"被遗忘的情感"，恰恰在对灾难岁月的叙述的字里行间涌上来，它感动着我们，也感动着书中的人们。它唤起的是对人类灵魂的赞颂，是对人性尊严的肯定，而这正是激励人们承受苦难的力量。对于母亲这样一个形象，后来寄住在李尔家的塔霍也在日记中这样写道："她自己是幽暗沉默的，却在任何光亮之前都不畏缩，甚至在那黑死病的异光面前都是如此。"

感动我们的还有对疾病折磨、肉体痛苦和与死亡搏斗的讲述，这一直是《鼠疫》的重要内容。塔霍的一直持续到天明的"与黑死病天使的狰狞摔跤"，检察官儿子在病魔手中的让人不忍目睹的无辜挣扎，甚至神父孤独痛苦的、备受身心折磨的死，都是让人难忘的章节。在这些叙述中，加缪无疑融入了他本人多年来忍受肺结核折磨的痛苦经验（因而他会这样评价普鲁斯特的《追忆逝水年华》，说这部伟大作品"体现了一位病人所付出的努力"）。"发自内脏的咳嗽震撼病人的躯体"，也震撼着人们的灵魂。是的，这些都不单是肉体上的磨难，在加缪笔下，它具有了所有悲剧艺术中那种深刻感人的净化力量。

最出乎意料、最具有悲剧性质的是塔霍的死，这个最有希望坚持到最后的人就像他自己死前所言——"输了"！"就像一个儿子阵亡或在战争期间埋葬朋友的人再不可能有停战一样"，塔霍的死去，对李尔来说，"使得随之而来的和平成为一种永远无法治愈的疾病"。

然而，也正是这贯穿全身的悲痛，这"战败的沉默"，这些死去的不肯安息的魂灵，在让人活下去——用加缪的一句话说，活到"那想要哭泣的心境"。而这正是净化和复活之源。塔霍最终"输"了，李尔也并没有"赢"，然而他却使我不时想起那穿行在地狱中的但丁，正是他对俄兰城中男女老少痛苦的分担，将这一切升华为真实而感人的艺术。

四

加缪是人们所说的那种"小说家"吗？加缪自己似乎并不这样认为，"不如说，我是一个随着自身的激情和忧虑而创造神话的艺术家"（转引自埃尔贝·洛特曼《加缪传》，肖云上等译，漓江出版社，1999）。这句话道出了他写作的实质和内在起源。这样的作家从来不多。这样的作家甚至会受到指责（昆德拉不是嘲笑帕斯捷尔纳克不会写小说吗），但正是这样的作家让我感到了文学的意义。

发生在俄兰的这场"鼠疫"，就是加缪创造出的一个神话。早在战争爆发之初，加缪就在笔记中写道："发生了鼠疫"。1940年年底，巴黎被占领后，加缪被迫流亡到阿尔及利亚的海滨城市俄兰。此后两年间，阿尔及利亚的许多地方流行斑疹伤寒（从病理上看，它十分近似于鼠疫），这促成了《鼠疫》的写作。从构思到查找、研究历史上关于鼠疫的各种文献，到创作和修改，加缪用了7年时间完成这部作品。

这样来看，貌似是编年史叙述，说到底仍是一种文学的"虚构"。只不过这样的虚构却出自一种对人类存在的深切洞察和忧患。在谈到他所推崇的《白鲸》的作者时，加缪这样说道："梅尔维尔首先是一位神话创造者……像所有伟大的艺术家一样，梅维尔是根据具体事物创造象征物，而不是在幻想中创造的。"

而加缪本人也正是这样来创造的。他借助于"史述"笔法和"鼠疫"这个在历史上一再出现的"象征物"，深切地触动了一种集体经验，一个一直伴随着人类的噩梦。《鼠疫》的巨大成功，根本原因就在于它唤起和复活了人们的"历史记忆"；它触动了千百年来欧洲人对瘟疫古老的恐惧，还有纳粹时期被占领、囚禁、剥夺和逃亡的创伤经验，还有战后对新一轮极权主义的忧虑（在加缪以古罗马为题材写的剧本《卡利古拉》中,暴虐的皇帝叹息他的统治过于幸运,既无战争也无瘟疫的流行,因此他决定:"那么,替代瘟疫的便是我。")。正因为这一切,《鼠疫》才成为一个具有充分意义的"神话"。

这就使我想起了"奥斯维辛"。按照意大利学者恩佐·特拉弗索在《碎裂的历史》中的说法,直到20世纪70年代中后期之前,很多欧洲人其实并没有意识到"奥斯维辛"是一个划时代的具有重要象征意义的事件,主要是因为阿多诺和阿伦特等人的著作出来,"奥斯维辛"才成为一个需要从哲学、历史、伦理、艺术等方面重新审视的话题。这就是说,纳粹德国制造了这一事件,而人们需要经由更深刻、更有历史眼光的反省和追问才能使它成为一个神话。

加缪的贡献也应从这一意义上理解。如果说生活和历史都有赖于一种独到的艺术表述,而艺术语言只有进入有效的象征秩序才能对人们讲话,加缪以他的《鼠疫》实现了这一切。他提供了一种被人们不断谈论的"原创性话语"。他笔下的"鼠疫"指向人类生活的种种症状。更重要的是,他谈论的是"鼠疫",但我们却从中感到:"他以明察而热切的目光,照亮了我们这时代人类良心的种种问题。"

五

《鼠疫》的独特不凡，还在于它朝向"史诗"的努力。这不仅指它叙述的是一种包括了所有人的集体经历，更值得注意的是，它还在试图去把握一种把现代社会的人们重新融合在一起的那种史诗的情感。这大概是现代艺术中少有的一种冲动。这一切，与萨特《禁闭》中的"他人即地狱"式的阴郁是多么地不同！

的确，如果说《局外人》写的是一种对世界不屑的冷漠，《鼠疫》则体现了一种重新确立个人与历史关系的冲动。李尔、塔霍等人物与故事的关系，就是个人与公众历史的关系。他们当然对世界有着独特的个人视角，然而，正如小说中所说："不幸的是从现在开始你就属于这里了。"个人既是历史的不由自主的参与者和承受者（"人人都是在同一条船上"），但又出自他们自己的选择——不仅出自职责和道义，更深刻地看，是出自一种与人类休戚与共的那种古老的情感。正是这些，使他们"站在牺牲者一边，而努力去分担市民唯一共同确定的东西——爱，放逐和痛苦"。李尔是这样做的，塔霍也这样留下了，而另一个不愿留在俄兰的外地新闻记者蓝伯，一次次发了狂地试图逃离这个"裹尸袋"似的围城，但在成功之际却突然决定不走了。他在内心里经历了什么？是什么奇迹让他留下来和这个灾难中的城市守在一起？

解禁后的火车站站台上的情景让人感动："每个人都在返回他个人的生活，然而那休戚与共之情仍旧坚持下去。"这虽然只是人们内心里的一阵情感涌动，但却是加缪要通过整个作品努力去发现和确定的东西。正是这种"史诗的情感"的呈现，使作品中的一切景象都在渐渐改观，也使我理解了为何有人用艾吕雅的诗句"苍天空无又何妨，我并非独自一人"来形容李尔这个人物。而这，并非出自个人的孤傲。

六

同样耐人寻思的，是李尔这个人物。在1943年的日记中加缪写道："对事件感到绝望的是懦夫，可对人类境遇抱有希望的是疯子。"这是人们经常引用的一句话，可见它不仅体现了加缪本人的"两难"，也体现了那个时代某种相当普遍的精神状况。要真正理解《鼠疫》的主角及整个作品的意义，我们需要回到这个背景下来。

比起《局外人》的主角来说，李尔医生看上去要"英雄"多了。但加缪显然并没有把他作为一个英雄来"塑造"，相反，他从英雄主义后撤。既然瘟疫已蔓延到自己的城市，李尔所做的一切便是尽自己所能来治疗，这是他的职责。即使在最沮丧的时刻，李尔也从未放弃，纵然他看到的并不是"胜利"。因为他无法接受那把一切变成痴呆的死亡的气味，更无法接受那失于身份的懦弱。当一些人被送到浓烟滚滚的焚尸炉，而另一部分人相互躲避、惊恐万状，他仅仅凭的是"人之常情"、人应有的尊严和良知来对抗历史的荒谬和可怖。

只不过他更冷静，更为克制，更有耐性。他从不许诺，也不习惯于对事物做绝对的判断。对于那些愤世嫉俗或四大皆空的人物，也只是"听听而已"。这不是一个高高在上的批判者、充满激情的反抗者，而是一个更有耐性的承担者、治疗者和观察者。对于这个人物，加缪曾这样写道："人并非无辜也并非有罪。如何从中摆脱出来？李尔（我）想说的，就是治疗一切能够治疗的东西——同时等待着得知或是观察。这是一种等待的姿态，李尔说：'我不知道。'"

李尔的"我不知道"可谓意味深长。可以说，它体现了一代人在乌托邦幻梦破灭后的一种理性的退守和选择。面对历史的混乱和变幻莫测，除此之外，又能怎样呢？但我们知道，这并不是一种消极的推诿。在一次采访中，加缪曾这样说："我们力所能及的，只是在别人从事毁灭的同时尽可能多地去创造。正是这种漫长、耐心、默默无闻的努力促进了人类历史的进步。"这正是对《鼠疫》主角的一种总结。朴实无华，但富有内在的力量，他抛弃绝对的幻想，选择了理性、耐力和等待，以古希腊的明智来对抗历史的疯狂和人性的脆弱。正是在这个人物身上，加缪寄托了克服他那一代人的精神危机，重新确立其人生哲学、在艰难岁月中生活的希望。这样的人物不是高大的橡树，更像是加缪用诗一般的语言所赞美过的海边的杏树林：

我住在阿尔及尔的时候，等待冬天的过去，总是非常耐心。我知道某一个夜晚，仅仅一个清冷的夜晚，康素尔山谷中的杏树林就会覆盖上雪白的杏花。一觉醒来，我就看到这片柔弱的白雪经受着海边狂风暴雨的肆虐。然而，年复一年，它都在坚持，准备着果实。

七

因而，当欢庆的焰火在解禁的俄兰升空，李尔医生决心整理出他的这个记事，以便他自己不成为那保持沉默的人，而成为证人，不仅是纪念那些死者，记住人们忍受的不公和暴虐，而且记着"人类里值得赞美的事情比值得鄙视的事情更多"。赞美原本对生活已经淡漠或颓丧的人，由于一场灾难而奋起，以此重新赢得人生的希望。

这是一群世俗的圣徒，他们不是反抗者。他们无非是在一场从没想到过的可怖考验中坚持了作为人的底线，"致力于成为治疗者"。即使那些在灾难中死去或崩溃的人，在一种挽歌般的叙述中，也都闪现出某种人性的尊严和光辉。这是加缪在他所不屈服的上帝面前为人类所做出的辩护。

随着作品由开始的平缓持重，到最后的激情充溢，李尔与加缪、作者与叙述者也在渐渐接近。此时的李尔，在"深深释然"之后，作为一个医生，他深深知道这是一场没有胜者的战争。他知道什么将与人类共存。他也永远有一只警觉的耳朵，在听着木头后面"那熟悉的悉嗦声和啃噬声"。而作者加缪，也深知文明的深重症状和精神的艰难，深知在灾难过去之后，也许正是对苦难的可怕遗忘，是旧秩序的全面恢复。因而他的李尔医生知道从俄兰城中升起的欢呼声是"朝不保夕"的，因而在这欢呼声中，李尔为他所热爱的人们敲响了警钟：

> 黑死病的病菌不会死灭或永远消失；它们可以经年累月潜伏在家具和衣橱里；在卧室里，地窖，箱子和书架里等待着；而有一天，为了给人类带来苦难和启发，它可能再把耗子轰起来，让它们死在一座快乐城市的光天化日之下。

就这样，加缪以此结束了他的这部作品，或者说，完成了一个寓言，一个神话的永恒的复归。

是什么在我们身上痛苦

即使现在：有谁谈论文学？记录下最后的一阵挛痛，这
就是一切。

——凯尔泰斯·伊姆莱[1]

一

1998 年夏，在我做访问作家的斯图加特的一个著名古堡
Solitude 前的草地上举行了由奥迪公司赞助的露天音乐会：阔大的
场面，上千身着晚礼服的中产阶级听众。音乐会的最后一场是斯
图加特交响乐团演奏的贝多芬的第九交响乐，而指挥却是特意从

---

[1] 凯尔泰斯·伊姆莱：《另一个人》，余泽民译，作家出版社，2003。本文
中引用凯尔泰斯的话，除另有注明外，均引自该书。

以色列请来的犹太人！当音乐达到高潮时，绚丽的礼花从舞台两侧飞向了夜空，人群沸腾，香槟也开得"砰砰"响。但不知为什么，那一夜却是我最痛苦的一夜。我自忖，我是一个中国人，不曾经历过"奥斯维辛"，是什么在我身上痛苦？

慕尼黑，在历史上有过"德国的雅典"之称，但很不幸，它的名字也和纳粹的历史联系在一起。20世纪二三十年代，这里是希特勒"崛起"的地方，正是在这里他成为纳粹党魁，并在市中心圣母广场上成立了第一支可怖的党卫队。而在离市区不远的达豪，便是德国本土最大的、第一个修建的死亡集中营！

我去了这个地方，这是我在德国期间上的最重要一课。在这个恐怕连但丁也难以想象的黑色展览馆里（展览馆里全用黑色布置），我震动得说不出话来。我看得两眼发黑，甚至想哭……

而这些天，我又和一个奥斯维辛的幸存者的文字守在一起。自从接触到2002年诺贝尔文学奖获得者、匈牙利犹太裔作家凯尔泰斯的作品后，便有某种无法摆脱的东西笼罩住了我。犹如创伤复发，无法从疼痛中恢复过来一样，我沉溺于这样的文字之中。我震慑于它那难以形容的力量。我知道在接触它们的一刹那，它已在我的心中留下了永远的刻痕：

> 我在一个偌大的、破旧的舞台上——我们称之为地球，在变得灰蒙的光线里，只能看到几堆瓦砾、几段带刺的铁丝网、一个被折成两段的十字架和几个有其他象征意义的残骸：在

这片灰蒙的天幕下，跪在尘埃之中的我，用那副被碾在灰烬里的面孔，在一个宽恕性的恐怖氛围中接受了奥斯维辛……

这不是控诉，这是被历史的强暴"碾在灰烬里"时的最后一阵无声的挛痛，但却比任何控诉更震撼人心。这是命运最终的幻象和启示录。这是一个经历了至深苦难的人才有可能写出的一切。这样的文字，像一道天启的眼光，洞穿了我们自己所经历的全部生活和历史。

是的，不仅是历史迷雾中的奥斯维辛，还有人类存在的一切，生、爱、死，都被纳入了这种痛苦的视线之中："我们的爱，就像一个满面笑容、张着胳膊奔跑的聋哑孩子，慢慢地，他的嘴角弯成了哭的模样，因为没有人能理解他，因为没有找到自己奔跑的目标。"

我就一次次读着这样的文字。我甚至生怕把它们读完。为什么折磨着一个犹太裔作家的谜也在折磨着我们？为什么我竟会在这种在别人看来也许大惑不解的"奥斯维辛情结"中愈陷愈深？我不再问了。不是我累了，而是我渐渐明白了——究竟是什么在我自己的身上痛苦。

这种绝对意义上的追问，这种具有不朽的灵魂质地的文字，照亮的正是我们自己长久以来所盲目忍受的一切。

这才是真正诚实、有力量的文学。相反，那些扬扬自得的舞文弄墨都带有一种可耻的味道。

二

"与其说我是一个作家，不如说我是一个随着自身的激情和忧虑而创造神话的艺术家"，[1] 加缪的这句话，一语道出了他自己写作的实质。从他的随笔《西西弗的神话》到他的《鼠疫》，他致力于的，正是这种"神话"的创作。

这就使我想起了凯尔泰斯。说实话，我有许多年不再关心诺贝尔文学奖了，但这一次，凯尔泰斯的作品却深深地震动了我，他的《无形的命运》《苦役日记》使我读后久久不能平静，甚至使我不得不重新思索文学和生存的"奥义"。这一次我知道我们自己的"问题"究竟在什么地方了。这是一位真正的大师。

那么，凯尔泰斯写了什么呢？他什么也没写，除了"奥斯维辛"。这是他不断揭示又不断返回的主题，这就是他所说的"现代的神话"[2]。"如果看上去我完全是在谈论别的事情，实际上我还是在谈奥斯维辛。我是奥斯维辛魂灵的介质，奥斯维辛从我的心底在诉说"，凯尔泰斯如是说。[3]

而这个"神话"的意义并不是一开始就显形的，它伴随着漫长的艰苦的反思和心灵的觉醒。按照一位意大利学者的说法，其实

---

[1] 转引自埃尔贝·洛特曼《加缪传》，肖云上等译，漓江出版社，1999，第 532 页。

[2] 凯尔泰斯的原话是"现代的神话是从一场巨大的堕落开始的：上帝创造了人类，人类创造了奥斯维辛"，参见《另一个人》，作家出版社，2003。

[3] 凯尔泰斯·伊姆莱：《船夫日记》，余泽民译，作家出版社，2004。

欧洲人很久以来并没有意识到"奥斯维辛"是一个具有划时代象征意义的事件，直到阿多诺和阿伦特等人的著作出来，"奥斯维辛"才成为一个需要从哲学、历史、伦理、艺术等方面重新审视的话题，才成为一种"原创性话语"。[1]这就是说，纳粹德国制造了这一事件，而人们需要经由更深刻的历史反思和追问才能使它成为一个神话。

就凯尔泰斯本人来说，1944 年，还是一位少年的他，和其他匈牙利犹太人一起被强行遣送到奥斯维辛，不久，又被转到德国境内的布痕瓦尔德集中营。他是幸运的，因为他没有像其他同胞那样悲惨地死去，而是在战后活着回到了匈牙利。然而渐渐地，他发现，他无非是从一个集中营又转向了另一个，他仍生活在"奥斯维辛"的诅咒之下。不过，他"感谢"这种斯大林模式下的荒诞而窒息人的现实，它就像是一块浸泡在茶杯里的蛋糕，供他"品味"着，供他"追忆逝水年华"——在"奥斯维辛"发生的一切全回来了！

因此他在斯德哥尔摩的获奖演说中会这样说：这是"一部'未完待续'的连载小说，它始于奥斯维辛，仍然在我们的时代继续发展"，这一切，都无法用"过去式"表现。这就是说，奥斯维辛至今仍是一个"障碍"，让心灵无法逾越！

因而我也理解了，为什么在凯尔泰斯的作品中没有"控诉"，

---

[1] 本杰明·布克罗：《重新审视约瑟夫·波依斯》，雨木译，载《新艺术哲学》，2002 年第 12 期。

也没有任何刻意的渲染，他只是以其切身的经验和非凡的历史眼光把"奥斯维辛"还原为一种极其"质朴"、极其"正常"的存在状况。它不再只是历史上的黑色文献了，因为神话的挖掘者已把它变成了一种更广大的"无形的命运"。

三

从亚得里亚海上升起的冬日的曙光，透过阿尔卑斯山脉的积雪和云层，照亮了黎明的斯塔恩贝格湖和湖畔山坡上的窗户。那破晓的艰难，时常使我想到一曲马勒的交响乐。

这就是慕尼黑郊外著名的瓦尔德贝尔塔（Villa Waldberta）文学之家。它曾是菲尔达芬镇一望族的庄园，后来捐献给市政府，被用于文学和艺术。2001年初，我应邀去那里做访问作家。我就住在庄园的顶层：面向湖区和远山的窗户，楔形的木头屋顶，被漆黑的屋梁和屋橼，我生活在"古老的肋骨"下。我就这样像个幽灵似的在那里住了3个月。记得卡夫卡在谈论一个作家的写作时曾如此说："做个隐者还不够，还需要做个死者。"而这里，恰好是一个专供这类文学隐士冥冥中通鬼神的地方。

但我没想到的是，就在1992年，凯尔泰斯也曾在这里住了3个月。在他后来完成的长篇自传性随笔《另一个人》中他这样写道："向菲尔达芬致意。湖水。群山。湖畔的林荫道。朋友们。"而他说的朋友们，后来也都成了我这样的后来者的朋友。我可以想象出他们在得知凯尔泰斯获奖时的那一片惊喜之情。尤其是他提到的文学之家的摄影师芭尔芭拉，我曾多次去她家里做客，她也曾多次给我拍过肖像。她拍摄的凯尔泰斯，双手交叉坐在室内的阴影里，目光锐利地凝望着窗外。我震慑于照片上那深邃的黑白影调，它恰好显现出一种思想的深度。

当然，我不仅因为和这位堪称大师的作家同住过同一个地方而兴奋，更因为他的《另一个人》给我带来的震动——它正是那种我想写而未能写出的书，严格讲，是我们没有能力和勇气写出的书。"我重复着易卜生的话——写作，就犹如对我们自己做出判决"，凯尔泰斯在这本书中如是说。离开了这种绝对意义上的自我追问，我们怎能思考文学和灵魂的奥义？又怎会有"另一个人"的诞生？"在菲尔达芬，我感到宿醉后的孤单。雾。我徒然地与笔、与纸、与自己较量着。"我惊异了。在菲尔达芬那些美丽而宁静的日子里，在雨与雪的慕尼黑，我自己又曾写了些什么呢？

我放下了书，因为我生怕把它读完。一种"冒烟的良心"（帕斯捷尔纳克语）在逼视着我们，一种敏锐而又精确的笔触，像尖刺一样时时让我感到刺痛。我仿佛在目睹一个由历史的苦难所锻造的魂灵，"身体向前冲向死亡，而头却回望"，望向那永远不能忘怀的"奥斯维辛"，也望向那美丽的布达佩斯、菲尔达芬……而在他那就要迈步前行的一瞬，我多想把他留住！——"将要去哪里？

其实都一样，因为，这个将要迈步前行的人已经不再是我，而是另一个人……"

在一个伟大诗人的缺席中 [1]

大家好！首先我要感谢你们在这么冷的晚上来听诗歌讲座，这对我来说就是一种温暖。先请大家看看这一节诗：

在你死后人们给你戴上了桂冠，用大理石

把你塑在广场，孩子们

在上幼儿园时就被带到这里参观，

鸽子仍无辜地在你头上拉屎；

放逐的火把早已在黑夜中远去，咒骂随着雨水

渗入大街小巷的石缝；如今

你的画像已摆上满城的店铺和地摊，甚至

---

[1] 该文根据 2006 年 11 月 6 日在北京大学的讲座整理。

你与贝雅特里齐痛苦的爱也被想象出来，

被印上彩色的明信片，满城出售；

在一个伟大诗人的缺席中，

人们仍活得有滋有味，古老的城墙早已拆毁，

一个城市在对地狱的模仿中，

成倍增长。

　　这节诗，是几年前我第一次访问但丁的故乡佛罗伦萨后写下的。可以说，在世上所有的诗歌心灵中，我最崇敬的，一是杜甫，再一就是但丁。这里，我要对诗中的几个细节做一下解释，"你与贝雅特里齐痛苦的爱也被想象出来"，但丁与贝雅特里齐的爱带有一种神圣的精神性质，但现在佛罗伦萨满城卖着的但丁画像和明信片，许多却俗里俗气的，比如有一幅是描绘但丁躲在墙角里偷看贝雅特里齐和她的仆人从河边傲然走过，年轻的诗人脸色苍白，似乎浑身都在颤抖！你们看，把我们的但丁都想象成什么样子了！

　　诗的最后几行也请大家留意："在一个伟大诗人的缺席中，/人们仍活得有滋有味，古老的城墙早已拆毁，/一个城市在对地狱的模仿中，/成倍增长。"因为中世纪的佛罗伦萨有城墙，现在早被拆毁了，市区愈来愈庞大，也愈来愈喧嚣了，就像咱们的北京啊。

　　我让大家看这样的诗，是因为它也寄寓着我对现实的感受。那么，我们生活在一个什么样的时代？这里借用"第三只眼睛"来

看，德国汉学家顾彬和我们在一起时曾感叹地说金钱（资本主义）对于我们欧洲人只是生活的一半，但对你们有些中国人来说却成了生活的全部。的确，这真是难以置信。当然，你们现在还是学生，等你们步入社会求职的时候，那时就会切身感受到这个金钱社会（"资本主义"）的全部冷酷和无情！

生逢这样一个时代，如果说我们曾有那么一种诗歌精神，那我也感到了它那无望的告辞。我们想把它挽留下来的一切努力似乎也都是徒劳的。所以，这个时代虽然不乏优秀的诗人和诗篇，但从总体文化状况上看，这依然是一个"诗歌缺席"的时代。

因此我在几年前写的诗片段《冬天的诗》中有着这么一节："舞台搭起来了。只有小丑能给孩子们带来节日。"怎么说呢？当我看杂技的时候，我当然是喜欢小丑的，能使我笑得笑出了眼泪，但这句诗显然也可以从另外的意义上理解。舞台搭起来了，只有那些炒作和表演才吸引人们的眼球。诗歌的缺席并不意味着诗坛不热闹，相反，中国诗坛从来没有这样热闹过。我想你们知道诗坛近来所发生的一连串事件，但是，这种对诗歌的炒作不是使人认识了诗歌，而是遮蔽了诗歌；不是使人亲近了诗歌，相反，使人满怀厌恶地远离诗歌。这种无休止的、愈来愈离谱的炒作，把诗歌带向一场前所未有的灾难。

在这种情形下，我感到像我这样的人真是"误入诗坛"。我怎么会和这样一个诗坛发生关系呢，真是不可思议。我理解了一些诗人为什么要和它拉开距离。

当然，我们并不能因此而放弃思考。当今诗坛的一切，我们还需要把它与整个社会和历史联系起来看。它们其实是这个时代文化状况的一种折射。要消除它需要很长时间的艰苦努力，而且在这个过程中往往是走一步退三步的。这真是让人有点沮丧。

正是在这样一种心境下，前一段我收到一位青年朋友赠送的一本书：汉娜·阿伦特的《黑暗时代的人们》。阿伦特是德国犹太裔思想家，后来在纳粹兴起时期被迫移居到了美国。书中有这样一段话："即使在最黑暗的时代中，我们也有权去期待一种启明，这种启明或许并不来自理论和概念，而更多地来自一种不确定的、闪烁而又经常很微弱的光亮，这光亮源于某些男人和女人，源于他们的生命和作品，它们在几乎所有情况下都点燃着，并把光散射到他们在尘世所拥有的生命所及的全部范围。"

正是这样一段话，我一读到它就不能再读别的了。我放下书，望向灰蒙蒙的窗外，似乎看到了一代又一代思想者的命运。也正是这些话使我再次感到仍有某种精神事物在我们中间。不要以为诗歌缺席它就不能对我们讲话，也许它正是用这种缺席和沉默的方式对我们讲话。

所以，我在这里要谈谈那些在我的一生中曾照亮我的事物。"新诗：存在还是死亡"，这是当今频频出现在媒体上的标题，甚至还有人写文章宣布文学已经死亡。但是诗歌从来不会死亡，只要人类的灵魂不死。另外，现在还有一句很可疑的口号叫作"保卫诗歌"。我只知道诗歌无须保卫，相反，真正伟大优秀有生命力的诗歌，如同它们所显现的精神事物，从来就是对我们的一种庇护。

那我就从我自己的大学时代谈起。我读的是武汉大学，我曾在一首长诗《回答》中写道："珞珈山已是墓园，/ 埋葬了我们的青春。"这就回到了 20 世纪 80 年代。80 年代是一个富有精神诉求和诗歌冲动的年代，它的氛围和现在的确不太一样。我是 77 级学生，班上有近一半的学生都写诗，三天两头就会冒出一个诗社来。更重要的是，80 年代有一种"诗歌精神"。"诗歌精神"作为一种说法正是 80 年代提出来的。所以 80 年代北京大学能出海子、骆一禾、西川那样的诗人。海子的诗是"那幸福的闪电告诉我的，我也将告诉每一个人"，他来到这个世界上，就是要做一个幸福的使者，把诗的光芒带向人间。这也正是 80 年代很多诗人的自我意识。虽然一代诗人真正的成熟，在我看来是在 90 年代以后的事，但它却出自 80 年代那种诗歌氛围和精神的养育。

而在那个年代滋养我的"诗歌精神"，我在这里坦白地说，是和叶芝、里尔克、帕斯捷尔纳克这些名字联系在一起的。我在上大学前下了 3 年乡，我参加的是"文革"后第一次高考，那个年代还非常压抑、荒芜。我记得上高中时我把鲁迅的杂文都背下来了，因为没有别的书读！所以一上大学就怀着巨大的饥渴去读书。上大二、大三时，我第一次读到袁可嘉翻译的叶芝、冯至翻译的里尔克、穆旦翻译的奥登，最初的相遇往往最珍贵，对于刚刚走上诗歌之路的我，那无疑是一种照亮和提升。在座的一些同学可能熟悉叶芝的《当你老了》，这首诗的写作对象是毛特·冈，据说叶芝第一次见到她后就在日记中写道："我一生的烦恼开始了。"当然，《当你老了》并不代表叶芝一生的创作成就，我后来更喜欢他中晚期的诗。这首诗之所以对那时的我那样重要，是因为我一读到它就感到它已提前写出了我自己的一生！更使我受到震动的是中间一段："只有一个人爱你那朝圣者的灵魂／爱你衰老了的脸上痛苦的皱纹"，就是在那一瞬，仿佛有某种痛苦而明亮的东西为我出现了。

我想，这种痛苦而明亮的东西，可称之为"精神性"，它闪耀着精神的元素。正是这种痛苦使理想熠熠生辉，赋予了叶芝的诗以某种高贵的品质。"爱你衰老了的脸上痛苦的皱纹"，读了也让人难忘，它像木刻一样富有质感，并显现出一种情感的深度。这些，对我以后的写作都有着持久的影响。

至于叶芝的《柯尔庄园的野天鹅》，我首先惊异于其语言的清澈，后来我意识到这种语言的清澈其实来自心灵的清澈，59只光辉的野天鹅从此呈现在我心灵的视野中，成为诗的高贵、神秘和美丽的象征。我们知道叶芝是于1916年重访柯尔庄园并写下这首名诗的。多年之后，诗人已步入人生之秋，柯尔庄园也即将被强行收归国有，这使叶芝十分感伤，因此天鹅的光辉只能让他"疼心"。他在目睹一种高贵的事物在他那个时代消逝。同时，天鹅的年轻、美丽又引起他自己对人生岁月流逝的感叹。大家体会一下，诗的第三节写的是多么动人！一个已经步履蹒跚的诗人在回想过去，而那也是个美丽的黄昏时分，那时他第一次听见从头上掠过的天鹅的翅膀拍打声，那时他的脚步还"轻盈"！还有什么比这更让人动情的吗？因而，这不是一般的咏物诗，而是把这群光辉的天鹅放在一个更大的人生和历史的视野里来写，并赋予了这一切以一种"挽歌"的性质。苏珊·桑塔格在谈到摄影时曾说摄影是一种"挽歌的艺术"。在某种意义上，诗歌也是。这是它的命运。诗人要做的，往往就是把人生的美和价值"挽留"在一首诗中！

叶芝诗中的高贵、明澈和精英气质，包括他的痛苦，他那不可能的爱和绝对意义上的灵魂追求，都深深影响了我。"随音乐摇曳的身体啊，灼亮的眼神！我们怎能区分舞蹈与跳舞人？"这是叶芝晚期一首名诗《在学童中间》的结尾，诗人以此来表达他对生命和艺术至高境界的向往。而叶芝自己的一生，在我看来就是诗与诗人、舞者与舞蹈融为一体的光辉见证。

以上谈的是与叶芝诗歌的"相遇"。下面我要讲一讲里尔克。我们来看《秋日》，这是里尔克早期的名作，我第一次读就永远地喜欢上了它，不仅我，而且我们全寝室的同学都很喜欢，每当晚上熄灯上床睡觉前，往往就会有人来一句"主啊！是时候了"，当然这有点开玩笑，严肃意义上的"主啊！是时候了"很难在这里谈，这不是一个公共话题。但我相信，人到某个时候他自己的遭遇就会把他推向这一声呼喊。这就是为什么这样的诗的开头会如此震动人心。

"夏日曾经很盛大"，这里的夏日指夏季，但也隐喻着一个人在生命盛年时期的灿烂。似乎青春就是用来挥霍和浪费的，不然它就不是青春，是不是？而接下来的"阴影落在日晷上""秋风刮过田野"，即刻带来了一种紧迫感。正是在这样的关头，诗人发出了恳求：在秋风刮来之前，"让最后的果实长得丰满"，再给它们两天南方的气候，"迫使它们成熟，/把最后的甘甜酿入浓酒"。生命就是这样一种转化和奉献。这"最后的果实"不仅是自然界的果实，也正是"心灵的果实"或"诗歌的果实"。它意味着生命的实现和精神劳作的"完满"。

这也正好应和了那时我内心中的渴望。那时我时时感到，我们活着，但另一个自己远远还没有诞生。第三节中的"谁这时没有房屋，就不必建筑，/谁这时孤独，就永远孤独"，为里尔克的名句，它耐人寻思，并有一种警策之力：谁在秋日来临之际没有准备好"房屋"，就不必建筑，因为一切都来不及了；谁在这时孤独，就永远孤独，因为秋日来临时人所感到的孤独是致命性的，是一种永恒的孤独。这些诗句，都像冰河上砍下的利斧一样击中了我，并在此后时时从我的生命中响起。

但里尔克的孤独自有深意。在他那里，孤独也是一种生命的完成，它使生命更成熟、更深刻了。孤独，这就是人生的收获。里尔克在另一首诗中还这样写道："我是孤独的但我孤独的还不够，为了来到你的面前。"这个"你"是谁？这真需要我们以一生来辨认！

所以要从事艺术和精神事业，首先就要过"孤独"这一关。里尔克式的孤独，正体现了一种对艺术家命运的承担。从事艺术即意味着生命的投入。你不投入你的生命，你投入什么？这完全是一种自我牺牲。我至今仍难忘第一次读冯至翻译的里尔克《给青年诗人的第一封信》时所记住的那些话："我必须写吗？你要在自身内挖掘一个深的答复。若你以'我必须'对答那个严肃的问题，那么，你就根据这个需要去建造你的生活吧"，"你的职责是艺术家。那么你就接受这个命运，承担起它的重负和伟大"。

这样的教诲之于我，真是比创伤还要深刻！它使我从此看清了一种未来。可以说，正是从里尔克、叶芝这样的诗人那里，我才更深入地领会到何谓"诗歌精神"。他们给我昭示了一种最严肃、深刻意义上的人生。这样一些诗人给我带来的，绝不仅仅是几首好诗，而是对我的一生都无比重要的东西。

但是在今天，这一切似乎都成为遥远的往事。世俗的无所不在的力量日复一日地削弱着人们对诗歌、对精神事物的感受力。里尔克和叶芝正在离我们远去，人们甚至以一种令人难以置信的轻佻的口吻来谈论他们了。这真是："苦难没有认识，爱也没有学成。"（里尔克《献给奥尔甫斯的十四行诗》）我想，我们的悲哀也正在于此。

而我偏偏是一个"念旧情"的人，是一个"离近的远，离远的近"的人（这句话出自诗人多多，离近的远离远的近，所以他能创造一个独特的诗歌世界）。再接着谈，在以上谈到的这些诗人之后，我接触到帕斯捷尔纳克、米沃什、布罗茨基、阿赫玛托娃、策兰、希尼这样的诗人。我自己的"守护神"，这里如实对大家说吧，正是屈原、杜甫、但丁和以上这些诗人。我从全部历史中选定了这些人，对我而言，他们就是全部的历史，就是全部的苦难和光荣。他们"来自过去而又始终就在眼前"，对我的生命和写作都具有了非同寻常的意义。

先说帕斯捷尔纳克。这个名字所代表的诗歌品质及其命运，对我来说几乎具有某种神话般的意义。我想这已不是一般意义上的影响，这是一种更深刻的"同呼吸共命运"的关系。我是在20世纪80年代末期读到荀红军翻译的他的一批诗的，其中《二月》的开头一开始就震动人心。从此"墨水"成为一种诗的隐喻，许多俄国诗人都爱用这样一种隐喻，比如布罗茨基的"墨水的诚实甚于热血"。

不过，帕斯捷尔纳克的诗可能对我的影响并不大，因为他早期的诗语速很快，而我这个人比较笨拙，也更偏爱比较沉着，带有沉思、内省性质的诗。对我真正产生实质性影响的是他的精神自传《安全通行证》和小说《日瓦戈医生》。我是在80年代末90年代初那些难忘的冬日彻夜读《日瓦戈医生》的。那时别的书都读不下去，而这样的书我生怕把它读完！《日瓦戈医生》我不仅读了两遍，最重要的是，它使我意识到在我的生活中也应该有这样一本书，或者说我们完全是为了这样一本书而准备的！帕斯捷尔纳克说他写这本书是出于一种欠债感，因为同时代很多优秀的人都先他而去了，比如他的朋友、诗人茨维塔耶娃，他在巴黎见到她时暗示她不要回国（"别回去，那儿的风很凉"），但茨维塔耶娃太想家，还是回去了，回去后第二年即自杀于苏联中部的一个小城。这给帕斯捷尔纳克留下了终生的内疚和悲痛。他写《日瓦戈医生》就是为了"还债"。帕斯捷尔纳克之所以让我敬佩，就在于他以全部的勇气和精神耐力，承担了一部伟大作品的命运。

就是这样一本书，还有书中透出的那种精神气质和氛围，使我整整一个冬天都沉浸其中。书中的叙述，不仅写出了一个广阔动荡的时代，写出了一个天赋很高，同时又很善良、正直、敏感，与他的世纪相争辩的知识分子的形象及其悲剧命运，还由此揭开了俄罗斯的精神之谜。拉丽莎对日瓦戈说的"我们就是千百年来人类所创造的两个灵魂，正是为了那些不再存在的奇迹，我们才走到一起，相互搀扶、哭泣、帮助……"这一段带有挽歌性质的话，就一语道出了全书的精髓。

《日瓦戈医生》堪称是一部以一生来写就的伟大的诗篇。在即将完成它的时日，诗人在病床上这样写信给他的朋友："我悄声低语：上帝啊，我感谢你，因为你的语言——是恢宏的音乐，感谢你使我成为艺术家，创作是你的学校，一生中你都在为我准备这个夜晚的来临。我感到欢欣鼓舞，幸福使我泪流满面。"

什么时候我们能满怀感激地这样说话，我们才可以成为一个诗人。

这就是我心目中的帕斯捷尔纳克。20世纪90年代初，在那样一个"黑白照片的时代"，我就这样和帕斯捷尔纳克守在一起。那时我家住在西单的一个胡同里，有一天大雪刚停，我乘坐——准确地说是"挤上"公共汽车到东边农展馆一带上班去，满载的公共汽车穿越长安街，一路轰鸣着向电报大楼驶去，于是我想起远方的远方，想起一种共同的生活和命运，而随着一道雪泥溅起，一阵光芒闪耀，一种痛苦或者说幸福，几乎就要从我的内心里发出它的呼喊，于是我写下了那首诗《帕斯捷尔纳克》。

就是这样一首诗，它也的确唤起了广泛的共鸣，我曾应邀看过北京理工大学的大学生以这首诗为线索创作的一个话剧，里面的年轻主人公不是在念这首诗，而是在痛苦地"喊"这首诗，连我也很受震动。这些，都是我写这首诗时没有想到的。

但在今天看来，还需要以冰雪来充满我们的一生。且不说现在的世界用沙尘暴代替了冬天的飞雪，我们呼吸到的是一个物欲世界贪婪、腐朽的气息。大家注意，"腐朽"这种现象并不仅仅发生在贪官的身上，我们这个时代的文化状况就充斥了一种腐朽的气息，是精神在腐朽，文化在腐朽，当然，肉体也在跟着一起腐朽。但只要我们写诗，只要我们不想屈服于灵魂的死亡，就需要以"冰雪"来充满我们的一生。

90 年代就这样过去了。如果追溯起来，首先应是海子的死。海子的死也给我带来了极大震动。海子的死使我很清晰地意识到一个时代过去了，从写作上，我们就必须重新开始。大家都熟悉海子的《面朝大海，春暖花开》，它美好、开阔、温暖，甚至还带有一点可爱的大男孩气，但却无法使我这样的人满足。在我看来，海子是"加速度"完成的，而我本人更喜欢那些在野地里自然生长的，经风沐雨、带着时间本身的分量和痕迹的事物。这就是为什么 90 年代后我们转向了像米沃什那样的带有历史见证和沧桑感的诗人。

这也和我们自身的经历相吻合。一个人经历得多了就会体验到时间和命运的威力。除了这种沉重感和历史意识外，90 年代中国社会和文化的巨变也加剧着作为一个诗人的荒谬感。进入 90 年代，80 年代那句话就要倒过来了，那就是谁写诗谁就不正常。我们之所以坚持下来，正如一位波兰女诗人辛波斯卡所说："我喜欢写诗的荒谬 / 甚于不写诗的荒谬。"

当今的诗人们就在这种荒谬中坚持。有一次我在一个会上引用了海子的诗"我不得不与圣徒与小丑走在同一条道路上"，我的话音刚落，马上就有人纠正，说不是"圣徒"是"烈士"。那么，到了今天，我们又是与一些什么样的人走在同一条道路上呢？肯定比海子当年见到的更多更杂更难以形容。海子当年还可以说清楚，现在说不清楚了。那好，既然这么多人拥在这条路上，那我就让开。让我走另一条路，或是干脆往回走。

当然，这往回走的路还是同一条路，只不过是一条更孤独也更为艰难的路。

那么，为什么还要写诗？我想来想去，就是为了不使自己的心灵荒凉。我在昌平乡下有一处房子，长久没回去住，一打开大铁门，只见满院子的野草疯长，甚至高过了向日葵，连满树的苹果也落在地上开始腐烂了。我真是惊讶于这种荒凉的力量。的确，一个人长久不写诗了，就会变成这样。

话说回来，我也并不惧怕这种荒凉。也许正是这种荒凉会使人走向诗歌。用一种海德格尔的方式来表述，正是时代和人生的匮乏性使诗人听从了"在"的吩咐。海德格尔还有一句话叫作："哪里有危机，哪里就有拯救。"我相信诗歌不死，正基于这样的信念。

现在我们来看扎加耶大斯基的诗。扎加耶夫斯基被认为是继米沃什、辛波斯卡之后波兰最杰出的诗人，他本来是"新浪潮"诗派的代表人物，1981年离开"营房般阴沉"的波兰，迁居法国。一接触到他的诗，我就知道这是一位"精神同类"。比如在一首诗中他写道"我看到音乐的三种成分：脆弱、力量和痛苦，第四种没有名字"，有了这"音乐的三种成分"已相当不错了，这说明肖邦的血液又秘密地流到他身上，而这个没有名字的第四种更耐人寻味，它是什么？它也许就在下面这首题为《灵魂》（李以亮译）的诗中：

> 我们知道，我们不被允许使用你的名字。
> 我们知道你不可言说，
> 贫血，虚弱，像一个孩子
> 疑心着神秘的伤害。
> 我们知道，现在你不被允许生活在
> 音乐或是日落时的树上。
> 我们知道——或者至少被告知——

你根本不在任何地方。

但是我们依然不断地听到你疲倦的声音

——在回声里，在抱怨里，在我们收到的

安提戈涅来自希腊沙漠的信件里。

　　灵魂存在吗？当然存在，就在这首诗里。虽然它贫血，虚弱，像一个孩子，带着疲倦的声音，但它存在；虽然它不被允许活在音乐或是日落时的树上，但它还是找到了一位在时代的暗夜中守护着它的诗人。

　　扎加耶夫斯基的这首诗，就是为灵魂辩护的一首诗。为诗一辩，也就是为灵魂一辩，这样才有更本质的意义。苏联模式下的东欧，以铁腕否定灵魂的存在，西方工业技术文明社会、商业社会、大众文化时代、物质消费时代，同样漠然于灵魂的存在，在这一点上它们真是异曲同工。扎加耶夫斯基一生经历了这两个时代，所以他要带着切身的痛感，起而为灵魂一辩。这就是我深深认同这位诗人的根本原因。

　　当然，为灵魂一辩，这并不意味着我们可以轻易地谈论灵魂。还是扎加耶夫斯基说得好——"我看到音乐的三种成分：脆弱、力量和痛苦，第四种没有名字"。我们只有保持敬畏，灵魂才有可能以它的沉默对我们讲话。我们现在再看扎加耶夫斯基的另一首诗《飞蛾》（桴夫译）：

透过窗玻璃

飞蛾看着我们。坐在桌旁，
我们似被烤炙，以它们远比
残翅更硬，闪烁的眼光。

你们永远是在外边，
隔着玻璃板，而我们在屋内
愈陷愈深的内部，飞蛾透过
窗子看着我们，在八月。

　　人人都知道小飞虫的悲剧在于它的趋光性，我们在鲁迅的
《秋夜》中也曾听到它"丁丁的乱撞"，一种声音的质感从深邃的
秋夜里传来，一种小人物粉身碎骨扑向灯火的悲剧让我们心悸。
但我们在凝视这样一种生命存在时，是否也感到了一种注视？

　　扎加耶夫斯基就感到了这种注视。正因为飞蛾的注视，并由
此想到更广大的悲剧人生，诗人感到被"烤炙"，换言之，他的
良心在承受一种拷打。愈陷愈深的内部，这是一种隐喻性的写法，
但我们都知道诗人在说什么。

　　所以，诗中最后出现的不再是飞蛾，是"灵魂"出现了。不仅
是我们在看飞蛾，也是某种痛苦的生灵在凝视我们——这首诗就这
样写出了一种"被看"，一种内与外的互视。它让我们生活在一种
"目睹"之下。

也因为接受了这种"目睹"，80年代末以来从我们的诗中发出了不同的声音。所以我在《词语》（1992）中这样写道："当我开出了自己的花朵，我这才意识到我们不过是被嫁接到伟大的生命之树上的那一类。"我一生都会这样认为。现在有些诗人不是以大师天才自居，就是声称已写出了"不朽"之作。杜甫、莎士比亚会这样说吗？我记得莎士比亚在他的《十四行诗》中是这样说的："我的爱能在墨痕里永放光明。"（卞之琳译）多好的诗！这是对爱的力量的肯定，也是对语言本身的力量的肯定，而非自我神话。我们写诗，就是要通过写作，和诗歌本身、语言本身的这种力量最终结合在一起。

所以最后我要说：谢谢诗歌。

从古典的诗意到现代的诗性

中国现代诗的"'诗意'生成机制"[1]是一个很值得探讨的话题，它可以从不同角度和层面切入。我在这里主要结合中国现代诗与古典诗的关系来考察这一问题，因为我们是在一个具有悠久诗歌传统的历史背景下来谈论"诗意"的。从中国诗歌来看，从古典诗到现代新诗，对"诗意"的把握和呈现，正是一部不断扩大、加深、修正和刷新的历史。"诗意"，这是一个在历史中不断更新的命题。

如同人们所知，中国古典诗歌往往用乡村和自然的意象创造了一个诗意的居所，出现在这些诗中的诗人也往往是超然的、优雅的。在现代社会重温这些古老的山水诗和田园诗，它已成为我

---

[1] 该文为给日本东京驹泽大学"中国现代诗的诗意生成机制"研讨会提交的论文。

们的怀乡病。它指向了一个永远失去的家园。

　　而从创作的角度来看，在数千年中国古典诗歌的历史上，"诗意的生成"已形成了它自身的惯例和规范，比如说，有"池塘生春草"，就必有"园柳变鸣禽"，有"两个黄鹂鸣翠柳"，就必有"一行白鹭上青天"，等等；尤其是在后来一些缺乏创造性的诗人那里，这种诗意的生成已成为一种美学上的惯性反映，而这往往造成了与诗的本源、与真实的生活经验的脱节。一些中国现代诗人的觉悟正是从这里开始的，他们不是复制那些传统的诗意，而是往往通过某种"逆诗意化"的写作策略来获得自身的"诗性"。闻一多曾有过这么一首著名的诗：

口供

　　我不骗你，我不是什么诗人，
　　纵然我爱的是白石的坚贞，
　　青松和大海，鸦背驮着夕阳，
　　黄昏里织满了蝙蝠的翅膀。
　　你知道我爱英雄，还爱高山，
　　我爱一幅国旗在风中招展，
　　自从鹅黄到古铜色的菊花，
　　记着我的粮食是一壶苦茶！

可是还有一个我，你怕不怕？——

苍蝇似的思想，垃圾桶里爬。

　　显然，出现在诗的最后的，已不是人们所想象的"诗人"的形象。虽然从诗的第二句开始形成了一个转折，指向每一个中国读者都很熟悉的古典的"诗意"的世界（诗人还特意在第三、四句化用了古诗中常见的意象，如韩愈《山石》中的名句"黄昏到寺蝙蝠飞"等），它几乎就要惹起我们诗意的乡愁，然而，诗的本意到了结尾才真正揭示出来。

　　而这个逆转性的结尾会使每一个读到它的人受到震动：它不仅陡然显现了一种真实，也完全颠覆了人们对诗意和诗人形象的期待。这样一个结尾，真有一种"语不惊人死不休"之感。尤其是"苍蝇"这种事物，在过去是被排除在传统诗意之外的，但在这首诗中，闻一多居然以它来做精神自况。这不仅显示了恶劣环境（"垃圾桶"）下思想的艰难，如果和中国古典诗对照起来，还给人一种深长的反讽意味。在一个有着数千年诗歌传统和审美规范的国度，要道出这种"口供"是需要勇气的。它显然是一种审美冒犯，它挑衅着也颠覆着公众对诗歌和诗人的习惯性认知。

　　闻一多有着深厚、精湛的中国古典诗歌的功底，这首诗的锤炼、转折和特殊句法（例如"自从鹅黄到古铜色的菊花"），都使我们想到杜甫。和杜甫一样，他也更偏爱现实中那些"艰难困苦的事物"，并以此作为自己思想和艺术的养料（"记着我的粮食是一壶苦茶！"）。但闻一多对一个诗人在现时代的处境和艺术使命又有着高度清醒的认识。他的"逆诗意化"正显示了这种自觉。他的"颠覆"是从"特洛伊木马"的内部发起的颠覆。他那些"戴着脚镣跳舞"的诗，总是带着一种新的诗意产生时所伴随的阵痛。

而在这之后的一些中国现代诗人，也以他们各自的方式汇入了这种"逆诗意化"的诗学实践，甚至在这条路上走得更远。比如穆旦的早期创作就带有一种自觉的"去中国化"的特征。这里的"中国"指的正是一个传统诗意上的"文化中国"、唐诗宋词的中国、"杨柳岸晓风残月"的中国。有一种很有影响的观点，认为穆旦的"胜利"正在于他对传统的"无知"[1]，但这种说法仅仅在某种意义上成立。对于传统与新诗的关系，穆旦其实一直有着很清醒的认识。那是一种很有价值的传统，但也是一种对现代诗创作而言"失效"了的传统。对此，我曾在一篇文章中分析过穆旦的《五月》一诗。受艾略特《荒原》的启发，穆旦在该诗中也运用了不同文体的拼贴和对照：它的"副歌"由5首"负心儿郎多情女，荷花池旁订誓盟""良辰美景共饮酒，你一杯来我一盏"这类才子佳人式的、风花雪月式的"旧体诗"的仿作构成，"正文"则是一种穆旦式的诗，语言富有现代肌理和内在张力，甚至有意识地用了一些军事用语和工业性比喻，极尽战争和现代社会的残酷和荒谬。我想，这就透出了一种自觉的诗歌意识和文学史意识。可以

---

[1] 王佐良：《一个中国诗人》，原载于伦敦《生活与文学》，1946年6月号。

说，《五月》中这种对旧体诗讽刺性的"戏仿"以及诗中的"一个封建社会搁浅在资本主义的历史里"这句诗，透出的正是穆旦对新诗创作出路的清醒认识。在中国，古典诗拥有持久的魅力，传统的诗意和趣味已浸润在人们的骨子里，穆旦之所以要以"戏仿"的方式对它进行消解，正因为它依然在蛊惑着人们。他以这种方式与旧式的吟唱酬和做了最后的道别，而开始了一种"现代性"的艺术历程。

闻一多、穆旦等在当年所经历的，正是这样一个艰巨的历程。作为一个现代诗人，只有摆脱"文化的幻觉"和传统的因袭，摆脱传统诗意的诱惑——它真的如同那神话中的塞壬的歌声，才能重新抵达"现实的荒野"，使诗的写作和现实经验发生一种切实的摩擦。也可以说，正是以这种"逆诗意化"的写作策略，他们才找到了一种进入现实的方式。他们的语言真正进入到现实的血肉之中。

我认为，这正是现代"诗意"产生的某种前提，从这里入手，我们才可以深入洞察到中国现代新诗的"'诗意'生成机制"。

以上的考察也表明了，像闻一多、穆旦这样的诗人，都是有着充分的"现代性"的自觉的诗人。他要做的，不是去复制那些传统的诗意，而是要像波德莱尔这样的诗人那样，"返回到存在的本质层次，以艺术家的身份去面对真正的命运"。在他们的创作中，都体现了一种自觉的诗学意义上的质询和重建，体现了一种对诗与历史、诗与文明关系的更开阔、更深刻、更富有历史感的认识。也可以说，对他们而言，对传统诗意的逆转仅仅是一个起点或一种策略。对传统诗意的修正、扩展和刷新，还意味着一种现代"诗性"的重铸。这才是自闻一多、卞之琳、冯至、穆旦以来中国现代诗的目标。

这里，我们需要留意于"诗性"这个词。"诗意"和"诗性"虽然在英、德、法等西文中都用同一个词来表述，但这两者的含义在具体的语境中仍是有区别的。因此有的中国学者在翻译海德格尔时采用了"诗性"这个词。[1] 海德格尔所阐释的荷尔德林的著名诗句"……人，诗意地栖居……"，在中国已很有影响，但它也可以译为"……人，诗性地栖居……"，而这两个短语的意味是有所不同的。

"诗意"和"诗性"其实都是很难解释的词。"诗意"，这不仅涉及人们对"诗"的认知，还涉及人们读诗时的某种印象，诗的意境、氛围所产生的某种美感效果，等等。而人们觉得一首诗是否"富有诗意"，这往往还取决于他们各自的文化、审美传统和个人趣味。

"诗性"除了与"诗意"的交叠部分外，在我看来，这更涉及诗的内在品质、诗的感受力和诗的观照、言说方式，诗与思、诗与存在的关系，等等。在海德格尔所阐释的荷尔德林、里尔克等诗人那里，这种诗性的言说远远突破了单一的审美愉悦，而把诗的写作作为一种对存在的观照、对精神的言说。简言之，这种诗

---

[1] 参见马克·弗罗芒-默里斯《海德格尔诗学》，冯尚译，上海译文出版社，2005。

性传统，就是思、言、诗、在的同一。

而从这种角度来看，传统诗意的过剩往往掩饰了一种内在的贫乏。重铸一种现代"诗性"，这首先意味着扩大、加深和刷新对诗和存在的理解。

现在，我们来看从冯至那里所体现的现代诗性。冯至的《十四行集》在20世纪40年代初的诞生，对诗人自己来说，是艺术的再生，同时也极大地刷新着人们对诗歌的认知。这部作品问世后，对它最初的反响往往集中在它采用的十四行形式和"沉思"的性质上。因为要面对整个人生和存在的问题，冯至就像他所师从的"诗哲"歌德、里尔克，在他的十四行中把"诗"与"思"结合了起来。朱自清当年曾专门写过一篇《诗与哲理》，谈冯至两首十四行诗中的哲理。但我想，冯至创作这部作品的目的并不在于人们所说的"哲理诗"，虽然它们"富有哲理"，而是使它们成为存在的言说。我想，这才是冯至的艺术目标。

的确，《十四行集》给人们带来的新鲜感并不仅仅在于其形式，它对我们的启示也并不仅仅在于其"哲理"，而在于诗人终于找到了一种言说方式，把诗与思完美地结合为一体。他从个人的内心与宇宙、自然、时代有形与无形的关联中，确定了一种诗的在场；他从大自然的山川、树木和季节循环那里，从狂风暴雨之夜，从生物蜕变中，从对历史人物的联想中，找到了一种言说精神的语言；他有力地避开了那些老套陈腐的抒情，而以对"经验"的开掘、发现和转化，把对人生的深入和超越同时结合了起来。正是这种"诗性"的转化和提升，使诗人摆脱了现实的束缚，完成了对存在的敞开。

我想，这就是冯至这样的诗人对中国新诗的贡献，他们不仅使诗重新获得了对现实"发言"的能力，还给我们带来了一种令人惊异的"诗之思"，带来了一种超越性的诗性品格。他们有力地突破了中国传统文人诗人偏重于感性、性情和趣味的传统，发展出了一种现代意义上的诗的观照和言说方式，或者说，体现出一种一直为中国诗歌所缺乏的对存在的追问精神和思想能力。可以说，如果没有冯至、穆旦这样的将"诗与思"结合为一体的诗人出现，那我们将继续忍受思想的贫乏。

20 世纪 80 年代以来的中国诗歌，呼应了这种现代诗性传统。的确，在一个贫乏的时代和文化环境里，诗歌写作不仅是写出几首好诗的问题，也不仅是对诗艺有所贡献的问题，还要承担起对人生和灵魂问题的更深切的关怀，还要熔铸一种精神的、诗学的品格。这已成为许多中国当代优秀诗人的艺术目标。以下，我们来看海子的一首诗：

最后一夜和第一日的献诗

今夜你的黑头发
是岩石上寂寞的黑夜
牧羊人用雪白的羊群

填满飞机场周围的黑暗

黑夜比我更早睡去
黑夜是神的伤口
你是我的伤口
羊群和花朵也是岩石的伤口

雪山 用大雪填满飞机场周围的黑暗
雪山女神吃的是野兽穿的是鲜花
今夜 九十九座雪山高出天堂
使我彻夜难眠

首先我们要留意诗中的这个"你"。按德国现代宗教哲学家马丁·布伯在《我与你》中的说法，生命的意义就在于构建一种"我与你"的关系——爱情是这样，信仰也是这样。海子诗中的"你"也应这样理解。这样一位诗人灵魂的唯一对话对象，在场而又缺席，不在身边却又历历在目。她头发的黑，是岩石上寂寞的黑夜。

中国有句古话"一生二，二生三"，海子就有这种能力，因为他已抵及生命和艺术的本源。在这首诗中，有了"岩石"，就有了"牧羊人"，有了黑夜，就应该有某种雪白的东西来和它形成对比，于是就有了"牧羊人用雪白的羊群 / 填满飞机场周围的黑暗"这种奇异的诗句。

只不过在这里，"飞机场"这个意象的出现有些突兀。海子的诗大都和乡村、田野、草原有关，很少出现现代工业文明的意象。为什么会有"飞机场"这个想象呢？这使我想到海子所曾受到的海德格尔的影响。海德格尔在阐述荷尔德林时有一个说法：只有把"天、地、神、人"聚集为一体，人才有可能"诗性地栖居"。机场是用来飞机的起落的，以一种诗性的眼光来看，也是用来连接和聚集"天、地、神、人"这四重性的。海子要用羊群和大雪填满"飞机场"周围的黑暗，也许正是为了让他的这种诗思起飞。

接下来，"黑夜比我更早睡去"，因为"黑夜是神的伤口"，它疲倦了，它要去好好睡一会儿了，但我们年轻的诗人却难以睡去，因为他一直在想着"你"，因为"你"已成为"我的伤口"，那种更深刻的爱也都是伤口，永不治愈的伤口。诗人这么一想，便感到"羊群和花朵也是岩石的伤口"，它们呈现着大地的美丽，但也带着大地的伤痛。

写到这里，诗人的情感被进一步调动起来，他用了重复的手法来加强这种情感，而这一次，不是羊群而是一种更伟大神秘的事物——"雪山"——要用它的大雪来填满机场周围的黑暗了。最后两句为诗中的名句，"九十九座雪山"，这是一个极限数，是数字的形而上。海子是一个面向绝对和终极的诗人，他只能想出这样的数字。天堂高不可问，而这九十九座无言的雪山甚至高出了天堂。对此，我们只能和诗人一起战栗无言。

"我已走到人类的尽头"，海子在他的长诗《太阳·诗剧》中曾如是说。这首诗就给人这样的感觉。这使我们联想到柳宗元的"千山鸟飞绝，万径人踪灭。孤舟蓑笠翁，独钓寒江雪"（《江雪》）。柳宗元的这首名诗，有一种外在的空旷和内在的寂静。它那"独钓寒江雪"的意境也透出了一种澄澈、孤绝的生命意识，只不过在这里没有神明的参与，也没有对"神性"、对更伟大的精神事物的感应。而在海子这首诗中，诗人在"人类的尽头"独自面对他的人生、他的伤痛、他的岩石上寂寞的黑夜，还有他那无言的神。这是他的"最后一夜"，其寒冷和哀伤都到了一个极限，但也是他的曙光即将升起的"第一日"。他的"死"和"复活"就这样神秘地联系在一起。

这是海子最令人惊异的诗篇之一，读它时，真如海子自己的诗所说"悲痛时握不住一颗眼泪"（《日记》）。它体现了一种直抵本源的诗性创造力。它体现了一个经历了至深悲伤与绝望的人对神明启示的静候。

但这首诗中的许多东西并非"原创"。诗中的"牧羊人用雪白的羊群……"与"雪山 用大雪填满飞机场周围的黑暗"，以其奇绝的意象和想象力给我们留下深刻印象；它们像反复出现的"乐句"一样，形成了诗的结构和力量；可以说，没有这一次又一次的"填满"，后面的"九十九座雪山"就不可能"高出"天堂。

而这个比喻，这种想象力，很可能就出自帕斯捷尔纳克的自传性作品《安全保护证》。帕氏在回忆其少年时代时，曾这样动情地说："不管以后我们还能活几十年，都无法填满这座飞机库。"为什么呢？因为"少年时代是我们一生的一部分，然而它却胜过了整体"。[1]

此外，海子的这首诗，还让我联想到美国现代诗人华莱士·史蒂文斯的名诗《观察乌鸫的十三种方式》的第一节："周围，二十座雪山／唯一动弹的／是乌鸫的一双眼睛"。这种黑与白、静与动的强烈对比，及其所形成的冷彻、深邃、静穆的境界，我们在海子的这首诗中都感到了。

但就海子这首诗的精神性质而言，以及就海子的整体创作而言，更多也更深刻地受到自荷尔德林以来德国的诗性传统和哲思的影响。海德格尔通过对荷尔德林、里尔克等诗人的阐释，为人们包括中国当代的诗人们昭示了一种对存在进行追问，并以"神性"为尺度来测度自身的诗学品质和精神维度。海子这位农家子弟的诗，虽然大多出自"农耕文明"的养育，但和传统的诗意已有了质的区别，它融合了现代意义上的诗、言、思，融合了一种现代的乡愁和信仰冲动。这使他最终成为一个能够进入到存在的本质层面进行追问和承担的诗人。

和海子同时代以及稍后的一些中国诗人，也都在试图以他们各自的方式熔铸一种现代诗性，或者说，以他们各自的方式重新面对"现代性"这一命题。总的来看，中国 90 年代以来的诗歌，一方面仍坚持着诗的精神维度，同时又体现了一种"向历史的幸

---

[1] 帕斯捷尔纳克：《人与事》，乌兰汗、桴鸣译，生活·读书·新知三联书店，1991，第 23 页。

从古典的诗意到现代的诗性　051

运跌落"，诗人们回到了具体的历史场景中，这使 90 年代的"诗意"更多地带有了历史、时间、人生的内涵和反讽意味。总之，我们已很难用传统的趣味和标准来描述中国现当代诗歌"'诗意'的生成机制"了。要进入到这种内在机制之中，我们几乎需要重新发明一套批评语言。

我在这里简略地考察了"五四"以来中国现代诗人"逆诗意化"的写作策略以及重铸现代诗性的诗学实践。这种实践仍在一个展开的历史过程中。这种艰难的、时断时续的、和现当代中国的文化问题和精神问题密切相关的诗学实践，最终还是使我想起了爱尔兰诗人西穆斯·希尼的一句话："锻造一首诗是一回事，锻造一个种族的尚未诞生的良心，如斯蒂芬·迪达勒斯所说，又是相当不同的另一回事；而把骇人的压力与责任放在任何敢于冒险充当诗人者的身上。"[1]

---

[1] Seamus Heaney: *Feeling into Words, The Poet's work*, Houghton Mifflin company, Boston, 1979.

从《众树歌唱》看叶维廉的翻译诗学

叶维廉译诗集《众树歌唱》

20世纪80年代初期，一本译诗集在北京的杨炼、江河、多多等诗人那里流传，我有幸从杨炼那里借到了它的复印件，这就是1976年在台湾出版的诗人叶维廉的译诗集《众树歌唱：欧洲、拉丁美洲现代诗选》。[1]

这本译诗集让我深受激动。很可能，这是继戴望舒《洛尔迦诗抄》之后最吸引我们的一部译诗集。杨炼自《诺日朗》所开始的创作，他诗歌语言中的很多东西，他和江河等人在那时的诗学意识，都明显可以看出这本译诗集对其的诸多影响。

---

[1]《众树歌唱：欧洲、拉丁美洲现代诗选》，叶维廉译，（台北）黎明文化事业出版公司，1976。

2002 年，多卷本的《叶维廉文集》由安徽教育出版社出版，但很遗憾，里面并没有收入这部译作。在我看来，这部译诗集对中国现代诗意义深远。它虽然不是创作，但它所显现的精湛的语言功力和诗歌感受力，所创造的高度语言价值和诗学价值，都远远超出了一般的创作和翻译。译诗集命名为"众树歌唱"，它指向了奥尔菲斯在现代世界的不同化身，正是通过叶维廉先生的翻译，我们得以在汉语世界中听到了他们那神话般的歌声。

下面，先介绍一下这部译诗集的主要内容：（略）

这些诗作，大都是诗人 20 世纪 60 年代从台湾到美国以后陆续译的。其中有些诗人，他与他们还有所交往，如帕斯、塞菲里斯、博尔赫斯。叶维廉先生对翻译十分慎重、严谨，有些诗译出来后，他一时也不愿发表（或许也因为这些希腊语、意大利语、法语、德语、西班牙语诗人的作品大都是他依据英译并参照原文转译的）。在塞菲里斯诗的译者前记中他这样说道："我希腊文不会，宁愿自己读读不愿做第四重距离的模仿（柏拉图认为诗是距离现实第三重的模仿）。"

但叶维廉先生可能没有意识到，他所做的，在某种意义上，正类似于庞德当年翻译《神州集》所做的工作。这里，我还不太了解《众树歌唱》在中国台湾的影响如何，但它之于 80 年代一些中国大陆诗人的意义，在一定程度上，正如《神州集》之于 20 世纪早期的英美诗人。

诗学思想、语言意识与译诗实践

首先，叶维廉的译诗，不同于一般的对西方诗歌的译介，其翻译本身也不是简单的语言转换，而是他自己诗学思想和语言意识的一次深刻体现和实践。它首先让我联想到一种"庞德式的翻译"（Poundian translation）。可以说，他的翻译诗学和方法，在很大意义上，都是对庞德和费诺罗萨（Ernest Fenollosa，1853—1908）的回应。

费诺罗萨不是一位一般的东方学家，他对于东西方文明、语言和诗都有着超乎一般学者的洞察力。在《作为诗歌手段的中国文字》[1]这篇具有深远意义的遗文中他这样宣称："我的主题是诗，不是语言。但诗之根深植于语言之中。"而在语言的历史发展过程中，他认为汉字"保留了原始的液汁"，而西方的语言却"上了中世纪逻辑的当"，它"看上去越来越不像一个天堂，而是越来越像一个工厂"；"在金字塔的最底下压着事物，它们已被镇得一无所言"。

而中国语言和诗就不是这样，他举出一句汉诗"月耀如晴雪"，认为其中蕴含着将诗区别于散文的最基本要素，"我们不可能只靠总结，靠堆砌句子来展示自然的财富。诗的思维靠的是暗示，靠将最多限度的意义放进一个短语，这个短语从内部受孕，

---

[1] 欧内斯特·费诺罗萨：《作为诗歌手段的中国文字》（赵毅衡译），选自庞德诗选《比萨诗章》（黄运特译）"附录"，漓江出版社，1998。该文中所引费诺罗萨的话，均引自该书。

充电，发光""在中文里，每个字都积累这种能量"。

虽然费诺罗萨对中国语言的解释，在许多方面都属于一种"误读"，但他的用意却很可贵，那就是以另一种语言和诗作为参照，来反省西方语言文化的问题，"我们必须警告自己不要堕入逻辑化的陷阱"。

庞德直接秉承和发展了费诺罗萨的思想。他那首著名的《地铁站上》就不用说了，在他后来的"诗章第一百二十"中还有这样一节诗：

> 我曾试图写出天堂
>
> 别动
>
> 让风说话
>
> 那就是天堂[1]

离开了中国思想和诗的启示，庞德就很难有这样的觉悟。的确，西方诗人都一直试图写出天堂，他们的诗充满了激情和对宇宙、对生与死、对有限与无限的思辨和焦虑，但在这里，庞德却说"别动／让风说话"，意即克制诗人自己的主观陈述，而像中国古代的圣贤那样，让风讲话（风中自有神性），让事物呈现它们自身，而那就是他们失去的"天堂"！

---

[1] 转引自赵毅衡《儒者庞德——后期〈诗章〉中的中国》，庞德诗选《比萨诗章》（黄运特译）"附录"，漓江出版社，1998。

了解了这些，我们就可以意识到叶维廉的翻译，在很多意义上，正是这样一种"别动／让风说话"式的翻译。在他的译作中，有一种直接呈现的诗歌感受力，事物本身历历在目，诗感强烈而又富有语言的质地。他真正做到了如他自己所说"避免白话的一些陷阱而回到现象本身""回到'具体经验'与'纯粹情景'里去"；他出色地运用了那种"电影式的表现手法——透过水银灯的活动，而不是分析，在火花一闪中，使我们冲入具体的经验里"[1]。他创造了"一种只唤起某种感受但并不加以说明的境界，任读者移入、出现，做一瞬间的停驻，然后溶入境中"。[2]《众树歌唱》中的很多译作，就是这种诗学理想的体现。

对此，我们来看叶维廉所译的蒙塔莱《正午时歇息》一诗：

正午时歇息，淡然入神的

紧靠着灼烧的花园的墙

在荆棘和枝丫间听

黑鸟的嘎嘎，蛇的骚动

在龟裂的缝里，在野豌豆藤间

---

[1] 叶维廉：《中国现代诗的语言问题——〈中国现代诗选〉英译本绪言》，选自《叶维廉文集》第三卷，安徽教育出版社，2002，第214页、206页、210页。

[2] 叶维廉：《语法与表现：中国古典诗与英美现代诗美学的汇通》，选自《寻求跨中西文化的共同文学规律：叶维廉比较文学论文选》，温儒敏、李细尧编，北京大学出版社，1987，第57页。

窥一列一列的红蚂蚁

溃散然后再穿织

在小堆小堆的峰顶

穿过疏枝密叶去观察

遥远的海之鳞的悸动

而蝉的抖抖的嘶叫

自光秃的山头升起

移入头昏目眩的太阳

在忧郁的惊异里感到

所有的生命及操作

都依从一堵墙

墙上，锋锐的破瓶的碎片

　　具体的物象和细节一一呈现、上演，带着诗人强烈、敏锐而又不动声色的内在感受，而到了诗的最后"墙上，锋锐的破瓶的碎片"，则像电影的特写镜头一样，其细节的表现力也到了最强烈的程度。

　　这样的译文，堪称是语言的质感和经验的具体性的一个范例。译者真正做到了庞德在《回顾》中所定下的那些著名信条："直接处理无论是主观还是客观的'事物'""绝对不用任何无益于表现的词""避免抽象""一生呈现一个意象，胜于制造无数作品"，等等。[1]

而这首译作的结尾，使我还想起了庞德对刘彻《落叶哀蝉曲》的著名翻译："一张潮湿的叶子沾在门槛上"（这本来是原诗中间的一句，却被庞德有意挑了出来作为结尾，并另起一段加以突出）。庞德的启示，就这样在叶维廉的翻译中化为出色的实践。

要领会这种诗的启示，我们还不妨对照一下蒙塔莱这首诗的其他中文译文，如大陆翻译家飞白译文的最后一句是"玻璃瓶尖利的碎块镶满了墙顶"，[2]虽然这是"正确"的译法，但其语言的力量和直接性却远不及"墙上，锋锐的破瓶的碎片"那样夺人。至于另一位翻译家对该诗最后一段的翻译"在眩目的烈日下踽踽独行，/一种奇妙的伤感之情/不由从我心头萌起；/高墙上嵌有玻璃瓶尖棱棱的碎片，/在这座高墙旁边徘徊，/莫非这就是整个人生，/和生活中的艰险苦难？"[3]它看似很"文学化"，但却淹没了真正的诗质。这种空洞的抒情和润饰，正是庞德这样的诗人要大刀阔斧删去的东西。

对于叶维廉因为庞德的启示而形成的译诗方法，对于他在翻

［1］ *Modern Poetics, Essays on poetry*，edited by James Scully，McGraw-Hill Book Company，1965，pp.31-33.
［2］《诺贝尔文学奖获奖作家诗歌选》，宋兆霖选编，浙江文艺出版社，2005，第 298 页。
［3］《夸齐莫多 蒙塔莱 翁加雷蒂诗选》，钱鸿嘉译，外国文学出版社，1988，第 65—66 页。

译中所体现的诗学意识和语言意识，我们再来看一首他译的博尔赫斯的《渥品尼亚的士兵》一诗：

开始惧怕自己无用

一如上次的战役，在海上

他给自己很轻的职责

无名无姓的浪迹西班牙

粗狠的国家。

要减灭

现实凶狠的重量，他把头藏入梦里。

罗兰武士灵异的过去和大英帝国

循环不息的战争温暖着他，欢迎着他。

懒散在阳光里，极目：不断展开的

原野，温热的铜色绵延不绝

他觉得自己在尽头，困顿、孤单

不知道所在的音乐在隐藏着什么

突然，他投身一个梦的深处

远远地，山曹和吉诃德先生骑马前来

在译者前言中，叶维廉这样坦言："我不是译包赫斯（博尔赫斯）的人选，虽则我亦颇迷惑于死之诸种玄学上的焦虑，但我并不太习惯那些用哲学的冥想式的独白之表达方式。"但他还是译了，他没有选译博尔赫斯那些以镜子、迷宫为主要意象的玄学诗，而是选择了这首看似带有叙述性实则包含了更多的诗的可能性的诗作来译。这种选择本身，就体现了他的诗学趣味和倾向。

诗题为《渥品尼亚的士兵》，实际上是写塞万提斯。据企鹅版英译本[1]该诗注释，塞万提斯曾于1571年从军赴意大利作战，在上尉迭戈·德·乌尔比纳的名下，因此博尔赫斯称他为"乌尔比纳（叶译为"渥品尼亚"）的士兵"。

我们来看这首诗的翻译。首先，他把一首十四行诗译成了一首不分段的自由诗，这是一个相当大胆的举动，目的是摆脱原诗的形式框架而把其诗感呈现出来，或者说"解救"（liberate）出来（这是本雅明在《译者的任务》中频频使用的一个词）。其次，在该诗的一些句首，叶维廉尽量不用人称代词，以直接无碍地把读者带入诗中（在一些诗学文章中，他一再指出中国古典诗有一种特殊的"句法"，比如很少用人称代词，省略谓语，尽量不用关联词，直接呈现动作和意象，等等）。再次，对全诗的把握，他正如庞德所说"找出事物明澈的一面，呈露它，不加陈述"，[2]不仅呈露它，还要加强它，如"温热的铜色绵延不绝"，如按他主要依据的英译本只能译为"铜色的光绵延不绝"。最后，突出动作性，把静态的变成动态，如把"沉思（contemplate）不断展开的原野"译

---

[1] Jorge Luis Borges: *Selected Poems 1923-1967*，Penguin Books，1985.

[2] 转引自叶维廉《寻求跨中西文化的共同文学规律：叶维廉比较文学论文选》，温儒敏、李细尧编，北京大学出版社，1987，第69页。

为"极目：不断展开的原野"；尤其是诗的结尾，企鹅版英译本英译原文为"Already, in the still depths of some dream, /Don Ouixote and Sancho were alive in him"（已然，在一个梦的深处／堂吉诃德和桑丘在他身上活着），叶维廉却颇具创意地把它译为"突然，他投身 个梦的深处／远远地，山曹和吉诃德先生骑马前来"，这不仅把我们骤然带入了诗的"现场"，而且非常耐人寻味（也许，正是这种"……骑马前来"，把一个"渥品尼亚的士兵"变成了塞万提斯！），这种"突然"的一转，使头脑中的那种梦幻般的想象和神话记忆，变成了正在诗的主角和读者眼前发生的场景。

这样的翻译，是译者作为一个诗人以他自己的方式和语言对原作所做出的创造性反应。正因为受到庞德的启发，他才敢于这样来译诗。的确，翻译创造了"差异"。叶维廉充分利用了原作中的可能性，"译"出了一首他梦想中的诗。

这样的翻译，也让我们想起费诺罗萨对中国语言的赞叹："正如大自然一样，中文词是活的，可塑的"；汉字是"表现大自然的行为和过程的生动的速记图画"；在汉字中，有一种"比喻的可见性"；"读中文时，我们不像在掷弄精神的筹码，而是在眼观事物显示自己的命运"。

译诗的策略和性质

美国著名学者劳伦斯·韦努蒂在探讨翻译与文化身份的建构

的关系时，曾把翻译分为"归化的翻译"与"异化的翻译"两类，前者追求的是本土化和亲和性，后者则力求存异、求异。但叶维廉的翻译却是一种更为复杂的现象。他的翻译看上去有某些"归化的翻译"的表征，但它同时又是一种"异化的翻译"。他的翻译之所以值得深入考察，就在于他在这两者之间保持了极大的张力关系。

说他的翻译有某些"归化的翻译"的表征，指的是他把中国古典诗的修养和汉语的精湛功力自觉带入了对西方诗的翻译，这使他的一些译文深具一种汉语传统的意蕴和语言质地。如他译的西班牙诗人马查多的"碧蓝里／一岸黑鸟／鸣叫，拍翅，驻足在／一棵死硬的白杨上／在光身的林里／沉寂的穴鸟／写冷黑的音／在二月的谱上"（《碧蓝里》）等短诗，就给中国读者一种"似曾相识燕归来"的亲切之感，再如他译的墨西哥诗人帕斯的《惊叹》："静／不在枝头／在空中／不在空中／瞬间／一只蜂鸟"，更让我们联想到禅的"顿悟"和中国古典诗中那种"鸟鸣山更幽"的意境。当然，这和帕斯自己在创作后期如叶维廉所说的受益于"东方短诗的启示"也有关。

正因为深具中国古典诗的修养和功底，并且受到庞德的启发，叶维廉在他的翻译中往往用中国诗的语言句法来译西方诗，甚至用来改造西方诗。上面对他运用中国古典诗的特殊"句法"和感物方式来译诗已有所提及，这种"语法切断""非连续"、意象的并置或叠加，在一定程度上消解了西方诗中的逻辑性和分析性，使诗意的呈现更为强烈、直接、丰富。值得注意的是，他还有意使用了大量文言虚词，这不仅使他的译诗语言呈现某种"文白夹杂"的面貌，也形成了错综而富有张力的句法，如他译的法国圣－琼·佩斯的《而你们，海……》的首句"而你们，海，更广博之梦的解说……"，《异乡人，你的帆……》的首句：

> 异乡人，你的帆曾无尽地移过我们的海岸的（而有时，
> 在夜间，我们还听见你滑轮的叽嘎），
> 你能告诉我们何种痛楚迫使你于一个巨大的温热之黄昏
> 插足于我们这驮负习俗之土地？

这里用了许多"而""于""之""与"这样的文言虚词。而这恰好呈现了圣－琼·佩斯那种磅礴、古典的诗风及其错综、饱满的语言张力。

再如在译古希腊诗人艾克伊乐柯的诗片段时，他也恰切地运用了这样的文言虚词和句法："她的头发简单／如麻／而我／我则沉重于声名狼藉"（之四），"如鸽子之于麦束／朋友之于你"（之十四）。

需要指出的是，叶维廉译诗中的这种语言意识和实践，不仅建立在对西方语言和诗的洞察上，也建立在对中国现代白话文的深刻反思上。他曾引用李长之对"五四"以来以"明白清楚"为宗旨的白话文的批评："明白清楚是一种好处；但另一面说，明白清

楚就是缺乏深度。"[1]他自己在一篇访谈中也这样说，"白话诗接受了西洋的语言，文字中增加了叙述性和分析性的成分，这条路线发展下来……变得越加散文化了"。[2]的确，白话文已经太"白"了，如果我们考察一下现代汉语的历史发展尤其是它在现在的状况，就会发现费诺罗萨当年所指出的西方语言的那些问题，无一不成为"现代汉语"的问题。我们现在所使用的语言，不仅失去了汉语传统的文化底蕴、文字弹性和诗性特质，也愈来愈陷入了那种"逻辑化的陷阱"。

正是出于这种洞察，叶维廉在他的翻译中，不仅要用中国古典诗的句法和字词来译写西方诗，也要用它来重新整合现代汉语，最起码如他自己所说"把文言的凝练融入松散的白话"。他译文中的诗歌语言，充分体现了一种文白之间、书面语与口语之间的张力关系。

在中国新诗史上，李金发曾采用文白夹杂的句法，如"弃妇之隐忧堆积在动作上／夕阳之火不能把时间之烦闷／化为灰烬"（《弃妇》），但这一连串的"之"让一些已习惯了白话诗的"白"的读者很看不惯，他们不仅读不出这种句法之间的语言张力，反而讥之为"佶屈聱牙"。但如果把它"顺一顺"怎么样？它就会在骤然

---

[1]　叶维廉：《语法与表现：中国古典诗与英美现代诗美学的汇通》，选自《寻求跨中西文化的共同文学规律：叶维廉比较文学论文选》，温儒敏、李细尧编，北京大学出版社，1987，第 83 页。

[2]　叶维廉：《与叶维廉谈现代诗的传统和语言》，选自《叶维廉诗选》，人民文学出版社，2008，第 280 页。

间失去原诗的那种劲道。

卞之琳在他的一些诗中也有意识地运用了文言的句法，如《道旁》一诗中的"骄傲于被问路于自己"，废名就这样赞道"这个骄傲真可爱，句子真像蜗牛，蜷曲得有趣"，并称这样的句子"很别扭，很自然"，它看上去很欧化，但却正是"《论语》的文法"，为此他举出《论语》中的"有朋自远方来""不义而富且贵，于我如浮云"，等等，说"这完全是卞之琳的句法了"。[1]

而叶维廉为什么在译诗中利用文言，就是要在白话文太"白"，太过于散文化、逻辑化的情形下，运用文言来重新整合它，以恢复语言的力量，达成一种更凝练、纯粹的语言表现。这里还需要指出的是，他虽然利用了文言，但和某些仅仅用古典的趣味和辞藻来装点，其实已丧失了汉语本身的血质的台湾诗不同。他译诗的语言，纯粹、凝练，富有诗感和活力。而那种伪古典或仿古典，用费诺罗萨当年对西方语言的讥讽的话来说，其实已被"涂上香料木乃伊化"了。

这也印证了叶维廉的翻译同时又是一种朝向"异化的翻译"的努力。他译出的帕斯仍是帕斯，不是中国的王维。他译的西方现代诗，仍保持了一种异质感和美学的陌生性（甚至，他把古希腊诗人艾克伊乐柯的诗也"现代化"了，如诗片段之三"严峻溶化……/ 船桅落"，就这两句 7 个字，却极具现代的质感）。他虽

---

[1] 冯文炳（废名）:《谈新诗》，人民文学出版社，1984，第170—171页。

然极力发掘汉语的潜能和特性，甚至要用汉语来改造原文，但他绝不因之而牺牲原文，也不在审美习惯上迁就于一般的汉语读者。细心阅读他的译作，我们就会发现他其实比其他任何译者都更深入地进入到西方现代诗的内里之中。对此，我们来看他译的意大利现代诗人翁加雷蒂的《守着死》：

整个长夜

被抛靠着

一个难友

被杀死的

切齿的

一排牙

裸向满月

发胀的手

伸入

我的宁静里

我在写着信

满纸的爱情

我从未如此

粗狠地

拥抱生命

同样一首诗，大陆意大利文学翻译家吕同六译为《守夜》："整整一夜 / 我守护着 / 一名被杀害的 / 战友 // 他的嘴唇 / 扭曲 / 他的双手 / 抽搐 / 清朗的月光 / 照亮 / 他的面孔 // 他闯进了我的 / 孤寂 / 我挥动羽笔 / 把爱注进了 / 书简 // 我从来不曾 / 这样眷恋 / 生命"。[1]

而另一位大陆诗歌翻译家钱鸿嘉的译文是："整整一夜 / 我伏在一个 / 被杀害了的 / 伙伴的身边 // 他咧着嘴在笑 / 脸儿朝着 / 浑圆的月亮 / 在寂静中 / 他的双手 / 血淋淋地 / 印入我的脑海 / 我写下了 / 几封充满情爱的信 // 我从来没有 / 像现在那样 / 对生活满怀眷恋之情。"[2]

这两种译文多了些浪漫主义的润饰（也就是所谓的"雅"），如"充满情爱的信""对生活满怀眷恋之情""清朗的月光""我挥动羽笔 / 把爱注进了 / 书简"，等等，但对诗的把握却很不到位。显然，叶维廉的译本要更为精确，语言也更有一种现代诗的质地和意味，尤其是"发胀的手 / 伸入 / 我的宁静里"，有一种有形与无形、具体与抽象相结合后所产生的奇异的诗感和张力。我想，一个没有深刻经历过"现代性"的艺术洗礼的译者，译到这里时，不是无能为力，就是会留下"他的双手 / 血淋淋地 / 印入我的脑海"这样的败笔。在诗题上，《守夜》也许更符合原题，叶译为《守着

---

[1]《意大利二十世纪诗歌》，吕同六译，安徽文艺出版社，1993，第47—48页。

[2]《夸齐莫多 蒙塔莱 翁加雷蒂诗选》，钱鸿嘉译，外国文学出版社，1988，第127页。

死》，则强调和突出了诗中那种生死相依的性质；"被抛靠着／一个难友"，不仅富有"动作性"，也透出了对人生的存在主义式的理解。诗的最后一段"我从未如此／粗狠地／拥抱生命"，再次突出了诗的动作性，尤其是这里的"粗狠地"，显然属于译者的"改写"，但却极好，它骤然间加强了诗的深度和强度。

这不仅是一种创造性的翻译，也是一种深具现代主义性质的翻译。叶维廉先生经历了台湾的现代诗运动，到美国后，对以庞德为代表的现代主义又有了更深刻的感应。从《众树歌唱》来看，他选择的大都是欧洲、拉丁美洲最具有"现代主义"性质的诗人，就所选译的作品来看，大多又都是对一般本土读者最"难懂"、最具有美学挑战性的文本。他的翻译本身，从语言结构到修辞、运思方式，也都尽量"存异"。相比于中国大陆和台湾的同类翻译，他的译作更能体现出一种"现代性"。

有一种观点，认为翻译是两种语言文化间相互协调的结果。但叶维廉的翻译却不是这两者的妥协或平衡。在这样的译诗实践中，我们感到的是"归化"与"异化"、对忠实的追求与翻译的创造性之间的紧张关系。它所体现的，乃是一种"张力的诗学"。

对"纯语言"的挖掘与翻译的难度

在一篇文章中，叶维廉说"甚至在分析性元素特多的印欧语系中仍可以超脱知性"。[1]他的《众树歌唱》的翻译，正是这样一种诗学实践。

而他之所以能够这样做，是因为这种"超脱知性"的可能性就潜在于原文中。自马拉美、庞德以来，刷新语言，打破各种桎梏以求诗的纯粹表现，已成为西方现代诗的一个普遍趋势。这一切，为叶维廉这样的译者提供了诗学意义上的"可译性"，使他的翻译有可能成为一种对语言的发掘。

对那些"以语言为对象和任务"的诗人翻译家来说，从事翻译即意味着对一种诗歌语言的想象。这种语言，是和他的"纯诗"观念联系在一起。瓦雷里把他的一生的劳作包括"沉默"，都献给了这种绝对的诗的存在。而马拉美所梦想的"纯诗"，也正是他心目中那些不可说的事物的语言的物质呈现："我说，一朵花！自遗忘中升起，遗忘里我的声音排除所有的轮廓，它不同于我们熟知的花萼，它是所有的花束里所找不到，一种意念、芬芳的、音乐般升起。"[2]

许多中国诗人也持有这种纯诗观念。闻一多在他的最后一首诗中，就曾这样渴望："我只要一个明白的字，舍利子似的闪着／宝光"（《奇迹》）。我相信，这也正是叶维廉这样的诗人翻译家的

---

[1]《视境与表达——〈中国现代诗的语言问题〉补述之一》，选自《叶维廉文集》第三卷，安徽教育出版社，2002，第231页。

[2] 转引自"庞内法谈他的诗"后记，选自《众树歌唱：欧洲、拉丁美洲现代诗选》，叶维廉译，（台北）黎明文化事业出版公司，1976，第71页。

梦想。借用一位批评家的话，一个真正的译者，乃是一个"醉心于在文字中提炼浓缩铀的诗人"。

这一切，使我想到了本雅明在他那篇著名的《译者的任务》中所提出的"纯语言"。在本雅明看来，"纯语言"部分地隐含在原作中，"译者的任务在于在自己的语言中将处于另外一种语言魔咒下的纯语言释放出来，通过再创造（re-creation）那部作品将囚禁于一部作品中的语言解放出来。因为纯语言的缘故，他从自己语言衰败的藩篱中突围出来"。[1]

这样，翻译便成为"纯语言"的最后归宿。对"纯语言"的发掘，或者说，使"纯语言的种子"得以成熟、生长，便成为"译者的任务"。而叶维廉的《众树歌唱》之所以令人惊异和振奋，也正在于他对"纯语言"的发掘。

首先，这种发掘有赖于对西方现代诗的深刻感应和进入，有赖于在这种进入中，如庞德所说"找出事物明澈的一面"，并用自己的方式和语言"呈露它"。显然，这绝不同于一般的语言转换，把博尔赫斯那首诗的结尾译为"突然，他投身一个梦的深处 / 远远地，山曹和吉河德先生骑马前来"，就属于一种诗的再创造；把"玻璃瓶尖利的碎块镶满了墙顶"变为"墙上，锋锐的破瓶的碎片"，在某种程度上，就是对本雅明所说的"纯语言"的释放。至于《异乡人，你的帆……》中的这样的诗句：

---

[1] Walter Benjamin: "*The task of the translator*", *Illuminations*, edited and with an introduction by Hannah Arendt, Schocken Books, New York,1988.

一根白羽毛在黑水上，一根白羽毛向荣耀

　　突然给我们巨大的刺伤，如此白，如此奇异，在黄昏

　　之前……

　　给我们的感受也十分强烈、纯粹！圣-琼·佩斯是如此写的吗？我们已不必去问。我们面对的是"一根白羽毛在黑水上，一根白羽毛向荣耀"这样奇异的诗句，我们感到的是汉语之光在显示自身。的确，这样的翻译让我再次想起了本雅明的话："真正的翻译是透亮的……它容许这种仿佛被自身的媒介强化了的纯语言更充分地照耀原作。"

　　而要达到这种"透亮"，就必须有一种对"词"的深切关注。对此本雅明有一个耐人寻味的比喻："如果句子是挡在原文语言前面的墙，逐字的直译就是拱廊。"后来德里达这样解读："句子将是'挡在原文语言前面的那堵墙'，而词，逐字翻译的词，将是'拱廊'。……拱廊则在支持的同时让光线通过，于是原文显现出来。"[1]

　　而叶维廉的翻译，正是一种专注于"词"的翻译。他的用词，确切而又富有弹性，如"一根白羽毛向荣耀"中的"向"（而不是什么"向着"或"朝向"），就最大限度地发挥了其多重功能。正是这种匠心独运的翻译将"墙"改造成了"拱廊"，于是"原

_____

　　[1]　雅克·德里达：《巴别塔》，选自《翻译与后现代性》，陈永国主编，中国人民大学出版社，2005，第29页。

文"——不如说是"纯语言"或"诗本身"——显现出来。

的确，如同创作，真正的翻译会将注意力引向对"词"的关注和运用。在有的西方研究者看来，庞德翻译诗学的要点便体现在"闪光的细节"（luminous details）上，其要义在于"精确地表现细节，表现个别词语，表现单个甚至是残缺的意象"。[1]

在叶维廉的译作中，我们就处处感到了这种用词和细节的"精确"。如《正午时歇息》中的"而蝉的抖抖的嘶叫／自光秃的山头升起"，就准确地传达出一种声音的质感。而像"从光秃秃的山峰上／又传来蝉儿凄恻的啼鸣"或"而从秃石峰上传来那知了／粗粝刺耳的颤声尖叫"这样的译文，不仅不确切，反而像一堵墙一样挡住了原文。

正是以这样的翻译，《众树歌唱》设置了一种翻译的难度。这种翻译的难度，即是和"纯语言"相关的难度。它关涉到一种朝向语言的纯粹和绝对性的努力。这样的翻译不可能是一种"流畅"的翻译，而只能是有难度的翻译。叶维廉的翻译之所以值得信任，就在于它既是对难度的克服，又是对难度的保持。这样的翻译，正如德里达所说，总是"在旅行中，在劳作中，在分娩中"，这样的翻译主体不得不"忍受着翻译，或把翻译展示为受难的记忆或痕迹"。[2]正是以这种艰巨而又激动人心的词语的发掘和锤炼，《众

---

[1] 转引自《首届中国埃兹拉·庞德学术研讨会论文集》，北京理工大学外国语学院编，2008，第73页。

[2] 雅克·德里达：《什么是"确切的"翻译？》，选自《翻译与后现代性》，陈永国主编，中国人民大学出版社，2005，第149—150页。

树歌唱》创造了一种高度的语言的价值。

　　翻译是无止境的。对《众树歌唱》这本译诗集，虽然译者自己感到不尽如人意，它也的确有许多值得商榷的地方，但从整体上看，这是一本很优异的译诗集。我甚至想说，这是一次对语言和翻译本身的提升。的确，如同有的诗人所说，读了《众树歌唱》，许多同类作品的翻译就没法再看了。而这本译诗集不仅耐看，也值得我们深入去研究。它把翻译提升到值得研究的高度。

纽约十二月

寒风劲吹

月初，东海岸起了一场风暴，然后是飞雪。我们到纽约时，雪已化了，但在街道上，在摩天大楼间，寒风仍在劲吹，刮得人脸上一阵阵生疼。我没想到纽约竟是这样的寒冷！

因而我也注意到纽约的"一景"：在街上匆匆行走的人们，许多人手中都握着一杯咖啡（它装在一个带盖纸杯里，保温，也泼不出来）。很快，我们也学会了这一招，一天要到路边小店里买好几次热咖啡带上，以这种方式来温暖自己。

这一次，我们一家住在布鲁克林区一个艺术策展人的公寓里，年轻的女主人到瑞士出差去了，留下一叠熨过的浴巾和床单，等待我们的到来。小公寓处在一座砖木结构的老楼的 2 层，木头楼梯和家里的地板一使劲踩就会吱吱嘎嘎响，而且楼层似乎还有点倾斜，朝沙发上一坐，还真像坐船一样！

真没想到这次体验上了纽约艺术家的生活！我们的兴奋自不待言，因此一放下行李，我们就和带我们来的女诗人詹妮弗一起下楼去，沿着坑坑洼洼的青石街道，在凛冽的寒风中，去逛破破烂烂而又充满魅力的布鲁克林了。胡敏说下一辈子，就在这里租一间小公寓过吧。

回来的时候，这才认真看起了起居室墙上挂着的一幅油画，画面为纯黑色，只有一排隐约的老式电话线杆通向远方。也许，人们就是通过这个在一个黑漆漆的充满巨大寒意的宇宙里进行交流？

诗人学院

傍晚，应邀去美国诗人学院（The Academy of American Poets）做朗诵录音。我早就听说过这个"美国诗人学院"，在人们的想象中，它可能是一个高贵、典雅的所在。去后我才知道，它处在曼哈顿百老汇街一座普通写字楼的 6 层。一进门，左侧是印有惠特曼和狄金森头像的 T 恤衫，右边是几十家美国诗刊的展示板。在这个多少显得有些凌乱的"诗人学院"里，到处都贴有诗歌招贴和诗人的照片。主墙最上面的黑白照片则是"现代诗歌教父"庞德的白发苍苍、目光锐利的肖像。在这些肖像中间，还有一张北岛的照片呢。

录音之前，自然要见诗人学院主任斯温森女士。她五十来岁的样子，人很热情、亲切，一见面，就忙着到处找一些诗歌资料送我，并向我介绍诗人学院的情况。我谈到前些天曾访问阿默斯特的狄金森故居，她则问我狄金森的诗是不是有点接近于中国古典诗歌？瞧，她就这样善于找不同诗歌与诗人之间的共同点！

别看这个诗人学院只有那么六七间连成一片的办公室，但它却为诗歌和诗人办了那么多事！它创办于1934年，主办有《美国诗人》双月刊，它还主办有诗歌网站，设有诗歌音像档案馆。自1994年起，它设立了一年一度的华莱士·史蒂文斯奖，奖金高达10万美元，奖给对诗歌艺术做出杰出贡献的美国诗人。此外，它还设有其他五六种奖：每年奖给一位实力诗人的"学院奖学金"、奖给诗人第一本诗集的"惠特曼奖"以及诗歌翻译奖、大学生诗歌奖等等。

最"壮观"的，是自1996年起，该诗人学院组织了一年一度的"全国诗歌月"（National Poetry Month），据说每年都有数百万人参加读诗、参观诗歌展览、听诗歌朗诵及从事创作实践的活动。它被称为世界上最大的文学活动。这个"全国诗歌月"每年4月份进行，它就这样把艾略特的"四月是残酷的月份"变成了全国人民读诗的月份！

说起来，美国还真是一个"怪怪的"国家，一方面它很商业化，另一方面它对诗歌有一种奇特的热情。前不久看电视，居然有西点军校学生读诗的报道，在记者的现场采访中，一位女教授说她给学生们教史蒂文斯的诗，甚至还有中国杜甫的诗！她告诉她的那些穿军服的学生们（其中男生们大都剃着光头）：诗歌比武器更有力量！

旧书店

今晚是《圆周》（*Circumference*）国际翻译诗刊创办 3 周年、出刊 6 期的纪念仪式和朗诵会。这份诗刊由女诗人詹妮弗·柯洛诺薇（Jennifer Kronovet）等人与哥伦比亚大学文学翻译中心合办，由纽约艺术基金会资助。它在去年的一期上曾发表有我的《田园诗》，新的一期上即将发表我的诗片段系列《变暗的镜子》。

朗诵会就在美国诗人学院背后一条街的"Housing Works"老书店里进行。一些纽约的老书店很有名，比如"Gotham Book Mart"，那里曾是先锋派诗人和作家的聚集地，当年人们曾到那里"秘购"从欧洲偷运来的在美国被禁的乔伊斯的《尤利西斯》。而这家"Housing Works"的历史我不了解，但一进去，就感到它的不同寻常之处。它只有地面一层，但却有着带楼梯的半环形厢台，这使它看上去就像是一个老式剧院。书店最里面是咖啡角和朗诵场所，朗诵台后面的书架上已摆上青翠的圣诞花环。

趁朗诵会还没有开始，我到厢台上的诗歌专架迅速地浏览了一遍，这里的诗歌旧书真是又多又便宜：2 美元一本米沃什的《被禁锢的心灵》、4 美元一本《弗罗斯特传》，扎加耶夫斯基的诗选只要 6 美元……我浏览着，心里一阵阵狂喜！以后如到纽约，我有个"去处"了。

朗诵会即将开始，我到门口抽支烟，这时一位穿长呢子外套的中年女士边抽烟边在严寒中匆匆赶来，一到门口就问我朗诵会是否开始了，我说还没有，"那好"，她对我一笑，喘了口气，站在门口把最后一口烟抽完。她那兴奋的神情、匆匆赶来的身影，还有屋外笼罩的严寒，不知怎么的，让我想到了遥远的彼得堡和莫斯科，想到了俄罗斯诗歌的白银时代！

我想，仅仅为这样一位听众读诗，也就够了。

来自"山鹰之国"的诗人

朗诵会来了四五十个听众。听众虽然不多，但是氛围却很好。詹妮弗致辞并介绍朗诵诗人后，我被安排第一个朗诵，第二位是一位法国诗歌女翻译家，第三位是一位阿尔巴尼亚诗人。

阿尔巴尼亚，这大概是几十年前（"文革"期间）让中国人感到最亲切的一个国家了，"欧洲的最后一盏社会主义明灯"嘛。而诗人莫伊科姆·泽乔（Moikom Zeqo）就生活在这盏明灯下的黑暗里。在 1973 年，他的作品遭到批判，被指责为"隐晦、受现代主义影响、危险、异国情调"，他本人从他担任编辑的文学杂志《光明》，被送到农村劳动改造。1985 年，霍查下台后，阿尔巴尼亚开始发生变化。1991 年，诗人曾被起任为文化部部长，这在后来的政局跌宕中给他招来了不少麻烦。1995 年，他和他身为考古学家的妻子一同到美国生活了两三年。回到地拉那后，曾任国家历史博物馆馆长。现在，他又是一个"什么都不是"的诗人了。他的英译诗集近期刚刚由美国一家出版社出版。

泽乔着一头灰白的鬈曲头发，目光锐利有神，穿着也十分有"派"，而且由他的漂亮的小女儿陪着。朗诵会前，我和他没有来得及认识。在我朗诵完回到我的位置后，他从我的右侧隔着座位远远地向我伸出了手来——两位来自曾是所谓"战友般的国家"的诗人就这样握手了！

泽乔朗诵时，我特别注意听。他的"山鹰之国"的语言我当然听不懂，但我的手中有他的诗的英译。我特别喜欢其中的一首《眼睛的颂扬》（1973 年）：

每一个露珠是我小小的眼睛。

这里，山坡和树木以百万的眼睛看着你
当你从远方的那片海和地平线上来到。

只有死亡没有眼睛。

死亡没有眼睛，因为它已无所不在！不过，我所欣赏的是，在艺术与政治、个人与历史的纠缠中，我眼前的这位诗人仍保持着他的诗人气质和自由人格。朗诵会后，我们热情地攀谈起来，我的大学同学胡晓晖则忙着在一边拍照。晓晖已在美国生活多年，现在是一家中文报纸的主编，他边忙乎边兴奋地说："啊啊，好久好久没有听诗了！"

奥登

其实，对我来说，纽约一直是和一个人的名字联系在一起的，他就是诗人奥登。这不仅因为他从英国移居美国后主要生活在纽约，更因为他的一首诗《1939 年 9 月 1 日》。1939 年 9 月 1 日是纳粹德国进攻波兰、第二次世界大战全面爆发的日子。就在这一天，诗人坐在曼哈顿"第五十二街一家下等酒吧"里写下了这首名诗。

而这次在纽约，我不仅多次到五十二街一带驻步、漫游，还特意到奥登居住多年的"东村"一带寻访。其实，不一定能找到什么，喧嚣的纽约已淹没了一切，诗人曾寄居多年的 Mark's Place 旅馆，现在整个楼房也被罩了起来，将被改造成一个商业性画廊。也许，我所沉迷的只是这种寻访本身？

我想是的。正是处在纽约大街川流不息的人群之中——他们大都为来自世界各地的旅游者和节前购物的人们，一个人才直接地感受到时代生活的气息。在这里，一个诗人也不能不思考他与时代的关系。"死亡那不堪形容的气味／冒犯了这个九月的夜晚"，多年前的那个诗人，当他在纽约街头嘈杂的酒吧间坐下，他无法排解德国大举进犯波兰给他带来的忧患，他感到在地球上到处传送着"愤怒和恐惧的电波"。那么，今天呢？

今天，无论时代如何，我们似乎都已无法从总体上来把握它了。一个诗人所能做的，也只是面对他的内心。而这，同样困难。几天前我在东海岸的康州学院朗诵完后，一位当地的老艺术家走近我，说我的《变暗的镜子》有一句诗是怎样地触动了他，说着，他给我看他当时在小本子上记下来的英译，这句诗是："活到今天，要去信仰是困难的，而不去信仰是可怕的。"

也许，这就是我们在今天这个时代的精神处境。正是出自这种体验，我理解了奥登为什么会在《1939 年 9 月 1 日》的最后说他"愿献出肯定的火"。如果对人类文明没有深深的忧患，如果不深入到精神内部的那些艰难命题中，一个诗人就不会如此祈愿！

但这次在纽约的寒风中，我更多地想起并受到撼动的，是《1939 年 9 月 1 日》中的"我们必须相爱并且死"这句诗。这句诗的初稿为"我们必须相爱或者死"，但在多少年后，它被修改为"我们必须相爱并且死"。这就是说，当初诗人还以为他可以选择，而到了后来，他明白他已别无选择——知天命的诗人，已听到一种更高意志的召唤。

这就是一个诗人的"天路历程"。它让我战栗，让我无言。我只能带着这样一种内在的撼动，带着满脸的生痛，在风雪来袭的纽约的变暗的高楼间，进入一片启示的天地。

　　我明白了，纽约的寒风劲吹，是为了让奥登再次来到我们中间。

有一种爱和死我们都还陌生

——纪念余虹

2007年12月6日（美国东部时间）晚上8点，从纽约回到我所在的柯盖特大学所在地汉密尔顿。一下长途汽车，顿时感到一股寒气像刀子一样钻进裤腿里。这里到底比纽约要冷。一家三口拖着行李箱在结冰的路上轰轰隆隆地行进。

晚上近10点钟，吃完晚饭，妻子带孩子睡觉。我打开电脑，收看外出这一周间的邮件。文学院办公室刘老师来信的主题词"余虹老师不幸逝世"一下子跳到我的眼前，接着，是朋友汪民安的来信"令人心痛"。不用打开看，这也一定是关于余虹的！

一刹那间，犹如五雷轰顶，我不相信也得相信了！

但是，怎么会呢怎么会呢？我在不停地问。我的手也在发抖，不知在摸索些什么。我禁不住弯下腰来，简直要号啕大哭起来。

在那一夜，整个脑子里全是余虹、余虹。他占据了我整个的存在。他成为一种更强烈的存在。

终于睡着了。似乎是在一座黑暗的宿舍楼里。走廊对面一个亮灯的房间里传来说话声。忽然，那里的门开了，萌萌神采奕奕地走出来，后面似乎还跟着画家尚扬。我一下子拉住萌萌的手，悲痛地问"怎么会呢？怎么会呢？""趁我在，你就好好哭一场吧"，萌萌平静地安慰说……

就这样，我从黑暗中醒来。萌萌，余虹。先是萌萌于去年英年病逝，现在又是余虹。这两个相互呼唤的精神友人，这两个光辉的魂灵。一个在召唤另一个。

而我，被彻底留在地球西半部这片绝对的黑暗里。

怎么会呢？今年9月初来美国的前3天，我们还约好一起去看尚扬在望京新落成的画室，并在一起吃饭。就在饭桌上，他再次约我为他主编的刊物组织一个和诗有关的专栏，我们当即定下了主题："翻译与中国新诗的现代性"。来美之后，我也很快给他发去了几张我们一家在美国的照片，他回了信：谢谢家新！祝一家愉快！

他总是带着微笑，除了偶尔在什么场合激动得大声说话（那一定是他在为什么仗义执言）。他总是微笑。他的微笑，总是让我感到一种睿智和亲切。与人们猜想的正相反，他从来不是一个患有"自闭症"的人。他有着一大帮朋友，他也十分注重，或者说善于处理人际间的关系。他办什么事都从容有度（与此有关，他穿衣服也很讲究）。据我所知，他对他在人民大学的工作和处境也很满意。不仅如此，作为学科带头人，他总是在"招兵买马"，就在我出国前，他还想把一位优秀的学者调到人大文学院来。

但是，这样一个总是在微笑的人却做出了这样的选择！微笑是他的"假相"吗？不，他在死后仍在微笑。他留给我们的只有微笑。只不过他的死，使他的微笑更富有含义了。

我们的认识纯属君子之交。很早我就读过他阐述海德格尔的文章，他在他的一本文学理论的书中也专门有一节写我的诗论，称它们体现了一种"新历史主义诗学"。我很感谢多年来他对我和其他中国诗人的关注，也非常认同他的敏锐眼光和洞见。但我们从来没有见过面。直到5年前他由海南大学调到人民大学后，他几次托程光炜转告要聚一聚，我们就在一家饭店里见面了。

但我更深地了解他，是在我近年里调到人大并读了他的几篇文章之后。一篇是关于海子的《神·语·诗——读海子及其他》，在我看来，这是诸多论述海子诗歌及"诗人之死"最具有哲学的透彻性的一篇。一篇是《灵魂的行走——丁方艺术的神性踪迹》。还有一篇是他今年上半年在波士顿大学访学期间有感于震动全美的弗吉尼亚理工大学枪击案后，美国民众和学生除了为32位受难者外，"居然"也为饮弹自尽的凶手赵承熙燃起了祈祷蜡烛所写下的《有一种爱我们还很陌生》。这篇文章的意义，在我看来更为深远广大，我相信它不仅为我也将为更多人的心灵打开另一重视野。至于他的一篇广被引用的文章《一个人的百年》，我也和很多人一样，是在他死后才从网上读到的。在这篇长文中，他回顾了他的老师、著名教授石璞女士百年来的坎坷经历，他这样发问："人的庇护从何而来呢？现世的社会和彼世的信仰，前者给人以生之依靠，后者给人以死之希望。"

我一读到这里，就像中了电击一样，不能再读下去了。是啊，人的庇护从何而来？在他的生前，他一直在这样问，孤独地、执着地、不为人知也不为人解地问。而在他死后，这一次该这样问的是我们了！

12 月处于纽约州上部的汉密尔顿，连日大雪不时落下，山峦和树木白茫茫一片。近处，家家户户的屋檐挂满晶莹的冰柱。

早上去学校，我没有乘坐学校的校车。我只是想走，在深深的雪地里走。不停地走，绝望地走。我甚至想在雪中呼告苍天。我只是想要那冰雪的力量把我彻底洞穿和制服。

但是，我错了。我没想到这眼前的飞雪是如此美，雪中的树木又是如此的富有生气。我走向它们。我走向更远处的它们。而它们，带着冰雪雕出的美，甚至仿佛带着一阵永恒的圣咏所闪耀的回音，在迎接我，注视我。余虹，这雪是因你而下的吗？这冰，是因为大地的伤痛而结晶的吗？这来自上苍的抚慰，我们又该怎样去迎接？

此刻，我不知道远方的北京是否有雪。我只听说许多人民大学的学生知道余虹的事后在课堂上抱头痛哭。这是余虹老师给他们上的最后一课。这一课，比什么对他们的人生都更重要。

头脑中一阵绝对的黑暗过去之后，我想他们不仅会带着一双泪眼看世界，他们也将带着这心灵的重创和净化去生活。

这两天，我也看了一些网上的反应。也有人指责他对生命不珍惜、不尊重。但是，什么是"生命"呢？仅仅为一种肉体存在？毫无尊严地活着？我所知道的是：余虹，以他的死，永远地拥有了一份永恒的生命。

这就是为什么我在不断地同他讲话（我相信这样做的远不止我一人）。他怎么可能会不在呢？他"就在那里"！在这雪的闪耀中，也会在我们一生的远景里。

的确，有一种死——它和对生命的爱、和对生命价值的更高肯定更深地联系在一起——我们还太陌生。

余虹的死，使很多人们在现世中所追逐的东西，一下子显得毫无意义了。

或者说：余虹的死，使人们最终要面对的显现出来。

"为什么？""为什么呢？"人们仍在问。人们可以理解那些因走投无路而自尽的人，在中国，人们甚至也接受了海子那样的壮烈的死。但余虹的死不可追问。余虹的死像他的微笑一样，是一个谜。余虹的死是一次"哲学短路"，我们的脑子里一片空白。

据说直接原因是自今年 9 月份以来，他患上了严重的失眠症。但是，他为什么会一夜夜失眠？究竟是什么在黑暗中抓住了他？

他在北京世纪城的家我去过。他住在2楼。而他选择纵身一跃的楼道窗口在10层。他从那里回到大地的怀抱。从2层到10层，那一道盘旋的昏暗的楼道。当他最后一次踏上那楼梯，他的步履，我们需要怎样的尺度才能丈量？

看崔卫平的纪念文章，我知道了他在美国访学期间曾拍有一张题为《墓地与城市》的照片。从陶东风的博客中，我终于看到了这件摄影作品：大片的庄重而宁静的墓地，墓地那边，则是一片城市（纽约）的高楼和电视塔的尖顶。

我再次受到震动：这一次，生，成了死的背景。一座座墓碑肃穆、庄严、宁静。墓地被赋予了永恒的生命，而远方的城市背景却显得是那样虚幻。

即使从摄影艺术角度看，这幅摄影也堪称杰作。但，余虹是无意成为什么摄影家的。据他对朋友讲，他是路过纽约中央公园的墓地时拍下这幅照片的。在那里，永恒的宁静与闹市的喧嚣仅一步之隔。这使他深受震动。他带着他的震撼，也带着他那对生与死的深邃而超然的眼光，拍出了这样一幅照片。

他拍出了这样一幅照片。他已经听到召唤了。他已经处在他毕生所渴望的永恒而宁静的庇护下了。他的一本美学论著就叫《艺术与归家》。在该书前言的最后，他引用了荷尔德林《归家》一诗中的诗句："你所寻者近了，正上前来迎接你。"

是什么上前来迎接他？当然不是冰冷的死。是神圣母亲那颤抖的充满悲悯的臂弯，是最终向他敞开的"家"——在那里，用我曾写过的一句诗来说，青草的爱抚胜于人类的手指。

他就这样走了。他走得是那样干净。

他还有什么牵挂的？他抚养多年的儿子已于9月份到美国留学。孩子已大了，可以独自到远方了。但他又是一位多么尽责的父亲！记得两年前我们在北京西山开会，会后我和朋友们希望他留下一起喝酒，但怎么也留不住：他要赶回去给他正在上大三的儿子做饭！

而孩子们能否理解这种爱？但无论理解还是不理解，无论爱是多么徒劳，他都必须去做。是的，除了爱和牺牲，他已别无选择。也许他对世俗生活的幻想早已灰飞烟灭，但他仍在爱。他最后的那纵身一跃，看似抛却了一个人的一切责任，但他仍在爱。

因此他会承受着我们难以想象的身心折磨，在他的遗书中请我们"谅解"。他说他已"尽了全力"。这不仅是他对他的好友讲的，也是对他爱着的整个世界讲的。他唯一能做的，是在他死后，将他一生的藏书捐献出来。

他还有什么牵挂的？那远在四川的母亲和弟弟。母亲年纪已很大了，弟弟是一位很有思想和艺术个性却不被更多的人认识的画家。也正是在余虹死后，我这才更多地体会到了他为什么要在北京为他弟弟召集一个作品研讨会，时间就在他"临走"前的3个多月！

正是在那个会上，我有感于他弟弟余明为人的沉默寡语和画风的深邃宁静，谈到了言说与沉默的关系。那时我说的是：其实一个艺术家对存在，或者说对他的神明的最终的接近，就是沉默。这种沉默，并不是什么都不说，而是通过他的言说，让那"属于文学的沉默"对我们讲话。

现在，我深感自己当时"说"得还过于轻易。想一想余虹吧。我们这些人还能够说些什么？有一种沉默，使我感到了喋喋不休的可耻。有一种沉默我们永远难以企及。有一种沉默，也许只能通过死亡对我们讲话。

余虹就这样走了。我深深感到欠了他很多。至少，我欠他一首诗，一首挽歌。不过，他是否需要？在这美国东北部静静的雪夜里，我只是一遍遍地，试着翻译奥登的一首诗《爱的更多的一个》：

　　仰望着那些星辰，我知道

　　为了它们的眷顾，我可以走向地狱，

　　但在这冷漠的大地上

　　我们不得不对人或兽怀着恐惧。

　　我们如何指望群星为我们燃烧

　　带着那我们不能回报的激情？

　　如果爱不能相等，

　　让我成为爱的更多的一个。

当我翻译这些诗句，余虹的面容就在我的面前。可以说，我是为他译这首诗的。这是奥登的心灵自白，但我相信，这也正是余虹想要面对他的星空和众神说出的话。的确，这是一个听到召唤的人，那就是神圣的爱之召唤。他的全部生活和思想历程，包括他经受的矛盾和挣扎，把他领向了这里。他迈出了我们这些世俗之人很难跨越或者说根本没有意识到的一步：他站在了那"爱的更多的"行列。

世上还有没有别的庇护呢？没有。这才是对人的唯一的庇护。

只是，我仍感到了那已逝者所曾怀有的痛感：在我们的这种文化环境中，有一种爱我们不仅很陌生，它也更难实现。因为那是一种斩断了恨的、超越了利害关系的神圣之爱。那是一种和自我牺牲注定联系在一起的爱。那甚至是一种即使对罪人、对"凶手"也怀有同情和怜悯的爱。这种爱当然很难做到，但是不是唯有它，才能够把我们从人性的黑暗、偏狭和蒙昧中解救出来？

写到这里，我还想起了诗人米沃什说他为什么写作，那是因为他不能安于"我们不曾以绝对的爱，超乎常人能力地，去爱萨克森豪森（集中营）的可怜的灰烬"的"那种悔恨"。而我们，能安于这种悔恨吗？

余虹就这样走了。无论怎么说，他留在我本子上的电话号码，已永远打不通了。

这是我们活着的人的悲哀。这些年，命运从我们的生活中带走了一个个优秀的人。他们的离开，是我的永久的痛。但我已没有泪。

我没有泪。我放上巴赫的音乐。更多的眼泪来自天空。

"走到词 / 望到家乡的时候"

诗生活网刊编辑来信，请我就《帕斯捷尔纳克》一诗写一篇创作谈。这真是给我出了一道难题。这倒不是因为该诗的创作过程不好谈，而是因为——怎么说呢，难道就不能谈点别的？

这真如有人所感叹的那样："代表性"成了许多诗人的十字架，他们被绑在上面受难。他们的其他作品、他们在后来的艺术进展都被遮蔽了。

我想到诗人西渡编选的一部诗选，他选的是许多人都没有注意到的一首诗《尤金，雪》。那我就从这首诗谈起吧。

这首诗我自己比较看重，虽然这是一首短诗，虽然它看上去没有什么"时代意义"，但对我来说，这首诗的写作却体现了一种更深刻的精神经历。

这首诗写于 1996 年 3 月。在这之前的头一个月，我还写有这样一首诗：

布罗茨基之死

在一个人的死亡中，远山开始发蓝

带着持久不化的雪冠；

阳光强烈，孩子们登上上学的巴士……

但是，在你睁眼看清这一切之前

你还必须忍受住

一阵词的黑暗。

该年 1 月 28 日，诗人布罗茨基在纽约英年早逝，死于心肌梗死。消息传来，我在北京深受震动。这可不是一般的事件，布罗茨基深刻影响了许多中国诗人，我们也与他一起分担了那么多共同的东西，如抗争，流亡，对母语的爱，等等。这是一种和我们深刻相关的死亡。用布罗茨基爱用的"墨水"来比喻，墨水瓶打翻了，死亡的墨汁到处都是。最后，它将被悲痛的词语全部吸收。

我甚至惊异于诗人的死因：心肌梗死。也许，这本身就和词语的运作有关？

接下来的 2 月，我就带着这样的震动，也带着中国北方的寒霜，从北京登上了到美国的班机。我是带着刚上初一的儿子去美国俄勒冈大学探亲（他母亲在那里留学）。在旧金山海湾机场转机时，在强烈的阳光和发蓝的深邃大气中，我看到远山的晴雪闪耀（后来在西雅图一带，我又看到这样的景观）。这闪耀的积雪，这一直伴随着我的"诗人之死"，还有强烈而寒彻的阳光，一起到来，构成了这首诗的要素。

多年前，在去新疆的路上，在荒凉的河西走廊一带，我也从火车上看见过远处闪耀的雪峰。但这次不一样。雪山就紧临着人类的居住地（旧金山、西雅图），它在注视着我们。它顽强地要在我们的生活中占有它的位置。它在对我们讲话。

也许，正是死亡的到来，使我感到了那雪山的注视。

而那些在早上的阳光中排队登上校车的孩子们，偏偏也在这个时候出现了。这里有什么生与死的奥义吗？我不知道。我只知道这是诗歌赋予的一种视野。

我更知道，从我的内部知道，"在你睁眼看见这一切之前 / 你还必须忍受住 / 一阵词的黑暗"。

记得一位诗人朋友当年读这首诗读到最后，禁不住大声说：好一阵词的黑暗！这"一阵词的黑暗"，也就是死亡带来的"绝对"的黑暗。这词的黑暗，姑且如是说，就是上帝的黑暗。

没有死亡带来的重创，就不可能进入这词的黑暗。

去年冬天，我在网上搜索关于余虹之死的反响文字，发现有人引用了这首诗。余虹的死，使这位悼念者首先想到了这首诗。他被死亡震动得说不出话来，就反复背着这首诗，说着这首诗。词的黑暗，就这样进入了另一个头脑。

在谈《尤金，雪》之前先谈《布罗茨基之死》，因为它是一个背景或先声。

尤金，一个只有几万人的美国西北部小城，俄勒冈大学所在地，为群山和无边的森林所环绕，离太平洋只有几十公里。从2月到4月，我在那里生活了3个月。松鼠在住房周围的松树上蹦跳，雪后人们在居民区里堆起了红鼻子雪人。一个"童话似的世界"？这些，后来都成了诗中的细节。

尤其让我这个从干燥的中国北方来的人惊异的，是尤金的雪。那一场又一场大雪，不时落下，到了3月初，仍"意犹未止"。它是在向我要求一首诗吗？

但是随着写作的进行（或词语自身的展开），我也很快意识到"这一切都不会成为你写诗的理由"。你可以写雪，写它给你带来的激动，但却会流于表面，"除了雪降带来的寂静"。而这种觉悟至关重要。这在一瞬间给全诗带来了一种停顿。没有这种停顿或转折，我们就不可能进入存在的更本质的层面。

安静的尤金，"四月，满城开遍了桃花／却听不见一只蜜蜂"（这是我后来在尤金写的一句诗）。但这种"雪降带来的寂静"却有别于一般的安静。这雪降时的寂静，有着一种无言的强大的威力。它会迫使一个人朝他的内里走。

"一个在深夜写作的人／他必须在大雪充满世界之前／找到他的词根"；大雪充满世界与一个诗人对"词根"的寻找，这构成了一种宿命般的紧张关系。这种紧张关系，也许永远难以消除。

说到这里，词语有它自己的"根"吗？当然。里尔克有诗云："沉默吧。谁在内心保持沉默，/谁就触到了言说之根"。

只有触到了这样的"言说之根"，诗或思才走向我们。一个诗人的写作才有了它的真实可靠性。

"他还必须在词中跋涉"，写作，不是这种跋涉又是什么？我喜欢"跋涉"这个词，它带着语言自身的难度。它带着一种"艰难地贴近事物的姿态"。那种没有难度的写作，在我看来几乎一钱不值。

"以靠近那扇唯一的永不封冻的窗户"，这样一扇窗户，也许就是永恒的艺术本身。只有来到那里，我们才可以观雪。而在那里和那时落下的雪，才会给我们的灵魂带来真正的喜悦。诗最后一再重复的"雪，雪，雪"，就道出了这种喜悦。它带来了一阵真正的词语的明亮，纵然那是一种寒彻的明亮。

我为写出了这样一首诗感到喜悦。我在尤金生活了3个月，然后启程回国。我把儿子留在了那里读书，除此之外，我对"生活"几乎已不抱任何指望。除了写作，更深入也更孤独的写作，我们还有什么可以安慰自己的呢。

说到"词"，不妨多谈一点。大概从20世纪80年代后期起，我就开始关注"词"的问题。正如有的论者已看到的，这和那时流行的一句话"诗到语言为止"有着区别。这种"对词的关注"，不仅和一种语言意识的觉醒有关，还和对存在的进入，对黑暗和沉默的进入有关。这使一个诗人对写作问题的探讨，有了更深刻的本体论的意义。

当然，艺术的进程充满矛盾，"对词的关注"也会不时地被现实所打断。在1989年冬我写下的《瓦雷金诺叙事曲》中，当狼的嚎叫从"词的间隙"中传来，我不得不提出了"语言能否承担事物的沉重"这样的问题。不过，"历史的闯入"并没有使这种关注"转向"，而是具有了更大的纵深度和包容性。"词"不再是抽象的了，它本身就包含了与现实和时代的血肉关系。

而在这之后的1993年冬，在从英格兰到比利时的来回旅途和居留中，我写下了长篇诗片段系列《词语》。在异国的霜寒中，词语的纵深延展和闪耀，它真正给了我一种如庞德所说的"在伟大作品面前突然成长的感觉"。我为此深感喜悦。"词"的面貌和力量进一步呈现出来了，它不仅听从了"在的吩咐"，它本身就是对精神的塑造、对天命的接纳。

在这样的写作中，我深深体会到海德格尔所说的"语言乃是家园，我们依靠不断穿越此家园而到达所是"。甚至，我感到即使这样说还没有完全说出语言对我们的意义。

我们只能将自己完全奉献于语言并听从它的"吩咐"。

也许，正因为《尤金，雪》这样的诗，有人曾这样评论："可以把王家新喻为'寻求词根'的诗人，这'词根'构成的是诗歌语言与生命存在的双重支撑。对'词根'的执着寻找因而就给王家新的诗歌带来一种少有的深度：隐喻的深度，思想的深度，生命的深度。"（吴晓东《王家新的诗》）

现在，我不像早年那样去"寻求"了，只是依然关注着"词语"与"精神"的问题。我仍在梦想着一种词语与精神相互吸收、相互锤炼，最终达到结晶的诗歌语言。莎士比亚十四行诗中的"我的爱能在墨痕里永放光明"，就是词语与精神相互吸收的范例。假设把它变成"我的爱能在诗里永放光明"就会大为逊色，为什么？因为它缺了语言的质感。而原句中的"墨痕"却有一种物质性，一种精神的元素就在这样的"墨痕"里永久闪耀！

而杜甫的诗，更是一种词语与精神相互历练的伟大典范。的确，杜诗的秘密就在它的句法里。杜诗的价值就在它的难度里。这是语言的难度，但同时也是心灵的难度。因而他把汉语诗歌推向了一个高峰。"庾信平生最萧瑟，暮年诗赋动江关"，好一个"动"字！一个终生侍奉于诗和语言的人，才会真正体会到它的力量所在。

相对于这样的高峰，我们还必须在词中跋涉。

我所敬佩的诗人多多在《依旧是》中有这样的诗句：

走在额头飘雪的夜里而依旧是

从一张白纸上走过而依旧是

走进那看不见的田野而依旧是

走在词间，麦田间，走在

减价的皮鞋间，走到词

望到家乡的时候，而依旧是

…………

"走到词／望到家乡的时候"，可以说，这就是诗人自80年代末期出国以来的全部写作！

而在这句诗里，耐人寻味的不是人，而是"词""望到家乡"的时刻。这里真有一种天启般的觉悟。的确，"词"也有着它自身的家乡。诗人所做的，不过是通过他的"走"，即通过一种不懈的语言的劳作，使词语本身望到它那神话般的家乡——而那，才是我们生命的本源。

为此，我们不得不在词中跋涉。

附：

尤金，雪

雪在窗外愈下愈急。

在一个童话似的世界里不能没有雪。

第二天醒来，你会看到松鼠在雪枝间蹦跳，

邻居的雪人也将向你伸出拇指，

一场雪仗也许会在你和儿子之间进行，

然而，这一切都不会成为你写诗的理由，

除了雪降带来的寂静。

一个在深夜写作的人，

他必须在大雪充满世界之前

找到他的词根；

他还必须在词中跋涉，以靠近

那扇唯一的永不封冻的窗户，

然后是雪，雪，雪。

你深入在我们之内的钟

诗人和哲人之乡

春节一过，我又从北京到了斯图加特。这次主要是和我的德文合作者芮虎先生一起翻译策兰。近年来，我又新译了 100 多首策兰的诗，需要和芮虎一起依据原文和一些研究资料对这些译文进行校正并加注。这个翻译项目再次得到了"孤堡学院"（Akademie Schloss Solitude）的支持。我曾于 1997 年秋至 1998 年早春在这里住了半年，并写下了长诗《回答》等，现在，我又回到了这个位于斯图加特郊外的古堡。这次我住在二楼 43 号工作室，而 10 年前住的是 42 号。好嘛，我想，我现在是与过去的那个自己为邻。

让我欣喜的是，我又来到一片诗的土地上。站在古堡所处的山坡上眺望，远处那一片片美丽的山川、森林和城镇历历在目。

想一想也真令人惊异：有4位诗人和哲人——席勒、荷尔德林、黑格尔、谢林——均出生于方圆不出四五十公里的这一带。而且古堡本身，席勒早年也曾在这里学习过（当时它为符腾堡王国的军事学院），并在严格的训练之余开始偷偷地写诗。

因此，这次来我要多看看。我最想看到的是荷尔德林的出生地劳芬以及他3岁后所生活的努廷根（至于图宾根的那座"疯诗人之屋"及诗人墓地，我在多年前已访问过）。我要去体会这样的家乡或故土对于一个诗人的意义。在荷尔德林那一批传世的颂歌里，那可是一片神示的土地啊。

古老的小城劳芬。那巍然耸立的大教堂和古堡，那从山谷间清澈流过的河流，那漫山遍野的葡萄园，远远一看到就让人喜不自禁。我想我可以想象了，正是在那里，一个幼小的灵魂展开了对"永恒的澄明"最初的张望……

但临到荷尔德林出生的房子时，我却多少有些难以置信：涅卡河流经劳芬时流量陡然变大，遂分成两支，其中一支在向左拐时，正冲着荷尔德林的家门！我真不知这是怎样一种"风水"！是涅卡河在呼唤它未来的歌者呢，还是要把他无情卷走？诗人在后来的发疯是不是和这也有些关系呢？我真不知该如何想象了。

我所知道的是，这位大地之子，有着被赋予的爱，也有着被赋予的痛苦。荷尔德林两岁时即丧父，在离诗人故居不远的古老小修道院（它现在成了一个纪念馆），我看到了诗人父母的画像。身为修道院主管的父亲不苟言笑，母亲也显得相当严厉。父亲病逝一年后，母亲再嫁努廷根的镇长。好在继父对他很疼爱，努廷根那美丽的山水风物（它同样处在涅卡河畔）也向幼年的诗人张开了温暖、神奇的怀抱——荷尔德林后来就曾在诗中这样动情地追忆："我在神的怀抱里长大。"（《当我还是年少时》）

然而不幸仍接踵而来，就在荷尔德林9岁时，继父病故，在这之后，他4岁的小妹妹也夭折了。从此，那种"孤儿"之感便更深地纠缠着他。家道的破落，使母亲对他的管教也更苛刻了。在母亲的要求下，荷尔德林在当地的拉丁学校学习，后来进入努廷根附近的修道院苦读，几年后又到了图宾根大学神学院（正是在那里他和黑格尔、谢林成为学友）。从努廷根到图宾根只有30多公里，在通向它的路口我停住了。我不禁一再朝着从图宾根来的方向眺望，好像一个疯疯癫癫的诗人随时会从前面的路上回来似的！

诗人最后一次回到家乡努廷根，是在1802年：他突然从他做家庭教师的法国波尔多地区徒步回来，精神已因他在法兰克福的情人的死讯受到致命重创。而他的母亲已很难接受这个疯子了，曾让人把他赶出家门。

这就是我所知道的星星点点的"故事"。我们已无从知道那背后的秘密。在访问过诗人故居及大教堂旁边的拉丁学校后，我和芮虎顺着那磨得坑坑洼洼、在雨雪中像铜镜一样反光的石头路，来到了市政厅斜对面的一栋房子里，它为荷尔德林的母亲晚年所租住，现在是一家小旅馆兼咖啡店。在那里专门设有"荷尔德林屋"

"默里克屋"（默里克为比荷尔德林晚一辈的诗人，曾在努廷根做过牧师），当我们坐在那里准备享用"荷尔德林早餐"，当一小筐刚烤好的小面包摆上来时，我突然想到了策兰的一个词：疯碗！

一只疯碗？是的。也许，这就是这两位诗人之间最神秘的渊源。

马尔巴赫

马尔巴赫，席勒的故乡。席勒出生时的房子至今仍保存完好。同歌德一起，他已成为德国文化的神圣象征。在德国任何一个古老的歌剧院，都巍然耸立着歌德和席勒的塑像。我曾访问过魏玛，在一古老大教堂的地下殿堂里，并排高放着歌德和席勒的灵柩，周边是永不熄灭的烛火。而席勒的妻子，则独自安葬在波恩的一个墓园。想起这些，就让我感叹。

除席勒故居外，这个涅卡河边的古老小城还是德国文学最重要的文献档案地。除了原有的古典文学馆外，近年又新落成了现代文学档案馆。在那里，我着重看了海德格尔、本雅明、阿多诺、里尔克、本恩、策兰、巴赫曼等人的手稿、遗物和照片等。里尔克精美讲究、带着丝绸飘带的小诗稿本，策兰 1945 年的带着照片和各种戳印的护照等，都给我很深的印象，尤其是带有策兰笔迹的标有"1945 年"的《死亡探戈》（*Todestango*）一诗的打印稿，使我眼睛一亮，以前我只知道 1947 年它被译成罗马尼亚文在布加勒斯特一家刊物初次发表时题为《死亡探戈》，并不知道它确切的创作时期。策兰创作这首诗，除了他本身的经历外，可能受到一幅照片的启发，那幅照片 1942 年拍于离策兰家乡不远的 Janowska 集中营，一群带着黑色狼狗的纳粹集中营军官让犹太人站成一圈，命令他们手持各种乐器演奏"死亡探戈"（该照片原片现存于耶路撒冷一档案馆）。这首诗后来才被策兰改为《死亡赋格》（*Todesfuge*）。而这一改动意义重大，它一下子拓展和提升了这首诗，使它成为如人们所说的"20 世纪最不可磨灭的一首诗"。

巴赫曼以"亲爱的保罗"开头的给策兰的通信手稿，也让我久久驻步，那流利书写的笔迹，似乎仍带着沙沙声，让我仿佛听到了一个灵魂的倾诉声。从档案馆出来后，在飘来的雨雪中，我正好撞上一对在档案馆的走廊里相拥激吻的男孩女孩。他们以后会不会成为另一个策兰、巴赫曼？我忽发奇想起来。不会的。那是在历史上只出现一次的天才性人物。但他们的命运又有着某种普遍性。这就是为什么人们会关注他们，从他们的诗，到生平，直至每一个能发现的细节……

雪中孤堡

早上起来，拉开窗帘，啊，窗棂上已积了一寸厚的雪了，而飞雪仍在窗外无声地下着。于是我放上巴赫的音乐，久久坐在室内昏暗的光线里，内心涌动，唯有感恩。

我想这是我的幸运，来后不几天就赶上了雪。第一场雪那天芮虎也激动地打来电话，说这里好久没有下雪了。但他说的"好久"哪里有北京那么久！在我来之前，那片我生活的土地已持续干燥了一冬，别说雪了，连一片云都没有！那种晴空万里，让人心里直发慌。

因此，我要多到雪中走一走。我想一直走入那披雪的黑森林中，但路过古堡附近的马厩时，我停住了。我看到一匹马，一匹孤独的白马，在雪坡上静静伫立，两只黑鸟在它附近翻飞，但它一动不动。它就像一个从清凉的马厩里出来的任性的孩子，在那里久久地伫立……

这宛如幻境的一切，让我也在那里站住了。

下午3点，Dagmar Lorenz女士来访，她的中文名字叫罗丹美。她冒雪从法兰克福坐两小时火车来，受歌德学院"德中文化网"的委托做一个采访。看她的名片，知道她是博士。她问到我儿次来这里的生活和写作情况，问我为什么会翻译策兰，等等。我发现她不仅对策兰的诗很熟悉，也很有见解，而且她对中国现代诗也比较了解，后来她告诉我她翻译过闻一多的《死水》。是吗？我对她说，闻一多可是我们湖北人啊，瞧，我们现在喝的就是闻一多的"苦茶"！

傍晚，罗丹美赶5点钟的公共汽车下山，我到古堡边的车站送她。她的黑色长围巾在雪花中飘飞。公共汽车离去后，我仍在那里站了一会儿。"阅读之站台，在晚词里。"我要回到我正在翻译的策兰那里了……

"以言语的形式"

　　清早，冒着迷蒙的飞雪，坐上了从斯图加特到意大利的火车，途经慕尼黑转车进入奥地利后，我的心因此也期待起来，因为火车即将经过因斯布鲁克，特拉克尔就葬在那里。这位悲剧性的天才性诗人，死（很可能是自杀）于第一次世界大战的战地医院，死后数年被移葬到那里。1948 年 7 月 5 日，从东欧逃亡出来的策兰从维也纳登上了开往法国的列车，经过因斯布鲁克时曾特意下车，前往诗人墓地献花。我是否也这样呢？罢了。我只是紧贴着车窗看着：那在飞雪中变暗的空气，那迎来的一个个大小教堂的尖顶，那冰冻的几乎无人的车站……

　　不过，当火车穿过一个个阿尔卑斯山的山洞，进入意大利北部山区后，已是另一个世界了，我看到的是满山谷的葡萄园，是一片片绿油油的早春麦地，只是在远处的山岭上还留着少许积雪。我想，这就是欧洲的魅力所在：它的多样性！火车临近目的地博洛尼亚时，那山头上神圣的大教堂，山坡下一片片鳞次栉比展开的房屋的红褐色，使我不由得感到了温暖。这就是意大利：到了。

　　古老的大学城博洛尼亚。这里是欧洲也是世界上第一个大学，成立于 1088 年。但丁、彼特拉克都曾是这里的学生。此行主要是应鲍夏兰教授之邀，来这里的东方语言系做一个讲座。在那古色古香的图书馆里，我从"感谢世界上一个最古老的大学请我来讲讲中国新诗"谈起，谈了中国新诗与古典诗歌的联系和区别，谈了一些中国现代诗人对"现代性"的追求，谈了冯至《十四行集》中的一首诗，因为它写的正是离博洛尼亚不远的"西方水城"威尼斯。讲座和朗诵完后，学生们的欢迎声还未停，一位当地的中年诗人即上前来问我为什么只讲到李白、杜甫而没有提到白居易，因为蒙塔莱[1]特别喜爱他的诗。是吗？这我可没有想到。那么，蒙塔莱心目中的"白居易"是个什么样的诗人呢？他自己的诗风，可是与我们的白居易很不一样啊。

这也就涉及一个"翻译"问题，或"文化误读"问题。我甚至由此想到了一位德国著名诗人的话"我们翻译，无须原文"。看来这里面大有奥义。这次来与鲍夏兰和她的丈夫、汉学家鲁索教授在一起谈的最多的，也是这个问题。他们带我去当地一家翻译诗刊主编吉安尼·斯卡利亚（Gianni Scalia）家里的情形，也让我难忘。吉安尼先生已年近80，和出生于博洛尼亚的著名导演、诗人帕索里尼是朋友，当年他们曾一起办先锋派文学刊物，后来他自己创办了这份名曰"In Forma Di Parole"的诗刊。一到他的家兼工作室，我的眼睛就不够使，且不说墙上挂的毕加索的原画，那一书架一书架的诗集就让我激动，我随便抽出一本，竟是我最喜欢的法国诗人夏尔的纪念文集，再抽出一本，是爱尔兰诗人希尼的

---

[1] 欧杰尼奥·蒙塔莱（Eugenio Montale，1896—1981），意大利著名诗人，1975年获诺贝尔文学奖。

诗与诗论专号。鲍夏兰介绍，这个国际翻译诗刊已办了20多年，曾多次出版过她编译的中国现当代诗歌。听说我在翻译策兰后，吉安尼先生说他们也将出版一个策兰未发表的诗的专号。我问这份诗刊发行多少，他说每期只有500册。这时我注意到墙上挂着的毕加索的画，原来他画的是堂吉诃德！孤独的骑士，执迷不悟的骑士！这幅画挂在这里，和这屋子里的主人是多么相称啊。

使我精神一振的，是我得知"In Forma Di Parole"的意思及其出处后。它可译为"以言语的形式"，出自《神曲·天堂篇》第20章：诗人但丁来到那光辉的天堂，在天使的歌声停下之后，他听到各种神异的声音，如流水淙淙，如管弦之音，随即"以言语的形式"从一个鹰喙里透出，而诗人即刻觉悟到这就是他一直期待的，并把它一一记下。听完鲁索教授讲解这一切后，我感叹吉安尼·斯卡利亚先生为他的翻译诗刊找到了这么好的一个名字。这不正是一个绝妙的关于"翻译"、关于诗人工作的隐喻吗？不要忘了，波德莱尔给"诗人"下的定义正是"翻译者"！

道别的时候到了，健谈的老先生坚持要送我们到电梯门口，在那里，他郑重地对我说要请我为他们编一个中国当代诗歌专号，我说好啊，那我就和鲍夏兰教授合作吧。

诱人的早春晚上。沿着博洛尼亚街上那著名的古老的带拱顶的长长走廊，鲍夏兰、鲁索夫妇把我带到一条小巷，在胡同口鲁索先生把手往钉着街牌的墙上一指：看，"诗人巷"！又走了几步，朝胡同深处一家亮着温馨灯光的饭店一指：看，"诗人酒家"！我禁不住问："但丁、彼特拉克他们当年是不是老到这里来呢？""不知道，有可能吧？！"我们都笑了起来。

"人间天堂"威尼斯

威尼斯！那些著名的景点当然要看，但这次最想去的，是圣米凯莱（S.Michele）墓园，而它位于主群岛之外的另一个岛上。因此一出火车站我们就问去 S.Michele 怎么乘船，一位警察很不解地说，哦，你们去那里，那里可是墓地啊。对，我们就是要去看墓地，看两个诗人的墓：埃兹拉·庞德与约瑟夫·布罗茨基的墓！

布罗茨基的墓很好找，一块立着的灰白玉墓碑，在古老灰暗的墓园里很显眼，这颇合乎他那驽桀不驯的性格，就是死了也要站着！而庞德及夫人的墓，我们转了两圈才找到，原来他们的墓碑平躺着，且已被青草半掩住。布罗茨基的墓上玫瑰盛开，还有几束献花，说不准是他的俄罗斯粉丝从远方带来的吧？在墓碑的上方，居然还有一支用石子压着的香烟（"骆驼"牌的），我忽然意识到布罗茨基抽烟啊。我本想献上一支我从中国带来的"红河"牌香烟，但不知是否合乎这位怪杰的口味，也就作罢。于是我转身去墓园外，想在海边滩地上发现一朵野花，但在这冬末时节哪有什么野花！不过，我发现了一片洁白的芦苇，这倒是很合适：会思想的芦苇。于是我把一束细长飘拂的芦苇插在了布罗茨基的墓碑前。

一会儿，来了两位像是农妇似的意大利妇女，一进来就找庞德的墓。那时我正好在庞德的墓侧，待她们看完后要离去时，我告诉她们那边还有布罗茨基的墓。而她们竟不知道布罗茨基是谁，我告诉她们布罗茨基是俄国诗人，并且是诺贝尔文学奖获得者后，她们便一阵风似的飘到那边去了。这还没完，她们到那边看完后又回来了，不是找庞德，而是找我签名，因为陪我来的博洛尼亚大学的温琰告诉她们我也是一位所谓的"著名诗人"！

迷人的威尼斯！乘船回主群岛时，我不由得想起了帕斯捷尔纳克形容威尼斯的词句："飘浮的吨位"。穿行在它那曲径通幽、拱桥勾连的石板深巷中时，我又默念起布罗茨基的诗，"在这人间天堂的小巷里……空气被屋顶的瓦染成粉红，这样的空气总也呼吸不够，尤其是到了人生的最后"。这就是为什么他死后一定要从遥远的纽约安葬在这里的原因？

是的，这样的空气总也呼吸不够！何况我们来时正赶上一年一度狂欢节的尾声，一对对男女扮着过去时代的王公贵妇，身着奇装异服，头戴面具，手摇鹅毛扇，在那里招摇过市。甚至还有一个扮黑寡妇的，抱着路边的灯柱在那里神经质地一遍遍抚摸，好像那就是她的郎君。在这"人间天堂"里，真是无奇不有啊。著名的圣马可广场上，一只巨大的气球悠然升起，在那黄昏的金色里，宛如一幅超现实绘画；广场的另一角，则上演着在意大利流行的假面喜剧，露天舞台上老爷挺着肚子问"谁最有权力？"小丑傻乎乎地答曰"人民"，于是老爷啪一枪打在地上，小丑跳了起来；

"谁最有钱？""人民"，于是又是啪的一枪，小丑抱着脚再次跳了起来。游客和孩子们看得笑成一片。

不过，在这喧闹迷人的"人间天堂"里，我仍不时地在想着那片安静古老的墓园。来之前，我知道布罗茨基和庞德都葬在那里，但没想到他们挨得是那样近！布罗茨基是犹太人，而庞德却是一个顽固的反犹主义者。他们能否"和睦相处"呢？如果他们争吵起来，相邻墓园的斯特拉文斯基夫妇会不会过来劝解呢？瞧，可以写一出小戏了！

不过，我也多少有点失望，因为嫌那墓地离人世的喧嚣还不够远，也不够荒凉。瓦雷里逝世后，在他的海滨墓碑上刻有他《海滨墓园》中的名句："多好的酬劳啊，经过一番深思／终得以放眼远眺神明的宁静！"而他们是否也得到了这样的"酬劳"？这么一想，我的脚步竟有点沉重起来，哦，安息吧，诗人！……

布拉格城堡

晚上从威尼斯坐火车，第二天凌晨 4 点到达奥地利萨尔斯堡，我将从那里转车去布拉格。4 点半时，一列来自捷克的只有三四节车厢的火车进站了，这么破旧的火车呀（和德国的火车真是没法比），好像要把我拉回到"旧社会"似的！但我又感到兴奋，因为这是我第一次前往东欧、前往我早已向往的布拉格。胖乎乎的女孩推着服务小车来了，我要了杯速溶咖啡，付钱时问多少，她连句英语也不会说，便摸出手机来显示价格。瞧，她这股憨劲和这辆火车还真般配呢。

雨雪中的布拉格。从火车站出来，远山上那带着大教堂尖顶的巍峨城堡已遥遥在望，不用问，那就是著名的西拉金城堡，就是卡夫卡当年所遥望的神秘而威严的世界了（他就是在那附近写作《城堡》等作品的）。虽然有一个小行李箱的累赘，但我还是决定拖着它步行到那里。我要一步步走过老城区，走过伏尔塔瓦河上那由天使和圣者守护的大桥，最后攀上通向它的那一级级古老的石阶。我要好好体会一下通向城堡的艰难、崎岖，甚至还有迷失，不然，我就白来了。

还好，通向现实中的城堡并不那么难，一个小时后我居然已在山上的城堡中了，而且在那里与从波兰开车来接我的老朋友、艺术家巴特夫妇如约见了面。这一切，真是难以置信啊。到停车场放行李时，我把城堡里里外外看了一遍，而且正好赶上城堡卫兵交接仪式，别说那些忙着拍照的围观者了，那咔咔走来的步伐声让我也激动不已。后来我发现城堡每个大门口都有持枪肃立的英俊卫兵，以加强它的威严和神圣性。

而卡夫卡就在它的巨大压力和阴影下写作。就在高大森严的城堡斜坡下，有一条著名的小巷"炼金巷"（Golden Lane），当年是城堡仆人、守卫和炼金术者杂居的地方，而它的 22 号，就是卡夫卡的妹妹当年所租专为哥哥写作的地方。这个仅有八九平方米的弹丸之地，成了卡夫卡的秘密写作间。正是在那里，他完成了

《乡村医生》小说集的许多作品。

这真是一个现代写作的神话。我在这个低矮狭小、似乎仅可屈身居住的小屋（它现在是个小书店）里进进出出，在那斜坡的上面，是那需仰视可见的古老城墙及大教堂被熏黑的尖顶，在它下面不到200米，则是一座可怖的圆塔形古牢，我进去一层层地看了，一直到它的最底层，那冰冷闪亮的各种刑具，像铡刀、断头台、绞索等，至今仍令人毛骨悚然。它的寒光，是不是早已折射进卡夫卡的世界里？

的确，那城堡，为卡夫卡而建。

不过，在整个城堡及缓缓向下的炼金巷的尽头，还有一处在悬崖上的带矮围墙的平台，而那是个专供眺望的所在。从那里望出去，山谷里清澈的伏尔塔瓦河、河上一座座不时有红色电车驶过的桥梁及两岸的市区尽收眼底。而当年犹太人居住的老城广场一带，就是卡夫卡出生、生长、上学、上班的世界。也许正是在这个平台上，卡夫卡看到了《城堡》中那个叫K的人一次次试图向山上走来？

诗人里尔克同样出生、生长在布拉格，20岁后远走他乡，最后死于瑞士山谷里带刺的神秘玫瑰，而卡夫卡一生都陷在这个他想摆脱而不能的老世界里。他曾这样写道：布拉格不放我走，布拉格母亲有一双利爪（策兰《布拉格》一诗的开头也这样写道："那半死的一切 / 吮吸着我们的生命"）。在给未婚妻菲丽丝的明信片上他甚至这样写道：在内心深处我是中国人，我要回家。

如今我这个中国人来了。但我自己的家又在哪里？

而那半死的一切仍在吮吸：曾经荒僻不起眼的"炼金巷"因为卡夫卡也收费了。我虽然在两位大汉的注视下乖乖地买了昂贵的门票，但心里仍不免愤慨。他们这是在靠卡夫卡吮取啊。

好在卡夫卡本身是无法穷尽的。卡夫卡的每一个句子，都像刺骨一样卡在时间的喉咙里，让它难以消化。

傍晚，和巴特夫妇一起驱车沿着伏尔塔瓦河离去。我虽然没有赶上布拉格那金色的黄昏，但离别的时候也不无伤情。巴特知道我，特意放慢了车速。再见，查理大桥上那些被熏黑的守护天使们；再见，河上的水鸟和两岸的教堂和钟楼；再见，远山上那已和雪雾融为一体的城堡！而当这一切从我回头的视线中渐渐消逝时，我想起的还是策兰《在布拉格》一诗中的诗句：

一座西拉金城堡／是所有真正炼金者的不。

德、波之间

从布拉格冒雪开车两个多小时，我们终于到了靠近德国的波兰的一个小村庄。其实这一带本来属于德国，"二战"后划归波兰，大批流落在乌克兰的波兰人移民过来，住在了原德国人的房子里。这就是德国为他们所发动的战争付出的代价。

巴特的新家就处在这里，而它让我惊讶不已：这完全是一座贵族庄园嘛。巴特，我的老朋友，天知道他是怎样发现并买下了这座庄园，并带着他一生的绘画、雕塑和装置作品，从遥远的比利时移居到了这里！它本来是 300 多年前欧洲瓷器的第一个发明者，德国著名科学家、哲学家冯·奇尔恩豪斯（Ehrenfried Walther von Tschirnhaus，1651—1708）的旧居，去年德方还和巴特合作，在这里举办了他逝世 300 周年的纪念活动。但当地的波兰人不了解也不在乎这种价值，就把它贱卖了出去。卖出前，它曾是一座荒废的小学。

我由此想起了生于东普鲁士哥尔斯堡的康德，如今那里已改称为加里宁格勒，是俄罗斯的领土了。历史的变迁真让人感叹啊。当我同巴特谈到这点后，他告诉我：你知道吗，康德的思想也曾受到冯·奇尔恩豪斯的影响。

是吗？我愈来愈感到这房子的价值了。我忍不住问巴特是以什么价钱买下的，他诡秘地告诉我：买这座庄园的钱嘛，在比利时只够买一小间屋子！

看来波兰人，尤其是当地的波兰农民依然很穷。这里除了几个新建的超市，看不出任何别的"发展"，超市里的一切也很便宜，因此邻近的德国人经常开车过来加便宜油并购物。德波之间虽然已没有了边防，但警察仍经常在路上堵截那些走私倒卖的小贩子。据说在柏林就有一些这样的黑市，从波兰这边"倒过去"的万宝路烟，价钱只有德国的一半！

但是当地的波兰人似乎并不在意他们的贫穷。他们移民过来后，首先做的事是把原德国人的路德教教堂改成了天主教教堂。他们愈是贫苦便愈是需要他们的宗教。周日，大雪纷飞的早上，村民们都来小教堂做礼拜了（小教堂就在巴特家旁边）。我进到教堂外的院子里时，纯朴憨厚的村民们纷纷前来和我握手（很可能，这是他们有生以来第一次见到一个中国人），孩子们则在小教堂的门口嬉笑着打雪仗，过一会儿，他们也乖乖地进去了，这时，从飞雪中的小教堂里面隐隐传来了管风琴和赞美歌的合唱声……

这使我在那个纷飞的雪国里久久站住了。

德累斯顿

一条尼斯河成为边境线。一过桥，是德国城市格尔利茨，更远一些，便是我早就想去看的德累斯顿。德累斯顿，这座易北河谷的古典名城，当年，800架英美飞机的轮番轰炸（每隔两小时装满炸弹回来一次），使它成了一片火海！我曾看到一些那时的照片，楼顶上，那熏黑的大天使附身向下，面向已成废墟的城市，面向那一堆堆巴洛克残骸，似在发出无声的哀悼……

今天的德累斯顿，已完全按照它过去的样子重建起来。德国人保留了每一块从炸毁的房屋中清理出的石头。重建的那些宫殿、教堂、歌剧院，完全是杂色的，像是百衲衣，或像是装上了假肢。那些填补上去的花岗岩石块，不知需要多久才能获得其"前辈"的历史感，而那些被熏黑的留存部分，再擦洗也褪不去它的乌黑。

它的黑，就是它的创伤，人们也不想去碰它！

在完全重建的巴赫曾演奏过管风琴的圣母大教堂外面，立有一巨大的断墙残体，上面铭刻着这座著名教堂被摧毁的时间。但我看不必，因为整个德累斯顿就是一个巨大的创伤累累的纪念馆！

幸好古典艺术馆里那些无比珍贵的拉斐尔、提香、波提切利、伦勃朗、鲁本斯、凡·戴克、维米尔等艺术大师的作品被保留了下来（它们在战争期间被转移了）。拉斐尔的名作《圣母升天图》仍置挂在它原来的位置上，大难不死，它被苦难的历史赋予了更感人的力量。伦勃朗的那几幅自画像，也让我一再流连，因为策兰写有一首关于伦勃朗的自画像的诗，诗中特意写到了伦勃朗的连鬓胡须（伦勃朗与犹太人有密切关系，而连鬓胡须是虔敬的犹太人的特征），该诗的最后一句是："右边的嘴角 / 闪烁着圣诗之十六。"

从古典艺术馆出来后，我同巴特谈到了伦勃朗的这些自画像。对荷兰、弗拉芒画家如数家珍的他这样告诉我：你知道为什么吗？因为伦勃朗晚年很穷，雇不起模特，就只好画他自己了！

我们都笑了起来。这一笑，似乎摆脱了一些历史的沉重。

德累斯顿仍是一个活力焕发的城市。正如德国诗人格仁拜因（Durs Gruenbein）在一首关于德累斯顿的诗中所说，它是一座"假死之城"！而格仁拜因自己的诗，正是这种生命复苏的象征。我曾见过这位出身、成长于德累斯顿的诗人，20 年前，他随着柏林墙的倒塌脱颖而出，目前可以说是德国最令人瞩目的诗人。德国汉学家、诗人顾彬也多次对我说：目前德国最好的作家和诗人大都来自前东德。

而在德累斯顿当代艺术馆看到的马丁·厄德尔（Martin Eder）的画展，也给了我深刻印象和诸多感受。他虽然主要画城市里的各种女人和猫，但却有一种强烈的奇异的时代感。他重新赋予了这个时代的欲望、困惑和忧虑以神话般的力量。总之，这位还很年轻的我从不知道的画家，继博伊斯、基弗之后，使我不得不再次对德国艺术刮目相看了。

杜塞尔多夫、海涅、"诵诗会"

杜塞尔多夫，海涅的故乡。从斯图加特乘火车去那里，还只是走到中途，我已感到这位诗人的存在了，因为从车窗外闪闪而过的莱茵河，正是海涅无数次歌唱过的河流。海涅的名诗《罗累莱》，在德国已无人不知（它在中国也很有影响）。"罗累莱"本来为莱茵河拐弯处一道山岩，海涅等诗人依据它创造了"罗累莱水妖"的传说，也许正因为这些奇异的充满魅力的诗篇，莱茵河从此发出它那神话般的歌声了。

不过，如此热爱德国、为她奉献出无数动人诗篇的海涅，在其生前却备受排斥和羞辱，因为他是犹太人！即使在他皈依基督教，成了一名路德派新教徒后依然如此。在他拿到法学博士学位后也找不到工作。他只好流亡巴黎，在其晚后期诗中，悲愤忧郁之风日甚，最后客死他乡，葬于巴黎蒙马特公墓。

而现在，杜塞尔多夫的街道、地铁站、学校等纷纷以海涅的名字命名，他们要骄傲地告诉你的是：这是海涅的杜塞尔多夫！位于莱茵河畔老城中海涅出生的故居，现在是一家装饰一新的文学书店，在它的门楣上和屋子里，到处是海涅的塑像和画像，书店里还设有海涅专柜。店女主人见我们来，热情地告诉我他们将请一位中国女作家来这里签名售书并举办讲座，说着，还找出了那位女作家的小说，我一看，一点也不知道这是谁，心里打起了鼓：这不会是又一个让我们的汉学家顾彬教授皱眉头的所谓"美女作家"吧？我想，他们应该把冯至、钱春绮等翻译的《海涅诗选》摆在这里才是！

　　而我对海涅重新产生兴趣，也和策兰有关。策兰的身份，策兰一生的艰难经历，使他本能地认同海涅这样一位德国犹太裔诗人先驱。他从海涅身上看到的是他自己的命运。在一首献给同为犹太裔的俄苏诗人曼德尔施塔姆的诗中，策兰化用了海涅的著名长诗《德国，一个冬天的童话》："它叫什么，你的国家 / 在山的背后，年的背后？ / 我知道它叫什么。/ 像冬天的童话，它被叫着，/ 它被叫着，像夏天的童话……"

　　这是在同谁说话？是同死于流放地的曼德尔施塔姆，也是在同被迫离开故乡的海涅，更是在对他自己。1960 年 5 月，策兰第一次和纳粹时期逃亡到瑞典的德国犹太女诗人、后来的诺贝尔文学奖获得者萨克斯在瑞士苏黎世会面，在这之后，他们又一起在巴黎到海涅的墓前献花。他们在海涅墓前久久地无言伫立。在那一刻，他们都在想着什么？

晚上，和多多一起在杜塞尔多夫孔子学院举办"诵诗会"（而不是"朗诵会"，而且那"诵诗会"还是用毛笔写下的，真不愧为"孔子学院"啊）。他们请来了顾彬做这场"诵诗会"的翻译和主持。多多作为杜塞尔多夫"中国戏剧节"的编剧之一，已来这里一个多月，这几天正在排练他写的《天空深处》。来听"诵诗会"的人还真不少，气氛让人感动。多多"诵"的是《蜜周》《阿姆斯特丹的河流》《没有黎明》等诗，在他读之前，顾彬说"谁说'文革'时期没文学？《蜜周》就写于1972年"。多多"诵"完后，在听众的热烈掌声中，顾彬连声说"真美！真美！"，说《阿姆斯特丹的河流》简直像是"唱"出来似的。我则读了由顾彬新翻译的《瓦雷金诺叙事曲》《传说——给杨键》《和顾彬〈新离骚〉》等诗。因为我的诗写到了李白，而顾彬有"中国当代文学是二锅头"的"著名说法"，孔子学院居然真的准备了一瓶"二锅头"，就摆在"诵诗"桌上。在我们读诗前，顾彬给我、多多和他自己各倒了一杯，并问："王家新，你愿不愿意当李白？""我愿当李白的读者。"我答道。下面的听众都笑了。"为什么？"顾彬又问。"因为读诗比写诗愉快呀。"我只好又这么答了一句。

"诵诗会"后，孔子学院德方院长韩彼得博士在一家中国饭店请客，顾彬的旁边坐着一位细挑个儿、留着金色短发的很精神的女孩，我这才知道这是他与前妻所生的女儿安娜。我只见过顾彬的两个儿子，没想到他还有这么美丽的一个女儿！安娜为杜塞尔多夫剧院演员，多多看过她演的戏，"哎哟，可会演啦！不像她父亲那样木讷，是一个新星！"席间，顾彬问起安娜和杜塞尔多夫剧院文学主持人克里斯托夫对《瓦雷金诺叙事曲》一诗的反响，他们都连连点头说好，顾彬这才侧过身来对我说，他原来有点担心德国读者能否理解这样的有着独特语境的诗，这下他放心了。而在这时，杜塞尔多大大学的老校长也对顾彬说起了这首诗，说它的德文译文中"有三个词还可以再斟酌一下"，这就是德国人，真认真啊。

不过，使我感动的还在后面，那就是女儿送父亲的场景。因顾彬第二天还要上课，当晚要坐火车赶回波恩，得提前离席，他一说走，安娜也马上放下了手中的杯盏，到饭店门口解开锁上的自行车，然后一手推着车一手挽着父亲，两人并排消失在夜幕中，而我久久地站在门口目送着……

"你大教堂"

巴赫曼与策兰通信集的出版，是去年德国出版界的一个重要事件。这个通信集本来应在策兰（1920—1970）与巴赫曼（1926—1973）死后 50 年后出版，在征得两家后人、亲属的同意后，现在提前出版了。一到德国，我就看到了这本通信集。封面上的巴赫曼像，高贵，敏感，神秘，充满英气。读了芮虎初译出的部分通信后，我一连几天不能平静，为这两个天才性诗人之间那种痛苦、深刻、持续了一生的爱。这种"爱之罪"（因为策兰后来同另一位法国女艺术家结婚，并育有一子），这种和他们的"存在与死亡"深刻相连的爱，策兰自己有诗为证："嘴唇曾经知道。嘴唇知道。/ 嘴唇哑默直到结束。"（《在嘴唇高处》）

这次来德国前，我曾译有策兰一首诗《科隆，火车站》，这次才知道，这同样是和巴赫曼有关的一首诗，但它应译为《科隆，王宫街》，我所依据的英译本把原诗标题中的"koln, am hof"误译为"火车站"了。1957 年 10 月 14 日，策兰和巴赫曼在一次文学会上重逢，当晚住在邻近科隆大教堂、火车站和莱茵河畔的王宫街一家旅馆，该街区一带在中世纪为犹太人居住地和受难地。从通信集中我们得知，那一晚，因为巴赫曼说出的"真像做梦"这样的话，策兰后来写出了这首诗，并从巴黎把它寄给了巴赫曼，下面是这首让策兰自己也深深激动的诗：

科隆，王宫街

心的时间，梦者
为午夜密码
而站立。

有什么在寂静中低语，有什么沉默，
有什么在走自己的路。

流放与消失

都曾经在家。

你大教堂。

你们不可见的大教堂，

你这不曾被听到的河流，

你深入在我们之内的钟。

多么好的一首诗！我可以体会到当一个诗人在午夜面对宇宙的寂静和黑暗、面对那苦难的历史从而直接喊出"你大教堂"时的那种内心涌动了！因此，这次在德国，我的一个目标就是去寻访那条王宫街。其实，我对那一带并不陌生。我曾在科隆大教堂里取下一支蜡烛点燃，然后把它放在那成千的摇曳燃烧的烛火中（那时我在心中说了些什么？）；我也曾和一位德国女艺术家朋友冒着蒙蒙细雨一再在科隆大教堂周边的热闹街区里漫游（如今她又去了哪里？）；我曾看过1945年盟军大轰炸后科隆的照片，城市已成废墟，莱茵河上的铁路桥被炸成了好几截，唯有那千年的大教堂奇迹般地保存下来；而现在，因为翻译策兰，我也知道了生活在科隆的犹太人的悲惨遭遇，不仅在纳粹时期，在中世纪科隆发生的一场大瘟疫中，他们就曾作为祸因惨遭集体屠杀，以至于科隆圣玛丽亚教堂至今仍存有"瘟疫十字架"——它已被策兰写入了另一首诗中……

　　想到这里，我就仿佛看到了科隆大教堂周边那些磨得坑坑洼洼的老街区，在那里，游人如织，一对对恋人手拉着手，来自世界各地的观光客们兴奋地说着通天塔里的语言，但他们是否想到这里曾是犹太人的居住地？那些被带走的犹太人和在大轰炸中惊逃的人们都到哪里去了？而当这些观光客们乘坐的火车从火车站里缓缓驶出，驶过莱茵河上的大铁桥时，他们是否感到了某种异样的沉重震动？那"不可见的大教堂"是否为他们巍然升起？那激荡灵魂的钟声是否已"深入"到他们体内？

　　总之，我要去了。我要使自己彻底消失在大教堂下面那熙熙攘攘的人群之中……

哥特兰岛上的追寻

2009 年 8 月下旬，我和其他几位中国诗人应邀参加由瑞典哥特兰岛作家和翻译家中心组办的一年一度的国际诗歌节。这是我第一次前往北欧，前往我想象中的由斯堪的纳维亚山脉（严峻）凛冽的冰雪与温暖的波罗的海相互映照的北欧。

这是瑞典最大的一个岛，位于瑞典东南端的波罗的海，全岛 100 多公里长，人口约 7 万，有着独特的历史和文化。我们从斯德哥尔摩坐大巴出发，然后再乘船 3 小时，一下船，向上迈入它的首府维斯比（在历史上它曾是汉萨王国同盟城，现为联合国世界文化遗产）的古老城门时，我们便被它的美惊呆了：那毁弃的或仍在高高屹立的城堡和教堂，那四周布满店铺和露天咖啡馆的诱人的小广场，那一道道被磨亮的老街、砂岩拱廊和童话般的房屋……待登上山坡上我们的住地时，山坡下那错落有致的古城和彤云进放、波光如镜的大海便全然展现在我们面前，大家几乎都要欢呼起来了……

还写什么诗?! 在这里，写一首就是多一首。大口呼吸吧，为了这世上最清澈的空气! 拍照吧，不仅是为了"留念"，更是为了把黄昏时分那金子一样镀亮山岩、屋顶和我们额头的光留下来……

然而，深深吸引我的，不仅是岛上风光和那童话般的美，还有两位艺术大师在这里留下的一切。诗歌节的朗诵每天主要在维斯比市中心一个废弃的大教堂内进行，我和蓝蓝一进去就有点愣了，我们在互相问：这不就是塔可夫斯基《乡愁》中的场景吗？那古老的高大廊柱仍屹立着，犹如精神的不死的骨架。在电影《乡愁》的最后，塔可夫斯基正是在这样的大教堂废址内置入了雾气洋溢的树木和俄罗斯房舍，以此构成全新的庇护和启示性景象。他所做的，真是一般人想都想不出来的啊。

当然，《乡愁》并不是在哥特兰岛而是在意大利拍的。这位苏联著名导演在哥特兰拍的，是他生前的最后一部杰作《牺牲》。多年前看《牺牲》，使我最受震动的是主人公最后烧掉自己的房子追随"女巫"而去的情景，那冲天而起的火光，那噼啪爆裂的声音，曾使我久久不能平静；另外，就是穿插在影片中的树的意象：一个少年每天用桶提着水去海滩上浇一棵枯树，到电影的最后，在我们目睹亚历山大的房子被烧成灰烬后，这棵树也在等待着复活——多么动人啊，是风吹动着那树上的每一片簇新的叶子，巴赫的音乐响起……

这也就是塔可夫斯基会深刻影响我们的最根本原因，"我想做的，乃是提出质疑并对深入我们生命核心的诸般问题有所论证，从而把观众带回到我们存在的隐伏、干涸的泉源"（塔可夫斯基《雕刻时光》）。这也正是他之于我们的不可或缺的意义。而这次来，我也从其他诗人那里感到了这种精神的回响。我惊喜地看到丹麦著名女诗人皮雅·塔夫德鲁普（Pia Tafdrup）这次带来朗诵的诗就和塔可夫斯基有关，诗中叙述她在父亲去世后怎样长久悲痛得说不出话，直到一次在从柏林坐火车归来的旅途上，在临近一片海湾时，她"看见"了那多次在塔可夫斯基电影中出现的马，然后她哭出了声来……

不仅如此，在特地来哥特兰岛为诗歌节拍照的瑞典摄影家卡托·莱恩（Cato Lein）的摄影集中居然也有一棵"塔可夫斯基的树"！它就出现在一些诺贝尔奖获奖作家诸如帕慕克和其他作家、艺术家的肖像中间。的确，这也是一种精神的肖像：那不屈不挠的孤绝身姿，那投在地上的深邃影子……我问卡托·莱恩拍摄这幅作品是不是受到塔可夫斯基的启发？他回答说是的，不过那棵树已不存在。它只是为了那部电影而存在。

是吗？我不甘心似的问道。从此，仿佛一颗种子落下了根，那几天在岛上漫游时，我就一直在寻觅着什么。是的，那棵树！那棵在塔可夫斯基的世界中出现的树，那棵孤单、倔强而又仿佛是从我们的血肉中长出来的树，那棵在巴赫的音乐中奇迹般复活的树……

为此我们去过无数的海滩。成片的松林在海风中起伏，但却很难找到一棵兀自挺立的树。

但在这世上，总会有一些特立独行者。塔可夫斯基是这样一棵"孤绝的树"，伯格曼也是——在某种意义上更是！这次来瑞典前，李笠在信中就特意告诉我哥特兰岛是这位电影大师中晚年生活的地方。来后第二天，我们就开上了从哥特兰大学谢老师那里借来的车，长驱五六十公里，去哥特兰最南端的费罗岛（它与哥特兰主岛隔一个小海湾，还需乘渡船），去寻访伯格曼那神话般的住所。

然而，那地方很不好找，没有任何指示路标，临近目的地时，我们绕来绕去，不得不停车好几次问路，其间还被一个从屋里出来的女人咒骂了一通。我们真不明白她为什么要跳起脚来骂？是被打扰了吗？还是她已完全疯了？不过这样也好。这会加深我们对伯格曼那鬼影幢幢的世界的理解。

那诅咒声，我们"逃"了很远很远仍能隐隐听到。

据传记材料，伯格曼是 20 世纪 70 年代移居到这里的。他亲自设计了这个面向大海，掩映在森林中的住所兼工作室。他后期的许多作品都是在这里写作、拍摄和剪辑的。这里是他晚年唯一的家，据说戛纳电影节 50 周年大庆把终身成就奖授予他时，他也懒得出门，只让他的女儿前往代领。到了他最后一部电影《芬妮与亚历山大》（1982）拍摄完毕后，他便完全在这里生活，直到前年夏天在这里谢世。

现在，这个一代大师的居所已空无一人，成为一片由密林和寂静守护的禁地，周围还设有禁止入内的标志，但我们已顾不上那么多了，轻轻推开森林小道边的木栅门，便蹑手蹑脚进入了这个我们早在《野草莓》等电影中窥见的神秘世界。我们是从后门溜进去的，一进去，便骤然被那渗透林间的寂静所控制。树荫下，伯格曼那辆深红色的奔驰牌旧车还在，好像仍在等着它那高大、佝偻着腰的主人似的。我在心里不由得感叹：一个人要长年生活在这里，需要怎样的勇气！

沿着布满青苔的石头垒成的长长围墙，我们在后院里开始拍照了。这个只有一层、长五六十米、用木头和石块建成的简朴住所，与其说是一个"诗意栖居"之所，不如说是一个"秘密工作间"，而我们无法进入。我们在这里又能找到什么？不过，我多么爱这些累累的无言的石头！待绕到屋子的侧面时，那从松林中透来的海风更是使我精神一振：这就是一个人的晚年独自为伴的大海了（伯格曼的夫人比他早逝世 11 年）。我们去时，正值正午，那宽大的起居室窗户面对的大海一片波光粼粼，真使人"犹在镜中"（这又是伯格曼一部电影的名字）。不过，到了冰天雪地、寒风刺骨的严冬又怎么办呢？

后来我才知道，伯格曼为他这个住所亲自设计了一个俄国式的带热炕的壁炉，冬天他就躺在那里读书、思考，听着那架古老的挂钟在寂静中发出的深邃轰响。这使我想起我曾访问过的德国哲学家海德格尔在那黑森林山上的小屋，是的，"严冬的深夜里，暴风雪在小屋外肆虐，还有什么时刻比此时此景更适合哲学思考呢？这样的时候，所有的追问必然会变得更加单纯而富有实质性。那种把思想诉诸语言的努力，则像高耸的杉树对抗猛烈的风暴一样"。（海德格尔《人与思想者》）

那些终生投身于精神劳作的人会理解这一切的！正是因为来到这里，我知道了自己"孤独得还不够"。我们献身的勇气也还远远不够。在这无言掩映在松林边的房子一侧，在那无垠展开的波光如镜的大海前，我们都静默下来了。我们变得像几个游魂。我们静得甚至已听不见自己的脚步。

一代大师去了，他就安葬在当地小教堂的墓园内。我们去看了那墓园。没有高大的墓碑，只是在一方朝向大海的朴拙石头上刻着他的名字及生卒年份。"多好的酬劳啊，经过一番深思／终得以放眼远眺神明的宁静"，这是瓦雷里《海滨墓园》中的名句。伯格曼会这样写吗？不会的。他进入的是一片更不可追问的沉默。他一生留下的40余部电影及多部戏剧，从某种意义上，正如人们看到的，是一个从被给予的信仰（他父亲即是一位严厉的牧师），到"被揭露的确信"并最终到"上帝的沉默"这样一个否定之否定的艰难历程。当然，在他作品中也有安慰、净化，但他留下更多的，是那黑暗的谜。即使在他晚年拍下的《芬妮与亚历山大》中，他也没有中止他对灵魂世界的无畏探索，他带领我们"跃入"的，是那"童年的深渊"！

相比之下，咱们中国的艺术家、作家、诗人、导演……是多么容易陷入世俗的满足。也许，这样说还是轻的。许多人一生追求的，不正是这个吗。

这也就是哥特兰——费罗岛之旅之于我们的意义。它不仅使我们感到一个超越一切现实虚荣的艺术大师是怎样把他对生命的追问一直带入他的晚年。它使我们自省。它为我们再次显现出精神存在的光亮和尊严。它把我们"带回到我们存在的隐伏、干涸的泉源"……

归来，又是黄昏。多美啊，哥特兰！那海之光，黄昏之光，再一次镀亮了车窗和我们的额头。我们岂止是陶醉了，我们的灵魂（它仅仅属于我们吗？），在经受着光的洗礼……

穆旦：翻译作为幸存

作为诗人的穆旦

穆旦（1918—1977），本名查良铮，生于天津，祖上为浙江海宁望族，1932年入南开高中后开始写新诗，1935年9月考入清华外文系，1937年10月，全面抗战爆发后随校南迁，在西南联大继续学业（除主修英语文学，还选修了俄语），1940年毕业后留校，1942年加入中国远征军，任随军翻译，赴缅甸对日作战。1945年出版第一本诗集《探险队》（昆明文聚），1947年自印诗集《穆旦诗集》，1948年出版诗集《旗》（上海文化生活）。1949年初随联合国粮农组织赴泰国，同年8月赴美，在芝加哥大学研究生院攻读英美及俄罗斯文学。

穆旦生性敏感多思，在中学时即显露出文学才华。1934—

1935 年间曾以本名和笔名"穆旦"在《南开高中生》上发表诗文，1936—1937 年间以"慕旦"为笔名在《清华周刊》及其他刊物上发表诗作。1937 年末到 1948 年这 10 余年间，是"穆旦"作为一个新锐诗人崭露头角，充分展现其创作潜质和能量，并达到一个令人瞩目的状态的时期。闻一多在西南联大期间编选的《现代诗钞》，就曾破例选入穆旦诗 11 首，数量之多，仅次于徐志摩。

"文革"结束后，在经历了长期的不公正待遇和排斥后，作为诗人的穆旦重新被人们发现和认识。在今天，穆旦已被普遍视为中国最为杰出的现代诗人之一，尤其被视为是一个充分体现了新诗对"现代性"的追求及其成就的诗人。正是从这种意义上看，在中国新诗史上，穆旦代表了一个时代。

"穆旦"和"慕旦"都来自穆旦的姓"查"。他最终选定以"穆旦"为笔名，或许正因为其色调更为凝重、肃穆。的确，虽然穆旦的诗最具有"现代主义"性质，但他却不同于那些徒具先锋姿态的诗人。他更具有底蕴，具有一个大诗人的综合素质和艺术整合力。他的《五月》《赞美》《诗八首》等杰作，不仅令人惊异，也给中国新诗带来了一种质的突破。如同"穆旦"这个笔名所暗示，他给他那个时代带来了一次更为肃穆、宏伟的诗的破晓。

早年穆旦之所以不到 30 岁就达到这样的境地，除了他过人的诗歌才赋和时代的因素，众所周知，和他所受到的英国现代诗的影响分不开。穆旦当年的同学周珏良这样回忆："在清华大学和西南联大我们都在外国语文系，首先接触的是英国浪漫派诗人，然后在西南联大受到英国燕卜荪先生的教导，接触到现代派的诗人如叶芝、艾略特、奥登乃至更年轻的狄兰·托马斯等人的作品和近代西方的文论。记得我们两人都喜欢叶芝的诗，他当时的创作很受叶芝的影响。我也记得我们从燕卜荪先生处借到威尔逊（Edmund Wilson）的《爱克斯尔的城堡》和艾略特的文集《圣木》（*The Sacred Wood*），才知道什么叫现代派，大开眼界……"[1]

对于穆旦所受到的英国现代诗人的影响，许多论者和我本人都曾有所分析和论述。这里还需要提到威尔逊的《爱克斯尔的城堡》（1931），这本以叶芝、瓦雷里、艾略特、普鲁斯特、乔伊斯、斯泰因6位诗人作家为主要考察对象的随笔集，在我看来在整个西方现代批评史上都不可多得。它的"现代敏感性"，它对几位诗人创作的深入探讨以及现代诗歌"由与社会共享的经验转向个人孤独的经验""而到了瓦雷里的时代，孤独的挣扎，真诚的内省，才是文学的力量之源"[2]的看法，对穆旦的影响都很可能是深刻而持久的。

英国现代诗对穆旦的影响之所以是决定性的，我们只要读读新奇、玄奥而深邃的《诗八首》就知道了。而《春》（1942）一诗的修改也颇说明问题，《春》中的名句"如果你是醒了，推开窗子 /

---

［1］ 周珏良：《穆旦的诗和译诗》，选自《一个民族已经起来：怀念诗人、翻译家穆旦》，杜运燮、袁可嘉、周与良编，江苏人民出版社，1987，第19—20页。

［2］ 埃德蒙·威尔逊：《阿克瑟尔的城堡：1870至1930年的想象文学研究》，黄念欣译，江苏教育出版社，2006，第68页、第191页。

看这满园的欲望是多么美丽"，在初次发表时为"如果你是女郎，把脸仰起，/看你鲜红的欲望多么美丽"。诗人后来的修改使全诗获得了焕然一新的力量。如果说初稿还带有二十世纪二三十年代新诗常有的那种浪漫、小资的调子，修改后则有了一种质的变化，有了一种强烈而陌生的现代主义式的诗感。从初稿到定稿，其中的艺术进展令人惊异。

更可贵的是，穆旦的创造和整合能力与他的敏感性和吸收能力一样令人叹服。纵然他接受的影响促成了他的艺术蜕变，但他的诗不是西方现代诗的"读后感"，更不是有人所谓的"复制"。他那些交织着现代意识、民族忧患和时代批判性的诗篇，体现了强劲的创作活力。如果穆旦的创作能够持续、深入下去，他很可能会将他自己及那个年代的中国新诗带向一个更高的境地。

很"可惜"的是，在这之后，穆旦基本上停止了自己的诗歌创作，代替他的，是一个诗歌翻译家向我们走来。而这正是本文要着重考察的：为什么他会做出这样的选择？在他的译诗与写诗之间显现了一种怎样的命运？他作为翻译家给中国新诗带来了什么？这一切又给我们以怎样的启示？

从诗人穆旦到翻译家查良铮

1953 年初穆旦从美国归国后，任教于南开大学外文系。从那时起到 1958 年，除了在 1957 年间发表少许诗作并给自己惹来麻烦外，[1]他全身心投入，或者说"转向"了翻译，在那些年里，他以本名"查良铮"出版了翻译的普希金的抒情诗（上、下集）和《波尔塔瓦》《青铜骑士》《加甫利颂》《高加索的俘虏》《欧根·奥涅金》等多部叙事长诗，雪莱、济慈等人的诗集及季靡菲耶夫的《文学原理》《别林斯基论文学》等，此外，他还和袁可嘉合译了《布莱克诗选》，以"梁真"为名出版了拜伦抒情诗选，等等。

回顾归国后的这5年，他的夫人周与良说"那是良铮译诗的黄金时代"。只不过这个"黄金时代"却是以一个诗人的消失为代价的。

回溯中国新诗史，纵然许多诗人都曾从事过翻译或是作为诗人翻译家而存在，但穆旦的情况与他们并不相同：卞之琳最初是从译诗开始，然后"写新诗寄感"、译诗与写诗相得益彰；戴望舒成名后也是如此，在创作和翻译上同时推进；而穆旦呢，在其早年全力投入创作，他是在30多岁正当盛年的阶段转向翻译的，而且不是作为与创作相伴随的翻译，是作为一个职业翻译家开始了他的另一种生涯。

为什么他会做出这样的选择？这里有"外因"，也有"内因"。首先，他在美国的那3年多时间大都在结婚成家、求学打工中度过，尤其是国内"翻天覆地"的巨变给他带来的兴奋和向往，这使

---

[1] 1957年5月7日，穆旦在"大鸣大放"氛围中在《人民日报》上发表诗作《九十九家争鸣记》，很快受到批评，后来他写了一篇自我批评文章《我上了一课》，发表于该报。

他并没有真正沉下来并触到他的言辞之根。因此留美期间，他只写有两首诗（而且是批判美国"资产阶级"和"白人"的诗），他"痛苦于不能写诗"（穆旦夫人周与良的回忆）。这种痛苦、焦虑和创作危机感，应该是他那时简单地把归国作为唯一归宿的重要原因。当然，他的这种选择，和他自早年起在民族危亡氛围中所接受的爱国教育，和二十世纪三四十年代以来他本人及那个时代知识分子普遍的"左倾"思想倾向也都有着必然的联系。

只不过归国后他很快就发现了他的天真。归国后所经受的一切，也使他明白了：他必须为他自己的过去送葬。他过去的那个自我包括他那种诗的写作已完全与一个新时代不合拍了。这就是他的《葬歌》（1957）一诗。的确，这已完全不是他作为一个诗人而存在的时代了。只不过他的送葬和自我否定并没有何其芳他们当年在延安时那么彻底（见何其芳1936年所作的《送葬》一诗），他的《葬歌》的结尾是"我的葬歌只算唱了一半，／那后一半，同志们，请帮助我变为生活"。他只能听由那巨大的历史力量的左右了。

我想，这就是"从诗人穆旦到翻译家查良铮"的主要原因。他转向一个职业译者（好在这样的转向对他来说并不难），就是他为过去的那个诗人"送葬"的一种方式。

至于为什么穆旦在那时会主要选择普希金、雪莱、济慈、拜伦来译，原因很显然，是因为在当时只能接受这样的具有"积极浪漫主义精神""革命浪漫主义精神"的外国诗人。他的这种选择，正如有的论者所说，是他"为获得出版权利，为赢得主流诗学、主流意识形态的认可所做的努力"。[1]但从另一方面看，这也出自他本人的爱好和认同。虽然穆旦被视为最具有现代主义性质的诗人，但无论在西方还是在中国，"现代主义"和"浪漫主义"都并非那样截然不同、互不相干。实际上，置身于50年代国内的那种环境中，普希金的诗很可能会比艾略特的诗使他感到更为亲切。普希金诗中的那种人情味，那种流放的命运和对自由的渴望，那种诗人与权力的对立，也都暗合了他内心中更深处的东西。

就这样，诗人自20世纪50年代直至"文革"结束后《九叶集》出版（1981），主要是作为普希金、雪莱、济慈、拜伦等人的译者出现并为广大读者所知。除了朋友圈子，无人知道"查良铮"就是穆旦。穆旦作为中国40年代最为杰出的诗人之一已被彻底遗忘——在这一点上，他的命运甚至还不如李金发，后者在那时的文学史上还有所提及，虽然是"供批判"提及。

在回顾穆旦的"由来与归宿"时，王佐良这样感叹："诗人穆旦终于成为翻译家查良铮，这当中是有曲折的，但也许不是一个坏的归宿。"[2]这就是命运的造就。苏联诗人阿赫玛托娃、帕斯捷尔纳克等人在他们的创作受到冲击的艰难时期，都曾转向翻译。对穆旦而言，他还必须转得更为彻底，因为在那个年代，他已渐渐

---

[1] 商瑞芹:《诗魂的再生——查良铮英诗汉译研究》，南开大学出版社，2007，第206页。

[2] 王佐良:《穆旦：由来与归宿》，选自《一个民族已经起来：怀念诗人、翻译家穆旦》，江苏人民出版社，1987，第10页。

没有了别的选择。对他来说，从事翻译甚至具有了"幸存"的意义——为了精神的存活，为了呼吸，为了寄托他对诗歌的爱，为了获得他作为一个诗人的曲折的自我实现。

而这种"翻译作为幸存"的意味，对穆旦来说愈到后来愈显然，也愈深刻。"历史打开了巨大的一页，/多少人在天安门写下誓语，/我在那儿也举起手来：/洪水淹没了孤寂的岛屿"，这是《葬歌》中的诗句。纵然他也希望融入历史的洪流，但历史的洪流却容不了他这样的"孤岛"。历史的洪流只需要它的牺牲品，1958年12月，诗人被剥夺了教学和发表作品的权利，到校图书馆被监管劳动。那是他生命中最黑暗的痛苦和沉默的3年。

1962年"解除管制"，降级留用于图书馆后，穆旦又回到了翻译上来。在繁重的图书整理工作之余，他选定翻译拜伦的2万多行的长诗《唐璜》。他要抱着这个巨石沉入他命运的深处。1966年后，他再次受到巨大冲击，被批斗，下放劳改，1972年劳改结束回校后，他首先要做的事便是回到对《唐璜》译稿的整理、修改上来。他还有什么可以寄托的？在给早年诗友的信中他"满嘴苦涩"地说"我煞有介事地弄翻译，实则是以译诗而收心，否则心无处安放"。[1]

了解了这一切，我们再来看他对普希金的翻译，那岂止是一般的语言转换，那是一个人的全部痛苦、爱和精神世界的寄托！

---

[1]《穆旦诗文集》第2卷，人民文学出版社，2005，第149页。

"再见吧，自由的元素"，这是他所译《致大海》的首句，没有那种身处逆境而激发的对自由的渴望，没有对人类存在和悲剧性命运的深切体验，他怎么可能以一语道出大海的本质？而该诗译文中那种前途渺茫、壮志难酬的荒凉感，其实也可看作是他自己命运的写照。当诗人远眺大海，"在你的荒凉中"，出现了拿破仑的流放地，"紧随着他，另一个天才／像风暴之声驰过我们面前"，那就是诗人拜伦，他的离去，"使自由在悲泣中"！读到这里，我们听到的是普希金的还是穆旦的哽咽声？在那一刻，两个诗人化为了一体！

　　一个50年代的诗人有可能写出这样的诗吗？但是，"翻译的名义可赋予作者某种有限度的豁免权（毕竟，译者不必为别人写的东西负责）"（Andre Lefevere）。[1] 这就是为什么说在那个年代翻译会作为精神的"幸存"，会成为游离于重重话语禁忌间的最曲折、隐晦的文学表达。对此，我们再来看穆旦在那时所译的普希金的另一首名诗《寄西伯利亚》的前两段：[2]

　　　　在西伯利亚的矿坑深处，

　　　　请坚持你们高傲的容忍：

　　　　这辛酸的劳苦并非徒然，

---

［1］商瑞芹:《诗魂的再生——查良铮英诗汉译研究》，南开大学出版社，2007，第212页。

［2］这是查良铮（穆旦）在20世纪50年代发表的译文，后来他对该诗译文又进行了修订。

你们崇高的理想不会落空。

"灾难"的姊妹——"希望"

正在幽暗的地下潜行,

她将给带来幸福和勇气:

渴盼的日子就要降临。

　　这是一个俄国伟大诗人在对流放的十二月党人讲话吗？是,
但这也同样是译者在对他自己讲话！当年他在分析这首诗的隐喻
意义时就曾问:"'在西伯利亚的矿坑深处',这真是在描写矿坑
吗?"(查良铮《普希金的〈西伯利亚〉》,《语文学习》1957 年 7
月号)这样的发问真是耐人寻味。同样,我们也可以这样问这真是
在从事翻译吗?是,但这同时也是以普希金的名义进行一种曲折
的自我表达(实际上,在这样的译文中,普希金也多少被穆旦化
了,"'灾难'的姊妹——'希望'/正在幽暗的地下潜行",这多
像是穆旦自己在 40 年代所写的诗！)。"在西伯利亚的矿坑深处,/
请坚持你们高傲的容忍",在今天看来,这已是穆旦自己在那个艰
难的年代里从事翻译的一种写照了！

　　这也使我想起学者陈思和在研究中国当代文学史时所提出的
"潜在写作"一说。早在 50 年代,穆旦就以"翻译的名义"在从事
这样的"潜在写作"了。他也只有通过这样的"写作"亦即翻译,
才能确定自己精神的在场,才能辨认出自身的命运,才能展开他

与"大海"——那些更沉郁、伟大的诗魂的对话。

一个在生命盛年放下了创作的天才性诗人，就这样把他的身世之感，把他的诗歌禀赋，都转移在这样的翻译上了。他那沉郁的富有激情和生命质感的译文，不仅真切地传达了海在"黄昏时分的轰响"，他还和那流放的普希金一样，"把你的山岩，你的海湾，/你的光与影，你的浪花的喋喋，/带到遥远的森林，带到寂静的荒原"——带到他相依为命的汉语中来。他与"自由的元素"的道别，也就是他对"自由的元素"的永远留存。

如果我们以这样的眼光来看，诗人穆旦成为翻译家查良铮，这在那个时代不仅"不是一个坏的归宿"，这对穆旦本人、对广大读者和中国现代诗歌，实乃大幸。周珏良在回顾穆旦时也曾感叹："穆旦译诗的成就，使我们觉得可喜，但又有点觉得可悲。如果穆旦能把译诗的精力和才能都放在写诗上，那我们获得的又将是什么——如果？"（《穆旦的诗和译诗》）

这样的惋惜声和感叹声，自穆旦逝世后不断传来。但我们却可以说，在那个很难有真正的诗的存在的年代，穆旦幸好没有继续写诗！这就是阿多诺《最低限度的道德》中那句广被引用的话"在错误之中没有正确的生活"。想想臧克家、冯至、卞之琳等诗人的"创作"吧。幸好穆旦没有以他的诗去努力适应时代。他的才华没有像众多作家和诗人那样遭到可悲的扭曲和荒废，而是以"翻译的名义"继续侍奉于他所认同的语言与精神价值，并给我们留下了如此宝贵的遗产。

因此，诗人穆旦成为翻译家查良铮，在今天看来这实在是一个明智的选择。甚至可以说，这恰好也正是"天意"所在。

　　从接受来看，查良铮（穆旦）的译诗自50年代以来影响了数代人，受到无数读者由衷的喜爱，并为"文革"后期一代人诗的觉醒埋下了种子（一些早期朦胧诗人显然都曾受到查译普希金的影响）。但穆旦翻译的意义还不限于给我们译出了一些好诗，还需要从新诗对"现代性"的曲折追求，从一个诗人对语言与精神价值的铸就这些角度加以认识。如果这样来看问题，翻译不仅不像很多人习惯性认为的那样"低于"创作，在很多时候它其实应占有更重要的位置。如同戴望舒、卞之琳、冯至等诗人翻译家的杰出贡献，穆旦的翻译本身就构成了中国现代诗歌最好的一部分。他那献身性的翻译，不仅使译诗本身成为一种艺术，他的那些优秀译作还和他曾写下的诗篇一起，共同构成了"我们语言的光荣"。这里，是查良铮（穆旦）所译的济慈的名诗《希腊古瓮颂》的开头：

　　　　你委身"寂静"的、完美的处子，

　　　　受过了"沉默"和"悠久"的抚育，

　　　　呵，田园的史家，你竟能铺叙

　　　　一个如花的故事，比诗还瑰丽……

　　这样的译文，堪称大手笔！如果济慈在世并且懂汉语，他也会为之惊异的。它注定是那种一出现就"永在"的翻译。这样的译文让人百读不厌。这样的译文会让那个年代无数的"诗歌"愈加显得可笑和可怜。的确，一种对诗的精神和语言价值的追求和确立，一种对诗本身的尊严的维护，不是体现在那个时代的创作里，而只是体现在这样的翻译里。这实在是我们的语言本身的幸运，它因为这样的翻译得以存活，还得到了诗的锤炼、照亮与提升。

穆旦的翻译诗学和翻译艺术

作为一个杰出的诗歌翻译家，穆旦的翻译一开始就体现了对忠实的追求与创造性翻译之间的紧张关系，就体现了他自己鲜明的译者风格。对他的翻译艺术，对他的一些优异的具体译文（如所译济慈《秋颂》的开头"雾气洋溢、果实圆熟的秋"，等等），人们已有一些论述，但我们还需要把这一切纳入一种诗学实践的层面深入认识。我们首先来看济慈《蝈蝈和蟋蟀》的译文，原诗的起句是"The poetry of earth, is never, dead."（"大地的诗歌永不会死去"），在诗的第九句诗人又这样强调"The poetry of earth is ceasing never."（"大地的诗歌永不会停止"），但查良铮（穆旦）的译文是这样的：

> 从不间断的是大地的诗歌：
> 当鸟儿疲于炎热的太阳
> 在树荫里沉默，在草地上

就另有种声音从篱笆飘过；

那是蝈蝈的歌声，它急于

享受夏日的盛宴的喜悦，

唱个不停；而等它需要停歇，

就在青草丛中稍稍憩息。

呵，大地的诗歌从不间断：

在孤寂的冬夜，当冰霜冻结，

四周静悄悄，炉边就响起了

蟋蟀的歌声，而室中的温暖，

使人曚曚欲睡，我们会感觉

仿佛是蟋蟀在山坡上鸣叫。

诗的起句并没有照原文直译，并且在句法上也做了改变，第九句的译文在句法上没有改变，但加上了原文没有的感叹词"呵"，这样前后呼应，富有诗的旋律，而又避免了单调，形成了节奏的变化和情感的张力。而在用词上，在汉语的感觉上，"从不间断的是大地的诗歌"显然比"大地的诗歌永不会死去"要好，也更切合蝈蝈与蟋蟀的歌声在大地上时起时伏给人们带来的联想和感受。

穆旦就这样忠实地传达了原作的精神，而又不拘泥于原文，更没有掉进"直译的陷阱"。他充分意识到诗的翻译是一种有所损失但又必须有所"补偿"的艺术，有所损失，往往是指原作的节奏韵律（比如济慈的这首十四行诗）、词的丰富含义及其在该语种语言文化系统内的互文共鸣功能在译成另一种语言时往往会失去，等等，因此穆旦会采用某种"墙外损失墙内补"的译诗策略。也只有以这种富有创造性的翻译，才能使原作失去的东西得到充分的"补偿"。

对穆旦的这种翻译艺术，我们再来看他晚期对奥登《在战争时期》组诗中一首诗的翻译，这是诗人为一个死去的中国士兵写的十四行诗：

> 他被使用在远离文化中心的地方，
> 又被他的将军和他的虱子所抛弃，
> 于是在一件棉袄里他闭上眼睛
> 而离开人世。人家不会把他提起。
>
> 当这场战役被整理成书的时候，
> 没有重要的知识在他的头壳里丧失。
> 他的玩笑是陈腐的，他沉闷如战时，
> 他的名字和模样都将永远消逝。
>
> 他不知善，不择善，却教育了我们，
> 并且像逗点一样加添上意义；
> 他在中国变为尘土，以便在他日

我们的女儿得以热爱这人间，

不再为狗所凌辱；也为了使有山、

有水、有房屋的地方，也能有人烟。

Far from the heart of culture he was used：

Abandoned by his general and his lice，

Under a padded quilt he closed his eyes

And vanished. He will not be introduced

When this campaign is tidied into books：

No vital knowledge perished in his skull；

His jokes were stale；like wartime，he was dull；

His name is lost for ever like his looks.

He neither knew nor chose the Good，but taught us，

And added meaning like a comma，when

He turned to dust in China that our daughters

Be fit to love the earth，and not again

Disgraced before the dogs；that，where are waters，

Mountains and houses，may be also men.

对照原文，我们会发现穆旦的译文准确、通畅，后两节语感和节奏感的把握尤为出色，有的处理甚至比原诗更富有诗意，如他把原诗最后的"也能有人"（"May be also men"）译为"也能有人烟"，一词之易，平添了汉语本身的诗意和形象感。更"大胆"也更富有诗意的，是他所加上的原文中没有的"以便在他日"，这不仅使诗中的时空骤然变得开阔和深邃起来，也强化了原诗中的那种对在中国变为尘土的无名士兵的纪念之情。

这种"大胆"的翻译，这种带有一定"改写"性质的"诗人译诗"，很早就招来了责难。为此，穆旦曾以《谈译诗问题——并答丁一英先生》一文为自己的翻译做出了辩护（该文刊于《郑州大学学报》1963年第1期，这应是自1958年到逝世前穆旦所"侥幸"发表出的唯一的一篇文章）。丁一英对查译普希金的主要指责便是"不忠实"，以及与此相关的"不正确"。显然，正如查良铮（穆旦）在该文所说，他是"以'字对字、句对句、结构（句法的）对结构"的所谓译诗原则来进行挑剔和指责的。他的问题，也正如穆旦所说，是"把译诗工作简化为照相的复制，而没有把它看作是使用另一种语言（而且是诗的语言）尽可能精确地塑造原诗的形象的艺术，因此，他也就不肯承认译诗有创造性，亦即在字面上和原作脱节的自由"。

就在该文中，穆旦再次引用了苏联诗人马尔夏克的话，以重申自己对译诗的看法："有时逐字'准确'的翻译的结果并不准确。……译诗不仅要注意意思，而且要把旋律和风格表现出来……

要紧的，是把原诗的主要实质传达出来。……为了保留主要的东西，在细节上就可以自由些。这里要求大胆。……译者不是八哥儿；好的译诗中，应该是既看得见原诗人的风格，也看得出译者的特点。"

"大胆"而"忠实"，这就是查良铮（穆旦）的翻译。"忠实"并不等同于字面上的"直译"或语言形式上的对应，它首先建立在对原诗精神实质的深刻理解上，建立在对诗人"心灵的活动"的进入和体验上。为了达到这种"忠实"，译者有时还必须打破原诗的语言形式结构或是对原文的某些部分进行"改写"，亦即通过所谓"背叛"来达到忠实。如在该文中查良铮（穆旦）所列举的他受到指责的普希金一诗的译文，显然也比丁先生自以为"正确"的译文要更契合原作的精神实质，更富有节奏感，也更富有诗意。

正是以这样富有创造性和艺术匠心的翻译，穆旦"把外国诗变为中文诗"[1]（请注意不是"变为中文"），并形成了他自己的翻译诗学和取向（路线）。我们甚至还可以说，自50年代以来，查良铮（穆旦）就在卞之琳之外另开了一路译风。这里，我之所以把穆旦和卞之琳的相比较，是因为他们属于同时代最有影响的诗人翻译家。作为致力于英法诗歌译介的卞先生，在新诗史上功不可没，他的许多译作，都已是难以超越的经典。他关于既要"神似"又要"形似"的译诗原则，他所倡导的"以顿代步"（即以汉语中

---

[1] 见穆旦给杜运燮的通信，《穆旦诗文集》第2卷，第150页。

的两字顿、三字顿为基本音组单位来代替原诗的音步）的译诗方法，对于翻译西方格律诗及中国新诗的语言形式建设都有一定意义，自 50 年代以来，他的这一套译诗理念和方法在翻译界也很有影响，追随者颇众。然而，问题就出在这里，他这种亦步亦趋刻意追求与原诗语言节奏形式上的近似，有时也不免陷入翻译的误区。为说明问题，我们不妨来看他对奥登《战时》组诗中那首诗的译文：

> 他用命在远离文化中心的场所，
> 为他的将军和他的虱子抛弃，
> 他给撩上了一条被，阖上了眼皮，
> 从此消失了。他不再被人提说。

> 尽管这一场战争编成了书卷：
> 他没有从头脑里丢失了紧要的知识；
> 他开的玩笑是陈旧的；他沉闷，像战时；
> 他的名字跟他的面貌都永远消散。

> 他不知也不曾自选"善"，却教了大家，
> 给我们增加了意义如一个逗点：
> 他变泥在中国，为了叫我们的女娃

好热爱大地而不再被委诸狗群，

无端受尽了凌辱；为了叫有山，

有水，有房子地方也可以有人。

这首诗，卞先生译于 40 年代初期，收入他的《英国诗选》
（1983）等译文集时仍保持原貌，由此也可见他的"一贯性"。这
里，且不说"用命""场所"这类过于庄重的译语对原文的偏离，
"被委诸狗群，无端受尽了凌辱"的别扭及不合原文，我们来看他
译文中的"却教了大家"及"我们的女娃"这两句：明明是"却
教了我们"（"but taught us"）却译为"教了大家"，明明是"我们
的女儿"（"our daughters"）却译为"我们的女娃"！也许，这样
来译为的是"押韵"，但却背离了原文，并无端地拉开了原诗中情
感的距离，使原诗中那个面对无名士兵之死内心涌动的诗人变成
了一个好为人师的老夫子。

卞先生当然是翻译大家，但这种"因韵害意"的现象在他的译
作中并不少见，这些也许是他的翻译方法带来的结果。只是卞先
生一直坚持着他这一套翻译理念。在谈到穆旦时，他在承认其"译
诗数量多，质量高，成绩卓著"的同时，仍认为穆旦的翻译路子
"终不是理想的方法；而他没有理会应在译文里照原诗相应以音组
（顿、拍）为节奏单位建行的道理，也多少影响到自己的创作，不

免是一个关键性的缺憾",[1]等等。

问题是，如果遵照卞先生这样的教导从事翻译，穆旦也就不是穆旦了。有对"形似"的苛求，但也可以有别开生面的"离形得似"的尝试；有对形式格律的追求，但也应该有对诗的更根本问题的关注。我想这也就是穆旦本人对卞先生的翻译有所保留的原因。早在1954年6月给翻译家萧珊的通信中，他就这样写道："你看到卞诗人在《译文》上的拜伦诗钞否？王佐良来信说不好，我也觉得如此。太没有感情，不流畅，不如他译的莎氏十四行。大概是他的笔调不合之故。"[2]

也正因为这一切，穆旦默默而坚定地走上了他自己的翻译道路。他不是不注重格律（他对《唐璜》格律的处理就富有功力并显得从容有余），而是要努力赋予那些诗魂们在汉语中重新开口说话的力量。为此，他在译诗时极少用那些现成的套语，也不堆砌、雕琢，他要努力呈现语言的生命质地，使之成为对陈词滥调的刷新。更值得注意的，是他译诗中的那种内在音质和"语气价值"（tone—values），可以说，他比很多译者都接近于"声音的秘密"，都更会心、更确切地把握了所译诗人的语感和音调，无论是普希金《致奥维德》中的那种沉郁的语调，还是奥登在《悼念叶芝》中与一个伟大诗人的对话，等等，他的翻译都使我们感到了是诗人

---

[1] 卞之琳:《翻译对于中国现代诗的功过》，选自《人与诗：忆旧说新》（增订本），安徽教育出版社，2007，第371页。

[2]《穆旦诗文集》第2卷，人民文学出版社，2005，第133页。

在"说话"，而那是一种活生生的带着诗人的生命姿态和音调的诗性言说，也是一种对韵文和散文都有效的诗性言说。

这让我想起了德莱顿在 1697 年出版的维吉尔译作序言中所说的著名的一句话："然而我可以大胆地说……在我掌握了这位虔诚的作者的全部材料之后，我是尽量使他说这样一种英语，倘若他生在英国，而且生在当代，他自己说话就会使用这种英语。"[1]

而穆旦，也正是以这种方式使过去时代的那些俄语诗人、英语诗人来到了现代汉语世界中。他不仅要把"外国诗变为中文诗"，他还要尽力锤炼和形成一种更适合于"今天"、更适合于现代知识分子和诗人的诗的说话方式。我想，比起那些表面的"形式的移植"，这才是对中国新诗的发展所做出的更重要的贡献。他自 50 年代以来的翻译，之所以在今天看来仍富有生命力，借用本雅明谈翻译的一句话来说，正在于"抓住了作品永恒的生命之火和语言的不断更新"。

晚期，在写诗与译诗之间

自 1958 年后，作为诗人的穆旦完全沉默了。在被监管劳动的那 3 年里，"他变得痛苦沉默，一句话也不愿意说"（周与良的回忆）。1962 年后，他开始翻译《唐璜》，作为生命的全部寄托。

---

[1] 转引自乔治·斯坦纳《通天塔——文学翻译理论研究》，庄绎传编译，中国对外翻译出版公司，1987，第 49 页。

1966年后，他再次受到冲击，在难以承受的屈辱中，在繁重的图书抄录整理工作（这还包括了"自愿打扫厕所"之类）之余，穆旦完成了对《唐璜》译稿的整理，于1973年后开始翻译英语现代诗并对普希金诗译稿进行修订和补译。在经历了漫长的苦难和沉默后，穆旦一颗诗心渐渐苏醒，于1975年初夏写下了《苍蝇》这首诗：

> 苍蝇呵，小小的苍蝇，
>
> 在阳光下飞来飞去，
>
> 谁知道一日三餐
>
> 你是怎样的寻觅？
>
> 谁知道你在哪儿
>
> 躲避昨夜的风雨？
>
> 世界是永远新鲜，
>
> 你永远这么好奇，
>
> 生活着，快乐地飞翔，
>
> 半饥半饱，活跃无比，
>
> 东闻一闻，西看一看，
>
> 也不管人们的厌腻，
>
> 我们掩鼻的地方
>
> 对你有香甜的蜜。
>
> 自居为平等的生命，

你也来歌唱夏季；

是一种幻觉，理想，

把你吸引到这里，

飞进门，又爬进窗，

来承受猛烈的拍击。

在给朋友的通信中，穆旦称这首诗为"戏作"，[1] 但他知道，我们也知道，这却是他一生的写照，是一个人对其悲惨、荒谬命运所能做出的至深感叹，有一种让人泪下的力量。在接下来的一年即逝世前的一年里，诗人又写了 20 余首诗，其中《智慧之歌》《冬》等诗，让我们再次惊异于一颗诗心的迸放和一个受难的中国知识分子在那个年代所能达到的成熟。有些人体会不到穆旦晚期诗中的这种力量，那或许是因为他们还太年轻。还需要指出的是，这些诗大都是诗人摔伤腿后在病休期间架着双拐挣扎着起来写的。他本来可以写得更多、更好，但却因心脏病突发离世。他留给我们的，只是无尽的苦涩和巨大的惋惜。

诗人晚期的诗，更为率性、质朴和悲怆，不像早期那样刻意，它们更真切地触及一个受难的诗人对人生、岁月和命运的体验，"我冷眼向过去稍稍回顾，/ 只见它曲折灌溉的悲喜 / 都消失在一片亘古的荒漠，/ 这才知道我的全部努力 / 不过完成了普通的生

---

[1]《穆旦诗文集》第 2 卷，人民文学出版社，2005，第 143 页。

活"(《冥想》)，这是感慨万千的领悟，也是脱尽铅华之作。不过，我们仍从中听到了来自对叶芝、奥顿、济慈等诗人的反响。王佐良曾引用《唐璜》译作中的诗句"反正我坟头的青草将悠久地对夜风叹息，而我的歌早已沉寂"，说"而当拜伦感喟生死无常的时候，译者的声音也是忧郁而又动人"(《穆旦：由来与归宿》)。

王佐良的话也正提示着穆旦晚期写诗与译诗之间的关系。正是通过译诗，他再次"被点燃"，或者说，他再次把自己"嫁接到那棵伟大的生命之树上"。我曾在另一篇文章中谈到穆旦晚期《智慧之歌》中所包含的"叶芝式的诗思"，诗人自己在逝世前给杜运燮的信中也曾坦言他在《冬》一诗的每段后面是怎样采用了叶芝的"迭句"的写法，等等。

但更重要的，是我们要看到诗人穿透漫长的苦难岁月所达到的人生和艺术的成熟。早年，他曾在《五月》一诗中写到现实"教了我鲁迅的杂文"，30多年后，他所经历的人生、岁月和命运也教了他更多。如《苍蝇》这首诗，它让我们联想到闻一多《口供》的结尾"可是还有一个我，你怕不怕？——苍蝇似的思想，垃圾桶里爬"，联想到鲁迅《秋夜》中那些在窗玻璃上"丁丁的乱撞"的小飞虫，甚至也让我们联想到叶芝后期诗中"长腿蚊"的意象等等，但这仍是晚期的穆旦才能写出的诗，"飞进门，又爬进窗，/来承受猛烈的拍击"，这一"猛烈的拍击"多么有分量！这完全是诗人自己归国后所承受的命运的悲怆的写照！他还需要刻意学什么吗？如果说他学到了什么，他从济慈的"大地的诗歌从不间断"这样的诗中，学到的是对宇宙中永恒力量的感应和领悟；他从叶芝那里，学到的不仅是随时间而来的智慧，还有反讽与悲剧力量的最终结合……

当然，这已不是在"学"了，这是他的全部生活使然。在1976年5月写给早年的一个朋友的信中他这样说道："我记得咱们中学时代总爱谈点人生意义，现在这个问题解决了没有呢？也可以说是已解决，那就是看不出有什么意义了。没有意义倒也好，所以有些人只图吃吃喝喝，过一天享受一天。只有坚持意义，才会自甘其苦，而结果仍不过是空的。"[1]

这写于"文革"尚未结束的岁月，这不仅表明了一种少见的独立和清醒，也显现了一代知识分子漫长、曲折的心路历程。这里有他难言的苦涩，但也有着迷惘中的追寻。作为一个一生追求价值和意义并"自甘其苦"的诗人，穆旦就这样穿过时代的癫狂和愚昧，而独自把他的痛苦追问带入了生命的暮年。他就如同他译笔下的那一片"荒原"，在等待着雨。

这是穆旦晚期重新开始创作的背景，也是他晚期译诗的背景。

作为诗人翻译家，穆旦晚年最重要的贡献是《英国现代诗选》的翻译。1973年，他得到一本周珏良转赠的从美国带来的西方现代诗选，他又回到早年曾对他产生影响的那些诗人那里了。可以说，这是一种历经一生、付出了巨大代价后所达到的"回归"。这

---

[1]《穆旦诗文集》第2卷，人民文学出版社，2005，第168页。

不仅是对所喜爱诗人的认同，也是对自我的重新认识，是在经历了种种迷惘、怀疑甚或自我放弃后，对一生的求索所达到的最终肯定。

在今天看来，诗人于1973—1976年间所倾心翻译的《英国现代诗选》，无论对穆旦本人还是对中国现代诗歌，都是一个极重要的诗学事件。

首先，这种翻译体现了相当清醒、自觉的诗学意识。在这前后，诗人已看透了那一套虚假的意识形态及其假大空诗歌，并想通过翻译带来一些新鲜空气。在他逝世前给杜运燮的信中他就明确地说那时诗坛上的诗："就是标语口号、分行社论，与诗的距离远而又远。……在这种情况下，把外国诗变为中文诗就有点作用了。读者会看到：原来诗可以如此写。"而在早些时候给杜运燮的信中他还这样说："我相信中国的新诗如不接受外国影响则弄不出有意思的结果。这种拜伦诗很有用途，可发挥相当影响，不只在形式，尤在内容，即诗思的深度上起作用。"

这也就是穆旦这样的诗人翻译家和其他译者的一个区别：他的翻译和他所关注的诗歌问题深刻相关，和他自身的内在需要及其对时代的关注都密切地联系在一起。他通过他的翻译所期望的，正是一种"真正的诗"的回归。

正因此，《英国现代诗选》的翻译有别于诗人20世纪50年代对普希金和英国浪漫主义诗人的翻译。他在翻译时完全撇开了接受上的考虑（他那时没有想到它能出版，也没有做过任何这方面的尝试）。他在翻译它时为我们展现的，完全是他作为一个现代主义诗人的"本来面貌"。他不再像过去翻译外国诗人时，在译序和注解中频频加入一些适应出版需要的批判性言辞。它不是"供批判使用"的，它也不是"客观介绍"。他倾心翻译的这些西方现代诗歌，深深体现了他对他一生所认定的诗歌价值的深刻理解、高度认同和心血浇铸。

因此完全可以说，诗人对英国现代诗歌的翻译，是一次对现代主义诗学的回归。在今天看来，我仍认为"现代性"是"五四"以来中国现代文学和诗歌的最主要命题，当然，它同时也是一个极艰难的命题。正是在这种背景下，穆旦对西方现代诗的翻译显现出了它的特殊意义。更可贵的是译者的自觉。在1975年9月给郭保卫的信中，穆旦就明确谈到了"现代派"及其意义，他引证了他早期的一首诗，说它"是仿外国现代派写成的，其中没有'风花雪月'，不用陈旧的形象或浪漫而模糊的意境来写它，而是用了'非诗意的'的词句写成诗。……它是一种冲破旧套的新表现方式"。

这是穆旦在一个蒙昧的年代写给一个尚不知"现代派"为何物的文学青年的信。他不仅谈论现代派，他还要借助于他对叶芝、艾略特、奥登等诗人的翻译，帮助那时的人们摆脱"文革"时期那一套意识形态和语言文体。他知道（哪怕他没有明确说出来），他所从事的工作，在本质上乃是一种"启蒙"。

从这个意义上，在那个年代，不仅有暗流涌动的早期朦胧诗，还有着穆旦这样的翻译。它们共同预示着"文革"后期一次诗的真正觉醒和回归。

《英国现代诗选》的翻译，本身就是一次具有现代主义性质的诗学实践。如果说穆旦在50年代的翻译多少还有点照顾本土读者的接受习惯，他这一次的翻译，则真正体现了"一种冲破旧套的新表现方式"。他完全是在用一种现代主义式的语言文体在翻译。他不仅有意选择对本国读者难度最大，也最具有美学挑战性的文本来译，他的翻译，从语言形式结构到修辞、用词和运思方式，也都尽量"存异"，甚至有意识强调、突出西方诗的某些特质。他不惜打破本土语言规范和审美习惯，以使这些译作成为"现代性"的载体。

问题是如何看待这种"异化的翻译"以及与此相关的"欧化"文体或"翻译体"。曾有论者在指责穆旦的"欧化"文体时说"穆旦照搬奥顿的惯技，有时到了与我们固有的写作和欣赏习惯相脱节的程度"，[1] 但他可能没有想到，正是因为这种"脱节"，才有力地起到了一种疏离当时的主流话语的历史性作用，而就诗本身的探索来说，也往往是借助外来的冲击和参照，与人们"固有的写作和欣赏习惯相脱节"这么一个进程，不然，它怎么可以呈现出一种新的可能性？乔治·斯坦纳认为荷尔德林翻译的索福克勒斯和施勒尔马赫翻译的柏拉图用的都是"希腊式的德语"，从而使德语得

---

[1] 江弱水：《伪奥登风与非中国性：重估穆旦》，载《外国文学评论》，2002年第3期。

到刷新；顾随这么一位中国古典诗歌的研究大家也曾这样说："翻译当用外国句法创造中国句法，一面不失外国精神，一面替中国语文开辟一条新路。"[1]

对此，穆旦在翻译英国现代诗时显然有着深刻的自觉。他没有照顾人们的欣赏习惯，他也没有考虑将会有的责难，而是执意于他的求索。正如有的论者已指出的那样，这是晚年的穆旦"坚持自己的审美品位与诗学观念，以诗歌翻译的隐蔽方式对主流意识形态与主流诗学加以抵制"[2]。

当然，我们还要看到，《英国现代诗选》的翻译不仅恢复了对"现代性"追求，它同时也超越了任何"主义"，超越了那种对"新奇"和"陌生化"的表面追求。它所体现的，乃是穆旦对那些具有永恒价值、对于贯通古今的诗歌精神的确立和把握。对此，我们来看他对奥登的名诗《悼念叶芝》的翻译。这首诗的翻译具有重要意义，可以说，它是我们进入穆旦晚期精神世界的一个"关键词"。"他在严寒的冬天消失了：/ 小溪已冻结，飞机场几无人迹 / 积雪模糊了露天的塑像；/ 水银柱跌进垂死一天的口腔"，这是这首译诗的著名开头，这种富有语言质感和"现代感受力"的译文，一直为人们所称道，但像"泥土呵，请接纳一个贵宾"这样看上去平白无奇的译文我们也不应放过，该句的原文为"Earth, receive an honoured guest"（"大地，接受一个贵宾"），穆旦所做的变动，显

---

［1］《顾随诗词讲记》，中国人民大学出版社，2006，第 62 页。

［2］ 商瑞芹：《诗魂的再生——查良铮英诗汉译研究》，第 213 页。

然饱含了他对一位曾深刻影响了自己一生的伟大诗人的感情。他是在翻译吗？他是在把这首诗变成他自己的迟来的挽歌。

不仅如此，这首诗的翻译还体现了穆旦一生对诗歌本身的思考，体现了他对诗与现实、诗与诗人、诗人职责以及诗的功能的思考。也可以说，他把这首诗的翻译，作为了一种对诗歌精神的发掘和塑造。在他的译文中，诗人是一个民族精神高贵的"器皿"，但他对诗与诗人关系的理解并不简单，"你像我们一样蠢；可是你的才赋／却超越这一切"（"You were silly like us; Your gift survived it all"），前一句是对诗人自身的自嘲（译文中的这一个"蠢"字是多么直接，又是多么富有自省的勇气），而后一句却是更有力的对诗歌超越自身的那种力量的赞颂和肯定。在这里，"超越"一词的运用是一种决定性的提升，我想，正因为在其苦难一生中他一次次感到了那种拯救的力量，感到了那"更高的意志"，穆旦把原文"幸免于这一切"变成了"超越这一切"。也正是出自这种"更高的认可"，他还译出了这样的名句：

靠耕耘一片诗田／把诅咒变为葡萄园

（With the farming of a verse/ Make a vineyard of the curse）

如果对照原文，我们就会发现一些看上去细微但却重要的变动："诗"译为了"诗田"，这个比喻不仅形象，也和后面的"葡萄园"很自然地押上了韵；"把诅咒变为"则强调了那种诗本身的意志及其诗的转化过程；"靠"也强化了一个诗人在苦难中与诗歌的相守和承担。这样的译文，无愧是对一切伟大诗人的赞颂！在这样的译作中，不妨再次借用本雅明的话来说："原作上升到一个更高、更纯粹的语言境地。"

据说奥登逝世后，在他的墓碑上刻下的，是他《悼念叶芝》的最后两句"在他岁月的监狱里／教自由人如何赞颂"。我想，人们也可以把"靠耕耘一片诗田／把诅咒变为葡萄园"这样的译文作为穆旦本人的墓志铭了。因为这不仅是他最优异的译句之一，也正是他作为一个诗人和诗歌翻译家的一生的写照！

"一个死者的文字／要在活人的肺腑间被润色"（"The words of a dead man/Are modified in the guts of the living"），这是《悼念叶芝》中的一句译文。我想，这也正是穆旦从事诗歌翻译最深的秘密。他就这样让叶芝、奥登来到"汉语的肺腑间"！这里的"润色"不是辞藻的添加，而是让一颗诗魂来到汉语的血肉中重新孕育并分娩它自身——这当然不是"复制"，而是生命的更新和再生。

《英国现代诗选》共收入译作81首，其中艾略特12首，包括《阿尔弗瑞德·普鲁弗洛克的情歌》和《荒原》，并附译有美国新批评派布鲁克斯和华伦对这两首重要长诗的读解，由此可见穆旦所下的巨大功夫；奥登55首，基本上囊括了奥登早期的主要诗作；叶芝2首，《1916年复活节》和《驶向拜占庭》，虽然只有这两首，但都是翻译难度很大的名篇，穆旦对《驶向拜占庭》的翻译，理解深刻，功力精湛，尽得原诗精髓，尤其是他对诗人语感的把握和他那充满张力的译诗语言，今天读来仍令人叹服。可以说，这首译作是晚期穆旦一颗诗心和语言功力最深刻、优异的体现。《1916年复活节》的翻译也让我们感到了这一点，如该诗中那节"副歌"的译文：

许多心只有一个宗旨，

经过夏天，经过冬天，

好像中了魔变为岩石，

要把生命的流泉搅乱。

从大路上走来的马，

骑马的人，和从云端

飞向翻腾的云端的鸟，

一分钟又一分钟地改变；

飘落在溪水上流云的影

一分钟又一分钟地变化；

一只马蹄在水边滑跌，

一匹马在水里拍打；

长腿的母松鸡俯冲下去，

对着公松鸡咯咯地叫唤；

它们一分钟又一分钟地活着：

石头是在这一切中间。

这样的译文，真是有如神助，它让我不禁想起了本雅明对荷尔德林的索福克勒斯译文的赞叹："语言的和谐如此深邃以至于语言触及感觉就好像风触及风琴一样。"它深刻传达出来自汉语世界的共鸣。这种共鸣有赖于诗心的"契合"，也有赖于一种精湛的语言的功底。它令人惊异地体现了中国现代诗歌所能达到的心智和语言上的成熟。

《英国现代诗选》为穆旦的遗作，它在诗人逝世后才由友人整理出版。它只是一部未完成的杰作（如果诗人还活着，我想他还会对之进行修订和完善的）。但是，仅就目前我们看到的样子，仅就其中那些优异的译作，诗人已完全对得起诗歌对他一生的哺育，也对得起他长久经受的磨难，对得起他那被赋予的"才赋"。这里，我又想起了周珏良先生的感叹："穆旦译诗的成就，使我们觉得可喜，但又有点觉得可悲。如果穆旦能把译诗的精力和才能都放在写诗上，那我们获得的又将是什么——如果？"

命运已是很难假设和逆转的了，但我想说，这就是一个诗人在那个年代对诗歌、对精神和语言的至高价值所能做出的最可宝贵的奉献。他使诗歌通过他的翻译得以"幸存"，他自己也将永远活在他的诗和这些杰出的译文中间。

汉语的容器[1]

> 因为脆弱的容器并非总能盛下他们，只是有时候人可以
> 承受神的丰盈。
>
> ——荷尔德林《面包和酒》

在《译者的任务》这篇影响深远的文论中，本雅明对荷尔德林所译的索福克勒斯发出了这样的赞叹："语言的和谐如此深邃以至于语言触及感觉就好像风触及风琴一样。"同样，这也是我们阅读荷尔德林的诗歌——尤其是阅读他在完全疯癫前所作的那一批抒情颂歌时的感觉。那么，当我们试图翻译这样一位诗人时，我们能否深刻传达出那样一种犹如"风触及风琴"一样的诗性共鸣？

---

[1] 该文为《追忆：荷尔德林诗选》（林克译，四川文艺出版社，2010）
序言。

甚至我们还要问，汉语的容器能否承载那样一种"神的丰盈"？

我想，这大概就是林克以及任何一位中文译者在译荷尔德林时所面对的一个根本性问题。

这里我还联想到海子，也许正是在读到荷尔德林后，他不仅感到了一种"令人神往的光辉和美"，同时还痛切地意识到了我们自身语言义化传统中的某种匮乏。在《太阳》一诗中他就曾这样写道："汉族的铁匠打出的铁柜中装满不能呼唤的语言。"

任何一位中文译者在译荷尔德林时，必然会面对这样一种困境。两种语言跨时空的遭遇，犹如两道闪电，不仅照亮了他的宿命，还将迫使他不断审视、调整、发掘并释放他的母语的潜能，以使它成为"精神的乐器"。

在德语诗翻译领域，林克最推崇冯至（他多次感叹冯至译的里尔克到了"一字不可移"的程度），同样，郭沫若、梁宗岱这两位诗人翻译家前驱也一直为他所尊敬。梁宗岱本是旷世稀才，他译歌德时所使出的全身解数，不仅给我们留下了宝贵遗产，也给我们带来了诸多启示，如他译的歌德早期抒情诗《流浪者之夜歌》：[1]

一切的峰顶

沉静，

一切的树尖

---

[1] 该译作及以下的《守望者之夜歌》均选自《梁宗岱译诗集》，湖南人民出版社，1983。

全不见

丝儿风影。

小鸟们在林间无声。

等着罢：俄顷

你也要安静。

这里，除了"俄顷"这样的字眼有点"别扭"外（如把它改为"转瞬"，这首译作就堪称完美了），梁宗岱用的全然是现代新诗活生生的语言。他正是以这样的语言赋予了这首译作以不朽的生命，借用本雅明的话说，"抓住了作品永恒的生命之火和语言的不断更新"。但他在译歌德《浮士德》中的《守望者之夜歌》时，却使用了这样一种"古体"：

生来为观者，

矢志在守望，

受命居高阁，

宇宙真可乐。

我眺望远方，

我谛视近景，

月亮与星光，

小鹿与幽林，

纷纭万象中，

皆见永恒美。

…………

　　这样的译法，一下子把歌德"陌生化"了。它可能会受到一些中国读者的喜爱。不过，其间的"宇宙真可乐"，却险些使这首"古风"走了调，让人读了有点"不是滋味"。这说明，以一种"古体"来追慕歌德晚期那种古典、高迈的诗风，虽不失为一种有益的尝试，但却不可"因韵害意"（显然，"宇宙真可乐"正是为了与"受命居高阁"押韵），更重要的是，要对其中所包含的危险有一种敏锐的语言与诗学意识。

　　那么，以现代汉语来译荷尔德林这样一位神性充溢、"古风犹存"的诗人，这更是一种考验了。"神在近处／只是难以把握。／但有危险的地方，也有／拯救生长"，这是林克所译荷尔德林的名诗《帕特默斯》的开篇。我想，这也完全可以视为一个荷尔德林的译者工作时的深刻写照。

　　我们不难想象这里面的巨大难度。也许，难就难在要怎样努力才能赋予这样的诗魂在另一种语言中重新开口说话的力量，难就难在要怎样超越时空、语言、文化的限制，去接近那个"声音的秘密"，难就难在要怎样努力才能使我们自己的"不能呼唤的语言"（如海子所说）起而回应那种诗性的呼唤……

　　对这一切，林克有着深刻的体验和对自身限度的清醒的认识，在这本译诗集的译后记中他这样写道：

于是便出现了与荷尔德林提到的人神相遇类似的困难情形——若欲承纳神，人这件容器实在太脆弱。译者尝试尽量接近诗人，无疑十分危险，不仅因为那种高度可望而不可即，而且那里的深渊险象丛生，大师之于译者纯属一个黑洞，所以与大师打交道的确是一件令人绝望的差役。对我而言，翻译特拉克尔还能勉强胜任，至于其他三位（指诺瓦利斯、荷尔德林、里尔克），实有力所未逮之感，修养、古汉语和诗艺等等皆有缺陷。当然，译荷尔德林，对任何译者的中文表达都是一大考验。

好在林克有的是爱，有的是对荷尔德林那种亲人般的血缘认同和骨肉之情。虽然他多年来一直在高校教授德语文学，但译诗于他完全是一种很私密化的"精神的操练"。他之所以致力于译荷尔德林，也不是为了什么"供中国读者了解"，而首先源自这种内在的爱，源自这种"恨不同时"的追慕，源自他与"他的荷尔德林"的某种神圣的"契约"。因此，他不会像有些人那样，把这样一本译诗集作为一种职业性的"成果"，而是作为对他所热爱的不幸的天才诗人的"一份祭礼"。

落实在具体翻译上，我还想说：好就好在林克有一颗"诗人之心"。虽然林克不会说他自己就是一个诗人，但他的翻译，却使我想到了王佐良所说的那种"诗人译诗"。[1]这种有别于一般职业翻译家的"诗人译诗",不仅体现在戴望舒、冯至、穆旦那里,它从郭沫若、梁宗岱那时就开始了,郭沫若当年就曾这样宣称:"译雪莱的诗,是要使我成为雪莱,是要使雪莱成为我自己。译诗不是鹦鹉学话,不是沐猴而冠。"(《雪莱诗选·小序》)林克当然没有这样"狂妄",但他却告诉了我这样一个"秘密":他在译诗时必须喝酒,"不喝酒我无法译荷尔德林"。就像荷尔德林醉心于古希腊文化的光辉一样,林克就这样"醉心于荷尔德林"!他借助于酒,以进入他和荷尔德林之间的最神秘渊源,或者用王佐良论译诗的术语来说,以达到诗心之间的"契合"。

很巧的是,在我们译的保罗·策兰的诗中,就有一首写到了酒、荷尔德林和他对古希腊诗人的翻译:

> 我从两个杯子喝酒
>
> 并草草划过
>
> 国王诗中的停顿
>
> 就像那个人
>
> 和品达一起,
>
> …………

---

[1] 王佐良:《论诗的翻译》,江西教育出版社,1992。

诗中的"那个人",指的就是荷尔德林,他在法兰克福巴德洪堡国王图书馆供职期间翻译过希腊抒情诗人品达的颂歌,那时他已处于半癫狂的状况。耐人寻味的还有"我从两个杯子喝酒"这句诗。对这句诗,策兰的研究者们已有一些解读,这"两个杯子"有时是指德语与犹太民族文化,有时是指人与神,有时是指不同的女性,等等,但在这里,它也完全可以用来作为一个翻译的写照或隐喻!

的确,林克是在"从两个杯子喝酒"。这两个杯子,一是荷尔德林的德文原诗,再一就是他自己的母语——那作为诗歌语言的汉语。没有这双重的语言意识,一个人就不可能成为一个对诗歌有所贡献的翻译家,或者说,"从两个杯子喝酒",这才是一个本雅明意义上的翻译家:一方面,他"密切注视着原著语言的成熟过程";另一方面,他又在切身经历着"其自身语言降生的剧痛"!(《译者的任务》)

正因为如此,林克所译的里尔克和荷尔德林,受到了许多诗人的认同和喜爱。当然,他知道要传达荷尔德林的神韵,只有出自"神助"才可以。他也知道他现有的译文还很不完善,许多地方甚至还需要重译。但他已做出了他能够做的一切。读他的译文,我们犹如穿行在那一片既澄明又隐蔽的神示的土地上,并切实地感受到诗人的喜悦、痛苦、矛盾、追问及精神跨越。他译文的语言,不仅具有汉语的凝练、切实和丰富弹性,而且展现出"哀歌兼赞歌"的潜能,成为一种可以响应神明"呼唤"的语言了。也可以说，他多年的心血浇铸，不仅使荷尔德林的诗性获得了汉语的血肉，他的贡献更在于：在他译作的许多章节中，"汉语的容器"因承载了"神的丰盈"而变得有些光彩熠熠了。

然而，面对那些光辉的不复再现的诗魂，林克永远是谦卑的，虔敬的。在其译后记的最后，他以这几行诗表达了他对那些"命运多舛的大师们"的感激：

> 垂头的时候一切都饱满了
> 谁记得从前疯狂的燃烧
> 每一个花瓣都是火焰

这提示了一场静静的献祭般的焚烧。同时，这也使我们再次感到了翻译里尔克、荷尔德林对一个人生命的最重要意义。

阿多诺与策兰晚期诗歌

策兰两首晚期诗歌

在策兰生前编定、死后出版的诗集《雪部》(1971)中,有这样一首《你躺在》:

> 你躺在巨大的耳廓中,
> 被灌木围绕,被雪。
>
> 去施普雷河,去哈韦尔河,
> 去看屠夫的钩子,
> 那红色的被钉住的苹果
> 来自瑞典——

现在满载礼物的桌子拉近了，

它围绕着一个伊甸园——

那男人现在成了筛子，那女人

母猪，不得不在水中挣扎，

为她自己，不为任何人，为每一个人——

护城河不会溅出任何声音。

没有什么

停下脚步。

　　"在最基本的层面上，这首诗在说什么？"著名作家 J. M. 库切在其关于策兰及策兰研究的文章《在丧失之中》[1]中这样问，"直到人们获知某些信息，某些策兰提供给批评家彼特·斯丛迪的信息。成为筛子的人是卡尔·李卜克内西，在运河里游的'母猪'是罗莎·卢森堡。'伊甸园'是一个公寓区的名字，该公寓建在 1919 年这两名政治活动家被枪杀的旧址上，而'屠夫的钩子'指的是哈韦尔河边普罗成茨监狱的钩子，1944 年想要暗杀希特勒的人被绞死在那里。根据这些信息，该诗是作为对德国右翼一连串残忍谋杀

　　[1]　J. M. Coetzee: *In the Midst of Losses*, The New York Review of Books, July 5, 2001.

行为和德国人对此保持沉默的悲观的评论而出现的。"

的确，获知这些资讯后，这首诗变得对我们"敞开"了。不过，并不是库切说的这些信息是由策兰本人提供的，而是由斯丛迪直接提供给我们的。作为策兰的朋友，柏林自由大学教授斯丛迪在他的《策兰研究》[1]中专门有一篇文章《伊甸》介绍策兰这首诗的创作。据斯丛迪的叙述，策兰这首诗写于 1967 年 12 月 22—23 日圣诞节前夜，在这之前，策兰抵达柏林朗诵。1938 年 11 月 9 日深夜，策兰曾在从东欧前往法国读医学预科的路上经过柏林安哈尔特火车站，正赶上党卫军和纳粹分子疯狂捣毁犹太人商店、焚烧犹太教堂的"水晶之夜"（策兰后来在诗中回顾了使他身心震动的那一刻："你看见了那些烟 / 它已来自明天"），因此，这应是策兰第二次也是生前最后一次访问柏林。白天，策兰的一个朋友陪他看雪中的柏林，带他参观普罗成茨监狱，还去了圣诞市场，在那里，策兰看到一个固定在红漆木头上的由苹果和蜡烛组成的圣诞花环。当晚，策兰则向斯丛迪借书看，斯丛迪给了他一本关于罗莎·卢森堡和李卜克内西的书。接下来的一天，在接策兰去德国艺术研究院的路上，斯丛迪边开车边给策兰指路边的"伊甸园"公寓，它在老旅馆"伊甸园"的废址上重建，1919 年 1 月 15 日，带有犹太血统的德国左翼政治家罗莎·卢森堡和李卜克内西就是在那里受到当局纵容的极端民族主义分子杀害。现在，"伊甸园"公

[1] Peter Szondi: *Celan Studies*, Tanslated by Susan Bernofsky with Harvey Mendelsohn, Stanford University Press, 2003。

寓一带的商业区，已充满了圣诞购物的节日氛围。再过去不远处，就是兰德威尔运河。就在路上，他和策兰不禁感叹地谈到那两个人物是怎样在一个叫作"伊甸园"的地方被害。而策兰这首诗中接着出现的细节则来自斯丛迪借给策兰的书：在当局对凶手的所谓"审判"中，当法官问及李卜克内西是否已死了时，证人的回答是"李卜克内西已被子弹洞穿得像一道筛子"；当问及罗莎·卢森堡的情况时，凶手之一、一个名叫荣格的士兵（正是他在"伊甸园"旅馆里开枪击中罗莎·卢森堡，并和同伙一起把她的尸体抛向护城河）这样回答："这个老母猪已经在河里游了！"

对于这件震动一时的政治谋杀事件及所谓"审判"，汉娜·阿伦特在她的《黑暗年代的人们》中也有专文叙述，阿伦特这样称："卢森堡的死成为德国两个时代间的分水岭。"[1]

就是顺着这条罗莎·卢森堡的尸体曾浮动其间的运河，20日夜里，策兰独自重访了他近30年前曾转车经过的安哈尔特火车站。这座饱经历史沧桑的老火车站已在战火中被毁，"它的正面还留在那里撑立着，像某种幽灵"，斯丛迪在他的叙述中最后这样说。

就是由这些看上去互不相干的材料，策兰写出了这首诗。它的沉痛感撞击人心。它的主题是记忆与遗忘。它"最苦涩的核心词"（斯丛迪语）是"伊甸"这个词以及它后面的破折号。正是这个词，使这首诗的分量和意义远远超出了它自身。正因为如此，

---

[1] 汉娜·阿伦特：《黑暗年代的人们》，王凌云译，江苏教育出版社，2006，第31页。

斯丛迪对于这首诗会这样说：

> 诗歌停下来了，因为没有什么停下脚步。因为没有什么停下来这样的现实，使诗歌停下来了。

"没有什么 / 停下脚步"，因为人们都在"向前看"啊。人们不愿也不敢面对过去的黑暗历史，人们至多是在"清结历史"（这一说法在战后由德国历史学家赫尔曼·海姆佩尔首先提出来，并广被接受，"清结"有"战胜、了结"之意，与过去达成协议，目的是"与历史做出了断"），而不是在从事真正彻底的"清算"。这就是这首诗为什么会如此沉痛。沉痛感，这正是策兰写这首诗及其他许多诗的内在起源。

库切可能没有读过斯丛迪的文章，不过，仅仅经由费尔斯蒂纳在其《策兰传》[1]中的一些转述，他已被这首诗触动了。他也承认要读懂这首诗"对读者要求得太多"，但是，他继续说，"有了这样一段历史……有了 20 世纪反犹迫害的累累罪行，有了德国人和西方基督教世界普遍想要摆脱这段可怕历史梦魇的'太人性'的需要，我们还能问什么记忆、什么历史知识要求得太多了吗？即使策兰的诗是完全不可理解的，它们仍然会像一座坟墓，屹立在我们的必经之路上，这是座由一位'诗人，幸存者，犹太人'（这

---

[1] John Felstiner: *Paul Celan: Poet, Survivor, Jew*, Yale University Press, 2001.

是费尔斯蒂纳《策兰传》的题目）建造的坟墓，坚守着我们还隐约记得的存在，即使上面的铭文可能看上去属于一根无法破解的舌头。"

库切还提到了德国哲学家伽达默尔对策兰的解读。和斯丛迪不一样，伽达默尔认为任何有德国背景、头脑开放的读者，在没有背景资料帮助的情况下也能读懂策兰诗中最重要的东西，他指出背景资料是次要的，重要的是诗歌本身。在这里，库切不同意那能够给诗歌"解码"的信息是次要的。不过，他也认为伽达默尔提出的问题是有意义的，"诗歌是否提供了一种不同于历史所提供的知识，并要求一种不同的接受力？在没有完全弄懂它的情况下，有没有可能响应甚至翻译策兰的这种诗歌呢？"

当然有可能。这也就是为什么策兰自己在把这首诗编入诗集时去掉了曾落上的写作地点和时间"柏林，1967，12，22/23"。他不能忘怀那苦难的历史，但我想他同样相信诗歌会提供一种"不同于历史所提供的知识"，他向读者要求的，也正是一种"不同的接受力"。我想，在读了这首诗，并了解了它的创作经过后，我们的良知不仅受到刺伤，我们还不禁感叹策兰那作为诗人的异乎寻常的艺术感受力和创造力！在早年，他在艺术上追求的是"陌生与更陌生的结合"，现在，他的"诗歌黏合力"变得更令人惊叹了，他甚至直接把刽子手的语言（它邪恶得甚至超出了邪恶）像"母猪"之类用在了诗中，而又产生了多么强烈的一种力量！

库切也很敏锐地看到了这一点，那就是："策兰顶住了要求他成为一个把大屠杀升华为某种更高的东西也就是所谓'诗'的诗人的压力，顶住了 20 世纪 50 年代和 60 年代初期把理想的诗歌视为一个自我封闭的审美对象的正统批评，坚持实践真正的艺术，一种'不美化也不促成诗意的艺术'。"

这就是策兰后期诗歌的力量所在。我想，仅仅是"母猪"一词的运用，就体现了一种多大的艺术勇气！这大概就是策兰在给巴赫曼的信中曾说的"远艺术"了，但也比任何艺术更能恢复艺术语言的力量。的确，读了这首诗，最刺伤我们的，也正是那在护城河中上下挣扎的"母猪"这个意象。它永远留在我们读者的视野中了。

这就是策兰的《你躺在》。其实，在这之前，策兰在一首《凝结》的诗中也写到了罗莎·卢森堡，它收在诗集《换气》（1967）中。它不仅同样感人，它还会告诉我们什么是策兰式的"诗歌黏合力"、什么是一种叫作诗的"凝结物"：

> 还有你的
> 伤口，罗莎。
>
> 而你的罗马尼亚野牛的
> 犄角的光
> 替代了那颗星
> 在沙床上，在
> 滔滔不绝的，红色——

灰烬般强悍的

枪托中。

　　读了《你躺在》后，再读这首《凝结》，我们已有了一些
线索。题目"Coagula"（德文、英文都是同一个词），意思是凝
结，尤其是指伤疤的凝结；"罗莎"一词，会使我们想到罗莎·卢
森堡（在该诗的一个早期版本里，确实出现了"罗莎·卢森堡"
的全名），但为什么这首诗中出现了"罗马尼亚野牛"呢？沃夫
冈·埃梅里希在其《策兰传》[1]中帮我们找到了出处（其实，读过
罗莎·卢森堡狱中通信的读者，都有可能记住那一段难忘的文字）。
1918 年 12 月，还在监狱中的罗莎·卢森堡写信给一个朋友，向她
描述了她以前看到的作为"战利品"的罗马尼亚公牛遭到士兵虐
待的情形："鲜血从一头幼兽'新鲜的伤口'中流淌而出，这野兽
正（望向）前方，乌黑的面庞和温柔乌黑的眼睛看上去就像一个哭
泣的孩子……我站在它的面前，那野兽看着我。泪水从我眼中淌
下——这是它的眼泪。震惊中，我因着这平静的痛而抽搐，哀悼最
亲密兄弟的伤痛的抽搐也莫过于此。美丽、自由、肥美、葱郁的
罗马尼亚草原已经失落，它们是那么遥远，那么难以企及。"

　　此外，卡夫卡小说《乡村医生》中的那个遭到残忍虐待的女仆
也叫罗莎，而且这个故事是有关一个青年人的"伤口"。还有，在

---

[1]　沃夫冈·埃梅里希：《策兰传》，梁晶晶译，（台北）倾向出版社，2009。

策兰的布加勒斯特时期，他曾有一位名叫罗莎·莱博维奇的女友。我们还不能忘的是，策兰在 1947 年以前基本上是持罗马尼亚国籍。因此，那"罗马尼亚野牛"乃是他自己土地上的野牛，是和他自己血肉相连的生命。

对于该诗，我们还是来看诗人自己的说法，在策兰写给他布加勒斯特时代的朋友彼得·所罗门的一封信里，他这样说："在诗集《换气》第 79 页上，罗莎·卢森堡透过监狱栏杆所看到的罗马尼亚公牛和卡夫卡《乡村医生》中的三个词汇聚到一起，和罗莎这个名字汇聚到一起。我要让其凝结，我要尝试着让其凝结。"

"我要让其凝结，我要尝试着让其凝结"——这是多么悲痛的诗歌努力，这已近乎一种呼喊了！

因为这种诗的"凝结"，不是别的，乃是以血来凝结，以牺牲者的血来凝结！正如埃梅里希所指出："（在）'伤'这个符号中，许多互不相干的地点、时间和人物被结为一体，在想象中被融合，继而被'凝结'成诗的文本质地。……一道想象中的线将一切聚合起来，这是一条牺牲者的子午线，它们正是诗的祭奠所在。两种'Coagula'——真实的血凝块和文字的凝结——是同一物的两面。"

这里，还有一个翻译的问题，原诗中的最后一个词 "kolben"，在德语中含有棍棒、活塞、柱塞、枪托、烧瓶、蒸馏器等义，但目前我看到的三种较有影响的英译均为 "alembic" 或 "retort"，它们只有烧瓶、蒸馏器之义。德国著名哲学家波格勒也认为这样的诗包含了策兰的"炼金术"（Alchemical）主题，虽然在这样的诗中"炼金的艺术是一种副业"。[1]

不过，根据罗莎·卢森堡狱中通信和策兰写给彼得·所罗门的信，我更倾向于"枪托击打"这样的译解。我想，策兰创作这首诗，很可能是首先出自罗莎·卢森堡狱中通信对他的触发。尤其是那一段对受虐动物的描述，撕开了他自己良知的创伤！"还有你的/伤口，罗莎"，策兰总是欲说又止的。他没有去写罗莎自己的伤口，而是把诗的视线投向了承受暴打的受虐的罗马尼亚野牛。然而，诗中不仅有着对苦难的承受。请注意这句诗"你的罗马尼亚野牛的/犄角的光/替代了那颗星"（那颗星，也许就是策兰早期带有浪漫、神秘情调的诗中一再写到的"星"），我想这正是全诗的一个中心点。是的，被伤害的罗莎从监狱的栏杆里朝那里看，写这首诗的诗人还有我们每个读到这首诗的人也都在朝那里看：那是一些最无辜、无助的受虐动物，但那也是最后的人性之光，在残暴的击打中，替代了那颗星，照耀着一位诗人。

从"晚嘴"到"晚词"

策兰的这两首诗，显现了策兰一生所走过的从美文的"编织"到苦难的"凝结"这个创作历程。这种苦难的"凝结"本身，在某种意义上，就是策兰对他自己早年的"纯诗"的一种调整。它不仅

---

[1] Paul Celan: *Breathturn*, Translated by Pierre Joris, Sun and Moon Press, 1995, p261.

唤起了我们的人性良知，也比任何形式主义更能恢复语言的力量。

对策兰的后期诗歌，对他自《死亡赋格》之后创作上的深刻演变，我们还可以换一个角度来看，比如在他中后期诗中出现的"晚嘴"（spätmund）、"晚词"（spätwort）这类他自造的词或意象。这是怎么一回事？我们先来看《从门槛到门槛》（1955）中的《收葡萄者》一诗，该诗中第一次出现了"晚嘴"的意象：

> 他们收获自己眼里的酒，
>
> 他们榨取所有的哭泣，这也：
>
> 出自夜的意志，
>
> 夜，他们屈身倚靠的墙，
>
> 被石头所求，
>
> 石头，越过他们拐杖的声音落入
>
> 回答的沉默——
>
> 他们的拐杖，曾经，
>
> 曾经在秋天里叩响，
>
> 当这一年肿胀至死，如一串，
>
> 曾经穿透哑默言说的葡萄，
>
> 坠入沉思的凿井。
>
>
> 他们收获，他们榨取着酒，
>
> 他们压榨时间如压榨他们的眼睛，

他们窖藏哭泣渗出的酒，

他们在太阳的墓穴里准备着

以在黑夜里变强的手：

而一张嘴会对此饥渴，晚——

一张晚嘴，就像他们自己的：

弯曲向盲目和残废——

一张嘴，伸向那从底部涌起的

酒沫的同时

天堂下降于蜡封的海，

而反光从远处，像蜡烛的尽头，

当嘴唇最终变得湿润。

策兰的任何用词都是深思熟虑的，"晚嘴"这样的词更是如此。据费尔斯蒂纳提示，策兰的"晚嘴"乃出自荷尔德林《面包与酒》一诗："可是朋友！我们来得太晚了。诸神虽活着，/但却在高高的头顶，在另一个世界……"对于荷尔德林，"来得太晚"意味着生活在神性隐匿的"贫乏时代"；对于策兰呢，"奥斯维辛"后的写作更是一种幸存的"晚嘴"的言说！

的确，对"晚嘴"及整个《收葡萄者》一诗的读解，需要联系到荷尔德林。从诗歌史的角度而言，可以说，策兰一生是以荷尔德林为其主要对话对象的（按布莱希特的说法，荷尔德林就是德语诗歌的红衣大主教，而这个大主教是海德格尔树起来的）。在荷尔德林时代，人们收获葡萄酒（荷尔德林的家乡劳芬即是南德著名的葡萄酒产地）和充满神性的诗歌，那么现在呢——"他们收获自己眼里的酒，/他们榨取所有的哭泣，这也：/出自夜的意志，/夜，他们屈身倚靠的墙……"

这里出现了"墙"，这是一面怎样的墙呢？很可能，那就是大屠杀的被害者们行刑时屈身倚靠的墙！这应该就是策兰这首诗的"背景"。可以说，几乎在策兰的每一首诗背后都有一个由千万亡灵组成的合唱队，甚至在他的翻译的背后也是如此，比如美国诗人艾米莉·狄金森的一首诗：

Let down the bars, Oh Death—

The tired Flocks come in

Whose bleating ceases to repeat

Whose wandering is done—

放下栅栏，哦，死神——

让疲倦的羊群进来

它们的咩咩声不复相闻

它们的漫游完成——

而策兰是这样来翻译的：

Fort mit der schranke, Tod!

Die Herde kommt, es kommt,

Wer bloekte und nun nimmer bloekt,

Wer nicht mehr wandert, kommt.

推开这栅栏，死神！

羊群涌入，它们涌入，

它们咩咩叫过但现在不再咩叫，

它们也不会漫游了，涌入。

　　这是在翻译吗？这是在以狄金森的名义书写"奥斯维辛"！因此策兰在"死神"的后面加上了一个惊叹号，因为那是"来自德国的死亡大师"（见《死亡赋格》），同样，原诗中那个咏叹性的"哦"也去掉了（一个大屠杀的幸存者怎么会容忍这个"哦"），轻柔的"放下"变成了强力的"推开"，"它们咩咩叫过但现在不再咩叫，／它们也不会漫游了，涌入"（策兰有意强调了这个"涌入"），这是在入圈吗？这是在进入"奥斯维辛"的毒气室！[1]

---

[1] 克劳斯·费舍尔在《纳粹德国：一部新的历史》中曾这样描述奥斯维辛毒气室："受害人一旦被推进可以塞满 800 人的毒气室，大门就紧闭，毒气从屋顶的通气孔中释放出来……通过门的窥视孔可以发现，离通气孔最近的人立刻被杀死，剩下的人摇摇晃晃，开始尖叫，拼命地呼吸空气。但是，尖叫很快就变成了死亡的呻吟声。20 分钟之后，再也看不到任何动静了。"

这样，在"奥斯维辛"之后，策兰还可能像荷尔德林或里尔克那样写作吗？再那样写作，如按阿多诺的说法，那就是"野蛮的"，甚至是可耻的。这就是策兰：他只能试着用一张"晚嘴"讲话（并且往往是"结结巴巴"地言说），并以此来"湿润"自己那灰烬般的"嘴唇"。

的确，"晚嘴"，这就是策兰后期对自身创作的历史定位。不仅如此，作为一个荷尔德林、里尔克之后的诗人，他还需要有相应的"晚词"，以构成他存在的地质学，构成他诗歌世界的修辞场域。可以说，自《死亡赋格》之后，对他本人来说（当然不仅仅对他本人）更具有诗学意义的，便是他对"晚词"的实践。我们来看他的《闰世纪》一诗（收入《光之逼迫》，1970）：

闰世纪，闰——
分秒，闰——
生日，十一月了，闰——
死。

储存在蜂槽里，
"bits
on chips"

这来自柏林的大烛台诗，

（非隔离的，非——
档案的，非——
福利的？一种
生活？）

阅读之站台：在晚词里，

从天空中
救下火焰的舌尖，

梳理在火炮下，

感觉，结霜的——
纺轴，

冷却发动——
以血红蛋白。

策兰生于 1920 年 11 月份，那一年为闰年。似乎策兰每到生
日前都要写一首诗，如他在这首诗之前所写下的《太阳穴之钳》和

《顺着忧郁的急流》（"四十棵被剥皮的／生命之树扎成木筏"），而这一次的"闰——死"，同样令人震动。的确，这是一种承受了太多死亡的人才可以写出的诗。

正因为对死亡的体验以及承受，请注意这首诗中出现的词语：闰世纪、闰——死、"bits /on chips"（新出现的英文计算机用语，意为"单元在储存卡里"）、"非隔离的，非——／档案的，非——／福利的"、越战火炮的"舌尖"、"结霜的——／纺轴"、"以血红蛋白"来启动的"冷却发动"，等等，这一切都是以前的诗歌中从不曾出现的"晚词"！

正如"你的罗马尼亚野牛的／犄角的光／替代了那颗星"，在策兰的后期诗歌中，还出现了大量"无机物"的语言，遗骸的语言，地质学、矿物学、晶体学、天文学、物理学、解剖学、植物学、昆虫学的冷僻语言，这一切构成了策兰的"晚词"。他就写作并"阅读"于这些像矿物碎片或地下水痕迹一样的"晚词"里。这构成了策兰后期诗歌的"地质构造"。他不仅以此构成了一个又一个新奇而独异的诗歌隐喻，如费尔斯蒂纳所说，他还要"以地质学的质料向灵魂发出探询"。

这说明策兰是一个具有高度羞耻感和历史意识的诗人，在死亡的大屠杀之后再用那一套"诗意"的语言，"美"的语言，不仅过于廉价，也几乎是等于给屠夫的利斧系上缎带。甚至可以说，在"奥斯维辛"之后，他不仅要质疑他的上帝，他也几乎不相信"人类的"语言了。人们所使用的那些文学语言，在他看来，也快成了"意义的灰烬"了。所以，在《死亡赋格》之后，他不仅要从诗句的流畅和音乐性中转开，也坚决地从人们已经用滥了的那一套"诗意"的语言中转开，"早年悲伤的'竖琴'，让位于最低限度的词语"——正如费尔斯蒂纳所说。

在这方面，策兰1958年创作的重要长诗《紧缩》，是一个标志。"驱送入此/地带/以准确无误的路线："青草，/被分开书写"，这一次，如策兰自己所说，他真正屈身进入到"自己存在的倾斜度下、自己的生物的倾斜度下讲述"了。它是对"美的诗"的更彻底的摈弃。语言的压缩，形的解构，几乎是残骸一般的无声的语言，在永不结束的"最后解决"的运送途中和现实的核威胁中，他真正进入到"晚词"的领域中了。

阿多诺与策兰

近半个世纪以来，策兰的诗不仅在一般读者和诗人中产生了广泛影响，也受到了包括海德格尔、伽达默尔、阿多诺、哈贝马斯、波格勒、列维纳斯、德里达、布朗肖、拉巴尔特、阿甘本等在内的著名哲学家和思想家的关注。在这些论述中，我认为阿多诺的论述——哪怕不是针对策兰的——应给予特殊关注。的确，要了解策兰诗歌尤其是后期诗歌对我们这个所谓后奥斯维辛、后集权、后工业文明和大众文化消费时代的意义，也应把他和阿多诺联系在一起。

阿多诺（1903—1969），战后产生广泛、重要影响的德国哲学家，生于美因河畔法兰克福一个已融入基督教社会的犹太裔家庭。纵然如此，他和他的父亲在纳粹肆虐的年代都曾遭受到迫害。1933年，阿多诺因犹太裔身份被剥夺了大学里的教职，1934年起流亡英美。阿多诺后来的哲学思想包括他对"奥斯维辛"的批判都与他的这种经历有关，1956年，他对哲学家霍克海默说过这样一句话："哲学本来是用来兑现动物眼中所看到的东西的。"

实际上，人们也经常把策兰与阿多诺联系在一起，有不少人就认为策兰的诗是对阿多诺提出的"奥斯维辛之后写诗是野蛮的"的"反驳"。其实，这样的看法十分表面，也脱离了问题的上下文。1949年，流亡美国、即将返回法兰克福任教的阿多诺在《文化批判与社会》接近结尾处提出了这个说法。该文收入文集《棱镜》（1955）在西德出版后，这个断言很快引起了人们的关注，可以说，它已成为战后西方思想界的最具有广泛、持久影响的命题。无论这个断言在后来是怎样引起争议，它都提出了一个重要问题，不仅提出了战后西方诗歌、艺术的可能性问题，更重要的，是第一次把"奥斯维辛"作为一个西方心灵无法逾越的重大"障碍"提了出来。

奥斯维辛人人皆知，它素有"死亡工厂"之称。不仅大规模的屠杀令人难以置信，其技术手段的"先进"程度和工业化管理程度都属人类历史上前所未有的。身为人类却又制造出如此骇人听闻的反人类暴行，产生过巴赫、歌德的文明高度发达的民族却又干出如此疯狂野蛮的事，这一切，都远远超出了人类理性所能解答的范围。它成为现代人类历史上最残酷的一个谜。可以说，对于西方文明和西方心灵，它都是一个"深度撞击"。它动摇了文明和信仰的基础。面对这场几乎是不可追问的，不仅是"历史学"上的，更是"存在论"意义上的灾难，法国哲学家利奥塔就曾这样问："如果一场地震摧毁了一切测量工具，我们又如何测量它的震级？"[1]

正因此，"奥斯维辛"成了一个具有划时代象征意义的事件，经由人们从哲学、神学、历史、政治、伦理、美学等方面所做出的审视和追问，它不仅成为大屠杀和种族灭绝的象征，它还伴随着人们对现代集权社会，对专制程序，对国家或种族意识形态，对现代社会的异化形式，对西方文化，对工业文明和种族，对信仰问题的思索和批判。可以说，正是伴随着这种绝对意义上的追问，"奥斯维辛"照亮了人们长久以来所盲目忍受的一切。

而对于阿多诺这样的思想家来说，"奥斯维辛"之恐怖，不仅在于大规模屠杀的野蛮，还在于在这个过程中所表现出来的"理性"和文化的可怕变异。他正是从"文化与野蛮的辩证法"这个角度来看问题的，在他看来，西方文化传统及其代表的事物虽然有隐秘的人性化的一面，但它"倾向于隔离自然地界定自身，以便绝对地统治自然"，当这"隐秘的一面"被压抑，文化便会"退回

---

[1] 转引自克劳斯·费舍尔《德国反犹史》，钱坤译，江苏人民出版社，2007。

野蛮"，甚或成为大屠杀的同谋。对此，阿多诺曾举过一些例证。不过，我想阿多诺可能还不知道，荷尔德林的抒情诗当年也曾伴随过这种"野蛮"的行进声！在荷尔德林出生地劳芬的纪念馆里，展出的荷尔德林诗集下面就有一行文字，注明它在"二战"期间被印了10万册，主要送到东部战场，以鼓励德国士兵的"爱国主义激情"！我当时站在那里，真是倒抽了一口凉气！

这说明了什么？这就是"文化与野蛮的辩证法"！写诗是文明的，但也可能是"野蛮的"，或者说，它会转变、催生出野蛮。阿多诺在他的贝多芬论著[1]中就曾写下过这样的札记——"希特勒与第九交响乐：我们拥抱吧，亿万生民"。他还指出"贝九"之所以能够被利用，是因为"第九交响乐这样的作品能有哄诱力（Suggestion）：它们结构上的力量跃变为左右人的影响。在贝多芬之后的发展里，作品的哄诱力，当初是从社会借来的，弹回社会里，成为鼓动性的、意识形态的东西"。

这就是为什么希特勒会以死亡的狂热拥抱贝多芬的音乐，一个个纳粹迫害狂们会吹着瓦格纳的曲调杀人……他们，有的是"文化"啊。

因此，"奥斯维辛"之后写什么诗？阿多诺并没有说"奥斯维辛"之后就不能写诗。"奥斯维辛"之后写诗的前提应是彻底的清算和批判——不仅是对凶手，还是对文化和艺术自身的重新审视和

---

[1] 阿多诺：《贝多芬：阿多诺的音乐哲学》，彭淮栋译，（台北）联经出版公司，2009。

批判！——这就是我对阿多诺的理解。

埃梅里希在策兰传中这样说："大屠杀之后，只有由此织出的织物，只有源自这一'基础'的文本结构，才具有合法的身份；一切立足于哀悼，立足于眼泪之源，这是 1945 年后的文学创作无法逾越的前提。"

阿多诺当然要更彻底，也更冷峻，因为悼念受害者的艺术也有可能极其"媚俗"。阿多诺对勋伯格著名的合唱曲《华沙幸存者》（为朗诵、男声合唱及乐队而作，1947）的美化形式就曾毫不留情地批评过，认为它其实是"对牺牲者的侵犯"。在谈到"老迈的新音乐"时，阿多诺还引用了克尔凯郭尔的一个比喻："在曾经裂开了一道可怕深渊的地方，如今伸出了一座铁路桥，旅客们从桥上可以舒适地向下俯瞰那深渊"。[1] 的确，难道"奥斯维辛"之后的艺术就是为了让人们"从桥上可以舒适地向下俯瞰那深渊"吗？

我想，正是阿多诺所提出的问题及其彻底的文化批判立场，在很大的程度上促使了策兰在《死亡赋格》之后重新审视自身的创作。他要求一种"更清醒、更事实化的语言"和一种"不美化也不促成'诗意'"的写作，在某种意义上，就是对阿多诺的一个正面回应。在 1967 年出版的《换气》书页留白处，他还这样写下："奥斯维辛之后不写诗（阿多诺语）。这儿把'诗歌'想象成什么了？胆敢从夜莺或是鸫的角度，用假设和猜想的方式来观察或报

---

[1] 转引自爱德华·萨义德《论晚期风格——反本质的音乐和文学》，阎嘉译，生活·读书·新知三联书店，2009，第 15 页。

道奥斯维辛，这种人狂妄至极。"我想这并不是在"反驳"阿多诺，而是在写下由阿多诺所引发的思考：奥斯维辛之后不写诗？问题是什么样的"诗"，如果在奥斯维辛之后好像什么也没发生，依旧像夜莺那样婉转地歌唱，或是以为用"假设和猜想的方式"就可以轻易地讲述奥斯维辛，那就是"狂妄至极"！

事实上，策兰一直在阅读阿多诺并寻求与阿多诺对话。1959年，因为一次已约好的未竟的相会（这也是由彼特·斯丛迪安排的），策兰写下了与阿多诺进行想象性对话的散文《山中话语》。作为回报，阿多诺把他的关于瓦雷里的文章收入《文学笔记》第二辑（1961）时，加上了"给保罗·策兰"的题献。在1966年出版的《否定的辩证法》中，也许正因为策兰，阿多诺还修正了他以前的说法，认为经受日复一日的痛苦的人有权利表达，正像饱受酷刑折磨的人要喊叫一样，因此"说在奥斯维辛之后你不能写诗了，这有可能是错的"。但是在同时，他也将"文化与野蛮的辩证法"表述得更尖锐了：只要招致文化"退回野蛮"的条件"实质上一如既往"的话，"文化就潜在地是意识形态。谁主张维系极其有罪、破败不堪的文化，谁就成了帮凶，而拒斥文化的人正在直接地催生文化催生出来的那种野蛮"。[1]

这就是说，在"文化"尤其是"文化工业"（这一直是法兰克福学派的批判对象）的一片喧哗声中，阿多诺坚持要人们去听的，

---

[1] 格尔哈特·施威蓬豪依塞尔：《阿多诺》，鲁路译，中国人民大学出版社，2008，第188页。

仍是那被忘却和掩盖的奥斯维辛死者的无声的呼喊……

但是，在这个消费主义和资本的逻辑一统天下的世界上，总有一种"隐秘的驱动力"在谋求符合人的尊严的秩序。也许，正是从策兰的后期诗歌而不是在《死亡赋格》（阿多诺从未提及这首已被广泛"消费"的诗）中，阿多诺看到了这种"抵抗性潜能"。在其《美学理论》中，他称策兰为伟大诗人并阐述了策兰后期诗歌的意义："艺术作品与经验现实的完全隔绝问题已被提到有关密封诗歌的话题上来了。这类诗歌的最佳产品——如保罗·策兰的一些诗作——引发出它们到底在多大程度上是密封的疑问。如彼特·斯丛迪所指出，密封隔绝并不一定意味着晦涩难解。"阿多诺当然是从肯定的意义上来为"密封诗歌"辩护的。不过，更值得我们注意的，是阿多诺同时指出了策兰诗歌与马拉美以来"密封诗歌"的深刻区别：

在保罗·策兰这位当下德国密封诗歌最伟大的代表性诗人那里，密封诗歌的体验内容已经和过去截然不同。他的诗歌作品渗透着一种愧疚感，这种愧疚感源于艺术既不能经历也无法升华苦难这一实情。策兰的诗以沉默的方式表达了不可言说的恐惧，从而将其真理性内容转化为一种否定。它仿效一种潜藏在人类的无能为力的废话中的语言——它甚至潜藏在有机生命层次之下。这是一种死物质的语言，一种石头和星球的语言。在抛开有机生命的最后残余之际，策兰在完成波德莱尔的任务，按照本雅明的说法，那就是写诗无须一种韵味。策兰采取了极端的方式，为之不断地努力，这便是他成为一位伟大诗人的原因所在。在一个死亡失去所有意义的世界上，非生物的语言是唯一的慰藉形式。这种向无机物的过渡，不仅体现在策兰的诗歌主题里，而且也体现在这些诗歌的密封结构中，从中可以重构出从恐怖到沉默的轨道。[1]

的确，策兰的长诗《紧缩》"以准确无误的路线"和那种看上去是"无机物的语言"所重构的，正是"从恐怖到沉默的轨道"。在奥斯维辛之后，在宇宙的无限冷寂中，人们可获得的"唯一的慰藉形式"，也许就在策兰这样的"去人类化"的诗中：

可听见（在破晓？）：一个石头

把其他石头作为了目标。

——《夜》

但阿多诺主要是从文化批判的角度来谈策兰的。如果说"同一性"的文化和哲学是导致"奥斯维辛"的深层祸因，阿多诺在策兰后期诗中探寻的，正是"非同一性"的痕迹，并从策兰诗中认识到真正能超越人类中心主义和传统西方美学的，正是"无机物

[1] T.H.Adorno: *Aesthetic Theory*, translated by C.Lenhardt, Routledge and Kegan Paul, 1984, p444.

的语言"（阿多诺在谈音乐时，也不时把音乐作为无机矿物世界来描述，例如他避开"主观抒情"这类通常的对舒伯特音乐的理解，而把它描述为"岩浆喷发后白色光芒下的寂静"）。而策兰的"密封"，不仅以其与现实所保持的紧张关系和悲剧性的经验内涵改变了传统的"密封诗"或"纯诗"的内涵，同时又是对文化消费时代的一种有力抵抗。阿多诺就这样深刻揭示出策兰后期诗歌对于我们这个"后奥斯维辛"时代的意义。

"晚期风格"

正因为拒绝被消费，正因为要以"晚词"重构出"从恐怖到沉默的轨道"，策兰的后期诗必然是极其艰涩的，甚至是令人"不舒服"的。这一切，构成了他的"晚期风格"：

> 太阳穴之钳，
>
> 被你的颧骨制成眼。
>
> 在它们咬合之处
>
> 发出银色瞪视：
>
> 你以及你的睡眠之剩余——
>
> 很快
>
> 将是你的生日。

这首《太阳穴之钳》写于 1963 年 11 月 8 日，再过半个月策兰即将度过他的 43 个生日。

诗一开始运用了"钳子"的隐喻，这出自死亡将我们紧紧钳制住的经验。伽达默尔在解读这首诗[1]时说它"几乎产生冷静客观的有如解剖学的效果"。这里还有一个"资讯码"：在 10 年前，策兰的长子福兰绪出生几日后即死于助产钳造成的夹伤。

然而应当留心的还在下面：谁在这首诗中讲话？是诗的叙述者还是另一个自己？是谁在那铁钳与骨肉的咬合之处"发出银色瞪视"？那是一种更高的自我？或是一个已快被钳杀的存在？总之，他作为说话者此时睁开了眼睛："你以及你的睡眠之剩余"。这里，"睡眠之剩余"乃生命之剩余，因为人一过中年，那就必得要用减法了……

"很快"在诗中单独成为一行，加强了时间的力量和诗中嘲讽的语调，伽达默尔说："这是一个反讽的绝好例子，它闪耀着不可理解的微光，提升了诗歌的表现能力。……但这是谁的存在呢？想要正确的感知我们就必须这样理解：这是那些知道他们自己、接受自己，以及完全意识到自身限度之人的存在。成熟即是一切。"

因为"成熟"这个字眼，我联想到里尔克那首在中国最有名的《秋日》一诗。该诗大家都熟悉，一开始就写秋日将至时的空旷感和紧迫感，正是在这样的关头，诗人对他的"主"发出了他

---

[1]《"隙缝之玫瑰"：伽达默尔论策兰》，王家新等译，载《新诗评论》2009 年第 2 辑，北京大学出版社。

的恳求：在秋风刮来之前，"让最后的果实长得丰满"，再给它们两天南方的气候，"迫使它们成熟，/把最后的甘甜酿入浓酒"。这首诗自有一种人生警策的抒情力量，冯至对它的翻译也几乎到了"一字不易"的完美境地。但是我们要记住：这只是里尔克早期的一首抒情诗。当一个诗人经历了他的全部人生、真正步入"成熟"之境后，他还会这样写吗？

多年来，阿多诺一直想好好写写策兰，因为在他看来，策兰和贝克特一样都是他那个时代最重要的作家，但他一直犹豫不决，没有动笔。不过，他后来关于贝多芬的论著[1]却可以帮助我们理解策兰晚期的诗。在他的论著中，有两三章都是在谈贝多芬的"晚期风格"，阿多诺这样指出：

> 重要艺术家晚期作品的成熟不同于果实之熟。这些作品通常并不圆美，而是沟纹处处，甚至充满裂隙。它们大多缺乏甘芳，令那些只知选择尝味的人涩口、扎嘴而走。它们缺乏古典主义美学家习惯要求于艺术作品的圆谐。

阿多诺在这里所说的，不正可以用来描述策兰的晚期作品吗？

的确，策兰晚期的"成熟"，正是苦涩的成熟，是需要一个诗人付出巨大代价才能达到的成熟，甚至是阿多诺意义上的"灾难

---

[1] 阿多诺：《贝多芬：阿多诺的音乐哲学》，彭淮栋译，（台北）联经出版公司，2009。

般"的成熟。("在艺术史上，晚期作品是灾难")

深受阿多诺影响的萨义德也曾有过一部专论《论晚期风格——反本质的音乐和文学》[1]，对"晚期风格"进行了阐发：它反映了一种"特殊的成熟性"，它不是和谐，而是不妥协、不情愿和"尚未解决"，"在人们期盼平静和成熟时，却碰到了耸立的、艰难的和固执的——也许是野蛮的——挑战"。"晚期风格并不承认死亡的最终步调；相反，死亡以一种折射的方式显现出来，像是反讽"。等等。

不过，我们最好还是直接去读阿多诺。正是从"晚期风格"入手，他不仅使我们真正感到了贝多芬晚期的伟大，也感到了他的"现代性"之所在。贝多芬晚期所重获的那种颠覆的、批判的、嘲讽的艺术精神，是他前行的动力，也正是现代消费社会最缺乏的，因此阿多诺会说："贝多芬从不过时，原因可能无他，是现实至今尚未赶上他的音乐。"

耐人寻味的是，关于贝多芬的晚期音乐，阿多诺还这样说："在这音乐上的去神话过程里、在抛弃和声表象之中，看得见希望的表现。在贝多芬的晚期风格里，这希望欣欣发展，非常接近弃绝，然而不是弃绝。我想，认命与弃绝之间的这个差别正是这些作品整个奥秘所在。"

这使我想到了策兰的这样一首晚期诗：

---

[1] 爱德华·萨义德：《论晚期风格——反本质的音乐和文学》，阎嘉译，生活·读书·新知三联书店，2009。

以歌的桅杆驶向大地

天国的残骸航行。

进入这支木头歌里

你用牙齿紧紧咬住。

你是那系紧歌声的

三角旗。

对这首《以歌的桅杆驶向大地》，伽达默尔这样解读："短短的三节诗描绘出一场海难的情景，但它从一开始就转变成另外一种事故。它是天国里的船只失事。这样的船只事故在我们的想象中总是意味着某种隐喻：所有希望的粉碎。这是一个古老的主题。在这首诗里，诗人也祈求着那些粉碎了的希望。但是作为天国里的船只失事，那却是完全不同的一个范围。它的残骸的桅杆朝向了大地而不是处在其上。由此，一个人会回想起策兰在《子午线》演讲里所讲过的一句深奥的话，'无论谁以他的头站立，就会看到天国是在他下面的一个深渊'。"

《子午线》是策兰的毕希纳文学奖获奖演说，在演说中策兰提到毕希纳的以歌德时代的诗人棱茨为原型的小说《棱茨》的开头："1 月 20 日这天，棱茨走在山中……让他苦恼的是，他不能用头倒立着走路。"然后策兰由此发挥："女士们，先生们，无论谁以他的头倒立着走，就会看到天国是在他下面的一个深渊。"

棱茨当年没有做到的，策兰做到了。可以说，是"奥斯维辛"帮助他一下子就完成了这个天翻地转的逆转。

"一件事很清楚：这些桅杆发出了歌声。它们是歌，但不是那种朝向'之上'或'之外'性质的歌……一个人不再从天国寻求帮助，而是从大地。所有的船只都遇难了，然而歌依然在那里。现在，生命之歌依然重新唱起，当那桅杆移动着朝向大地。所以诗人会用他的牙齿紧紧咬进这支'木头歌'里……这里，再一次，在诗人和人类存在之间没有什么区分，人类存在，是一种要以每一阵最后的力气把握住希望的存在。"对这首诗，伽达默尔最后这样说。

这就是策兰的这首晚期诗。用阿多诺的术语来讲，他"认命"了，但还没有"弃绝"，从"你是那系紧歌声的／三角旗"这样的诗句中，我们感到的，不仅是一种艰难逆境中极度的努力，还是他在他那个时代对"诗人何为"这类提问的回答。

不过有人也许会问：那策兰最后的自杀又怎样解释？我想我只能这样回答：这也是他"晚期风格"的一部分。

在贝多芬研究的结尾，阿多诺最后提到了犹太神秘教的"草天使"（Grasengel）："这些天使被创造，存在片刻，随即陨灭于圣火之中。……他说他们的短暂、倏忽即逝，就是歌颂。……贝多芬将这一形象提升到音乐的自觉层次。他的真理是殊相的变灭。他作曲以结束音乐的绝对短暂。他严禁哭泣，他的音乐要从人的灵魂里撞出火来，那热情，那火，是'烧掉火（自然）的火化'。"

对此，阿多诺让读者去看肖勒姆所译的犹太神秘主义的《光辉之书》。犹太思想家和翻译家肖勒姆不仅是阿多诺和本雅明的朋友，也一直是策兰的阅读对象。但是关于神秘主义，我们最好不要把它想得那么神秘，这里是肖勒姆的一句话："神秘主义作为历史现象，只能是危机的产物。"

是的，贝多芬的"成熟"以及策兰的"成熟"，都只能是"危机的产物"。在一个充满危机的年代，我们也不可能拥有别的成熟。在这样一个年代，"圆满""和谐""大师""走向世界"等等之类，皆为虚荣。

这里仍是阿多诺："最高等艺术作品有别于他作之处不在其成功——它们成了什么功？——而在其如何失败。它们内部的难题，包括内在的美学的问题和社会的问题（在深处，这两种难题是重叠的），其设定方式使解决它们的尝试必定失败……那就是它的真理，它的'成功'：它冲撞它自己的局限。……这法则决定了从'古典'到晚期的贝多芬的过渡。"

这法则同样决定了策兰从早期到晚期的过渡。策兰诗的匈牙利文译者，2002年诺贝尔奖获得者、犹太裔作家凯尔泰斯曾这样谈论他自己的作品："它的主题是关于奥斯维辛的胜利；奥斯维辛的胜利是这部'小说的精华'，而这个世界也与这部小说相仿，其精华也是关于奥斯维辛的胜利。"[1]

让我们记住这样的话,并向这样的作家、诗人致敬——在策兰谢世 40 周年即将来临之际。

---

[1] 凯尔泰斯·伊姆莱:《另一个人》,余泽民译,作家出版社,2003,第84 页。

策兰与海德格尔的对话之路

在策兰研究中，策兰与海德格尔的关系一直是一个热点。他们一个是里尔克之后最卓越的诗人，一个是举世公认的哲学大师；一个是父母双亲惨死于集中营的犹太幸存者，一个则是曾对纳粹政权效忠并在战后一直保持沉默的"老顽固"。因此他们的关系不仅涉及"诗与思"的对话，还紧紧抓住了战后西方思想界、文学界所关注的很多问题。的确，只要把"策兰"与"海德格尔"这两个名字联系起来，就具有了某种象征意义。

詹姆斯·K. 林恩是对的，在他的这部专著《策兰与海德格尔：一场悬而未决的对话》[1]中，他把研究的焦点和"故事"的重心放在了策兰身上，并且他看到：策兰之所以受到海氏的影响和吸

---

[1] 詹姆斯·K. 林恩：《策兰与海德格尔：一场悬而未决的对话》，李春译，北京大学出版社，2010。

引，完全是有自身根源的，"在策兰逐渐成长为一名诗人的过程中，在没有阅读海德格尔的情况下，他已经是一个正在成长的海德格尔了"。

的确如此。在 1948 年所写的《埃德加·热内与梦中之梦》中，策兰就这样宣称："我想我应该讲讲我从深海里听到的一些词，那里充满了沉默，但又有一些事情发生。""我越来越清楚，人类不仅仅在外在生命的链条上受苦，而且也被堵上嘴巴以致不可以说话……那些自从远古时代就在内心深处竭力争取表达的东西，也伴随着被烧尽的感觉的灰烬。"[1]

策兰所面对的，也正是海德格尔哲学一开始就面临的任务：变革和刷新语言，由此革新对存在的思考。这就是为什么这位"思者"会把目光投向荷尔德林等诗人，"诗歌是源始的语言，即处于发生状态的语言"。他要回到这种"源始语言"中，也即从传统哲学中摆脱，回到存在的未言状况。

可以说，这就是这场相遇或对话的最初的交汇点。只不过策兰所说的"灰烬"，不仅是现代诗歌表达困境的一个象征，在很大程度上还是奥斯维辛所留下的"灰烬"。他一生的写作，就是要接近这个"灰烬的中心"。而这，不用说，正是海德格尔一直回避的。

显然，在最初，策兰在维也纳时期的恋人、当时正在撰写关

---

[1] Paul Celan: *Collected Prose*, translated by Rosemarie Waldrop, Carcanet Press, Manchester, 2003. 本文中策兰的诗论、诗、通信，大都为笔者自己所译。

于海德格尔哲学的博士论文的奥地利女诗人巴赫曼，对策兰更多地了解海德格尔起了促进作用。"我们交换着黑暗的词"，这是策兰写给巴赫曼的《花冠》中的一句诗。他们是否也交换过对海氏哲学的看法？我想是的。

回到林恩的研究，他不仅根据策兰的生平资料和作品，也根据策兰在他读过的多种海氏的著作中留下的各种标记，来研究策兰对海氏思想的吸收。海德格尔如此吸引了策兰，一是他的"存在主义"哲学，一是他对荷尔德林、里尔克等诗人的阐释；另外，在海氏的全部思考活动中所贯穿的"诗性"敏感、独特的哲学隐喻及其语言表述方式，也深深吸引了策兰。以下摘出一些策兰在阅读海氏过程中画出、标记的句子：

"此在在本质上就是与他者共在。"

"任谁也不能从他人那里取走他的死。"

"如果人类想要再次接近存在，他就需要首先学会存在于一种无名的状态中。"

"不是我们在和词语游戏，而是语言的本质在和我们游戏。"

"诗人并没有发明……它是被赐予的。它服从并跟随着这种召唤。"

"今天我们说，存在把它自身献给了我们，但是，如此一来，同时，他在本质上又退却了。"

如此等等，或是直接激发了策兰创作的灵感，或是引发了他自己的思考。总之，海氏的影响已渐渐渗透在策兰的创作和思想活动中，在1958年接受不莱梅文学奖的致辞中他一开始就讲："思考（Denken）和感谢（Danken）在我们的语言里同出一源，并合二为一。"这显然是一种对海德格尔的反响。此外，策兰在这里说的"我们的语言"，也显然不是他所属的东欧犹太人所讲的混杂语言，而是由海氏所确立的荷尔德林——里尔克这一路"正宗"的德国诗性语言。

总之，海氏的影响，对策兰由早期的超现实主义抒情诗，转向一种德国式的"存在之诗"，起了重要、深刻的作用。

但是，策兰并不是盲目、无条件接受的。他坚持从自己的根基出发。在1958年对巴黎福林科尔书店的回答时他这样谈道："真实，这永远不会是语言自身运作达成的，这总是由一个从自身存在的特定角度出发的'我'来形成其轮廓和走向。"可以说，这正是对海氏的"语言是说话者"的一种必要的补充或修正。

海德格尔与纳粹的历史关系显然是策兰的一个无法克服的障碍。林恩的这部专著于2006年首次出版，虽然他声称要根据已掌握的全部文献资料，就策兰与海氏的关系"给出一个前所未有的更完整的故事版本"。但现在看来，它并不那么"完整"。2008年德国出版界的一个重要事件是巴赫曼、策兰书信集的出版，首次展示了策兰和巴赫曼自1948年至1967年的196封书信。这些书信意义重要，它们不仅是两个心灵之间的倾诉和对话，也是与政治历史有广泛关联的个人档案，其中就记载着策兰拒绝给海德格尔生日庆祝专辑写诗这一重要事件。

1959年8月5日，巴赫曼写信给策兰询问关于海德格尔生日庆祝专辑的事，策兰拒绝了。拒绝的原因倒不主要是因为海氏本人，而是因为策划者内斯克，"在一年前，我就告诉内斯克，他要先告诉我专辑里有些别的什么作者，再决定是否写文章。然而，他没有那样做，相反，我的名字却出现在名单上"。另外，策兰对专辑中出现的一些"专利的反法西斯分子"（如信中提到的著名作家伯尔）也很不屑，"你知道，我绝对是最后一个可以对他（指海氏）的弗莱堡大学校长就职演说及别的行为忽略不计的人；但是，我也对自己说……那些被自己所犯错误卡住、却不掩饰自己的污点，也不表现得好像自己从来都没有过错的人，实在比那些当初就具有好名声（实际上，我有理由质问，所谓好名声的方方面面是什么？）并在这上面建立起最舒服最有利地位的人要更好。"在再次致巴赫曼的回信中他又强调："我是不能与这些人为伍的。"信的最后，他还这样对巴赫曼讲："我也同样，上帝知道，不是个'存在的牧人'。"

这个引语出自海德格尔的《关于人文主义的通信》。这说明，纵然策兰在态度上决绝，在内心里也很苦涩，但他在思想上却无法摆脱与海德格尔的关联。他也不会因此改变他对海氏的敬重。策兰的朋友、哲学家奥托·珀格勒回忆说，策兰曾在他面前为海氏的后期哲学辩护，并曾想把他的一首诗《条纹》赠寄给海德格尔，诗中有这样的耐人寻味的诗句："眼中的纹影 / 它珍藏着 / 一个由黑暗孕育的记号"。

海德格尔是否读到了或读懂了这个"由黑暗孕育的记号"，不得而知，但策兰后来的确送给了他另一首诗。1961 年，策兰通过珀格勒向海氏寄赠诗集《言语栅栏》，在题献上写下"这些是一个尊敬您的人的诗"，并附上了这首只有四行的短诗："荨麻路上传来的声音： / 从你的手上走近我们， / 无论谁独自和灯在一起， / 只有从手掌阅读。"

这四行诗出自组诗《声音》。有人解读说"荨麻路"暗示着基督受难的"荆棘路"，但这太明确。我想它也许出自诗人早年东欧生活的经验，总之，这是一个生僻的、多刺的但又让人深感亲切的意象。引人注目的，是接下来出现的"手"的形象。我想，这既是对海氏的"思想是一件手艺活"的反响，也体现了策兰对人的存在、对交流的独特体验和期待。在 1960 年间给汉斯·本德尔的信中他这样说："技艺意味着手工，是一件手的劳作。这些手必须属于一个具体的人，等等。一个独特的、人的灵魂以它的声音和沉默摸索着它的路。只有真实的手才写真实的诗。在握手与一首诗之间，我看不出有本质的区别。"这话说得多好！法国著名犹太裔哲学家列维纳斯在《保罗·策兰：从存在到他者》一开始就引用了这句话，说这样的"握手"是一次"给予"，真正的"相遇"就在这一刻发生。

无论对这样的诗怎样阐释，策兰期待着与海氏有一次真实的"握手"，这是可以肯定的。

　　这样的时刻终于到来，并被铭刻进了历史，它甚至被很多人称为"一场划时代的相遇"，这就是1967年7月25日策兰与海氏在弗莱堡托特瑙山上的会面。该年7月24日，策兰应鲍曼邀请赴弗莱堡大学朗诵。在这之前，鲍曼给海德格尔寄上书面邀请，海德格尔随即热情回信："我很久以来就想结识策兰。他远远站在最前面，却常常回避与人交往。我了解他的所有作品。"海氏不仅欣然接受邀请，在策兰到来之前，他甚至到弗莱堡书店走了一趟，请他们把策兰诗集摆在橱窗最醒目的位置。这使我们不禁想起了他那句著名的话："我们这些人必须学会倾听诗人的言说。"

　　弗莱堡大学的朗诵会上，听众如云，而德国的"哲学泰斗"就坐在最前排认真地聆听。在策兰精心选择朗诵的诗中，有一首《剥蚀》，该诗的最后是："等待，一阵呼吸的结晶／你的不可取消的／见证。"

　　"见证"，这真是一个对战后的德国人，尤其是对海德格尔来说具有刺激性的词。他们的这次相遇，仍处在历史的阴影里。朗诵会后，有人提议合影，策兰拒绝了。但海德格尔仍热情地邀请策兰第二天访问他在弗莱堡附近托特瑙山上的小木屋。策兰不愿意去，他对鲍曼说和一个很难忘记该人过去的历史的人在一起感觉很困难，但他还是去了。他们在山上小木屋谈了一上午。他们在一起究竟谈了些什么，至今仍无人得知。人们只是看到，这次会见竟使一向忧郁沉重的策兰精神振作了起来。

在小木屋的留言簿上，策兰写下了"在小木屋留言簿上，望着井星，心里带着对走来之语的希望"。回巴黎后，又写下了一首题为《托特瑙山》的诗，并特意请印刷厂制作了一份收藏版本，寄赠给海氏本人。下面即是这首著名的诗：

金车草，小米叶，
从井中汲来的泉水
覆盖着星粒。

在
小木屋里，

题赠簿里
——谁的名字题在
我的前面？——，
那字行撰写在
簿里，带着
希望，今天，
一个思者的
（不再踌躇的
走来）

之语
存于心中，

森林草地，不平整，
红门兰与红门兰，零星，

生疏之物，后来，在途中，
变得清楚，

那个接送我们的人，
也在倾听，

这走到半途的
圆木小径
在高沼地里，

非常
潮湿。

　　这是一首"即兴写生"或"抒情速记"式的诗，却引起了广泛的关注和众多不同的解读。

　　我本人曾访问过海氏小木屋，它处在托特瑙山坡上的最上端，几乎就要和黑森林融为一体。海氏夫妇于 1922 年建造了此屋，他的许多著作都写于此地，后来在弗莱堡任教期间，他经常怀着"还乡"的喜悦重返山上小屋。也许正是在此地，"海德格尔使哲学又重新赢得了思维"（汉娜·阿伦特语）。因此我们不难想象这次造访给策兰带来的喜悦。

"金车草，小米叶"，诗一开始就出现了这两种花草。它们是当地的景物，但还有着更丰富的联想和隐喻意义。首先，这两种草木都有疗治瘀伤和止痛的效用。金车草的浅黄色，还会使人想到纳粹时期强迫犹太人佩戴的黄色星星。小米叶，据林恩的考察，在策兰早年写于劳动营期间的诗中也曾出现过："睫毛和眼睑丢失了小米草"。而现在，这种带有安慰意味的花草又出现了！

同样，"从井中汲来的泉水／覆盖着星粒"，也暗含着某种重返存在的"源始性"的喜悦。在小木屋左侧，有海氏夫妇亲自开凿的井泉，引水木槽上雕刻有星星。很可能，策兰像其他的来访者一样，畅饮过这久违的甘甜清澈的泉水。

"题赠簿里／——谁的名字题在／我的前面？"这一句也很耐人寻味。策兰深知海氏的重要位置，他是思想史的一个坐标，也是连接过去与现在的重要一环。他也许知道他的朋友、法国著名诗人勒内·夏尔在他之前曾来访问过，但是，是不是也有一些前纳粹分子来这里拜谒过他们的大师呢？

但无论如何，仍有"希望"存在。"走来之语"，让人想到海氏《在通向语言的途中》中谈到的"走来的神"，还有他的著名短句"不是我们走向思,思走向我们"。那么,策兰对他面对的"思者"有何期望?什么可能是他期待的"走来之语"?法国著名哲学家拉巴尔特在他论策兰的讲稿集《作为经验的诗》中猜测是"请原谅",但他很快修正了这一点,"我这样想是不对的……认为请求原谅就足够了是不对的。那是绝对不可原谅的。那才是他(海氏)应该(对策兰)说的"。

当然,也有另外的解读。2001年9月4日在北京大学所做的演讲中,德里达针对波兰裔法国哲学家杨凯列维奇提出的"不可宽恕论"("宽恕在死亡集中营中已经死亡"),主张一种绝对的无条件的宽恕。在这次演讲中,德里达就引证了策兰这首诗,认为这首诗是一种"赠予",同时它也是一种"宽恕"。

这些不同的解读各有侧重,也各有道理,但都不是定论,接下来我们读到的是:"森林草地,不平整,/红门兰与红门兰,零星"。这既是写景,但也暗示着心情。策兰写这首诗时的心情,正如那起伏的"不平整"的森林草地。

至于"那个接送我们的人",林恩把他解读为接送策兰去托特瑙山的司机。但是否也可以理解为海德格尔本人呢?他邀请诗人来访并陪同他漫游,在隐喻的意义上,他也正是那个在存在的领域"接送我们的人"。而他"也在倾听"。"倾听"用在这里,一下子打开了一个空间。它首先使我们想到的是沉默。因为没有沉默,就没有倾听。在某种意义上,海氏的哲学就是一种沉默的倾听。我想,这是海氏哲学中最为策兰所认同的一点。正是这沉默,相互交换的沉默，造成了他们的倾听。

至于诗最后的结尾部分，把这首诗推向了一个更耐人寻思的境地。"圆木小径"，可能有意取自海氏一本小册子的名字，"走到半途"，也让人联想到"在通向语言的途中"。而这"走到半途的／圆木小径"，通常被理解为是通向对话之路和和解之路，但它"非常／潮湿"！诗的暗示性在这里达到最充分的程度。它暗示着对犹太人大屠杀之后民族和解的艰难，暗示着创伤的难以弥合。不过，从普遍的意义上，它也暗示着人生的艰难、思想的艰难以及通向语言之途的艰难。

就在这次历史性会见之后，他们仍有见面和通信往来。在收到策兰赠寄的《托特瑙山》的收藏版后，海氏给策兰回了一封充满感谢的信，信的最后甚至这样说："在适当的时候，您将会听到，在语言中，也会有某种东西到来。"在 1970 年春，他甚至想带策兰访问荷尔德林故乡，为此还做了准备，但他等来的消息却是策兰的自杀身亡。

这就是这个"故事"的悲剧性结局。著名作家库切在关于策兰的文章《在丧失之中》中这样说："对拉巴尔特来说，策兰的诗'全部是与海德格尔思想的对话'。这种对策兰的看法，在欧洲占主导地位……但是，还存在另一个流派，该流派将策兰作为本质上是一个犹太诗人来阅读……""在法国，策兰被解读为一个海德格尔式的诗人，这就是说，似乎他在自杀中达到顶点的诗歌生涯，体现了我们这个时代艺术的终结，与被海德格尔所断定的哲学的终结可以相提并论。"

　　"故事"结束了吗？结束了，我们听到的不过是回声，永无终结的回声。

创伤之展翅

——读策兰《带着来自塔露萨的书》

1959 年，策兰买了哲学家阿多诺头年出版的《文学笔记》，并在其中的《海涅之创伤》（*Heine the Wound*）中画满了标记。在这篇随笔中，阿多诺满怀沉痛地叙述了海涅作为一个犹太诗人在德国被排斥的屈辱命运，并在最后这样说："海涅的创伤只有在一个达成和解的社会里才有可能治愈。"

这有可能吗？似乎策兰愈到后来愈不相信这一点。海涅的命运也就是他的命运，"海涅之创伤"就内在于他的身体。策兰的伟大就在于他忠实于他的创伤，挖掘他的创伤，并最终以他的创伤飞翔——正如他在《带着来自塔露萨的书》等诗篇中所展现的那样。

1962 年 9 月，策兰在巴黎收到一本书《塔露萨作品集》（*Tarusa Pages*，由苏联著名作家、批评家康·帕乌斯托夫斯基在"解冻时期"编选，1961 年出版），该作品集收有茨维塔耶娃 41 首诗。塔露萨为莫斯科以南上百公里外奥卡河边的一个艺术家小镇，茨维塔耶娃从小经常随父母去那里度夏。策兰读到茨维塔耶娃诗歌后十分振奋，在这之前，他曾翻译过曼德尔施塔姆的诗，而茨维塔耶娃，对他来说不啻又一个来自"同一星座"的诗人。他甚至感到茨维塔耶娃更具有挑战性，因为她更难翻译。正因为这种激发，他很快写出了这首充满激情的长诗（策兰的后期诗大都为结晶式的短诗）。它不仅是一次令人惊异的诗歌迸发，在今天看来，它对我们还有着重要的启示性意义。

策兰之所以写出这首诗并展开他的创伤之翅，当然和他的全部生活有关。1960 年前后，诗人伊凡·戈尔的遗孀克莱尔对策兰的"剽窃"指控达到一个高潮，纵然巴赫曼、恩岑斯贝尔格、瓦尔特·延斯、彼特·斯丛迪等著名诗人和批评家都曾对他做出了有力辩护，德国语言和文学学院、奥地利笔会都一致反驳这种指控，但是伤害已经造成。策兰感到自己不仅成了诋毁的对象，甚至也成了战后德国死灰复燃的新反犹浪潮的牺牲品（策兰这样认为并非出自多疑，克莱尔在其"公开信"中就称策兰当年到巴黎后怎样给他们讲其父母被杀害的"悲惨传奇"，好像对犹太人的大屠杀是被编造出来似的！）。在承受伤害的同时，策兰的反应也日趋极端了。"人们徒劳地谈论正义，只到巨大的战列舰将一个淹死者的额头撞碎为止"，这是他在《逆光》中的一句话。作为大屠杀的幸存者，他早就对"正义"不抱什么指望。他感到的是德国人无力面对历史。他不仅要面对他自己的伤害，他还不得不替"奥斯维辛"

的死者再死一次。

正是这种经历，深化了策兰后期的创作，也促使他不得不调整他与德语诗歌的关系。在读到茨维塔耶娃之前，他在一封信中就曾这样落款："列夫之子保罗 / 俄国诗人，在德国的异教徒 / 终究不过是一个犹太人"。这样一个看上去怪怪的落款，是策兰对自身处境的一种反射。他不仅要更多地转向他对自身希伯来精神基因的发掘，他还要转向"他者"（相对于德语诗歌而言），因此，不难理解他为什么要把一本"来自塔露萨的书"带在身上，因为正如费尔斯蒂纳在策兰传中所说，他从中发现了一个"朝向东方的、家乡的、反日耳曼的家园"。

就在诗的前面，策兰直接引用了茨维塔耶娃的一句诗"所有诗人都是犹太人"。它出自茨维塔耶娃的《末日之诗》，完整的原诗为："在这基督教教化之地 / 诗人——都是犹太人！"它指向排犹的历史语境（茨维塔耶娃本人不是犹太人，但她的丈夫是）。就是这句诗，成为策兰与茨维塔耶娃的接通"暗号"。他不仅要以一首诗来回应，他的"海涅之创伤"也可以"展翅"了。

现在我们来看《带着来自塔露萨的书》的第一节：

来自

大犬星座，来自

其中那颗明亮的星，和那

低矮的光晶，它也一起

映射在朝向大地的道路上，

　　该诗的句法很特别，全诗 11 节除了最后一节，诗前都由"Von"（表示从什么地方来或从什么时间开始）引起，应译为"来自"，一些英译本也是这样译的，但译完全诗之后，我意识到其实也可以把它译解为"向着"。因为在策兰那里，诗的来源往往也是其返向之地。可以说，这正是一首"来自他者"并"朝向他者"的伟大诗篇。

　　策兰的许多诗都是这样，例如 1958 年创作的重要长诗《紧缩》（在德文中，它也指赋格音乐的"密接和应"，该诗被视为《死亡赋格》的续篇），以"准确无误的路线"，通向在"最后解决"中被带走的人们的"痕迹"。该诗由 9 部分组成，到了结尾，诗又回到了其开始："青草，／青草，／被分开书写"。这种诗的重复正好对应于"命运的循环"。因此费尔斯蒂纳说这首诗同时是"一次来自和朝向地狱般的过去的受难之旅"。

　　正是置身于这种"来自"和"朝向"的双向运动，《带着来自塔露萨的书》成为一次伟大的行旅和痛苦的超越。诗一开始就朝向了远方的大犬星座，大犬星座为各民族都很迷信的星座，古埃及人曾根据其方位建造金字塔。诗中"明亮的星"及"低矮的光晶"指其座内的天狼星和白矮星。这是一个永恒、神秘的世界，它们呈现，交错生辉，它们"映射在朝向大地的道路上"。它再次前来寻找它的诗人。

这样一个开始，气象宏伟，神秘，富有感召力。明亮的大犬星座高悬于前方，那是命运的定位，是对"天赋"的昭示，也是一个诗人对自身起源的辨认和回归。作为一个拥有更古老的精神基因的犹太诗人，在策兰那里，一直有着一种天文学与个人命运的隐秘对应，比如，因为出生于 1920 年 11 月 23 日，他有着"艰硬的十一月之星"的诗句；在他诗中还多次出现了"弓箭手"的隐喻，因为按照某种星象学，11 月 23 日生人为射手座生人，"子夜的射手，在早晨 / 穿过叛逆和腐烂的骨髓 / 追逐着十二颂歌"（《可以看见》），等等。

而诗一开始的这命运之星，也正和策兰自己的家园神话及记忆联系在一起，所以他会那么动情。策兰来自东欧，他的家乡切诺维茨原属奥匈帝国，后属罗马尼亚，后来划归苏联乌克兰共和国，并改名为切尔诺夫策。历史的浩劫，不仅使世代生活在那里的犹太人所剩无几，也完全从地图上抹去了其存在，它真正变成了鬼魂之乡、乌有之乡。这就是为什么策兰在接受毕希纳奖发表演讲时，会这样抑制着内心战栗讲到他的"童年的地图"："我寻找这一切，以我不精确的、有些神经质的手指在地图上摸索——我得承认，那是一幅童年用的地图。"

这也就是为什么诗接下来会出现"未安葬的词语"这样的诗句。这"未安葬的词语"也就是他自己幸存的孤魂，他要以它开始他的寻找，他要跟随它漫游于返乡之途——那是"墓碑和摇篮的禁地"，是亲人和祖先的深渊，是"乌有之乡和非时间"。这些诗的隐喻意义我们不难体会到，不过我们还应看到，这不仅是一般意义的还乡，这还体现了策兰作为一个诗人要从德语版图中偏离以重建自己的精神谱系的艰巨努力。对此，著名作家 J. M. 库切在其关于策兰的文章《在丧失之中》（"In the Midst of Losses"）中就曾指出：

> 如果说有一个主题占据着费尔斯蒂纳的策兰传记的主导地位，那就是策兰从一个命中注定是犹太人的德语诗人，变成了一个命中注定要用德语写作的犹太诗人；他已从与里尔克和海德格尔的亲缘关系中成熟长大，而在卡夫卡和曼德尔施塔姆那里找到他真正的精神先人。

卡夫卡和曼德尔施塔姆都是这种返乡途中的坐标，茨维塔耶娃也是。"每个名字都是那朝向终极名字的一步，正如打破的每一样东西都指向那不可打破者"，这是策兰在德国犹太宗教思想家马丁·布伯的书中曾记下的一句话。《带着来自塔露萨的书》所显示的，正是这种带有终极意义的"返乡"。

> 来自
> 一棵树，一棵。
> 是的，也来自它。来自围绕它的森林，来自
> 未步入的森林，来自

那长出思想的地方，作为语音

半音、切换音和尾音，斯堪特人式的

混合诗韵

以太阳穴的被驱送的

节奏

以

呼吸过的被践踏的

草茎，写入

时间的心隙——写入国度

那个最辽阔的

国度，写入那

伟大的内韵

越出

无言民族的区域，进入你

语言的衡度，词的衡度，家园的

衡度—流亡。

　　从第四节开始，诗带我们进入一个诗的王国——一个流亡者的诗的王国。它首先指向一个诗歌世界的生成：它来自一棵树，也来自围绕它的森林。可以说，这就是策兰的"诗观"。策兰当然会首先强调这个"一棵"，因为它构成了诗的本体和内在起源。这是一棵使诗得以立足的树。还应注意的是，树和森林在这里并不仅仅是隐喻的工具。它们是它们自身，是奥斯维辛之后"可吟唱的剩余"（Singbar Rest /Singable Rest，这是策兰后期一首诗的题目）。在"人类的"文学语言被污染、被耗尽的情形下，诗就从这些"未步入"的领域中"长出"。

而接下来的"斯堪特人式的"，可以说是策兰的又一个重要"暗号"。斯堪特人为古代移居在黑海以北、俄罗斯以南的游牧民族，所在区域包括策兰的出生地一带。这是一个不同语言文化相混杂的辽阔地带，因而斯堪特人的诗韵注定是一种"混合诗韵"，策兰自己受到德、法、斯拉夫、犹太语言文化多种影响的诗也注定是一种"混合诗韵"。不仅如此，斯堪特人的地带又是一个饱受希特勒的第三帝国蹂躏的地带，因而那"被践踏的/草茎"接着也出现了。它是对《紧缩》一诗中"青草，/青草，/被分开书写"的再次呼应！

而策兰自己，正是要以这被死亡和暴力所践踏的草茎写诗，要使那些受害者、沉默者和牺牲者通过他发出声音，"写入国度……写入那/伟大的内韵"。"内韵"（binnenreim）指诗行中间的押韵，但在这里它的含义更耐人寻味。这里的"写入"也可以理解为一种"被写入"。被谁写入？被命运，也被诗本身。在给勒内·夏尔的一封未发出的信中，策兰就曾这样对他的诗人朋友说："诗人，将不会忘记诗是一个人呼吸的东西；诗把你吸入（不过这呼吸，这韵律——它从何而来？）。"[1]

就这样，诗的节拍一浪浪涌来，到了"越出／无言民族的区域……"进入一个超越的时刻，而全部的苦难都在准备着这种时刻。海德格尔一直在说写诗就是"去接受尺度"，而这就是策兰的"尺度"——它已不仅是"语言的衡度"了，它更是"家园的／衡度—流亡"——他最后强调的就是这个流亡："Heimat-waage Exil"。可以说，这就是他全部诗学的最后发音！

诗写到这一步，那久久压抑的内在冲动就出现了：

> 来自那座桥
>
> 来自界石，从它
>
> 他跳起并越过
>
> 生命，创伤之展翅
>
> ——从这
>
> 米拉波桥。
>
> 那里奥卡河不流淌了。怎样的
>
> 爱啊！（西里尔的字母，朋友们，我也曾
>
> 骑着它越过塞纳河，
>
> 越过莱茵河。）

---

［1］ Paul Celan: *Selections*, Edited by Pierre Joris, University of California Press, 2005.

米拉波桥为塞纳河上的一座桥，策兰所热爱的阿波里奈尔曾写过一首著名的《米拉波桥》（*Pont Mirabeau*）。策兰后来也正是从那座桥上投河自尽的。因而我把原文的"quade"（桥栏石柱）译为"界石"，的确，那是生死之界，此世与彼世之界，"创伤展翅"之所在！似乎走到这一步，策兰所一直忍受的创伤也变得要破茧而出了！

需要了解的，是这其中所暗含的"孵化"观念。策兰经常运用这类隐喻。在他那里，连"壳质/太阳群"也是孵化的（见《孵化的》一诗）。靠什么来"孵化"？靠"海涅—策兰之创伤"！在策兰那里，几乎所有的诗都得自痛苦的激发和创伤的养育。可以说，正是"创伤的孵化"与"语言的炼金术"相互作用，成就了策兰的诗歌世界。正因为这样的创伤，那决定性的一跃——或展翅，或对极限的撞击，或诗之超越，被赋予了最真实深刻的依据。

而紧接着这一切的，是一种诗的挪移和并置："那里奥卡河不流淌了"，好像在米拉波桥下流淌的已不是塞纳河，而是茨维塔耶娃的奥卡河了（奥卡河为伏尔加河的一条支流，处于古代斯堪特人区域的最北端，塔露萨城即坐落在其河边），这真是感人至深。这也告诉了我们，这种"创伤之展翅"不一定意味着弃绝，相反，却是对生命更高的认可！这甚至使我想起了但丁《神曲》那最后的咏叹："移太阳而动群星，是爱也。"

是的，正是爱，那满怀伤痛的爱，使奥卡河来到了米拉波桥下，并变得不流淌了。"怎样的爱啊！"诗自身也发出了这样的感叹。原诗中，这句引语为法文，出自阿波里奈尔的名诗《米拉波桥》。这里我还感到，在这样的一刻，策兰在这里插入了法文原诗，这可视为他对一直养育他的法语诗歌的一种回报，也是对他的忠诚的、他自感到"欠她很多"的法国妻子吉瑟勒的一种回报。这一切，是"怎样的爱啊！"

而接下来，在这河流静止的一瞬，诗又开始飞翔了——是骑着"西里尔字母"飞翔！曾有人因策兰的诗联想到夏加尔的油画，的确，他们都是那种可以摆脱地心引力的人！"西里尔字母"为从希腊文演变出的几种古斯拉夫语言，策兰受到这种语言的养育，他也曾把叶赛宁、勃洛克、曼德尔施塔姆的诗译成德语，使它们"越过塞纳河、越过莱茵河"。如果说德语使他痛苦（因为那虽然是他的母语，但它却同时又是杀害他母亲的凶手的语言），法语使他温柔（他儿子从小说出的第一个法文词即是"花"），罗马尼亚语带着一种乡愁味，希伯来语为他透出神圣的光，而曼德尔施塔姆和茨维塔耶娃的俄语则带着他飞翔，飞向那"乌有之乡和非时间"！

> 来自一封信，来自它。
>
> 来自一书信，东方来信。来自坚硬的、
>
> 细微的词丛，来自
>
> 这未装备的眼，它传送至
>
> 那三颗
>
> 猎户座腰带之星——雅各的

手杖，你

再次行走了起来！——

行走在

展开的天体海图上。

　　信，东方来信！也许是来自曼德尔施塔姆遗孀（她曾和策兰有通信联系），也许是来自其他俄国友人。但从更"确切"的意义上，是来自策兰曾从曼德尔施塔姆那里取来的"瓶中信"："它可能什么时候在什么地点被冲上陆地，也许是心灵的陆地。"（策兰《不莱梅文学奖获奖致辞》）因而星空会再次展现，这次是明亮、威武、腰带上佩着闪闪明星的猎户星座了，而雅各的手杖——犹太民族神话中那爱和神迹的象征，也再次叩响，并行走在展开的天体海图上！

　　我想，这也是策兰不同于其他西方诗人的独异之处：他要穿过后奥斯维辛、后工业时代巨大的"泄洪闸"，"为了把盐河里的那个词／捞回，救出"（《泄洪闸》）。他要让神灵的力量重新运行在他的想象力和语言之中。"神说：'天下的水要聚在一处，使旱地露出来。'事就这样成了"（《旧约·创世记》）。策兰的诗，也就这样成了。

　　然而，这其间仍有一种限定，就在想象力展开、诗的宇宙因之而无限扩展之时，诗又落到了一个"实处"，它落到一件具体确凿的事物上："来自桌子，那发生这一切的桌子。"

这句诗单独自成一节，让我们不能轻易放过。显然，这不是一张一般的桌子。这是一张"诗人之桌"。它承担了"诗的见证"。它让这一切发生。这是一个只能从语言中产生的世界。

这是策兰的桌子，也是茨维塔耶娃的桌子。在茨维塔耶娃的诗中就不断出现桌子，她说她写不出诗的时候就咬桌子，结果是"桌子被爱了"，一首带着牙印的诗产生了！在她流亡巴黎的日子里，还专门写过一组伟大的诗篇《书桌》。

因为策兰这句诗，我还想起了西德著名诗人恩岑斯贝尔格的长篇叙事诗《蒂坦尼克号的覆灭》，诗的最后是："所有人都想得到拯救／也包括你"，但没有人"再听见过他们的消息。／只有桌子，只有这张空桌子／始终在大西洋上漂荡"。恩岑斯贝尔格一直关注、赞赏策兰的创作，他是否也从策兰这首诗中受到过某种影响？

来自一个词，词丛中的一个
靠着它，桌子，
成了帆船板，从奥卡河
从它的河水们。

来自一个偏词，那
船夫的嚓嚓回声，进入夏末的芦管
他那灵敏的
桨架之耳：

Kolchis。

　　有了这张诗人之桌，有了茨维塔耶娃歌唱的奥卡河，也就有了那顺流而来的"帆船板"——诗让这一切发生！但策兰独异于任何诗人的想象力还是让我们为之惊异，比如这里的"偏词"（Nebenwort），就像他所杜撰的"晚词"一样，就很耐人寻味。"Neben"（在旁边，附近的，紧靠着的）一旦和"Wort"（词）组合在一起，不仅将语言陌生化了，它也成为策兰自己的一个"暗码"！

　　什么是"偏词"呢？策兰和茨维塔耶娃这样的诗人就是！布罗茨基在论述茨维塔耶娃时就曾这样说："她最终摆脱了俄国文学的主流终究是一件幸事。正如她所热爱的帕斯捷尔纳克所译的她热爱的里尔克的一首诗所写的，这颗星，有如'教区边沿上最后一所房舍'的窗户里透出的灯光，使教区居民观念中的教区范围大大的扩展了。"[1]

　　策兰之于德语诗歌，也正如此。说到这里，"所有诗人都是犹太人"也就不难理解了，这到底是什么意思呢？策兰在这里给出了一个回答——"偏词"！

　　还有"桨架之耳"这样精彩绝伦的隐喻！"Dolle"本来是固

_____

[1] Joseph Brodsky: *Less Than One*，Farrar Straus Giroux，1987.

定船桨的耳形座架，这里我们不能不佩服策兰那广博精细的知识以及他把它们转化为诗歌隐喻的能力。当船夫的嚓嚓回声进入夏末的芦管，他收起了划动的双桨，以他那灵敏的"桨架之耳"屏息倾听——其实，这正是策兰所说的"换气"的一瞬（策兰在《子午线》中曾这样宣称："诗，也许可以意味着一种换气，一种我们呼吸的转换。谁知道，也许诗歌所走的路——艺术之路——就是为了这种换气？"）。那么，他听到什么呢？他听到的就是在诗最后出现的那个词：Kolchis！

一个词，一个神示的地名，一种神秘的回声！Kolchis，科尔喀斯，位于黑海之滨，这不是一般的地名，这是古希腊传说中的王国，忒萨利亚王子吕阿宋曾乘船到那里取金羊毛，途中历尽了艰辛。策兰早期诗曾引用过吕阿宋的神话。另外，Kolchis 这个地名和策兰所喜欢的、一再在他诗中出现的秋水仙花类（Kolchizin）的发音也很接近，"他那灵敏的 / 桨架之耳"一定从中听到了某种回音。这是一种什么回音呢？可以说，这就是当"神的灵运行在水面上"（《旧约·创世记》）时在他那里产生的一个回声！而这，已不可解释了。

无独有偶，在策兰同年写出的献给曼德尔施塔姆的长诗《一切，和你我料想的》的最后，出现的也是一个地名：

一条河流，
你知道它的名字，河岸们

背负着日子，像这名字，

从你的手中，而它在溢出：

Alba。

　　Alba，易北河的拉丁文拼法，在拉丁文里含有"白"和东方"破晓"的含义。易北河贯穿捷克、德国，在汉堡入海。策兰的母亲一家早年在战乱中曾逃亡至易北河畔，那曾是她母亲的"三年之土地"，在这首诗中，则成了他自己与曼德尔施塔姆相会的东方破晓之地。

　　这就是策兰的"创伤之展翅"，它创造了一个诗的世界。它把我们带向 Alba，带向 Kolchis，它们都曾在历史和语言中存在，但它们又是神话的、"形而上"的。它们被赋予了诗的含义。说到底，它们属于一个诗人的"在的地形学"，或用策兰自己的诗句来说，它们属于"未来北方的河流"（《在这未来北方的河流里》）。Alba与 Kolchis，也可以说，这就是策兰的诗歌"对位法"！

　　这就是策兰这首诗。它告诉了我们什么叫作"创伤之展翅"，同时，它也昭示着一条穿越语言和文化边界、穿越现实与神话的长途。德里达曾称策兰创造了一种"移居的语言"，策兰的诗，在他看来就是"我们这个充满移居、流亡、放逐的移居时代痛苦的范例"。[1] 他还属于德语文学吗？属于。他属于德国文学中的"世界文学"——那种歌德意义上的"世界文学"。

正因为如此，策兰的诗不仅是对"奥斯维辛"的一种反响。它还属于我们这个充满各种冲突、充满文化分裂、身份焦虑的时代。它指向了一种诗的未来。

1970年4月19日深夜，正如我们已知道的结局——米拉波桥。这一次策兰不是用笔，竟是用他痛苦的肉身飞翔了。

就在这令人震动的消息传来后，巴赫曼随即在她的小说《玛丽娜》手稿中添加道："我的生命已经到了尽头，因为他已经在强迫运送的途中淹死。"这里的"强迫运送"，指的是对犹太人的"最后解决"。巴赫曼完全有理由这样认为。

的确，策兰的纵身一跃可视为一种终极的抗议，是"在现实的墙上和抗辩上打开一个缺口"。在他之前，不止一个奥斯维辛的幸存者都这样做了。

但策兰之死远远不止于这种社会学上的意义。读了《带着来自塔露萨的书》，更多地了解了策兰的创作，我们就知道：他可以那样"展翅"了，他的全部创作已达到了语言所能承受的极限，或者说，他的创伤已变得羽翼丰满了。他结束了自己，但也在更忠实、更令人惊叹的程度上完成了自己。

卡夫卡曾在他的日记中这样说道："从某一点开始不再返回。

[1] Jacques Derrida: *Sovereignties in Question, The Poetics of Paul Celan*, Fordham University Press，2005.

这个点是可以达到的。"

　　策兰以他一生痛苦的摸索，达到了这个点，通向了这个点。作为一个诗人，他的伟大，正在于他以生命喂养他的创伤，他让它孵化成诗。他成全了他的创伤，而他的创伤也造就了他：它携带着他在人类的痛苦中永生。

诗人与他的时代

——读阿甘本、策兰、曼德尔施塔姆

近日，读到意大利思想家阿甘本（Giorgio Agamben）的《何谓同时代》（王立秋译）。阿甘本的诗学文集《诗歌的结束》以及他讨论诗歌"见证"的文章《奥斯维辛的残余》，我早就注意到了。在该文中，阿甘本提出的，也是一个一下子就抓住了我的问题："同时代意味着什么？"

一口气读完之后，我抬起头来望向北京冬日的窗外。我不禁想起了早年旅居伦敦的那个冬天我所写下的一则题为《对话》的诗片段：

"你生活在我们这个时代，却呼吸着另外的空气"

"问题是我只能这样，虽然我可能比任何人更属于这个时代"

"但是，这……"

——在初冬，窗玻璃蒙上了一层白霜。

这个诗片段后来收入《另一种风景》发表后，曾被有人指责为"脱离时代"。

那么，我们为什么就不能"呼吸另外的空气"呢？不能呼吸到另外的空气，我们能否生活在这个时代？当然，我已无意于争辩；要争辩，也只能是同自己——正如以上这则诗片段所显示。

回到阿甘本这篇文章，他在提出他的问题后，首先引出的是罗兰·巴特的一句话："同时代就是不合时宜（The contemporary is the untimely）。"

这真是一个让人精神一振的回答。而罗兰·巴特也是有出处的。1874 年，年轻的哲学家尼采继《悲剧的诞生》后，又出版了《不合时宜的沉思》（*Untimely Meditations*），他之所以以此为书名，因为"这沉思本身就是不合时宜的"，"因为它试图把这个时代所引以为傲的东西，也即，这个时代的历史文化理解为一种疾病、无能和缺陷，因为我相信，我们都为历史的热病所损耗，而我们至少应该对它有所意识"。

在阿甘本看来，真正属于其时代的人，恰恰是像尼采这样的"不合时宜"或看上去与时代"错位"的人。正因为如此，他们才比其他人更有能力去感知和把握他们自己的时代。因此，"同时代性也就是一种与自己时代的奇异联系，同时代性既附着于时代，同时又与时代保持距离。更确切地说，同时代是通过脱节或时代错误而附着于时代的那种联系。与时代过分契合的人……并非同时代人——这恰恰是因为他们（由于与时代的关系过分紧密而）无法看见时代；他们不能把自己的凝视紧紧保持在时代之上"。

因为"时代"，也因为"凝视"这个词，阿甘本接着举出了曼德尔施塔姆1923年写下的一首诗《世纪》：

> 我的世纪，我的野兽，谁能
>
> 看进你的眼瞳
>
> 并用他自己的血，弥合
>
> 两个世纪的脊骨？

这里的"弥合"，最好能译为"黏合"（"glue together"）。我相信许多中国诗人和读者都熟悉这样一个诗的开头，并为它的悲剧性音调所震撼。是的，从曼德尔施塔姆，到我们这个世纪，我们谁不曾感到了历史这头"野兽"凶猛的力量？我们本能地躲避着它。我们自幼就从大人讲的故事中记住了这样一条训诫：当一匹狼从后面跟上你的时候，千万不要回头！

可是，如果你不回头，你又如何能够与那野兽对视，并一直看进它的眼瞳中呢？

也许，这就是从曼德尔施塔姆，到后来的中国诗人所面临的巨大困境。"必须把自己的凝视紧紧锁定在其世纪野兽的双眼之上"，可是，他能做到吗？

在阿赫玛托娃的《安魂曲》中，我记住了这样一句："在令人睁不开眼的红墙下"。

这就是说，真实有时是一种让人目盲的东西，甚至，是一种当你被卷到巨轮下才能体验到的东西。

纵然如此，她又必须走向前去。是的，必须。

我不知道一个意大利人是否真正体会到这里面的巨大冲动和困境。不过，他挑出了曼德尔施塔姆的这首诗，就足以说明他"呼吸"到了同样的东西。是的，我们都曾目睹过时代的疯狂的面容。

不过，我感兴趣的，还在于这位杰出的思想家所提出的另一种与时代发生关联的方式。的确，问题并不在于要不要与时代发生关系（你不同它发生关系，它还会找上门来呢），而是"怎样"与时代发生关系。在阿甘本看来，除了那种面对面的"凝视"，还有一种以"征引历史"来"回归当下"的方式，"我们可以说，当下的进入点必然以考古学的形式出现；然而，这种考古学不向历史的过去退却，而是向当下我们绝对无力经历的那个部分的回归"。

在这个意义上说，成为同时代人也就意味着能够以意料之外的方式阅读历史，并以此向我们未曾在场的当下回归，"就好像作为当下的黑暗的那不可见的光把自己的影子投向过去，结果，为此阴影所触及的过去，也就获得了回应现在之黑暗的能力"。

我知道阿甘本很关注策兰的诗歌。他的《奥斯维辛的残余》，主要讨论的就是策兰的诗歌和诗的"见证"问题。我不知道他是否读过策兰的一首诗《波城，更晚》。这首诗，在我看来，正是一个以一种我们意料不到的方式"征引历史"从而把自己铭写在当下之中的例证：

波城，更晚

在你的眼角
里，一片外封地，
有阿尔比教派之影——

向着
滑铁卢广场，
向着那只孤儿般的
椰质鞋，向着
那同样被出卖的阿们，
我唱着你，在楼群间
进入永恒的入口：而巴鲁赫，那永不
哭泣者
或许已磨好了镜片
那所有围绕你的
玻璃棱角，
那不可理喻的，直视的

泪水。

策兰这首诗，写于法国西南部城市波城（Pau）。但这座城市之于他，只是让他瞥见了"异乡人"眼里的投影——而那是一个起源于 11 世纪法国阿尔比、后来被视为异端遭到教皇和法王残酷镇压的基督教教派的投影。在多少个世纪后，它又投在了一个异教徒的眼角里。

接下来依然同波城"不相关"，或者说"脱节"，因为诗人的目光投向了他的阿姆斯特丹之旅，他所经过的滑铁卢广场，他所向着的"孤儿般的椰质鞋"，并最终投向了那位"永不哭泣者"巴鲁赫——荷兰犹太裔哲学家斯宾诺莎（1632—1677）。"巴鲁赫"，这是他后来为自己起的名字，在他 24 岁时，他被犹太教团以异端罪革出教门，后来移居到阿姆斯特丹，改名换姓，以磨制镜片为生，同时在艰难条件下从事哲学和科学研究。

一位坚持独立思想的思想者对镜片的磨制，不仅因为策兰这首诗而成为一个令人难忘的隐喻，更重要的是，用阿甘本的术语讲，一首诗因此而找到了"当下的进入点"。"当下的搏动"开始在这首诗中跳动（并且是永久地跳动着！）——就在那围绕着的玻璃棱角的闪光中，在那"不可理喻的、直视的泪水"中！

也可以说，就在这样的诗句中，我们的命运"发生"了！

这就是策兰的这首诗。它有一种策兰式的"奇特关联"，而又时时立足于自身的言辞之根；它不断跳跃，脱轨似的跳跃，同时它又在不断地"聚焦"——聚焦于那些独立思想的人在黑暗历史中的孤独。它以这种方式，建立了一种对时代言说的"有效性"。

既然策兰爱在诗中运用"插入语"，我们甚至可以说：策兰的诗，就是他那个时代的"插入语"！它来去无迹，猝不及防，而又准确无误地"介入"了现实。

正因为如此，策兰会不断地返回，成为我们的"同时代人"："成为同时代人也就意味着向我们未曾在场的当下的回归"。

还是阿甘本说得好："那些试图思考同时代性的人只能通过使同时代性破裂为数种时间，通过把本质上的非同质性引进时间来对它进行思考。那些言说'我的时代'的人事实上也在分割时间——他们把某种停顿和中断写进时间。但确切地说，正是通过这种停顿，通过把当下插入线性时间惰性的同质性，同时代人才使不同时间之间的特殊关系开始运作。如果说，正如我们已经看到的那样，打破时代脊骨（或至少在其中发现断层线和断裂点）的，恰恰就是同时代人的话，那么，他也在此断裂中造成时代与世代的会场或遭遇。"

相形之下，那些在我们这里充斥的"时代"话语以及对于诗的要求是多么僵化和肤浅！那既是对时代的简化，更是一种对诗的贬损。

一个意大利的思者，就这样深刻地、同时是富有想象力地揭示了诗与思与时代的关系。这里，我们还要留意到阿甘本这段话中所运用的"停顿"一词，这恰好是策兰爱用的一个词（"我从两个杯子喝酒 / 并草草划过 / 国王诗中的停顿"《我从两个杯子喝酒》）。的确，他就是那位"把某种停顿和中断写进时间"的诗人！他不仅"在划分和插入时间的同时，有能力改变时间并把它置入与其他时间的联系"，他还要以牺牲者的泪与血，以 个诗人的语言炼金术，黏合起生命的破裂的脊骨！

或者他根本就没有想这么多。他只是要在他的"停顿"中呼吸，或者用他自己话来说："换气"。

还要去问"同时代意味着什么"吗？这又是"北京的十二月的冬天"（《帕斯捷尔纳克》，1990），在我的窗玻璃上，再次蒙上了白霜。

又及

策兰与时代的关系，我已在一些文章中有所触及，这里还要谈一下他的"记忆码""尖音符""自身存在的倾斜度"这几个关键词。1960 年，策兰获得德国最重要的文学奖毕希纳奖，该年 10 月22 日，策兰在授奖仪式上发表了题为《子午线》[1]的获奖演说。这篇演说极其重要，整个话题都围绕着当今艺术自身的时空定位。

---

[1] Paul Celan: *Collected Prose*, translated by Rosemarie Waldrop, Carcanet Press, Manchester, 2003.

他这样对他的德语听众讲：

> "也许，我们可以说，每首诗都标下了它自己的'1月20日'？"

> "是不是我们每个人都是从这样的日期出发写作，并朝向这样的日期？还有别的什么可以作为我们（写作）的起源？"

显然，这样来强调，就赋予了"1月20日"这个"日期"以某种重要的特殊的意味。它首先让台下的德国听众想到的，是策兰演讲中提到的毕希纳以歌德时代的诗人棱茨为原型的小说《棱茨》的开头："1月20日这天，棱茨走在山中……让他苦恼的是，他不能用头倒立着走路。"策兰由此发挥说："女士们，先生们，无论谁以他的头倒立着走，就会看到天国是在他下面的一个深渊"。

"以他的头倒立着走"，对一个诗人来说会是一个决定性的时刻。但是，策兰真正想表达的还不止这些。他一再提到"1月20日"这一天，正如沃夫冈·埃梅里希在其《策兰传》[梁晶晶译，（台北）倾向出版社]的导言中所说"这里有试探的意思"，看看台下的这些德国听众，是否还会联想到德国黑暗历史上一个标志性的日子，那就是1942年1月20日——正是在这一天，纳粹头子在柏林附近万湖边开会（史称"Wannsee Conference"），提出并通过了对欧洲各国犹太人的"最终解决"方案。因此可以说，1942年1月20日这一天，决定了欧洲犹太人的命运。策兰父母就是在

1942 年 6 月 27 日晚上被从家中带往集中营并惨死在那里的。

在《子午线》演说中，策兰当然没有明说这一点，正像"奥斯维辛"这个词从未出现在他的诗中一样。这还需要明说吗？不必，因为到了 1960 年，他的《死亡赋格》和他本人的生平在德国几乎已家喻户晓，更重要的是，他的"每首诗"，现在看来，"都标下了它自己的'1 月 20 日'"！

另外，值得探讨的是"日期"，策兰用的德语词是"Daten"，为"Datum"的复数形式，既指日期、日子，又指数据、资料、信息的存储。这样，策兰所说的"Daten"，就具有了历史的、个人的密码性质。德里达在其长篇演讲《"示播列"——为了保罗·策兰》中虽然没有具体提及"万湖会议"，但他同样是在 20 世纪的历史和时间记忆这个背景下来不断追问、"揭封""1 月 20 日"这个"暗语"的。他引用了策兰《大提琴进入》中的诗句"所有事物，比它自己 / 更少，/ 所有事物更多"，承认"我们为这样的暗语疯了"。不过，他同时指出策兰的"日期"正是"灰烬的日期"，在策兰的诗中，"灰烬在等待着我们"。[1]

对于策兰所说的"Daten"，埃梅里希在其《策兰传》中称为"资讯码"，而我更倾向于法国哲学家拉巴尔特在其论述策兰的演讲集《作为经验的诗》中所提出的"记忆码"（"Remembering Dates"）。我想"记忆码"这种读解更切合于策兰的本意。对策兰

---

[1] Jacques Derrida: *Sovereignties in Question, The Poetics of Paul Celan*, Edited by Dutoit and Outi Pasanen, Fordham University Press, 2005.

的"Daten"，当然可以有多种解读，但它却有其特定的核心内涵，那就是决定了一个德语犹太诗人命运的历史事件和记忆。可以说，从象征的意义上，正是从那一天起，对策兰来说，"牛奶"完全变黑了！

的确，棱茨式的"1月20日"和万湖边的"1月20日"的重叠，构成了策兰一生写作的基础和起源。他就受雇于这样的记忆——一种永远无法化解的记忆。这成为他的"情结"，成为他内在的绞痛。这就是策兰为什么会在演说中说他的写作"从这样的日期出发，并朝向这样的日期"，"我从'1月20日'、从我自己的'1月20日'开始写作了。/我与……我自己相遇"。

那么，在我们这里，是不是"对这样的日期（也）有很清醒的关切"？在我们的写作中，是不是也一直隐现着这样的"记忆码"？我们能绕过我们自己的历史吗？是不是从那一天起，这样的"记忆码"也构成了我们永久的未来？

作为一个具有高度历史自觉的诗人，策兰在《子午线》演说中还提出了"尖音符""自身存在的倾斜度"这类与他的"记忆码"有关的说法。他的这篇演说辞，不断指向德国人对历史的遗忘，也不断伴随着对艺术自身的重新审视。正因为历史的记忆和良知的目睹，他要使自己的写作与那些所谓"美文学"或"绝对诗"区别开来，他这样宣称：在"历史的沉音符"与"文学的长音符——延长号——属于永恒"之间，"我标上——我别无选择——，我标上尖音符"。

至此，虽然用的是音乐术语，但策兰已把一切说得很清楚了。这一切，正如作家库切在论述策兰诗歌的《在丧失之中》所说："他不超越他的时代，他不想超越那个时代，只是为他们最害怕的放电充当避雷针。"

当然，要做到这一切，不仅需要一种罕见的勇气和良知，还需要一种耐力，一种艰辛的、深入的写作。策兰对诗歌在现时代的困境和危机有着清醒的认识，在《子午线》演说中他这样说：

　　诗歌在一个边缘上把握着它的立身之地。为了忍受住，它不住地召唤，把它自己从"已然不再"拽回到"还在这里"（Still-here）。

"已然不再"与"还在这里"——请想想这其间的巨大难度与张力！因此，策兰在演说中会接着这样说："诗歌的这个'还在这里'，只有从那些坚持从自身存在的倾斜度、从自身生物的倾斜度下言说的诗人的作品中才能发现。"

事实证明，策兰一生的写作，都处在"他自身存在的倾斜度下"。他正是以这样"潜行"的姿态与他的命运守在一起，"从这样的日期出发，并朝向这样的日期"。

还需要再多说些什么吗？这里，是策兰1970年出版的诗集《光之逼迫》中的一首诗《橙街1号》，请读——

锡长进我的手掌里，

我不知道

怎么办：

我无意于模型，

它也无意于我——

如果现在

奥西埃茨基最后喝水的

杯子被发现，

我要让锡

向它学习，

而朝圣之杖的

主人

将穿透石墙，忍受着时间。

每个了解德国 20 世纪上半期黑暗历史的人都知道奥西埃茨基
（Carl von Ossietzky）是谁，纵然这看上去又像是一个"密码"。

"篝火已经冷却……"

寂静制造了风，河流在泥土中延续

一个又一个落日哺育灰色的屋宇

它的空洞有着炽烈的过去

在每一个积满尘土的蓄水池

有黎明前的长叹和平息之后的火焰

我开口，却已没有歌谣

初春的明镜，早已碎在揉皱的地图上

如果我还能低声歌唱

是因为确信烟尘也能永恒，愁苦的面容

感到被死亡珍惜的拥抱。

——池凌云《寂静制造了风》

这样的诗篇，我们只能默默地承受。它那压低了嗓音的吟唱和看似不经意的叙述，却给我带来一阵透骨的苦痛。对于这位早已习惯了生活在"边角"和"暗哑"中的女诗人来说，她一直在迟疑她是否有足够的力量走到光亮中来。她只是要呼吸，要尽力地"开口"（哪怕"已没有歌谣"）。现在，太多的时间已被容纳在诗中，以至于她只能在它的尽头回首。她的自我限定是"低声歌唱"，她那苦涩的爱也在低低地燃烧。她甚至要像那些努力在苦难中发现"幸存的怜悯"的人们一样，在一种绝对的"屈从"中去感受那天意和死亡的垂悯。是的，这是一首垂悯之诗。需要怎样的爱、怎样的哀戚和阅历，才能写出这样的诗篇？

这样的哀婉，已不是那种风格学上的，而是存在本体论意义上的了。这样的哀婉，不是从一把自我抒情的小提琴上发出来的，它来自一把甚至高过了演奏者本身的大提琴。它的共鸣，是来自大地胸腔的深沉共鸣。

这样的声音，鉴于我们目前生活的时代的文化状况，注定会被淹没，但这又有什么？精神的命运一向如此，"我已被选中，清理我自己的遗物"（《一个人的对话》），这就是诗人自己的回应。河流会在泥土中延续，苦痛让一个诗人更加坚定，即使沙尘暴也不可能降低"诗歌的清晰度"——因为它已有了一种更内在的抵御和澄清之力。

我想这就够了。如果说中国目前有着各种不同的诗歌圈子的话，每个圈子都很活跃，每个圈子的权力秩序都已排定。除了一些朋友和真正有眼力的人，池凌云的存在迄今仍在很多人的视线之外（这样也好——这把她留给未来）。她生活在"远离一切文化中心"的温州，也许她只拥有一个词：亲人。这使她在一个无爱的世界上得以坚持下去。她书写母亲的诗篇，她写给儿子的诗，她悼念父亲的那一组近作，有一种让人泪涌的力量。也许更重要的，是她还有着另外一些精神亲人，如她自己所述，他们是茨维塔耶娃、策兰、阿赫玛托娃、布罗茨基、巴赫、薇依、米沃什、凯尔泰斯、卡夫卡、凡·高，等等。对于有着贫苦孤独的早年、独自在黑暗中摸索的她来说，她在很晚才知道他们，然而"真正的辨认总是不会太迟"。她凭着神灵的指引，凭着她一生的"弱和饥饿"找到了他们。她为这些痛苦的天才流泪，他们则在暗中为她定下了高度和难度，让她去努力。去努力是什么意思呢？就是去奉献，去牺牲，"在我故国的悲哀环境中"，去尽力伸展内心那水晶般的尺度。

　　一本由长江文艺出版社年初出版的《池凌云诗选》，在这个寒意陡峭的春天让我一再翻开阅读，虽然这里面的许多诗篇我并不陌生。诗人对得起她的那些"亲人"，对得起故乡落日的哺育，对得起那一次次"贯穿肩胛骨的战栗"。她写给茨维塔耶娃的《玛丽娜在深夜写诗》，也正是她自己的写照：

　　　　在孤独中入睡，在寂寞中醒来

　　　　上帝知道你是什么样的人，玛丽娜

　　　　你从贫穷中汲取，你歌唱

让已经断送掉的一切重新回到椅子上。

你把暗红的炭火藏在心里

像一轮对夜色倾身的月亮。

可是你知道黑暗是怎么一回事

你的眼睛除了深渊已没有别的。

没有魔法师，没有与大海谈心的人

亲爱的，一百年以后依然如此

篝火已经冷却。没有人可以让我们快乐

"人太多了，我感到从未有过的寂寞"

为此我悄悄流泪，在深夜送上问候。

除此之外，只有又甘甜又刺痛的漆黑的柏树

只有耀眼的刀尖，那宁静而奔腾的光。

"亲爱的，一百年以后依然如此"，这话是多么亲密，又是多么痛彻心扉！就凭这一句暗语，玛丽娜要向她的中国姐妹诡秘地一笑了。篝火已经冷却了吗？篝火已经冷却，黎明时分的那一阵寒战已深入骨髓。但正是从这样的冷却中，暗红的炭火被永久珍藏，从这样的"冷却"中，从我们的汉语中，涌出了宁静而奔腾的光。

池凌云的诗歌当然是丰富的，或者说是深厚的。其丰富和深厚，其复杂的心智、诗艺的"综合能力"和创作潜力都超出了人们对一位"女诗人"所能做出的想象。我之所以要以"篝火已经冷却"这句诗为题，是因为我想从一个诗人"步入人生中途"后的写作开始，也即从一般抒情诗人终结、难乎为继的地方开始。我们都曾怀有那么一种天赋的诗歌冲动，我们也曾读到过太多的"篝火之诗"，但是，燃烧之后呢？冷，的确，但冷得还不够。相比于我们面对的这位女诗人，我们很多人的写作其实还停留在生活表层和词语的空转上，说严重一点，人们很可能早已丧失了那种返回、潜入到存在的更本质层面的能力。但是，请读这样的诗：

谈论银河让我们变得晦暗

流动的光，最终回到黑色的苍穹
我们寂寞而伤感，像两个木偶
缩在窘迫的外壳里
某一颗星星的冷，由我们来补足。

在大气层以下，我们的身影更黑
或许银河只是无法通行的游戏
看着像一个艰涩的嘲弄
它自身并没有特别的意义。

而如果我们相信，真有传说中的银河
这样的人间早已无可追忆。

"流动的光，最终回到黑色的苍穹"，诗一开始就把我们笼罩在巨大的寒意中。在这里，人失去了庇护，而失望也变成了绝望，以至于眺望的人必须转身向内："某一颗星星的冷，由我们来补足。"这样的诗句真是令人惊异。它不仅真正触及宇宙的冷寂，它也转向了对自身内在热量的开启。这里，词语不得不因为冷而燃烧，诗人也不得不屈从于灰烬（这"本质的遗骸"！），或者说不得不像她的玛丽娜那样，坚持"从（自身的）贫穷中汲取"。她还能有别的什么指望吗？

而在全诗的最后，在一种去神话化的追问中，不仅时间和空间得以拓展，也加强了诗本身的那种"冷的力量"，虽然这会令我们更加感伤。

说实话，我喜欢这样的诗，也因这样的诗而获得了对一个诗人更深的信任。我想，正是通过这样的诗，或者说通过那种因寒冷而造成的"内在的崩裂"（奥登《兰波》），诗人完成了对其艺术本质的深化。她可以来到她的那些精神亲人们中间了。篝火冷却之后，她把自己的写作和人生都建立在一个更可靠的基础上。

是这样吗？是这样。这是一位完全忠实于自己对命运的认知的诗人。据诗人自己在诗集后记中叙述，她最初是由一个乡村代课老师和小城女工的身份开始她的文学梦的。充满贫困、辛酸和伤痛的早年决定了她的一生。如她自己坦言，她的写作始于尼采所说的"饥饿"（尼采是这样来看写作的：出于"饥饿"还是"过剩"？）。现在，当她免于饥饿，她作为一个诗人的可贵，仍在于忠实于"等待在喉咙口的那一阵干渴"。她依然保持着对痛苦敏锐、深入的感知力。她不仅是忠实，还把这一切上升到更广阔深远的精神视野中来认识，在最近的一篇题为《饥饿的灵魂》的笔记中她这样写道：

难道要艺术颂扬饥饿吗？我相信艺术的魅力正存在于广阔的怜悯和不断的对抗中：艰难的汲饮之美。事实就这样摆在那里：一方面是要从悲哀的雾霭中睁开眼睛，投入不可知的命运；一方面又不能绝望，尽管那里空无一人。

这饥饿像一个幽灵，在大地上巡游，挑选敢于以全部心灵来承担的人……他们身上都有一种持久的力量，他们的生命长期与饥饿和苦难为伴。而真正持久的力量存在于忍受中。也只有这样的人，才会说出：话语是生与死之间的选择（卡夫卡）。

这样的话尤其是最后的引语，几乎到了掷地有声的地步！对那些以生命写作，尤其是坚持从自身的苦痛和饥渴出发写作的人，在他们的生涯中，其命运会把他们推向这样的时刻的。写作对于我们人生的严肃性、必要性和迫切性也就体现在这里。当一位诗人经由内心的苦难和迷雾再次达到这种坚定的肯定，我们还要多说些什么吗？我们只能说，这使她献身诗歌，并属于诗歌。

令人信赖的不仅是其诗歌品格，还有她作为一个诗人在思想和艺术上的成熟。的确，诗歌是"经验"，不仅如此，它还是"经验的成长"。能否持续地体现出这种"经验的成长"，这对所有"步入人生中途"的诗人都将是一种考验。池凌云经受住了这种考验。她带着时光的馈赠和一双看透虚伪和谎言的眼睛来到我们面前，不动声色，而又深谙命运、时间和虚无的力量。她的许多作品都表明，她的诗（浆）桨，真正触到了水下的"厚重之音"。

每个诗人和艺术家的成熟都是一个谜。我们只能猜，这一半出自命运的造就，一半出自他们自己的努力。从池凌云自己的生活来看，这成熟有赖于她对时间的忍耐、心灵的坚守与磨难，有赖于她自己所说的"艰难的汲饮"。"写吧，写吧，诗人，你是时间的人质"，这是帕斯捷尔纳克的诗句。池凌云的写作，正是"作为时间人质"的写作，这成为她的自救。在她的诗集后记中她写道："我的诗歌在等待我，我的生活或许正在拒绝我，言不由衷，或者委曲求全，最终都会有自己的圆满。"也许所有诗人的命运都如此，而她从她的诗神那里听到的劝慰是"节哀再节哀"（《节哀再节哀》）。她经历得太多了，以至于在她看来"绿荫是最后的遗迹"，在她的承受中"从未见过的光线／耐心地冲刷着全部墙壁"（《节哀再节哀》），她还知道"铜的耐心"在等待着那些永恒塑像的继承者（《雨夜的铜像》），其结果是，"经年的／忍耐，得到常新的韵律"（《多了，而不是少了》），这正如压迫下的琴弦，在颤抖中回到其声音之源。

正是对艰难时光的体验，她领会着"正在逝去的事物中那些永不消逝的东西"（《饥饿的灵魂》），并真正知道了"诗人何为"。令她自己也惊异的，是那种"爱的能力"，正是它成为痛苦的根源，时光也无法将其磨消。她追随着它"将时光的沙子细细碾磨"（《风还在吹》），而这被耐心碾磨的时光沙子，在她的诗中变成了闪光的词语。她还需要别的什么美学或诗艺吗，除了"痛苦的精确性"、艰难汲取的艺术和"修复"的手艺？在写给一位朋友的诗中她这样说，"时间会丰富我们的修补术／让一个裂开的盆子得救"。她真得感谢那造就她的命运了。

透过时间

一个老人回到病榻上

让一个英俊的少年慢慢出来

他管住他已很多年

双眼皮的大眼睛拖住清晨的光线

和蛛网。从未做过坏事

也没有做值得宣扬的大事

他的鼻梁高而直，像一架独自驾驶的

傲慢的马车。没有返回

他做到了：没有怨言

用根须抓住泥土，做一棵静谧的树

让叶子回到大地

但他什么话也没说

那么多风风雨雨都消失了

只有秋天涌动的云朵

朝冬天行进的天空

擦出银亮的火花。

　　这是诗人照看病榻上的父亲时写的一首诗，是以一双泪眼"透过时间"看人生，诗最后的"擦出"，堪称语言的奇迹！它使一切都变得不寻常起来了。一个"擦出"，擦出了时光的质感和一种近乎疼痛的张力。这是谁在朝那里看呢？充满爱怜的女儿，还是一个躺在病榻上的老人？总之，那朝冬天行进的天空，那擦出的银亮火花，永远留在我们的视野中了。

　　生活的忍耐者，也就这样变成了生活的赞美者。而这一切，在池凌云的诗中，都出自同一个感恩的心灵。她不仅像她忠厚的父亲那样"没有怨言"，还似乎永远对生活抱有一份歉意，"我不懂死亡，却轻言永久的别离，/我不懂永久的别离，却一次次在心中描绘……"（《我不懂》）她的许多诗就建立在这样的羞愧感上，这成为她良知的根源。这不禁使我想起了这样一句并非过时的话，"诗歌是良心的事业"。的确，在这样一片悲哀的土地上，从未经过良心折磨的写作会是一种什么样的写作呢？真难以想象。

　　这就是为什么我们的女诗人会不时超越个人的悲欢，把关注和悲悯的目光投在现实中那些辛劳多艰的人们身上（见组诗《偶然之城》等）。她知道她欠了债，她还知道时间会给她递来更多的账单。"一切诗歌都为爱服务"，一次她这样感慨地说，而那爱，是绝对的爱，也是苦难的爱。正是这爱，使这片土地包括它所忍受的一切成为我们良心的负担。正是这爱，使她必须有真正的担当了，使她甚至要像她的阿赫玛托娃那样，要以其柔弱之肩担当起历史赋予的重量了。她的《安息日——兼悼林昭》，在所有的献诗中，是一首最感人的哀歌："请给戴两副镣铐的人取下一副／让她暂时离开小小的黑房间""请给她热水和白色衬衣／原来那件已经脏了，遮住了光线""请给她爱，让她成为母亲／冲着襁褓里的婴儿微笑"……

这是何其哀切的声音！这是从锁链、从地下白骨和草根的搅拌声中发出的声音，这也几乎是从天上发出的声音……

一位让人起敬的诗人就这样出现在我们面前。如从性别的角度看，她早就是一位优秀的女诗人了，她的《一个人的对话》《布的舞蹈》（组诗）等等，可以说是对那些年以来女性诗歌的一次总结，但她仍在不断跨越。她的写作其实已远远超越了人们所限定的"女性诗歌"范围。她的写作是向整个存在敞开的写作。她也为此准备好了。她的诗，带着近一二十年以来中国当代诗歌写作的复杂经验，而又体现着"经验的生长"。这生长是缓慢的，可信赖的，但也不时是令人惊异的，如《你日食》的后面两节：

你满足了那朵漆黑的花

喂它所有光，让它胜利

我不识这平常的日子

漆黑的眼睛接纳不断下沉的火花。

你的黑灰不再炫耀火

而灼烧和死寂都是我们的天赋

我只想走向那未知的疆域

扒开每一颗黑色的种子

看它怎么在每一个白昼活下去。

　　我想，这可能是人们怎么写也写不出的诗！"你满足了那朵漆黑的花／喂它所有光，让它胜利"，这是一种怎样的"胜利"？这是真正的诗歌迸发。这甚至也不是诗人自己的胜利，这是诗的胜利！

　　这样的诗篇让我们惊叹。在那些优秀诗人的创作生涯中总有一些这样的时刻。这是飞跃。这已不是什么意象，这是不需要意象的意象。这也不是在玩修辞，这是铁树开花。这种生长和突然的绽放仍来自她的全部生活。说到底，成熟与开花，都由内心的磨难所赠予。一个从未在自身内经历过黑暗日食的人，一个未在自身的深渊中"接纳不断下沉的火花"的人，会写出这样的诗吗？

　　尼采的区分是对的。我想我们已可以看得更清楚了，"出于过剩"的写作，其全部技艺导致的往往不过是言说真实的能力的丧失，至多成为消费时代的点缀，而"源自辛劳，源于辛劳的饥和渴"，源自骨肉疼感的写作，才有可能恢复语言的力量。这就是说，声音的可信赖度及其权威仍是建立在真实的基础上的。对此，诗人去年照看病危的父亲以及父亲病故后写的一组诗，让我再次确信了这一点。这不是一般意义上的悼亡诗了，它直抵黑暗的泪水之源，"你的眼睛、鼻子和嘴唇 / 在我的脸上变得炽热"，这样的诗句，真可谓惊心动魄。

这样的写作，不仅再次获得了一种真实的令人揪心的艺术力量，也对我们是一种提醒。这样的写作，在一个消费主义的文化时代，再次迫使我们返回到"自身存在的倾斜度下"（策兰），或如诗人自己所说"经由辛劳进入到苦难者、贫乏者之中"。我曾在一位美国诗人的诗中读到"负重的丰饶仍旧练习弯腰"，而像池凌云这样的成熟而优秀的女诗人，一直就在这样做了。我虽然对人们所定义的"女性诗歌"学习得还很不够，但却不时地感叹中国女性的伟大、美丽和智慧。她们容忍了那些大言不惭的男性。她们不用强势的语言讲话，但她们不自觉地就纠正了我们写作的姿态和角度。她们特有的敏感性，简直是在教人们一种感受力。她们"弱"吗？但那"弱的分量"，却在有效地降低着中国当代诗歌的"语言的吃水线"。

正因为"我的饥饿远未完成"，诗人会再次迎来她的"精神的风暴"，迎来一次次新的展翅。在近来的日子里，她不断有新作问世。她的《雅克的迦可琳眼泪》书写天才的女大提琴家杜·普蕾演奏的《雅克的迦可琳眼泪》（为巴赫的曲名）：

…………
　　我看见她不会走动的黑色腕表
　　向她倾斜的肩。他们的笑容
　　都有挥向自己的鞭痕
　　这痛苦的美，莫名的忧郁
　　没有任何停顿。

　　只有白色的弦在走动
　　它们知道原因，却无法
　　在一曲之中道尽。

　　遥远的雅克的迦可琳
　　这就是一切。悲伤始终是
　　成熟生命的散步。提前来临的
　　消逝，拉住抽芽的幼苗
　　正从深处汲取。

　　"他们的笑容 / 都有挥向自己的鞭痕"，读起来令人惊心，"悲伤始终是 / 成熟生命的散步"，也很快被网友们奉为名句，但真正令我惊异的却是那最后两三句，无人可以写出！

一个倾身迎向命运"珍贵的刀锋"，深知"死亡是一项沉默而持久的事业"（《地狱图》），并且具有一种玄学式感知力的诗人才有可能写出这样的诗句！

也正是这样的诗篇，让我再次对诗人刮目相看。这是何等的感知力！这已远远超越了"知性"或"感性"这类划分了。正是以这样的感受力，诗人打通了存在的领域。而存在即是"色与空"，是与我们同在的事物，但又是某种无形的先在的力量。在成熟生命的悲伤散步中，它就这样来了，它拉住抽芽的幼苗，正从我们每个人的内里汲取！

以这样的诗性感受力，诗人超越了一般意义上的抒情诗，而步入了"存在之诗"。是的，悲伤之诗和苦难之诗都必须转向存在之诗，且不说这是对诗人自己的一种提升，这也正出自诗歌本身的意志。

而诗人听从了这种冥冥中的意志。正是心灵的苦难把她提升到赞美的领域，也只有在赞美的领域才有真正的哀悯。总会有一个尽头，也总有一颗星在照耀我们。人们可以代替我们去活，却无人能够代替我们去死。池凌云的近作，愈来愈深切地触及个体存在内里这些涌动的潜流，下面这首近作，她在来信中告诉我也许写得过早了。但这就是"死亡的先行性"（海德格尔）。它先行来到我们中间，它和我们一起成长：

黄昏之晦暗

总有一天，我将放下笔
开始缓慢的散步。你能想象
我平静的脚步略带悲伤。那时
我已对我享用的一切付了账
不再惶然。我不是一个逃难者
也没有可以提起的荣耀
我只是让一切图景到来：
一棵杉树，和一棵
菩提树。我默默记下
伟大心灵的广漠。无名生命的
倦怠。死去的愿望的静谧。

而我的夜幕将带着我的新生
启程。我依然笨拙，不识春风：
深邃只是一口古井。温暖
是路上匆匆行人的心
一切都将改变，将消失
没有一个可供回忆的湖畔。甚至
我最爱的曲子也不能把我唱尽
我不知道该朝左还是朝右。我千百次

将自己唤起，仰向千百次眺望过的

天空。而它终于等来晦暗——这

最真实的光，把我望进去

这难卸的绝望之美，让我独自出神。

"甚至／我最爱的曲子也不能把我唱尽"！诗中笼罩的，是人生最深切的悲伤，在"最真实的光"照下，那一次次的驻步和回首……在与不在，有限与无限，未竟与到来，脚步之沉缓，心灵之悲伤，存在之惶惑，望与被望，精神之出神……每一行诗都在哀切地要求我们留下，每一行诗又在把我们带向那最"晦暗"的一刻。是的，它是写得过早了一点：它竟提前写出了我们的一生。

这样的诗，使世俗生活中的那些虚荣和纷争，一下子显得丑陋和毫无意义了。

这样的诗，写了还得再写。

这也就是为什么诗人会在来信中敬畏地谈到"晚期写作"。她会的。或者用她自己的话说，她已别无选择——这饥饿仍像是一个幽灵，在大地上寻找和巡游：它还远远没有完成。

翻译与中国新诗的语言问题

当初次听到波德莱尔、洛尔迦、茨维塔耶娃……的音节，一代中国诗人已经在感谢——这严厉岁月里创造之手的传递。词语，已在接受者手中直接成为命运。

诗，以其瞬间就能击中的力量袭击我们，在击中处，我信此力也能从我们传递回去。

自此，我的国界只是两排树。

——多多《2010 年纽斯塔特奖受奖辞》

一

在读了诗人多多的这一段诗歌告白之后，我们已可以隐隐感到一个中国现代诗人的语言位置以及翻译对他们的非同寻常的意义。也许，在李白、杜甫那个时代，诗人们生活在一个相对自足的语言文化体系内，但到了 20 世纪，诗的国界上就出现了"两排树"，神秘的语言气流、创造的活力就在这"两排树"的枝叶间相呼相唤地穿行。如果离开了另一排树，这一排树就将枯萎。

这也说明我们愈来愈趋向于歌德所说的"世界文学"的时代了。如今，任何一个国家的诗歌都不可能只在自身单一、封闭的语言文化体系内发展，它需要在"求异"中拓展、激活、变革和刷新自身。

这也就是为什么在 20 世纪初期，就在庞德他们把目光投向古老的中国的同时，中国的诗人会把目光投向西方诗歌。在这方面，仍要从胡适谈起。作为白话新诗的倡导者，胡适最初写诗用的仍是五言、七言形式，后来他也觉得别扭，痛感于"无论怎样大胆，终不能跳出旧诗的范围"。这种困境，到 1918 年早春他翻译美国意象派女诗人莎拉·蒂斯黛尔的 *"Over the Roofs"*（他放胆把它译为"关不住了"）一诗时被打破了。通过该诗的翻译，他一下子知道新诗怎么写了。因为是"翻译"，他不必拘泥于中国旧诗那一套，新的活生生的语言、感受和节奏涌至他的笔下，他"自由"了。他甚至称这首《关不住了》是"我的'新诗'成立的纪元"[1]。

由这个例子，可见翻译之于"五四"新诗的重要意义。文学和诗歌的变革往往首先是语言形式的变革，而这种变革需要借助于

---

[1]《胡适文集》第 9 卷，北京大学出版社，1998，第 84 页。

翻译。尤其是在"五四"前后中国古老的传统经受前所未有的内在危机,文言的生命变得衰竭,而新的语言力量挣脱和涌动之时,翻译对于中国新诗,正起到一种"接生"的作用。

在谈到翻译时,德国汉学家顾彬曾这样说:"翻译在任何社会的、精神的和学术的变革中,都是一个至关重要的执行者。"[1]翻译之重要,在中国新诗的历史语境下,更是如此。很多中国现代诗人都曾表达过他们对自身语言文化的有限性和封闭性的痛切认识,穆旦在早年的《玫瑰之歌》中就曾这样写道:"我长大在古诗词的山水里,我们的太阳也是太古老了/没有气流的激变,没有山海的倒转,人在单调疲倦中死去。"诗的最后是:"一颗冬日的种子期待着新生。"

这颗期待着新生的"冬日的种子",也就是中国新诗语言的种子。

"五四"前后中国新诗语言所发生的剧烈震荡,郭沫若 1920 年间在日本所写的《笔立山头展望》是一个有力的例证:

大都会的脉搏呀!

生的鼓动呀!

打着在,吹着在,叫着在,……

喷着在,飞着在,跳着在,……

四面的天郊烟幕朦胧了!

---

[1] 顾彬:《翻译好比摆渡》,选自《中西诗歌翻译百年论集》,海岸选编,上海外语教育出版社,2007,第 623 页。

哦哦，山岳的波涛，瓦屋的波涛，

涌着在，涌着在，涌着在，涌着在呀！

万籁共鸣的 Symphony

自然与人生的婚礼呀！

弯弯的海岸好像 Cupid 的弓弩呀！

人的生命便是箭，正在海上放射呀！

黑沉沉的海湾，停泊着的轮船，进行着的轮船，数不尽的轮船

一枝枝的烟筒都开着了朵黑色的牡丹呀！

哦哦，二十世纪的名花！

近代文明的严母呀！

这真是一种"发了狂似的"惊人创造，诗人以一种前无古人的想象力、气势和语调，一种在中国诗中从未出现过的词汇、意象、语言节奏，对现代文明和"生的鼓动"进行了热情礼赞。它对中国新诗的意义，正如王佐良所说："这不是译诗，而是创作，然而这气派，这重复的叫喊，这跳跃的节奏，这对于语言的大胆革新（过去谁曾在诗里用过'打着在，吹着在，叫着在'这样的句子？），这在现代城市里发掘新的美的努力（多么新鲜的形象：海岸如丘比特的弓弩，烟筒里开着黑色的牡丹）……在'五四'以后的几年里，沐浴着新文化运动的清风和朝阳，在一切奔腾、开放的思想气候里，他对汉语的使用也达到一个新的境界，汉语这个古老的

文学语言也在他的手上活跃起来。"[1]

王佐良主要是从对中国语言的大胆革新和激活这一历史眼光来看这首诗的。如果不持这样的眼光，那就很可能得出其他的评价，诗人余光中就在《论中文之西化》中这样说："郭沫若的诗中，时而 Symphony，时而 pioneer……今日看来，显得十分幼稚。"[2]

的确，该诗中直接出现了两个扎眼的外文词 "Symphony"（"交响乐"）及 "Cupid"（即丘比特，古罗马神话中手持弓箭的小爱神）。但我想这都不是在故意卖弄，而是出于语言上的必要。这不仅因为当时还没有出现相应的汉语词汇，可能更在于诗人有意要把一种陌生的、异质的语言纳入诗中，以追求一种更强烈的、双语映照的效果。

《笔立山头展望》并不是一个个别的例子，"五四"时期许多诗人都在诗中运用了"洋文"，或者说，都曾将"翻译"带入到自身创作的语言结构之中。这不仅体现了他们对自身语言文化匮乏性的认识，也体现了某种对"语言互补性"的向往。当然，在引入外来语和"翻译体"的过程中，虽然也留下生硬或"幼稚"的痕迹，但总的来看，它出自一种新的诗歌语言"强行突围"和建构自身的历史需要。

重要的是，当语言的封闭性被打开，当另一些语言文化参照

[1] 王佐良：《汉语译者与美国诗风》，选自《论诗的翻译》，江西教育出版社，1992，第99—100页。
[2]《余光中谈翻译》，中国对外翻译出版公司，2004，第85页。

系出现在中国诗人面前，无论在他们的创作中还是在翻译中，都自觉或不自觉地体现了一种语言意识。这种语言意识，用多多的话来讲，就是："自此，我的国界只是两排树。"

这种作用于一些中国现代诗人的语言意识，已很接近于本雅明《译者的使命》中的语言观了。对本雅明这样的西方思想家来说，在巴别塔"变乱"之后，语言便成为一个失落的总体，人们生活在各自有限的语言中，翻译也便成为人类的宿命。他在该文中提出的"纯语言"（reine Sprache/ pure language），即指向语言的失落的总体，指向那种使语言成为语言的"元语言"。在本雅明看来，"纯语言"是译作与原作的共同来源，它只是部分地隐含在原作中，在翻译的过程中，在不同语言的相互映照中，我们才得以窥见它。对"纯语言"的发掘和显露，或者说，使"纯语言的种子"得以成熟、生长，这便成为"译者的使命"，"译作最终正服务于这一目的，即表现语言之间的至关重要的互补关系"。具体到翻译本身，本雅明还这样说："甚至连最伟大的译作也注定要成为其语言成长的一部分，并最终被吸收进语言的更新之中。译作远远不再是那种两种僵死语言之间了无生机的对等，以至于在所有文学形式中它承担起了一种特殊使命，这一使命就是密切注视原作语言的成熟过程并承受自身语言降生的阵痛。"[1]

---

[1] Walter Benjamin: "*The task of the translator*", *Illuminations*, ed. Hannah Arendt, Schocken Books, New York, 1988. 本文所引译文为笔者所译，并参照了张旭东译文《译作者的任务》，见《启迪：本雅明文选》，生活·读书·新知三联书店，2008。

中国的诗人们虽然还不具备这样的玄思，但当整个世界在他们面前打开，他们对语言的有限性和互补性也就有了直观的认识，叶公超当年在《论翻译与文字的创造——答梁实秋论翻译的一封信》中就曾这么说："世界上各国的语言文字，没有任何一种能单独的代表整个人类的思想的。任何一种文字比之他种都有缺点，也都有优点，这是很显明的。从英文、法文、德文、俄文译到中文都可以使我们感觉中文的贫乏，同时从中文译到任何西洋文字又何尝不使译者感觉到西洋文字之不如中国文字呢？"[1]

这也就是为什么自"五四"以来，会有那么多诗人关注并致力于翻译。这和中国语言文化的内在危机和变革自身的需要都深刻相关。朱湘 1927 年发表的《说译诗》，就谈到译诗之于"一国的诗学复兴"的重要性，他甚至这样痛切地说："我国的诗所以退化到这种地步，并不是为了韵的束缚，而是为了缺乏新的感兴，新的节奏——旧体诗词便是因此木乃伊化，成了一些僵硬的或轻薄的韵文。"[2]

因此，对于中国新诗史上一些优秀的诗人译者，从事翻译并不仅仅是为了译出几首好诗，在根本上，乃是为了语言的拓展、变革和新生。深入考察他们的翻译实践，我们会发现他们在某种程度上正是那种本雅明意义上的译者：一方面，他们"密切注视着原作语言的成熟过程"；另一方面，又在切身经历着"自身语言

---

[1] 原载《新月》月刊第 4 卷第 6 期，1933 年 3 月 1 日。
[2] 原载《文学周报》第 290 期，1927 年 11 月 13 日。

降生的阵痛"。正是以这样的翻译，他们为中国新诗不断带来了灼热的语言新质。在梁宗岱 1936 年出版的译诗集《一切的峰顶》中收有里尔克的《严重的时刻》一诗：

> 谁此刻在世界上某处哭，
>
> 无端端在世界上哭，
>
> 在哭着我。
>
>
> 谁此刻在世界上某处笑，
>
> 无端端在世界上笑，
>
> 在笑着我。
>
>
> 谁此刻在世界上某处走，
>
> 无端端在世界上走，
>
> 向我走来。
>
>
> 谁此刻在世界上某处死，
>
> 无端端在世界上死，
>
> 眼望着我。

　　这首译诗，一直深受中国读者和诗人的喜爱。它以奇绝的玄思和迫人的节奏，表现万物存在之间的生死关联。全诗由四节构成，看似"无端端"，却一步步抓住我们，到了最后的一句，则一下子拉近了"垂死者"与"我"也就是"我们"的距离，具有了无限哀婉的力量。

这首译作透出了梁宗岱优异的对原诗进行把握的能力，一些处理也令人叹服，如译作中的这三个"无端端"，堪称神来之笔，不知比"无缘由地"或"没有理由地"好多少倍！而最后的"眼望着我"显然也比"望着我"这样的直译更好，它的焦点更为集中，效果也更为强烈。这样的翻译，不仅为原作增辉，也把译诗提升为一门具有自身语言追求和价值的艺术。

这样的翻译，刷新了我们对诗和存在的认知，也充分发掘了现代汉语的诗性表现力。正是以这样的翻译和创作，中国新诗进入到一种"与他者共在"（正如里尔克这首诗所昭示的）的语境，想把它从这种"共在"关系或语境中剥离是不可能的了。这一切，正如诗人柏桦所说："现代性已在中国发生，而且接近百年，形成了一个传统，我们只能在这样一个历史语境中写作，绝无他途。世界诗已进入了我们，我们也进入了世界诗。"[1]

的确，从新诗的历史建构而言，有了自我或自我意识的觉醒，也就有了他者。而他者的出现，正伴随着翻译，也有赖于翻译。这种翻译，不仅是对他者的翻译，在根本上乃是对我们自身存在的翻译。翻译的"奥义"，也就体现在这里。

---

[1]　柏桦:《今天的激情》，上海人民出版社，2006，第10页。

20 世纪 30 年代初中期，是新诗发展一个异常活跃的阶段，也是中国新诗"去浪漫化"而转向"现代主义"的阶段，这在创作和翻译领域都如此。与梁宗岱的《一切的峰顶》同年出版的，是卞之琳的《西窗集》。这同样是一个以"现代性"为艺术目标的译本。除了英法诗人的作品，卞之琳还极其出色地转译了里尔克的长篇散文诗《旗手》，它给中国新诗带来了陌生的新质和神启般的语言。因为是散文诗，卞之琳在翻译时没有像他后来在译西方格律诗时那样刻意讲究韵律，而是更注重其语言的异质性、雕塑感，着重传达其敏锐的感受力。比如当全篇结尾，旗手独自突入敌阵："在中心，他坚持着在慢慢烧毁的旗子。……跳到他身上的十六把圆刀，锋芒交错，是一个盛会。"[1]这一个"跳"字来得是多么大胆，它使语言的全部锋芒刹那间交错在了一起！

这样的翻译，本身就是对"现代敏感性"（modern sensibility）的唤醒和语言塑造。这样的翻译，以及诗人自己在 40 年代前后所译的奥登《战时》十四行诗，为 40 年代中国新诗对"现代性"的追求做了充分的艺术准备。

新诗语言在 40 年代的刷新和成熟，我仍想以穆旦和冯至为例。王佐良在《谈诗人译诗》一文中，曾引证了穆旦《诗八首》中的一节："静静地，我们拥抱在 / 用言语所能照明的世界里，/ 而那未成形的黑暗是可怕的，/ 那可能和不可能的使我们沉迷"，然后这样

---

[1] 卞之琳：《西窗集》（修订版），江西人民出版社，1981，第 40—41 页。

说："一种玄学式的思辨进来了，语言是一般口语和大学谈吐的混合。十年之隔，白话诗更自信了，更无取旧的韵律和词藻。"[1]

的确，穆旦给新诗带来了一种新的更强烈、奇异、复杂的语言。甚至可以说，这是一位完全用一种"翻译体"来写诗的诗人。而这和他对英美现代诗的阅读、接受和翻译有关，更和他执意走一条陌生化的语言道路有关。问题是怎样看待这一切。江弱水说："穆旦照搬奥登的惯技，有时到了与我们固有的写作和欣赏习惯相脱节的程度。"[2]不错，穆旦的"欧化"语言会让一般读者很吃力，但只要我们读进去，会发现它发掘了语言本身的潜能，也增大了诗的艺术难度和容量。也可以说，正因为这种"脱节"，汉语诗歌呈现了一种新的可能性。诚然，穆旦在他语言探索的路上留下了诸多生硬、不成熟的痕迹，但他通过他的"欧化"，找到并确立了一种更适合他自己和现代知识分子的诗的说话方式。如果说他的语言尚不成熟，那也是一种充满了生机的不成熟。他的不成熟，那是因为他在经历着一种语言降临时的剧痛和混乱。

至于冯至，与受英美现代主义影响的诗人有所不同，他主要是通过对里尔克的译介以及他创作的《十四行集》，给我们带来了一种德国式的"存在之诗"，一种超越性的精神性语言。进一步讲，冯至对里尔克的译介，在中国的语境中是一个精神事件。在

---

[1] 王佐良：《论诗的翻译》，江西教育出版社，1992，第4页。
[2] 江弱水：《伪奥登风与非中国性：重估穆旦》，载《外国文学评论》2002年第3期。

他的翻译中，汉语的历史命运被揭示出来了。我曾在《汉语的容器》一文中谈论过对荷尔德林的翻译，并提出在翻译时我们"汉语的容器"能否承载那样一种"神的丰盈"的问题。我想，这很可能也是冯至在翻译里尔克时面对的困境。两种语言跨时空的遭遇，不仅显现了一个"中国诗人"的宿命，还将迫使他不断审视、调整和发掘他的母语，以使它成为"精神的乐器"。

不过，如同我们看到的，由于冯至那种深受儒家影响的精神性格，他在"陌生化"的路上并没有走太远，也没有全力去译里尔克后期的两部代表性作品。他接受的里尔克，主要是早、中期的里尔克。冯至的成功在于他找到了他的切入点。本雅明在《译者的使命》中认为：译作被呼唤但并不进入"语言密林的中心"，"它寻找的是一个独一无二的点，在那里，它能发出回声，以自己的语言回荡在陌异作品的语言里"。冯至正好找到了这个"独一无二的点"，一种精神的语言由此展开并生长。在他的《十四行集》中，我们就明显听到了这种奇异的既熟悉而又陌生的"语言的回声"。或可说，正是在这一点上，他把里尔克与杜甫结合为一体，把诗与思结合为一体，把对苦难人生的深入和超越性的观照结合为一体，这使他的诗和翻译，真正成为对存在的诗性言说。

二

美国著名学者韦努蒂在《译者的隐形——翻译史论》[1]中，曾把翻译分为"归化的翻译"（domesticating translation）与"异化的翻译"（foreignizing translation）两类，前者迎合本土读者，往往以"通顺"和本土的语言文化规范为翻译标准，后者则力求存异、求异，让翻译本身成为一种异质性的话语实践。

如果说百年来中国对西方的翻译也可分为"归化的翻译"与"异化的翻译"两大类，显然，以现代性为艺术目标的诗歌翻译家，大都坚持以后者为主要策略。他们不仅有意选择最具有美学挑战性的文本来译，而且，他们的翻译，从语言结构到修辞、运思方式，也都尽量存异，甚至有意识强调、突出西方诗的异质性；他们不惜打破本土语言文化规范和审美习惯，以使其译作成为"现代性"的载体。

深入来看，"归化"与"异化"这两类翻译，往往显现了同一种语言文化内部"向心力"与"离心力"相互牵制的运动。在中国，这种情形更为复杂，相互间的争执也更为尖锐。这里不妨回顾一下20世纪30年代一场和鲁迅联系在一起的翻译论争。这场论争，不仅体现了那个时代文学翻译中的一些焦点问题，在今天看来也有着它的现实意义。

---

[1] 劳伦斯·韦努蒂:《译者的隐形——翻译史论》，张景华、白立平等译，外语教学与研究出版社，2009。

说到这两类翻译，鲁迅显然站在后者一边，这和他变革中国语言文化的立场完全一致。虽然那时还没有这类术语，但他已很清楚地看出了这两类不同的取向，在《"题未定"草》（1935）中他这样写道："还是翻译《死魂灵》的事情。……动笔之前，就先得解决一个问题：竭力使它归化，还是尽量保持洋气呢？"而他自己的取向依然是："它必须有异国情调，就是所谓洋气。……我是不主张削鼻剜眼的，所以有些地方，仍然宁可译得不顺口。"[1]

最重要的是他 1932 年发表的给瞿秋白的回信，[2] 在这篇长信中，鲁迅全面阐述了他对翻译问题的看法和主张："我是至今主张'宁信而不顺'的。……这里就来了一个问题：为什么不完全中国化，给读者省些力气呢？这样费解，怎么还可以称为翻译呢？我的答案是：这也是译本。这样的译本，不但在输入新的内容，也在输入新的表现法。"的确，鲁迅的目的，就是要以这种尽量保持异质的"硬译"来变革本土语言文化，他接下来还这样说："中国的文或话，法子实在太不精密了。……换一句话，就是脑筋有些糊涂。……要医这病，我以为只好陆续吃一点苦，装进异样的句法去……""譬如'山背后太阳落下去了'，虽然不顺，也决不改作'日落山阴'，因为原意以山为主，改了就变成太阳为主了。"

在翻译问题上，瞿秋白虽然有着他具体的文化政治目标，但

---

[1] 鲁迅：《"题未定"草》，选自《翻译论集》，罗新璋选编，商务印书馆，1984，第 301 页。

[2] 鲁迅：《关于翻译的通信》，选自《二心集》，人民文学出版社，1980。鲁迅和瞿秋白的话均引自他们"关于翻译的通信"。

在通过翻译来改造中国"死的言语"上，他和鲁迅颇为一致。他痛感于中国的语言"是那么贫乏"和"野蛮"（即"未开化性"），在这种情形下，他甚至认为翻译是一场"创造中国现代的新的语言的斗争"。对于严复的"信达雅"，他一笔否定："其实，他是用一个'雅'字打消了'信'和'达'"；而对"赵景深之流"的"宁错而务顺"的翻译，在他看来"这当然是迁就中国的低级言语而抹杀原意的办法。这不是创造新的言语，而是努力保存中国的野蛮人的言语程度，努力阻挡它的发展"。

鲁迅给瞿秋白的回信，要老练多了，也幽默多了。他对严译的评论是："最好懂的自然是《天演论》，桐城气息十足，连字的平仄也都留心，摇头晃脑的读起来，真是音调铿锵，使人不自觉其头晕。"接着他又指出严译的问题所在："中国之译佛经，汉末质直，他没有取法。六朝真是'达'而'雅'了，他的《天演论》的模范就在此。"

鲁迅并没有完全否定严译的历史作用，他要"打击"的对象是那些附庸风雅者，是那些在翻译中也来"铿锵一下子"的"名流"。在给瞿秋白的回信中，他特意提到了严复在《天演论》序例中的一句话："什法师云，学我者病。"

这真是耐人寻味。我们回顾这场翻译之争，是因为它抓住了翻译和语言创造领域里的一些我们在今天仍在面对的问题。这样的问题，也有着它的普遍性。在《译者的使命》中，本雅明就曾引述了一位德国学者的这样一段："我们的译作……往往从一个错误的前提出发。它们总是要把印地语、希腊语、英语变成德语，而不是把德语变成印地语、希腊语、英语。我们的译者对他们自己语言的惯用法的尊重远远胜于对外国作品精神的敬意。……译者的基本错误是保持他自己语言的偶然状态，而不是让他的语言受到外来语言的有力影响。……他必须通过外国语来拓展和深化他自己的语言。"

这样的话，用来描述我们这里的情形也正合适。这里，我们还不妨回顾一下歌德的一首抒情诗《流浪者之夜歌》在中国的不同翻译。以下仅举梁宗岱、钱锺书两人的翻译："一切的峰顶／沉静，／一切的树尖／全不见／丝儿风影。／小鸟们在林间无声。／等着罢：俄顷／你也要安静。"（梁宗岱译）"微风收木末／群动息山头／鸟眠静不噪／我亦欲归休。"（钱锺书译）

钱锺书不是一个职业翻译家。他以五言形式来译这首诗，并且显然把歌德译成了陶潜。这也许会让一些中国读者感到亲切，但这还是一首德国诗吗？尤其是结尾一句，把原诗的"你也要安静"（"Ruhest du auch"）变成了"我亦欲归休"，这不单是人称的变化，这样译，取消了原作中的双重视角和生命对话的性质，把它变成了一首中国传统的隐逸诗。

这样一来，翻译的意义何在呢？中国自身的传统中不是已有很多这样的隐逸诗吗？我想，还是梁宗岱的译文显现了翻译的意义。这样的翻译，才使我们真正认识到这首德国抒情诗中"最深沉最伟大"之作（梁宗岱语）。在这样的译文中，我们才有可能感受到那"黄昏"的强大威力。这样的翻译,给我们带来了德国抒情诗中那种深沉、肃穆的音质,使我们真正进入到生命与语言的严肃领域。

看来翻译的问题,远比它表面所涉及的更深刻。德国汉学家、翻译家顾彬在谈翻译时这样说道:"在德语中,翻译这个动词,是Uebersetzen,它有两个义项。它的第二个意思是'摆渡'。……从此岸送达彼岸,从已知之域送达未知之域,连船夫自己也参与了这种变化。……翻译也意味着'自我转变'(Self-transformation):把一种外国语因素中的未知之物,转变为一种新的语言媒介,在这种创造性的活动中,我的旧我离世而去。"[1]

在 20 世纪 30 年代,除了梁宗岱、戴望舒、卞之琳的杰出翻译,赵罗蕤所译的《荒原》,也给中国新诗带来了一种强有力的刺激和冲击。用那种"归化"的译法,能够显现出《荒原》的诗质吗?很难设想。朱自清在《译诗》中就曾特意提到赵罗蕤所译的"艾略特的杰作"。赵译的成功,正在于她没有走"信达雅"那一路,而是如鲁迅所说的取其"质直",以其透彻的理解和精确的翻译,充分保持原作的难度和语言上的异质性。这样的译文,不仅再现其诗质,也给中国新诗带来了真正能够提升其语言品质的东西。

对于"信达雅"尤其是它的流弊,有识者早已看得很清楚。但问题是我们的很多翻译仍深陷在这"三字经"的魔咒之中。去年,

---

[1] 顾彬:《翻译好比摆渡》,选自《中西诗歌翻译百年论集》,海岸选编,上海外语教育出版社,2007,第 623 页。

一本《保罗·策兰诗选》[1]出来后，人们对它的不满也大多集中在这个问题上。以下是豆瓣读书网上的部分议论："可惜，翻译得太过意译……没有了策兰的那种'后现代'语言锋芒"（Dasha）；"翻译得太离谱了……主要因为他太流畅了，策兰怎么可能流畅呢。策兰造词，可这位翻译竟然使用中国古文，人家那些字可是锥心刺血出来的，你这可好，快整成二人转了。……读孟译之后，基本对策兰没什么感觉了，因为，只有陌生，只有那些生生搂入我们的东西，那些使我们疼痛的东西我们才可能警醒并记住"（凉炉子）；"但是这个译本，说实话，缺点和硬伤太多：1.译者似乎有顽固的中国旧式文人情调，经常用一些戏曲对白式的、酸腐书生式的、民间小调式的蹩脚语言来翻译策兰，给人以不伦不类之感。2.译者总是尽量把策兰浪漫化、抒情化。似乎这样才像'诗'"（黎远远）。

对于孟译，我以前曾指出过其中一些问题，如居然把策兰的《黑色雪片》（"Schwarze Flocken"）译成《雪花》，还有"雪依旧绕着词儿打转"之类，等等，对这些具体问题，他后来在译诗集出版时都做了改动。但我同时也发现，他改来改去，其译风依旧，在这本译诗集中，像"风采""揭竿而起""人儿""怨月""心明眼亮""壮哉""旗帜飘飘"这类词语比比皆是。这还是策兰的诗吗？且不说这些，这里仅举两个看似不显眼但却能说明问题的细节，如

---

[1]《保罗·策兰诗选》，孟明译，华东师范大学出版社，2010。

孟译《死亡赋格曲》中的"他用铅弹打你打得可准了",一个"可准了",真如鲁迅当年所说,把屠夫的凶残化为了看客的一笑!至于该译作结尾的"你的金发哟玛格丽特 / 你的灰发呀书拉密",且不说"书拉密"后面的"斯"没有发出来(去听听策兰本人的朗诵录音吧),这里的一声"哟",基本上把策兰的这首名诗给报废了。

这就是理解不透彻,而又刻意追求"雅"(看来"雅"的方式在今天已有多种了)的结果。我尊重任何译者的劳动。我只是一再感到:无论在创作中还是在翻译中,我们只有去风花雪月化、去雅、去浪漫化,摆脱一切陈词滥调,才能真正抵达"语言的荒野"。杨宪益在 20 世纪 40 年代所译的叶芝《雪岭上的苦行人》,曾激励了很多他同时代的诗人:"文化是被多端的幻觉圈起……/ 但人的生命是思想,虽恐怕 / 也必须追求……他要 / 最后能来到那现实的荒野。/ 别了,埃及和希腊,别了,罗马……"这里的"现实的荒野",也就是一个诗人要摆脱种种"文化的幻觉"和因袭,最终要抵达的"语言的荒野"。

再回到"归化"与"异化"。我们看重异化翻译对语言文化的变革所起的重要作用,但这并不意味着我会把它作为唯一标准。翻译是一种复杂的"文学活动"和语言运作。比如说,卞之琳的翻译看上去有某些"归化"的表征,因为他把中国古典诗的修养和汉语的精湛功力带入了翻译,这使他的有些译文别具一种汉语的风貌和韵致。虽然他的翻译也有一些问题,但他译出的瓦雷里仍是瓦雷里,仍保持了其"异"。像他这样的译家虽然极力发掘汉语的潜能和特性，甚至要用汉语来改造原文，但绝不因之而牺牲原文。他们的翻译，在"归化"与"异化"之间，在自我与他者之间，在古今和文白之间，把我们带向了一个充满张力的领域。

而戴望舒的译诗，也正体现了这种张力关系。这是一位在艺术上高度敏感、日益精进的诗人和翻译家。纵观他的创作和翻译历程，我们同样可以看到一个不断"去雅"、不断加大艺术难度和独创性的过程。就在《雨巷》之后，他所译的法国象征派诗人耶麦的诗，不仅促使他写出《我的记忆》，也给中国新诗带来一种新的叙述语调和写法。到了翻译波德莱尔、爱吕雅时，他的语言更为精湛凝练，如"白昼使我惊异而黑夜使我恐怖／夏天纠缠着我而冬天追踪着我"（爱吕雅《一只狼》）、"我们的灯支持着夜／像一个俘房支持着自由"（爱吕雅《战时情诗七章》）[1]；而他在后来翻译洛尔迦时，则跃升到一个更为优异的语言境界。可以说，到翻译洛尔迦时，他已基本上摆脱了那些陈旧的文学辞藻的痕迹，他的语言经过生死蜕变，变得纯粹而又富有新生的活力。也正是以这样的语言来译诗，他使洛尔迦的魅力和汉语的神奇同时展现在中国读者的面前。

的确，戴望舒对洛尔迦的翻译，在很多方面都堪称奇迹。这是对声音的奥秘的进入，是用洛尔迦的西班牙语和西班牙谣曲的神秘韵律来重新发明汉语。当然，不仅是音乐性，戴望舒对超现

---

[1]《戴望舒译诗集》，湖南人民出版社，1983。

实主义的表现手法和意象的精确把握也令人叹服，如"千百个水晶的手鼓，／在伤害黎明"（《梦游人谣》）、"黑橡胶似的寂静""细沙似的恐怖"（《西班牙宪警谣》）等等。即使是叙述，那语言的力量也令人战栗："她的浆过的短裙／在我耳朵里猎猎有声"（《不贞之妇》）。从此，这样的诗在我们的耳朵里"猎猎有声"了。在"文革"中后期以来，它又唤醒了一代文学青年——在北岛、芒克、方含、顾城等人的早期作品中，我们分明听到了戴译洛尔迦的回声。

20世纪50年代以来，伴随着"现代性"的受挫和中断，像鲁迅那样的"宁信而不顺""它必须有异国情调"的声音已基本绝迹，"欧化""西化"或"翻译腔"在政治文化的层面上受到了全面的批判和否定。

然而，地火仍在地下运行。这个"地火"，就包含了多少年来翻译所积聚的语言的能量。正是这种"翻译体"，尤其是带有异质性质的"翻译体"，在悄悄唤醒和恢复人们对诗和语言的感觉。戴译洛尔迦、陈敬容翻译的波德莱尔、"供批判使用"的爱伦堡的《人，岁月，生活》（其中大量涉及曼德尔施塔姆、茨维塔耶娃、帕斯捷尔纳克等诗人的创作和诗句）等等，都成为那时人们满怀战栗偷吃的语言禁果。北岛这一代人不像戴望舒、穆旦他们那样可以直接阅读原文，主要是通过阅读译文才发生一种顾彬所说的"自我转变"。因此严格来说，不是"外国诗"而是"翻译诗"，不是那种笼统的"翻译文学"而是带有异质性的"翻译体"，对早期朦胧诗的兴起产生了决定性的影响。

正是这种影响，"文革"后期的"地下诗人"一开始就确定了以陌生化和异质性的语言为自己的目标，并作为对那个时代的反叛。的确，这首先是一种语言的反叛。如多多写于1972年的《当人民从干酪上站起》，人民不是从"土地"上站起而是从"干酪"上站起，它不仅给人以阅读的极大困惑，也有意带上了一种"异国情调"，它以此颠覆并置换了那个时代的修辞基础。可以说，早期朦胧诗，在很多意义上，就是以"翻译体"写出的诗。

的确，没有"翻译体"的影响，那个时代就不可能出现一线光明。这种影响，使新诗现代性的历程被中断了多年之后，又重获了自己的声音和语言。在我看来，这也远远不是一般性的影响，这带动了一种被压抑的语言力量的复苏，"吉他琴的呜咽 / 开始了。/ 黎明的酒杯 / 破了。/ 吉他琴的呜咽 / 开始了……"这是戴译洛尔迦《吉他琴》的著名开头，就在这种奇异的声音中，那暗中涌流的力量，又找到了中国的一代诗人。

三

王佐良，他那一代诗人翻译家最后一位杰出代表，在他对"诗人译诗"的回顾和总结中，有两个着重点：一是对"现代敏感"的强调，一是对语言的特殊关注。其实这两点又是互为一体的。他认为诗人译诗最重要的，就在于"刷新了文学语言，而这就从内部核心影响了文化"。这种从语言内部核心的努力，形成了一种"内在的能量"，"它带来新观念、新结构、新词汇，但远不止这些零星的项目，而是有一股总的力量，使这语言重新灵活起来、敏锐起来，使得这个语言所贯穿的文化也获得了新的生机"。[1]

这样的真知灼见，抓住了"诗人译诗"对中国现代诗歌最根本的意义。在"文革"之后，"诗人译诗"又迎来了一个新的令人振奋的时期，一批诗人不仅重拾译笔，而且明显体现了对现代主义的回归。在多年对"西化"的批判后，在"文革"结束后思想解放的氛围下，他们又可以这样做了。

这种回归，在穆旦那里早就开始了。穆旦于1973—1976年间在艰苦环境下所翻译的《英国现代诗选》，不仅体现了一个受难的诗人一颗诗心的觉醒，也体现了对他一生所认定的那些诗歌价值的深刻认同和心血浇铸。换言之，它并不是一个偶然的翻译事件，如本雅明在《译者的使命》一开始所讲，它源于呼唤，源于语言的乡愁，甚至源于"上帝的记忆"。在本雅明看来，伟大的作品一经诞生，它的译文或者说它的"来世"已在那里了，虽然它还未被翻译。它期待，并召唤着对它的翻译。翻译《英国现代诗选》的穆旦，就听到并响应了这呼唤。正因此，《英国现代诗选》的翻译有别于诗人早年对普希金的翻译。他没有想到它能出版，他也不再像过去那样多少还有点照顾本土读者的接受习惯。也可以说，在

---

[1] 王佐良：《论诗的翻译》，江西教育出版社，1992，第1—2页。

那时他已没有了读者，他的读者就是语言本身，就是他翻译的对象本身。

正因此，《英国现代诗选》向我们展现出的，完全是他作为一个现代主义诗人的"本来面貌"，也是一个最纯粹的本雅明意义上的译者。他抛开一切，为了诗歌的价值而工作。纵然在很多的时候也力不从心，但在那些出神入化的时刻，他已同语言的神秘的力量结合为一体，如对奥登《悼念叶芝》的翻译，其译文确切无误，而又有如神助，一直深入到悲痛言辞的中心；而对叶芝《驶向拜占庭》的翻译，也成为穆旦晚期一颗诗心最深刻、优异的体现，"除非灵魂拍手作歌，为了它的 / 皮囊的每个裂绽唱得更响亮"，诗写到这里，一个不屈的诗魂就要脱颖而出了。在叶芝那里，似乎他一生都在为此做准备，但我们也可以说，这一次他不是远渡重洋来到拜占庭的城堡里，而是来到了穆旦的汉语里。当语言皮囊的每个裂绽唱得更响亮的时刻，如用本雅明的话来表述，也是原作的生命在译文中得到"新的更茂盛的绽放"的时刻。

令人欣喜的，还有卞之琳在其晚年的翻译。如果说，"拗口""因韵害意"或"笔调不合"的确是卞译中不时出现的问题（这里的原因可能是翻译对象过于庞杂，或是在"化欧""化古"方面"化"得还不够），到了晚年对瓦雷里、叶芝的翻译时，卞先生的翻译，不仅"字里行间还活跃着过去写《尺八》《断章》的敏锐诗才"（王佐良语），而且一种生命之力灌注其中，用他翻译的叶芝的话来说"血、想象、理智"交融在了一起："随音乐摇曳的身体啊，灼亮的眼神！／我们怎能区分舞蹈与跳舞人？"（叶芝《在学童中间》）的确，在卞先生的晚年，他一生的"辛劳本身"也到了"开花、舞蹈"的时候了。他对叶芝《在学童中间》的翻译，虽然个别句子及用词还不尽如人意，但从总体上看，情感充沛，语言和意象富有质感，音调激越而动人；他的翻译，就像叶芝的诗所隐喻的那样，真正进入了一种译者与诗歌、舞者与舞蹈融为一体的境界。

令人欣喜的，还有卞先生在晚年对瓦雷里《海滨墓园》等诗的翻译。《海滨墓园》为瓦雷里一生的总结性作品，其博大精深，非一般译者可以传达和驾驭。让我们来看卞先生那杰出的翻译：

这片平静的房顶上有白鸽荡漾。

它透过松林和坟丛，悸动而闪亮。

公正的"中午"在那里用火焰织成。

大海，大海啊永远在重新开始

多好的酬劳啊，经过了一番深思，

终得以放眼远眺神明的宁静！

"多好的酬劳啊，经过了一番深思，终得以放眼远眺神明的宁静！"这也正是卞先生通过一生的劳作所达到的境界。今天重读这篇译作，我仍不能不惊异于它所透出的强烈透彻的语言之光，它那在每个字词、音节和意象上所达到的"钻石般的绝对"！德国学者弗里德里希在《现代诗歌的结构》中说瓦雷里的这首名作"是一场关于精神危机的诗……关键不在于解答，而在于精神行为成为歌咏，在其中智识和感性、明朗和隐秘共鸣交响"。[1] 卞先生的译文之所以令人欣悦，也正在于他摆脱了过去那种偏于智性和雕琢的诗风，而使他的语言劳作成为"歌咏"，或者说朝向了"歌咏"。这样的译作，是语言对人的解放和提升。

至于王佐良在"文革"后翻译的美国诗人勃莱、赖特，袁可嘉在20世纪80年代中期翻译的爱尔兰诗人希尼，限于篇幅，这里就不展开论述。它们不仅对一些诗人的创作产生了切实的影响，也为中国诗歌引入了一种新的语言资源和活力。甚至可以说，在当年的"纯诗"在今天显得已有些苍白和做作的情形下，他们的这些翻译再一次刷新和恢复了语言说话的力量。

从上述来看，百年来的诗歌翻译尤其是"诗人译诗"，在新诗的发展和语言的变革中一直扮演着一种"先锋"的重要的角色。我们完全可以说，新诗的"现代性"视野、品格和技艺主要就是通过诗人译诗所拓展和建立的。它本身已成为新诗"现代性"艺术实践的一部分。它也构成了新诗史上最有价值的一部分。它成为推动语言不断变革和成熟的不可替代的力量。

但是，由于"原著中心论"的支配性影响和其他原因，长久以来中国的诗歌翻译和翻译家们一直笼罩在原作和原作者的阴影

---

[1] 胡戈·弗里德里希:《现代诗歌的结构——19世纪中期至20世纪中期的抒情诗》，李双志译，译林出版社，2010，第174页。

之中。翻译的意义并没有得到充分、深刻的认识，翻译的贡献、成就及其对新诗的重要作用在我们现有的文学史、诗歌史论述中还没有得到应有的位置，比如说，在最近出版的由谢冕先生主编、一批新诗学者参与编选的堂堂 10 卷本《中国新诗总集》中，诗歌翻译等于不存在。我们看到的并不是真实的、互动的诗歌和语言的历史。

实际上，正如我们已看到的，翻译虽不是创作，但它对一种语言的意义并不亚于许多创作。在新诗的历史中，许多翻译家对它的建设性贡献其实是远远大于许多诗人的。比如说，作为洛尔迦译者的戴望舒，其对后来诗人们的影响，就远远超过了作为诗人的戴望舒。而在估量穆旦一生所达到的艺术高度时，也应把他那杰出的、付出了半生精力的翻译加上。这样的诗人，他们的创作与翻译，本来就不可分割。

问题还在于，我们在今天是否依然需要不断拓展和刷新我们的语言，是否依然需要保持诗歌的异质性和陌生化力量？近 10 年来，伴随着国内的某种文化氛围，在诗坛上，似乎对"翻译体"的嘲笑已成风气，"与西方接轨"也被作为罪名扣在一些诗人头上。在诗人们中，北岛当年是以异端的语言姿态出现的，但我发现他近些年来也有一些很微妙的变化，比如说他称里尔克的诗被"西方人""捧得太高了"[1]；在谈到策兰《花冠》一诗的译文"是时候

---

[1] 北岛：《里尔克：我认出风暴而激动如大海》，载《收获》2004 年第 3 期。

了他们知道"时，他指责说"本来正常的诗句，非要按西方语言机构译成'洋泾浜'，不仅伤及诗意也伤及汉语"，因此他改译为："是让他们知道的时候了！"[1]

问题是，"是时候了他们知道"，这样译就一定是受了"西方语言机构"的伤害并"伤及汉语"吗？鲁迅当年在与瞿秋白的通信中，就曾举出"林冲笑道：原来，你认得"与"原来，你认得。——林冲笑着说"这两条，并耐人寻味地这样说："后一例虽然看去有些洋气，其实我们说话的时候常用，听得'耳熟'的。"

而在一次访谈中北岛还这样说："中国古典诗歌对于意象和境界的重视，最终成为我们的财富。……我在海外朗诵时，有时会觉得李白杜甫李煜就站在我后面。……这就是传统。我们要是有能耐，就应加入并丰富这一传统，否则我们就是败家子。"[2]

对北岛的这段话，起码可以提几个问题：一、中国古典诗歌的传统，是否就限于表面上的那点"意象"？我们是否真正深入到它的血脉和渊源中去了？二、北岛本人在海外朗诵时，是否李白杜甫李煜就站在他的后面？当然，这可能是他个人真实的感觉，我们也应尊重这种感觉，只是从他的具体诗中很难让人感到这一点。如果套用他本人的话，他的诗从开始到现在，是不是恰恰就处在"西方语言机构"之中？

但为什么要这样呢？是为了"政治正确"，还是出于一种真实

---

[1] 北岛：《策兰：是石头要开花的时候了》，载《收获》2004 年第 4 期。

[2] 北岛：《时间的玫瑰》，中国文史出版社，2005，第 246—247 页。

的乡愁和"回归"之愿？"在母语的防线上 / 奇异的乡愁 / 垂死的玫瑰"，这是北岛在近些年写下的诗。我尊重北岛的写作，我也理解这"乡愁"，不过这"乡愁"着实有点"奇异"，因为它不是和故乡的菊花或别的什么而是和不知从哪里来的"玫瑰"联系在一起。我记得茨维塔耶娃流亡巴黎期间也曾书写过乡愁，不过她写的就不是"玫瑰"，而是那苦涩的、在她的视野中出现的"花楸树"！

　　当然，"玫瑰"并不是不能用，也没有人会否定北岛对中国诗歌所做出的重要贡献，他在很多方面依然令人起敬。我只是想说，不是去做那些廉价的姿态，而是让语言重获一种真实的力量，重获一种语言创造的内驱力，这才是一个诗人要去努力的。汉语言当然是我们的宝贵财富，杜甫过去是以后也会是一个伟大的艺术榜样。但我们同时需要一个他者，也永远需要某种自我更新和超越的力量。回到那个隐喻：如果离开了另一排树，我们不仅听不到语言对我们的召唤，我们迎来的也将是枯萎和死亡。

"静默的远航"与"明亮的捕捞"

——王佐良对洛厄尔《渔网》的翻译

三四年前的秋天，我在美国和朋友一起开车前往康奈尔大学，在一家临近伊萨卡的路边旧书店里，我发现并买下一本美国诗人罗伯特·洛厄尔的诗选。翻开一看，书中好几首诗都画满了线，还有评注，但为什么又被扔进了这家旧书店里？这就是它的命运？

因为忙，这几年来一直没有顾上读本诗。但我知道，有一天它会出现在我的手上，或是在远行的飞机上，或是在冬夜的床头边——由于我自己知道的原因。不知为什么，在阅读中如同在生活中，我总是把真正喜欢的东西一再留在了最后。我也记得一位德国哲人这么说过，"一本好书的真正标志，是我们年纪愈大愈喜欢它"。

近日，因为研究王佐良的诗歌翻译，我又找出了这本洛厄尔诗选。它出版于1977年，集中了诗人一生8部诗集的精华，由诗人本人生前亲自编定。同年，诗人因心脏病突发逝世，这本诗选因而成了他留给世人的遗书。

就王佐良先生的翻译来看，他在"文革"后译有勃莱、赖特、奥登、R. S. 托马斯、拉金、希尼等英美诗人的作品，但没有专门译过洛厄尔。他只是在关于希尼的一篇诗歌随笔中谈到并翻译了洛厄尔的《渔网》（"Fishnet"）一诗（见王佐良《心智文采》，北京大学出版社）。但仅仅是这一首译诗，已足以让人惊异和难忘了。它不仅展现了洛厄尔作为一个诗人的优异诗质，也透出了王佐良自己的敏锐眼光和精湛、高超的翻译诗艺。读他这首从容有度、干练透彻并极富创造性的译作，我不能不暗自惊异译诗艺术已被推向了一个怎样的境界！以下，就是王佐良先生的译文及原诗：

> 任何明净的东西使我们惊讶得目眩，
>
> 你的静默的远航和明亮的捕捞。
>
> 海豚放开了，去捉一闪而过的鱼……
>
> 说得太少，后来又太多。
>
> 诗人们青春死去，但韵律护住了他们的躯体；
>
> 原型的嗓子唱得走了调；
>
> 老演员念不出朋友们的作品，
>
> 只大声念着他自己，
>
> 天才低哼着，直到礼堂死寂。
>
> 这一行必须终结。

然而我的心高扬，我知道我欢快地过了一生，

把一张上了焦油的渔网织了又拆。

等鱼吃完了，网就会挂在墙上，

像块字迹模糊的铜牌，钉在无未来的未来之上。

Any clear thing that blinds us with surprise,

Your wandering silences and bright trouvailles,

Dolphin let loose to catch the flashing fish...

Saying too little, then too much.

Poets die adolescents, their beat embalms them,

The archetypal voices sing offkey;

The old actor cannot read his friends,

And nevertheless he reads himself aloud,

Genius hums the auditorium dead.

The line must terminate.

Yet my heart rises, I know I've gladdened a lifetime

Knotting, undoing a fishnet of tarred rope;

The net will hang on the wall when the fish are eaten,

Nailed like illegible bronze on the futureless future.

　　"诗很不好懂"，王佐良这样说，"但有可追踪的线索：渔网是诗艺，它企图捕捉海洋的秘密和远方的音乐……许多天才诗人青年

死去，不死的则垂垂老矣……因此'这一行'（可以是诗行，也可以是这一支派的诗人）必须终结了。然而洛厄尔回顾自己过去……还是感到欣慰，因为他没有放弃自己的崇高职责……毕竟给那不可捉摸的未来以一点坚实可靠的东西。这样一读，我们看出这首诗有中心意义——诗人怎样看待自己的工作；有中心的形象——渔网能放能收，与水和鱼打着奇妙的交道，有框架之形而又能捕捉最无形的想象世界；有时间的推移，青年夭折的诗人同暮年颓唐的老演员做了对比；最后，还有诗人的自白，那声音里有对诗艺的自信，对不倦地追寻艺术完美的不悔，对进入难测的未来的无畏。"

正因为王佐良有一颗如此敏锐的诗心，对该诗有着极透彻的理解，所以他的翻译能够进入原作的内在起源，体察其隐秘的文心所在，找准并确定其音质和语感，并以一种几近炉火纯青般的语言传达出原诗的意境、质地及其张力。如果我们对照原文及其他人的译文，就不能不赞叹王佐良那"能放能收"，既忠实又富有创造性，堪称大家的翻译！

首先来看译诗的前两句。这个开头是决定性的，它突如其来，就像向我们撒来的一张明亮而又炫目的语言之网。其语言不仅有一种摄人的纯净（"作为一个译者，我总是感到……要使自己的语言炼得纯净而又锐利"，王佐良《答客问：关于文学翻译》），而且在一瞬间就把我们带入了那种明亮、静默而又无限延展的诗境。对照原文以及"任何清楚的东西都突如其来地遮蔽了我们，/ 你神游的沉默和明快的意外收获"这样的译文（见方若冰译"洛厄尔诗选"，《中西诗歌》2008年第2期。这里还要说一声，进行译文对照，是为了说明问题，并不是为了完全否定谁，何况方若冰有的译文在我看来还不错），我们便不能不叹服王佐良的翻译，尤其是把"漫游的沉默"（wandering silences）译为"静默的远航"、把"明亮的意外收获"（bright trouvailles）译为"明亮的捕捞"，一下子让我们感到了什么叫作"创造性翻译"！原诗中的"trouvailles"是一个来自法文的词（洛厄尔懂法文），指"意外的收获"，把它译为"明亮的捕捞"，就把一种陈述变成了诗的意象，而且它不仅有具体的色调、形象和动作，它还结合了有形与无形，具有了诗的隐喻意味。这种大胆的"改写"，堪称一种"庞德式翻译"，我想它是王佐良先生反复体会了原诗的意境才这样译的。换言之，这种翻译的改造之所以可能，其可能性就潜在于原文之中。

在《答客问：关于文学翻译》中，王佐良这样说："如果译者掌握了整个作品的意境、气氛或效果，他有时会发现某些细节并不直接促成总的效果，他就可以根据所译语言的特点做点变通。这样他就取得一种新的自由，使他能振奋精神、敢于创新。他将开始感到文学翻译不是机械乏味的事，而是一种创造性的努力。"（《论诗的翻译》，江西教育出版社，1992）《渔网》的翻译，就体现了这种朝向"新的自由"和"创造性"的努力。当然，有所得可能就有所失，"明亮的捕捞"这一意象，可能减弱了原文"意外收获"中的"意外"之意。然而，正如庞德所说"一生只呈现一个意象，胜于写出无数作品"。王佐良创造的这一意象，将永远留在我们的脑海中了。

现在来看第三句："海豚放开了，去捉一闪而过的鱼"（方译"让海豚自由自在地追捕闪闪发光的鱼儿"）。相对于原文，句子在这里断开了，从而有了译文自身的语感和节奏；而且"一闪而过"也比原文的"闪亮"（flashing）要更好，它不仅有"闪亮"之意，而且有动作和速度，重要的是，它也正好暗示了诗人所要捕捉的任何诗性存在的那种转瞬即逝性。

不过，当我把这首译文拿到课堂上让学生们讨论时，有同学认为"海豚放开了，去捉一闪而过的鱼"这一句不通，因为海豚也是一种鱼，怎么会去捉别的鱼呢？再说，这和该诗"渔网捕捞"这一主要隐喻也联系不上。

这种质疑有道理，对我也是个提醒。我想，任何译者，哪怕外语再好，在译诗时也不能过于相信自己，他必须时时依据词典工作。"Dolphin"就是"海豚"，懂英语的人们一般不会想到其他含义，但翻开词典，我们会发现"Dolphin"有时也指系缆桩或系缆浮标。这样一翻词典，使我顿时有了某种如梦初醒之感。因此这一句也可译为："缆绳松开了，去捉一闪而过的鱼"。

但是，王佐良把这一句译为"海豚放开了……"就完全错了吗？我同样不能这样说。我们知道洛厄尔不仅经常写到各种海洋生物（这也许和他一直生活在东海岸有关），而且也着意写到了"我的海豚"，他的这本诗选的最后一首就是《海豚》。我在这里把它的上半部分试译出来，因为我想它对我们理解《渔网》一诗也有益：

> 我的海豚，你只是意外地引导我，
> 捕获，就像拉辛，那技艺的能手，
> 被菲德尔无与伦比的漫游的歌声，
> 引入他的钢铁构成的迷宫。
> 当我的脑袋呆滞，你就为我的身体出现
> 挣跳于刽子手下沉的网结，
> 那意志的玻璃般的拉弓和刮擦声……

显然，"海豚"在这首诗中成为一个诗人艺术本能、创造力和神秘直觉的某种隐喻（这里还要提一句，在写这首诗的前后几年间，洛厄尔和他的第三任妻子、英国小说家卡罗琳·布莱克伍德生活在一起，他称她为"海豚"，说她救了他）。至于诗中提及的法国诗人、剧作家拉辛，洛厄尔曾译过他的取材于古希腊的著名诗剧《菲德尔》。

所以，读了洛厄尔的《海豚》这首诗，我们也能接受王佐良对那一句的"误译"——即使它的确属于一种"误译"。

到了第四句，诗人骤然一转，由对远航捕捞的想象和描绘回到对一生的回顾："Saying too little, then too much"，高度概括而又耐人寻味，王译"说得太少，后来又太多"，完全达到了同样效果。如果对照方译"说得太少，又太多"，我们就会发现王佐良不仅敏感地注意到了"Then"，还听出了它所带来的深远意味。他正如原诗作者一样，要我们在这一句诗上走过我们整个的一生。是的，这不仅是诗人的一生，我们每个人不也是这样吗？开始是不会说，学会表达后却又说得太多，多得以至于淹没了言辞后面那沉默本身的言说……

　　而接下来的一句，又是名句了："诗人们青春死去，但韵律护住了他们的躯体"。把"Die adolescents"译为"青春死去"，虽然在汉语表达上有点陌生（有点像鲁迅所说的"硬译"了），但却比"英年早逝"或"年纪轻轻就死了"之类要好。一个深知诗歌和一种永恒的青春联系在一起的译者，才会这样来译。而接下来，了解了"Beat"（击打、战斗、跳动、节拍）、"Embalms"（以香料或香油涂尸，使之不腐、不朽）这两个词的基本含义，并看过"诗人们年纪轻轻就死了，他们用战斗裹尸"（方译）这类译文后，我们便要再次惊异于王佐良的创造性以及他对生与死、诗与诗人关系的透彻理解了：他把"节拍"变为诗之"韵律"，既和"beat"有联系，但又是一种明亮的提升！"诗人们青春死去，但韵律护住了他们的躯体"，还有比这更动情，同时更富有"诗之思"的诗句吗？我们真得感谢译者了，因为他在汉语中创造了这一名句！

　　回到洛厄尔，他之所以写出这样的诗句，显然不是没有缘由的。他已经历了太多的死亡，比如当年在他的写作班上的学生、天才的女诗人西尔维亚·普拉斯（1933—1963）的自杀……而王佐良这样译，不仅基于他对洛厄尔那一代人的了解，我想也饱含了他自己对他那些不幸早逝的诗友——比如诗人穆旦——的怀念之情。他就这样献出了他自己的挽歌。

而活下来的人呢？接下来的四句不仅是对比，也写出了时间的力量（正是它使"原型的嗓子唱得走了调"！），并暗含了诗人对自身的反讽。对照方译"旧时的演员读不懂他的朋友，/ 只是他仍高声朗诵"，便可体会到王译对原文那种微妙的反讽语气的细心把握。而到了"Genius hums the auditorium dead"这一句，王佐良又有了机会发挥他的创造性了："天才低哼着，直到礼堂死寂"（方译"才子们轻声低吟冷清的观众席"），一个"直到"，不仅显现了一个时间过程，也加强了原文的反讽意味；至于没用"听众席"而是用了"礼堂"，则愈加显现出一种空荡了；而最后的"死寂"，也是一个再准确不过的词！在那"人去楼空"之时，在那样一种"死寂"中，一个诗人又听到了什么、觉悟到了什么？

"这一行必须终结"，紧接着的这一句是多么断然！它的多重意义，王佐良自己在解读中已有阐发。就在这种了断中，那从远方来的海风重又吹拂，"然而我的心高扬，我知道我欢快地过了一生"（方译"然而我的心正渐渐高升……"），一个"高扬"，运用了纯熟的口语，又呼应了那扬帆远航的意象。细心体会吧，王译中的每一个字词及说话的调子几乎都是不可更易的，它们正好迎合了那贯穿全诗的语言之风。

至于全诗的结尾，不仅令人精神一振，也有一种启示录的意味了。"把一张上了焦油的渔网织了又拆"，译得多好！不仅简练，透出一种化繁为简的大手笔（对照方译"结一张渔网，又解开它"），而且使这种"织了又拆"有了隐喻的意味。它指向一种诗艺的徒劳？或仅仅是在说诗人的一生就在这"织了又拆"之中？据说洛厄尔当年在他的《威利勋爵的城堡》（该诗集后来获普利策奖）的扉页上曾用铅笔写下"屋造好了，死神来了"，但在这之后，他不是还照样继续写诗？

最后两句，顺理成章而又令人惊异，把生活的场景上升为令人目眩的诗的意象和隐喻："等鱼吃完了，网就会挂在墙上，/ 像块字迹模糊的铜牌，钉在无未来的未来之上"。原诗由"hang on"（"挂在"）到"Nailed on"（"钉在"），动词更为有力，而王译也一步步加强了这种词语的力量。"字迹模糊的铜牌"，显然也比"纹路模糊的铜像"（方译）要好，它显现并强化了原诗的启示录性质。

一首诗就这样结束了。对于《渔网》，王佐良还介绍了希尼的评论："它谈的是诗人在不断修改自己作品中度过了一生。但是诗行的钢铁框架使诗篇没有坠入自我陶醉；它不是一篇言辞，而是一种精心制成的形式……一开始像音叉那样甜美，而结束时则只听见一下下猛烈的撞击，像是有人在毫不客气地猛叩门上的铁环。"

而这样的诗有何社会意义，或在历史中占据一个什么样的位置呢？人们可能会问。从这个问题出发，王佐良进一步介绍了希尼的看法：他认为洛厄尔这样的诗人认识自己在历史中的地位，并要求自己的诗能承受住历史混乱的冲击，"它是在千方百计地向一个形式行进——理解了这一点就会使我们不只注意它表面上所做的'无能为力'的宣告，而还注意到洛厄尔对于诗艺所给他的职责的内在的信任。我们看出了这点，也就受到作者所做承诺的鼓励，并在这种承诺里听到了权威的声音"。

希尼是在1979年美国语文年会的演讲中谈到洛厄尔这首诗的，它显然包含了在公众面前"为诗一辩"的成分。不过，写出了这样的诗的诗人还需要为自己辩护吗？不必，他只需要赞美就行了——赞美诗神对他的庇护和馈赠！这样的诗或许在社会生活中没有位置，但它正如那挂在墙上的渔网，它已属于另一种历史——那文学本身的永恒的价值体系。而对诗人本人来说，或许更重要的，是通过对这样的诗的写作（包括翻译），一股神秘的语言之力又回到了他的身上，或者说，一种"静默的远航和明亮的捕捞"又展现在他的视野里：他可以为之奉献一生了。

而对我们这些中文读者来说，既要感谢诗人，也得感谢译者。首先，写出这样的诗的洛厄尔向我们展现了他那更深邃也更可敬的一面。在人们的印象中，洛厄尔往往和"自白派"诗派、和他写波士顿历史的几首名诗、和他的反叛尤其是因拒绝服兵役而坐牢的经历联系起来。的确，这样一位敢于在诗中大声斥责国家和总统的诗人，也是一位充满了个人伤痛、反叛、挫败和自杀冲动的诗人（好像他的一生都"坐在候审室里等待判决"！）。他在一首描写住精神病院的诗中甚至还这样宣称："我们都是老资格／我们中的每个人都握着一把锁住的剃刀"。

我对诗人所生活的那个年代当然缺乏切实的了解，但我曾在冬天去过波士顿——洛厄尔的波士顿！天空是那样晴朗，但从大西洋上刮来的凌厉冰风却使人冷得走不出车门，就在那冰风的击打中，我不禁想起了诗人那让人一读就忘不了的诗句："马尔布诺街上的树木终于绿了"，"我们的玉兰花"也终于开了，"只开了残忍的五天"！

这就是《渔网》作者的一生。据说女诗人伊丽莎白·毕晓普读了洛厄尔的诗集《人生研究》后曾给诗人去信，称他为"最幸运的人"。而这是一种怎样意义上的"幸运"呢？我的理解只能是：他幸运地战胜了自己的不幸——通过写诗；他幸运地有了那一次次意外的明亮的收获——同样通过写诗。这就是为什么诗人生前的最后一本诗集《海豚》（1973）会归结到以写诗本身为主要主题——它以《渔网》一诗开始，以《海豚》一诗结束。它展示了一个诗人一生最隐秘的、显然也不会为一般公众所理解的艺术追求。

不过，话说回来，正是有了那样的在爱与暴力、愤怒与压抑、反叛与求助、受难与拯救中度过的动荡一生，诗人在《渔网》中发出的声音，才具有了希尼所说的"承诺"和"权威的"意味。它获得了一种可信赖性。它是一种真实可靠的声音。它来自诗人的一生，并和诗人的其他诗作产生了一种对照和共鸣。

让人痛惜的是，就在这本诗选出版的那一年，由于旅途劳顿、心脏病突发，诗人死于归家的一辆出租车上，享年60岁。出租车带来了一种诗的"韵律"吗？不管怎么说，"韵律护住了"他那永存的艺术生命！

　　现在，我们得感谢王佐良先生了，因为他发现并出色地翻译了这首诗，不仅如此，他还由此把我们引向了对诗以及译诗艺术更多的发现。另外，我要说的是，在读了王佐良先生在他生命的最后几年里所留下的这首译作后，我不禁感到它几乎也就是他那一代诗人翻译家的写照。他们满怀着理想和责任，把自己献给那"静默的远航和明亮的捕捞"，在写诗和译诗中度过了一生。他们也许"说得太少，后来又太多"，但他们已知道怎样来看自己的一生。语言的诗艺能否与岁月的消磨相抗衡？把一张渔网"织了又拆"是否有意义？礼堂死寂，听众也许在期待另一代人出场。但不管怎么说，他们撒下的渔网并没有完全落空。他们的那些优异的翻译至今仍"使我们惊讶得目眩"。他们留下的遗产，正如那磨损的挂在墙上的渔网，难以辨认而又令人起敬，并充满了启示。它已被牢牢钉在"没有未来的未来"之上。实际上，它也不需要别的"未来"。它自身就在昭示着一种语言的光辉的未来。

柏林，柏林

也许，世界上没有任何城市像柏林那样集中体现了 20 世纪人类动荡、惨痛的历史了：希特勒上台，排犹狂潮，第二次世界大战，战后东西方冷战，直到 1989 年柏林墙倒塌……

因此，面对或想到这座城市时，人们总是会情不自禁地这样感叹：柏林！柏林！

柏林，我已去过多次，而这一次使我最难忘的，便是对柏林犹太博物馆的访问。

不用多说，这个博物馆的建立是为了展示犹太人的历史文化和命运，尤其是犹太人在柏林的历史以及纳粹德国迫害和屠杀犹太人的历史。在我来之前我就听说过该博物馆的著名设计，它那多边、曲折的锯齿造型"像是建筑形式的匕首"，重新打开了黑暗的时光隧道。

的确，这个建筑物本身就是一个纪念碑。它的设计师，为出生于波兰、后来移居以色列的犹太裔建筑师丹尼尔·里伯斯金（Daniel Libeskind）。里伯斯金早年弹钢琴，后来转向了建筑设计。这座造型独异、耗时7年完工的博物馆，在2001年9月9日正式开馆以前，就有超过35万人前来参观。当然，德国人来到这里，不仅是为了一睹这座解构主义建筑的杰作，更是为了它所再现的黑暗历史，或者说，为了偿还他们良心上的债。

　　据说，激发里伯斯金构思的，是"一个非理性的原型"：一系列三角形。这不仅是他亲自考察了柏林犹太人的生活遗迹，被驱逐地点及逃亡路线后在地图上描绘、连接后得出的几何图形，这种图形，也恰好是纳粹时期强迫犹太人佩戴的大卫之星剖开后的图形！

　　他的另一灵感，则来源于音乐家勋伯格未完成的三幕歌剧《摩西与亚伦》，这部无调性音乐作品创作于1931—1932年间，叙述犹太人在摩西率领下出埃及的历程。由于希特勒上台，作曲家未能完成，致使该作品第三乐章只是重复和长时间停顿。而这种"未完成"和"空缺"，给里伯斯金带来了更深邃的启示。

　　我们再来看博物馆本身，它其实为原柏林博物馆的扩建。因此它分为两部分：黄颜色的晚期巴洛克风格的老馆与外墙以银灰色镀锌铁皮构成的多边、曲折、游离的新建筑体。这两部分从外面看并未连接，进入老馆后，参观者沿着斜入地下室的深长通道得以进入到新建筑体内。这种巧妙的通道设计，人们称为"潜意识下的连接"，它隐喻着德国人和犹太人命运的深刻关联。因此，当我从地铁里出来前往博物馆，远远望着这并置的黄颜色与银灰色两部分，我就不禁想起了策兰的名诗《死亡赋格》的最后两句：

> 你的金色头发玛格丽特
>
> 你的灰烬头发苏拉米斯

两种颜色的头发，象征着两个民族的命运。更有意味的是它们的"并置"和相互映照！

里伯斯金的设计受过策兰诗的影响吗？肯定。在新馆后面的角落里，就设有一处"保罗·策兰庭院"。那横躺着的几根被劈削的黑色石柱，砖地上嵌着的不规则的破碎几何图案，也许，那就是策兰的诗？是一个苦难民族的心灵密码？

而里伯斯金的这座建筑，就是一曲建筑学意义上的"死亡赋格"！虽然它不是以对称的而是以解构的方式进行。这组沿着一个方向折叠、游散的新建筑体，从整体上看，就是六角的大卫之星剖开、切割后再重组的表现。它要表达的，首先就是放逐和灭绝，是痉挛、抽搐的生命本身！进入其内部，人们处处感到的，也是一种"死亡的几何学"——一个尖锐而紧张的内在空间，那里几乎找不到任何水平和垂直的结构，带锐角的房间、倾斜的墙面、不规则开口、迷宫似的通道，并且，也没有一般意义上的窗户——所谓窗户，无非就是在密封的墙体上划出的一道道带棱角的透光斜缝!

而参观路线的设计也有点让人不知所措。参观的起点为老馆地下室入口,沿着那段陡峭、昏暗的甬道一级级向下,给人的感觉像是"进地狱",而在地下一层,参观者还将在分岔口做出选择:三条走廊通往不同的场所(人们说这也隐喻着犹太人一直面临的选择:通往灭绝、逃亡或艰难共存)。这三条岔开并向上延伸、通向不同展览空间的走廊,就像是三条命运线,相互游离,而又沟通。因此人们说这座建筑中潜伏着几条结构性的脉络,依据它们的关系,形成了贯穿这座博物馆的不连续空间,而那反复连续的锐角曲折,就像遭到极度压抑、扭曲,寻找出路的生命。人们说这是里伯斯金特有的"二律背反"建筑诗学的体现。在我看来,它也深深植根于德国人和犹太人的矛盾悖论关系。

这样的建筑设计本身,即给人以极大的刺激和震撼。人一走进去,便不由自主地被卷入一个极度乖张的"有意味的空间"。在其中穿行,在那些展品前驻步时,我们也只能无言。我想,阿多诺评价策兰诗歌的一句话,用在这里也正合适:"在这些诗歌的密封结构中,可以重构出从恐怖到沉默的轨道。"

此外,这个博物馆还有几个经常为人们谈论的"景点",一是里伯斯金为纪念受难者所设计的"大屠杀塔"(Holocaust Tower),三条走廊中的一条通向一个沉重的金属门,打开后是一个不规则的塔内的基层。这与其说是塔,不如说是一个被掏空的具有无限深度的陡峭的深井。这使每一个进去的人,都"内在于"这个塔中，无不切身体会到大屠杀受害者的绝望无助与恐怖。这是一个绝对隔绝的、抽空的空间，但贴着塔壁，人们会听到隐隐传来的回声，那似乎是柏林大街上的车声、人声，但又似乎是从记忆深处传来的喧嚣声和哭喊声……

而在塔壁上方，里伯斯金还精心设计了一道悬挂的"通天梯"，只不过无人可以够着。它象征着什么？象征着上帝对人的弃绝？总之，它在给人希望的同时，又无限地加深了人们的绝望。

我深深为这个"大屠杀塔"震撼了。那些蹑手蹑脚进来的人，无不神色凝重，他们或靠墙静静地站着，或仰头遥望着。这是一个绝对沉默的空间，连那沉重的铁门，也成为作品的一部分。只要谁不小心一推或是出门时一带，它都会发出"哐"的一声，令人浑身震动——这是谁来了？这一次"轮到"我们了吗？

而在一个由曲折的建筑体所包围的狭窄的半露天空间中，还有一个由以色列艺术家马纳舍·卡迪希曼（Menashe Kadishman）制作的叫作"落叶"（Fallen Leaves）的装置作品：约2米宽的沟槽里铺满的不是轻盈的落叶，而是一层层铁制的人脸面模——一万张铸铁做的人脸！那生满铁锈的每一张脸都有一副惊恐的表情，大张着嘴，好像在呼喊。这使人恍如来到一个可怖的"万人坑"前。更使我震动的是，在我还没有进来时，就从远处听到似乎有人在上面走动，那"哐啷、哐啷"的踩踏金属的碰撞声，一阵阵刺耳地传来。但当我来到这里时，又万籁俱静。我不禁疑惑，是什么从这些"落叶"上走动？是什么在践踏？我们究竟是处在一个什么样的星球上？

最后一条走廊末端，通向里伯斯金设计的"放逐之园"（The Garden of Exile，或译为"流亡花园"），不巧的是，因为技术上的原因，我去的这天不开放，但透出铁栅栏门，仍可看见外面的院子里，密密地立着 7 排 49 个高高的水泥方柱，有点像大屠杀纪念碑群，不同的是，在每个方柱的顶端都种着橄榄树。这还是早春三月，上面一派枯枝败叶，但我可以想象当春夏到来那种翠绿、繁茂的情景。也许，那些被放逐的犹太人，就这样在逼仄的绝境中仰望着那些高不可的橄榄树？它隐喻着流亡者在异乡生根的艰难？或是隐喻着新生的希望？我不由得想起了在展厅看到的那幅在集中营里搀扶远望的犹太妇女的照片：那近乎皮包骨的瘦削面容和肩胛，那不容摧折的生命尊严，那从眼神中透出的对未来不死的祈望……

就这样，在这"放逐之园"的铁栅栏门口，我的泪水几乎要涌出来了。

"靠近我们的七支烛台，靠近我们的七朵玫瑰"，这一次，我也更深地理解了为什么策兰在送给他妻子的书上写下这样的话了。也正是在这个博物馆里，我看见了那 7 支烛台。它原本是犹太教礼仪用品，7 支烛台中中间一支略高，代表安息日，其余 6 支代表上帝创世的 6 天。现在，它已成为以色列国徽的中心图案，成为耶路撒冷圣殿中的圣器。"靠近我们的七支烛台，靠近我们的……"也许，在数千年漂泊的命运中，在最恐怖黑暗的时刻，他们就这样在心中默念着他们神圣的誓语？

　　不知不觉间，两个小时已过去，我该离去了。而参观者们仍络绎不绝地涌来，而他们大多是学校组织而来的大学生和中学生。这使我不仅对一个敢于面对自身黑暗历史的国家充满敬意，我也在这样想：那些在中学课本上就读到"清晨的黑色牛奶我们傍晚喝"（策兰《死亡赋格》）的德国学生，在看了这个展览后，是否会感到他们的舌头上也带上了这种味道？或者问，他们是否会思索牛奶是怎样变黑的？

　　一切，正如里伯斯金所说"没有最后的空间来结束这段历史或告诉观众什么结论"。然而，正是这种"空缺"，这种"不完成"，将使一切"在他们的头脑中持续下去"。

我的希腊行

一

2011 年 7 月 26 日下午 6 点半，从伊斯坦布尔转机到达雅典机场。走出大厅，阳光便像刀斧一样劈面砍来！我想，这就是希腊了，那深湛的空气、暴蓝的天空，到傍晚时分仍如此强烈的太阳……也就是在那一刻我知道了：这将是我生命中一个永恒的夏天。这光，会像一声金钹一样，在我的生命中持久地回响。

我是来参加第二届提诺斯国际文学节的。坐上文学节的秘书费里普的车驶上高速路后，满山坡银灰色的橄榄树闪闪而过——这对中国人来说多少显得有些陌生甚至神秘的果实！而在经过一道山间隘口时，费里普告诉我建造巴特农神庙的巨石就是从这里开采的。啊，那些伟大的石头！

不用说，来到希腊，我首先想看到的就是雅典卫城，因此当晚一用完餐，在雅典的中国朋友杨少波就带我去夜游。卫城处在雅典城边的一处高地上，从雅典的任何角度都可以看到它，或者说，它"就在那里"！无数个年代的雷火闪电都熄灭在其内了，那些不朽的巨石，在白天一派洁白，在夜里则发出令人惊异的金黄色亮光。由于卫城晚上关闭，我想我第二天还要来的。不过，还需要再来吗？它在夜色中的屹立和闪耀，已给了我一种如庞德所说的"在伟大作品面前突然成长的感觉"。

而当我们攀上卫城下面当年圣保罗传道的小石山，迎面便拂来了爱琴海上的一阵阵海风。希腊，酷热的白昼，清凉的夜晚！当少波在夜色中为我指点何处是古希腊露天剧场，何处是当年人们在那里论辩的"德谟克拉西山"（民主山）时，我则静静地坐在那里，任海风爱抚着脸、肩和小腿……啊，这些无形的看不见的丝绸！在那样的时刻，我体会着什么对我们人类来说是最珍贵的东西。我在这清幽的海风中深深呼吸，是的，让我们呼吸希腊……

二

清晨，从雅典坐船到提诺斯岛（Tinos）。3个小时后，当它遥遥在望，迎向我们，我便有了这样一句：如果说爱琴海群岛是一支交响乐队，提诺斯就是它的第一小提琴手。

提诺斯国际文学节从去年开始举办，由雅典"deketa"文学中心和提诺斯文化基金会主办，每届邀请一二十位来自世界各国的作家、诗人。在去年的册子上，我看到了我所喜欢的波兰诗人扎加耶夫斯基的照片。今年呢？

但是，首先让我着迷的是这海！3 小时的航程，犹如镜中，那钻石一样的波光闪烁的海面，那些在远方不时出现、并与我们"相互凝视"的岛屿……的确，这是我从未见过的海！因为那古老的神话，它还不禁让人遐想联翩，仿佛此刻"维纳斯"正在那里诞生，仿佛一阵风来，海面上就会掠过一阵阵竖琴的声音，并转瞬浮现出千万朵芬芳、清新的花瓣……

想到这里，我不禁赞叹"爱琴海"这个中文译名。这是哪一位国人译的呢？在这样的命名中，"Aegean Sea"特有的美，它所深蕴的文明和人性的内涵，都得到了更茂盛的"本质的绽放"！

而我们入住的提诺斯海滨饭店，正对着一片清澈、宜人的海湾。远处，一只洁白的大海轮在无声移动。近处，一只蓝色小船，也许它曾响起喜悦的划桨声，但现在它静静地泊着，像一个在母亲胸怀上熟睡的婴儿……

那就像孩子一样投向这海吧。在饭店里一住下，我看到来自以色列的诗人阿米尔（Amir Or）、克罗地亚的诗人托米查（Tomica Bajsic）就下海去游了。而我则不时来到通向阳台的门口，一任海风拂起窗帘，这也很美好啊。

三

文学节共有三场朗诵。第一场朗诵会兼开幕式在临靠海湾的提诺斯文化基金会的演讲厅里举行。那波光轻溅的金色黄昏，远处大海上醉人的朦胧。就在那个开幕式上，我还听到了头戴方巾的希腊东正教神父的神圣祝词。

我和另外三位诗人、作家则被安排在第二场朗诵。在爱琴海群岛中，提诺斯岛中等大小，一道颇为雄浑、陡峭的山脊，将全岛分为两半。我们的朗诵就在山顶上的 Volax 村里进行。Volax，在希腊语中是"石头"的意思，这里处处是当年火山喷发形成的景观，那全岛最高处的菱形巨石群，就像是雄居山头的斯芬克斯。

到了这个高山石头村，我才明白为什么要在这里朗诵了。那满山的蝉鸣，散落在累累巨石间的童话般的乡舍，古朴的民风民俗，到处盛开和攀缘的花卉、藤萝，还有那登高望远的开阔视野，使这里成为一个旅游点。"必须拥有未曾玷污的新鲜之感、清冽的幸福之泉"（加缪），这就是为什么人们要从喧闹的海滨来到这里，以获得一种高远和宁静。

让我欣喜的是，在这石头村的村头，居然还有一个可容纳几百位听众的环形小剧场。露天环形剧场可谓希腊的一个伟大发明，它的设计，很可能和古希腊城邦的民主传统也有关系。在这样的剧场，从任何角度面对的都是每一个单个的听众，而不是一大堆人。而希腊的听众也都有着他们特有的参与热情，在第一场朗诵中我就感到了这一点，比如一位听众直接打断台上的一位希腊诗人，问他能不能朗诵一首他所喜欢的诗；还有，当托米查用英文朗诵他作品的英译时，台下马上又有了反应，好几位听众要求这位克罗地亚诗人用他自己的母语来朗诵。这就是希腊传统，德谟克拉西啊。

由此我还想到了近来世界所关注的希腊的罢工和示威活动。我来雅典的那个傍晚，就在市中心宪政广场遇上了出租司机工会组织的示威。其实，那也正是"民主一景"，没有什么大不了的。就在乱糟糟的示威人群的边上，每小时一次的卫兵交接仪式照常进行，大群欢快的鸽子照样从孩子们的手中啄食面包屑。我不由得对陪着我的少波感叹了一番。

话再回到这个高山石头村，我开始还怀疑有多少人来，没想到随着夜色的降临，竟来了一二百位听众，黑压压的，几乎把小环形剧场坐满。他们是从哪里来的呢？我真是不懂。但不管怎么说，人一多就有了气氛。朗诵前，我用英文简单讲了几句，大意是我从遥远的中国来，我很高兴在这个高山上朗诵，因为我也曾是一个来自中国山区的孩子，我要朗诵的第一首诗《蝎子》即和我少年时代上山捉蝎子的经历有关：

翻遍满山的石头

不见一只蝎子：这是小时候

哪一年、哪一天的事？

如今我回到这座山上

早年的松林已经粗大，就在

岩石的裂缝和红褐色中

一只蝎子翘起尾巴

向我走来

与蝎子对视

顷刻间我成为它脚下的石沙

　　我照例是用中文朗诵，我的译者、希腊诗人安纳斯塔西斯随后读他的译文，没想到他一读完，圆形剧场上下顿时响起了热烈的掌声，一些听众竟然都叫起来了！我在心里想：好，我的中国蝎子在希腊语中翘起它的尾巴来了！

　　而接下来朗诵的，是多年前我在经过河西走廊时所写的《风景》一诗："旷野／散发着热气的石头""一到夜里，满地的石头都将活动起来／比那树下的人／更具生命"。一读完，下面又是一阵热烈的掌声，并伴以"Wow""Wow"的叫好声！杨少波因为给雅典的一家华文报纸做一个采访，也来到这高山上听了，事后他对我说："你看看，你这首诗完全把他们弄疯了，这里也是满山的大石头啊，他们睡不着觉了！"

　　除了以上两首，我还读了《柚子》《晚来的献诗：给艾米莉·狄金森》等诗，在读关于狄金森的诗之前，我讲到狄金森就是

"美国的萨福"，但她可能比萨福更孤独也更痛苦，我这样一讲，剧场上下又是掌声！我不得不在这掌声中站起来，从左到右，向这样的听众致谢！

是的，我要感谢这样的听众，他们或许是诗歌在这个世界上最热情的听众！朗诵会后，许多听众尤其是女性听众，竟然围上来热情拥抱（我在国外已有很多次朗诵了，这我可是第一次经历！），有些则询问在哪里可以读到我的更多的译成希腊语的诗。看着这些"理想国的居民"，我深受感动。是的，正因为他们，在那黑暗的高山上，我听到了远方爱琴海上那一阵阵伟大的涛声！

四

那么，中国人最初是怎样知道希腊的呢？我只知道，"五四"前后，很多中国人是通过英国诗人拜伦的《哀希腊》一诗才知道希腊的。关于这首名诗，在汉语中曾有很多译本，对它的翻译成了那一代人向往一个光辉的国度、哀叹本民族之没落并寄期望于文艺之复兴的方式：

> 希腊群岛呵，美丽的希腊群岛！
>
> 火热的莎弗，在这里唱过恋歌；
>
> 在这里，战争与和平的艺术并兴，
>
> 狄洛斯崛起，阿波罗跃出海波！

以上为诗人穆旦的译文。我深感幸运，我不仅来到了希腊，而且居然来到了"阿波罗跃出海波"即希腊神话中阿波罗诞生的狄洛斯小岛！我是在文学节空闲期间去的，用希腊人的话来说，我也当了一次"跳岛者"！

爱琴海上有 2000 多个岛屿。坐船出行就像其他国家的人乘坐长途大巴一样，成为一种生活方式。少波告诉我，希腊人称从一个岛到另一个岛旅行的人为"跳岛者"（Island hoper）。他们在溅起的光中跳跃，让海风带着他们走。不过，从深处看，这里面是不是也有一种"灵魂的乡愁"呢？古希腊先哲赫拉克利特就这么说：

> 灵魂的边界你是找不出来的，就是你走尽了每一条大路也找不出；灵魂的根源是那么深。

因而旅行，也就成了认识世界和自己的一种方式。

我和少波首先从提诺斯坐半个小时船到米克诺斯岛，再从米岛改乘小船到附近的狄洛斯岛。米岛有着雪雕般的白色教堂和布满曲折小巷的迷宫般的小镇，它还有着世界上著名的同性恋天体海滩。这真是一个充满了奇思异想的岛国。据说当年村上春树住在这里，写下了他的《人造卫星情人》（因此每年都有大批的"村粉"来此岛寻访）。但我们顾不上欣赏了，在临靠着海岸和古老风车群的"小威尼斯"喝了一杯，即匆匆再次乘船上路。

从米岛到狄洛斯岛，是爱琴海上一条最凶险的路，据说当年正因为这里波涌浪急，而推迟了苏格拉底的刑期。幸好我们来的这天太阳当空（用诗人帕斯的一句诗来说"太阳在海面下着金蛋"！），小轮船正常行驶。不过，这也使我更充分地体会到太阳的威力，并明白了古希腊人为何对太阳神阿波罗顶礼膜拜了。在这里，太阳无所谓升起，也无所谓落下，它一直就明晃晃地悬在你的头顶！四下望去，岛上除了少许幸存的树木是绿色的，满山坡的草丛一片枯黄！一天10多个小时的强烈日照，把夏天的草木都烧枯了！（正因为如此，人们说在希腊冬天比夏天更绿）

震撼还在于狄洛斯全岛的荒废遗址和神话本身。这里为公元前1000多年爱奥尼亚人的宗教中心，人们每年在这里举办各种祭祀和艺术体育活动，以把这座岛献给太阳神阿波罗。在古希腊人的心目中，这是一座圣岛，岛上至今有9只无声吼叫的神秘石狮（虽然它们的"真身"已被移进博物馆），守护着阿波罗诞生的圣湖。如今，圣湖已经干枯，只有一棵高大的棕榈树。为保护这片遗址和圣地，游客只能白天来这里，不可留下过夜。这真是一片神话中说的"无人诞生，无人死去"之地。穿行在这片石柱和祭坛林立、残破的古老陶罐随处可见的露天博物馆里，我们不禁连连感叹着文明的神秘兴衰。需要在这里"留个影"吗？不必了，一切都会过去，只有那神话的力量还在。就这样，最后我们来到了那面朝大海的古老环形剧场的废墟上。少波掂着他的照相机兴奋地跑到剧场的最上一层，喊着让我在下面"来一首"。不过，朗诵给谁听呢？

在这里，如果我们开口，我们听到的将是一种怎样的回声？

我想，自我与他者、一种文明与另一种文明的奇特关联就在这里。本雅明在谈翻译时就这样认为：译作被呼唤但并不进入"语言密林的中心""它寻找的是一个独一无二的点，在那里，它能发出回声"。说得多好，又多么耐人寻味！早年，一些中国现代作家向往古希腊文明，以使自己的作品成为一个"供奉人性的希腊小庙"（沈从文语）。我们在今天呢？

这些，也正是这趟希腊行萦绕着我的问题。拜伦是幸运的，在希腊他找到了他自己，找到了他要以生命来捍卫的自由和文明，也找到了他要赞美的一切，"所有爱琴海的风，都为你的头发吹"，他写给一位雅典少女的诗句是多么美啊！

五

现在，该谈谈我的朋友和译者、希腊诗人安纳斯塔西斯（Anastassis Vistonitis）了。

我们是在两年前的青海国际诗歌节上认识的。那时他读了我的《变暗的镜子》《田园诗》等诗的英译后非常赞赏，为此他与我的英译者、美国诗人乔直（George O'Connell）和史春波也建立了联系。我想，正是一种相互的诗歌认同使我们走到了一起。

安纳斯塔西斯高大英俊（他在中国时有人称他为"多明

戈"！），天生一副诗人的傲骨。像很多希腊人一样，他有着水手式的古铜色肤色（火焰就在那皮肤下静静燃烧）。同样，像很多希腊人一样，他很善饮，只要坐在那里聊天，他就会一杯接一杯地喝着那种希腊特有的带茴香味的"乌佐酒"（Ouzo），我则不时地看着他手上的杯子，看那酒和冰块一混合就变成的奇异的乳白色烟雾！

但这次来，我不仅感到了他的亲切、开朗和优雅，也感到了他的忧郁——那种希腊式的忧郁。生命如此美好，又为何忧郁呢？然而这就是生命。也许，正是那种希腊式的明亮使他写出了《黑暗的夏天》，那在诗中反复出现的乐句是"在向西的门槛我们建造了城镇——/ 盲目的窗户，黑暗的鱼池"。

这种"希腊式的忧郁"，使我不由得想起了海神波塞冬。我们住的海滨饭店附近，就有一座祭祀波塞冬的古老神殿的废墟。我总是情不自禁地被它所吸引。在希腊神话中，当初三兄弟抓阄划分天下，宙斯获得了天空，哈迪斯屈尊地下，波塞冬只好潜行于大海。波塞冬虽然不得不尊重宙斯的主神地位，但是心里却很不平，据说地震和海啸都是他内心愤愤不平的表现。

不知怎的，我对这个海神波塞冬不仅有一种敬畏，也充满了"理解之同情"，仿佛他手持的三叉戟——他那著名的标志，比任何事物都更能搅动我的血液。大海风平浪静了吗？不。

但这也只是联想而已。实际上，在安纳斯塔西斯的诗中不仅有忧郁、愤怒，也有着一种超越性的诗性观照和想象力。它那明亮中的深重阴影，不仅触及忧郁的根源所在，也产生了一种令人惊异的美：

> 你的头发生长
> 像后发星座那样。
> 海从你的嘴中流过。
>
> 你的嘴是
> 一座风的宫殿。
>
> 以风的弯曲
> 你舞动着你的宽松外衣
> 现在我可以用它
> 来擦拭灰烬
> 泥污
> 尘土
> 和自大。

这同样是《黑暗的夏天》中的诗句。读着这样的诗，我竟然也产生了一种莫名的乡愁，是的，乡愁！记得米兰·昆德拉曾定义欧洲人是那种总是对"欧洲"怀有一种乡愁的人。这用来描述安纳斯塔西斯这样的诗人更合适！是的，他们总是怀有一种乡愁，但又不知走向何处。他们所能做的，似乎只能是以语言为家……

也正因为如此，这样一位诗人的目光会远远超越国界和语言的限制。安纳斯塔西斯在美国生活过多年。他甚至翻译过李贺的诗。就在他家的露台上，他边喝着乌佐酒，边告诉我们他翻译李贺的"故事"：多年前他买回一本中国诗的英译本，他以为是李白的诗，回家仔细一看，哦，原来不是李白，而是他从不知道的"李贺"！不过，这位"鬼才"的诗也深深地吸引了他，于是他从中转译了50首，出版了以《镜中之魔》为书名的译诗集。不过，书出版后，他发现他们竟把"李贺"两个汉字印倒了。说着，他回到屋子里找出了这本书，我一看，笑着说：没错啊，谁让你的书叫"镜中之魔"呢？！

我真的很难想象李贺的诗在希腊文中是个什么样子！也许这是"误读的误读"吧。不过，这又有什么关系呢。只要它的译文是一首好诗！

正因此，我信任安纳斯塔西斯的翻译，因为他首先是一位优秀的诗人。从朗诵现场的反应来看，他的译文也有一种紧紧抓住听众的力量。通晓希腊文的少波也连说他译得好："他完全知道你在说什么。他的语调也正好传达了你诗中的那种调子！"

我不仅信任，也深深感谢这样的诗人译者。正因为他出色的翻译，使我的这些诗在另一种语言中获得了一种直接进入人心的力量。而这是一般译者做不到的。也正因为他的成功翻译和听众的热情反应，文学节刚结束，就有出版社请安纳斯塔西斯来译我的一本诗集。

出版一本希腊文版的诗集，这可是我想都没有想到过的。重要的是，这给一个诗人带来在另一种古老的诗性语言中发现"知音"的喜悦。是的，喜悦，不仅和安纳斯塔西斯在一起时我感到这一点，还有他的妻子玛丽亚。玛丽亚本来很少谈诗，但有一次她像想起什么似的对我讲："家新，我还很喜欢你的《转变》那首诗，真好！"

一声"真好"，这使我一下子有了一种说不出的感动。就凭这一句话，我们可以"同呼吸共命运"了。

六

再见了，提诺斯！当回雅典的海轮启程，我们都迎风站在甲板上，久久地看着那徐徐离去的岛，看它渐渐消失在远方……

而这一次，我们乘坐的船居然为"伊萨卡号"！伊萨卡，荷马史诗中奥德修斯的家乡。奥德修斯在外漂泊多年最后回到伊萨卡的故事，在西方已被解读为一种向外寻找、最后回归自我的"天路历程"。希腊诗人卡瓦菲斯就曾写过一首名诗《伊萨卡》，诗一开始就是祝愿，"但愿你的道路漫长，／充满奇迹，充满发现"，诗的最后也很耐人寻味：当你们历经一切，变得智慧，才知道"这些伊萨卡意味着什么"！

是啊，这是一个永恒的谜底。不过，我已不去猜它。当我在我自己的人生中经历了那么多，我也不再指望我们会有一个奥德修斯那样的"圆满"结尾。我只是愈来愈相信了这一点，那就是"当你归来你将成为陌生人"。

那么，"伊萨卡"究竟还存在不存在？存在——它就是人类灵魂那艰辛的、永无休止的漫游和寻找本身！

就在那船上，当我同少波谈到这些时，他有些沉默了。这位我早就认识的、对诗极其敏感的朋友，原是国内一家大报的编辑，后来他抛开一切，来雅典大学读古希腊艺术博士学位。现在，他已在雅典生活了 5 年，并且和他的妻子在这里有了一个女儿。这又是一个"却把他乡当故乡"的故事。以后呢？

以后呢，"走着看吧"。是的，重要的是"走"本身。我们的生活如此，我们的创作也如此。就在那船上，我和少波感叹地谈到中国现在的诗歌已很不错了，也许它离真正的伟大"只差一步"。而那是怎样的一步？我们能否迈出那一步？

我们都沉默了。海轮在静静地行驶。我们靠近的舷窗就像一个巨大的宽银幕，在上演着永恒的"爱琴海"。短促而又漫长的航程啊。我打了个盹儿，醒来时见少波仍埋头读我送他的我的那本诗集《未完成的诗》。见我醒来，他若有所思地说了一句："你的读者还没有到来。"

是吗？然后，我们再次沉默了。

又是金色的傍晚时分。再见，希腊，再见，希腊的朋友们！

我从雅典机场起飞，前往伊斯坦布尔，再从那里转机回北京。机翼下，那宝石一样发蓝、带着点点白帆的海湾，那有着各种不同奇异形状的大小岛屿，那在飞机大幅度盘旋时看到的梦幻般的海岸线……

就在那向下俯瞰的一刻，我不由得再次想起了柏拉图的话："爱琴海是个大池塘，我们都是围着这个池塘的青蛙。"那些伟大、智慧的古希腊人，就这样把我们带入宇宙的无穷。

"永远里有……"

——读蓝蓝诗歌

我认识蓝蓝已有很多年了，但真正进入她的诗歌还是近些年的事。

同一些诗人朋友一样，以前我印象中的蓝蓝，是那个爱在诗人们聚会时唱《蓝花花》《三十里铺》等陕北民歌的蓝蓝。她唱得是那样真切、动情，唱得差一点使我们泪流满面。我猜，那时我们中的一些人，甚至包括我自己，很可能都曾希望蓝蓝自己的诗也能一直如此。

但是，读了她写于 2003 年的《我知道》，在惊讶之余，我对她有了新的、不同于以往的期待了：

我知道树叶如何瑟瑟发抖。

知道小麦如何拔节。我知道
种子在泥土下挣破厚壳就像
从女人的双腿间生出。

我看到过炊烟袅袅升起，在二郎庙的山脚
树林和庄稼迅速变换着颜色。
山谷的溪水从石滩上流走
淙淙潺潺，水声比夜更辽远。

这一切把我引向对你的无知的痛苦。
我知道。

　　这里有一种说不出的、动物般的对痛苦的敏锐感知。诗一开始的"我知道"，为全诗确定了音质，接下来小麦、种子和女人生育的类比，令人惊异而又再好不过（仅仅由于这个新奇、大胆的隐喻，我想，在艺术上她就可以有一个新的开始了）。第三节又回到了"日常"，但也日常得有些异样，以至于"二郎庙"这个土里土气的地名也别有了一种意味；就在这样一个日常起居之地，炊烟升起，树林和庄稼"迅速变换着颜色"，水声远去，这里面似乎有一种令人猜不透的魅惑力，这一切也在诱引着诗人迈出对她来说更重要的一步："这一切把我引向对你的无知的痛苦。"
　　诗不仅显示了知与无知之间的微妙张力，也最终显出了它谜一样的性质。这里的"你"，或许就是诗人所要面对的生活的总称。

正是这样的诗使我有些惊异。有了这首诗，我知道，蓝蓝就会不同于过去的那个蓝蓝了。实际上也正如此。此后她的写作，正如人们看到的那样，不仅进入了一个新的境地，也愈来愈令人欣喜和敬重了。

而在我看来，这还不单是一个她个人愈写愈好的问题。她这近 10 年的写作，不仅展现了她的创作潜力，体现了她作为一个诗人"经验的成长"，她所发出的声音，所体现的艺术勇气、品格和感受力，还有她在诗艺上艰辛卓越的努力，对整个中国当代诗歌都有了某种意义。对此，我们来看她于 2004 年间写下的《矿工》一诗：

一切过于耀眼的，都源于黑暗。
井口边你羞涩的笑洁净、克制
你礼貌，手躲开我从都市带来的寒冷。

藏满煤屑的指甲，额头上的灰尘
你的黑减弱了黑的幽暗；

作为剩余，你却发出真正的光芒
在命运升降不停的罐笼和潮湿的掌子面

钢索嗡嗡地绷紧了。我猜测

你匍匐的身体像地下水正流过黑暗的河床……

此时，是我悲哀于从没有扑进你的视线

在词语的废墟和熄灭矿灯的纸页间，是我

既没有触碰到麦穗的绿色火焰

也无法把一座矸石山安置在沉沉笔尖。

　　这首书写矿工的诗篇（请记住蓝蓝家乡河南这些年来所不断
"涌现"的矿难），让我受到一种真正的震动，因为那不是一般的
对社会底层的同情，是诗歌的良知在词语间颤抖！而且它也不单
是一首哀歌，在它的语言中有一种错综的、逼人的光芒！在它那
极富张力的诗行之间穿行，我们读者的心，也如同那钢索"嗡嗡
地绷紧了"……

　　正是这首诗，让我对蓝蓝进一步"刮目相看"。我不仅从中感
到了一种难得的社会关怀，一种真实感人的内省的姿态，也为她
在这首诗中所显现的语言功力而惊异（比如"作为剩余"所显现
的那种抽象隐喻能力）。我想，正是这种从诗歌本身出发的"担
当"，使我们可以对她有更大的期待了。

　　不用说，此后我对蓝蓝的创作有了更多的关注。我不断从她

那里读到一些让我深受感动和惊异的诗篇或句子，如"呼吸，靠近有风的瓶口"（《我说不出道理》），如"有时候我忽然不懂我的馒头／我的米和书架上的灰尘。／／我跪下。我的自大弯曲"（《几粒沙子》）。在写作的一些根本问题上，我们彼此之间也有了更深的认同。可以说，在一个如此混乱、眼看着许多人愈来愈"离谱"的年代，她的写作，却愈来愈值得信赖了。

从这个意义上，蓝蓝并没有变，她仍忠实于她最初的那一阵"瑟瑟发抖"，或者借用策兰的一句话说，她就一直处在她"自身存在的倾斜度、自身生物存在的倾斜度"下言说和讲述。但她变得更敏锐，也更有勇气和力量了。作为一个诗人，她早年的诗带有一种令很多读者喜爱的乡村气息和朴素之美，但她知道，出于本能地知道"野葵花到了秋天就要被／砍下头颅"（《野葵花》）。随着步入这人生之秋，她也更多地知道了，她的诗神为她准备的并不是一个甜美的童话（虽然她自己曾为孩子们写过不少童话），而是苦涩的、矛盾的、不断超出了她的理解的"生活本身"。这也就是为什么在她诗中会多次出现"居然"这个词。一次是在《活着的夜》（2005）的开头："居然，居然依旧美丽……这／眼前的夜……"，另一次是出现在一首诗的最后，这首诗的诗题叫《震惊》：

仇恨是酸的，腐蚀自己的独腿

恶是地狱，装着恶的身躯。

眼珠在黑白中转动

犹如人在善恶里运行：

——我用它看见枝头的白霜

美在低处慢慢结冰

居然。

这一次"居然"的出现更强烈，也更恰到好处（它对全诗所起的作用，正如"压舱石"一样）。它令人震动，并产生了远远超出这个词本身的效果。我想，这里面有技艺，比如它在各种不同意象之间的奇妙转换，但并不仅仅是技巧的产物。这是诗人在爱与恨、善与恶、美与严酷之间全部矛盾经验的一个结果。这是终于涌到她嘴边的一个词。

而这个词之所以不同寻常，是因为诗人不仅通过它说出了她的"震惊"，也使我们感到了命运在一个诗人背后"猛击一掌"的那种力量！

的确，要想了解在一个诗人那里发生了什么，就得留意到这样的词。可以说，正是这样的词伴随着蓝蓝后来的创作中某种"去童话化"，甚至"去诗意化"（那种浪漫的、老套的"诗意"）的过程。这里，我们不妨借用诗人布莱克的说法来表述，正是经由这样的词，蓝蓝从她的"天真之歌"进入到她的"经验之歌"。

那种"蓝花花"般的诗意当然是美好的。蓝蓝作为一个诗人的良知和勇气，却在于她对真实的诉求。而要"活在真实中"，那就必得对我们所生活的这个世界有更深刻、更彻底的洞察："死人知道我们的谎言。在清晨／林间的鸟知道风""喉咙间的石头意味着亡灵在场／喝下它！猛兽的车轮需要它的润滑——"（《真实》，2007）。这样的诗句，真是令人惊异和战栗！语言在这里已触及我们生活中最灼热的秘密。多少年来，我们不是一直在满怀战栗地等待着这样的语言对我们讲话吗？因而，蓝蓝的写作，不仅写出了一种至深疼感，写出了涌到她喉头的那一阵哽咽，也不仅给我们带来一阵来自良知之火的鞭打和嘲讽，它还是一种如诗人西姆斯·希尼所说的"诗歌的纠正"，对我们其他人的写作都有了意义。这里，我尤其要提到蓝蓝于 2007 年前后写下的《火车，火车》一诗：

黄昏把白昼运走。窗口从首都
摇落到华北的沉沉暮色中

……从这里，到这里。

道路击穿大地的白杨林
闪电，会跟随着雷
但我们的嘴已装上安全的消声器。

火车越过田野，这页删掉粗重脚印的纸。

我们晃动。我们也不再用言词

帮助低头的羊群，砖窑的滚滚浓烟……

　　这是该诗的前半部分。蓝蓝因为她生活的变化，近些年来经常在北京与郑州之间奔波。而我自己因为回湖北老家探亲，也经常乘坐这条线的火车从北京南下，一路穿过北中国的原野，在时而河北梆子时而河南豫剧的伴奏下，回到我们的"乡土中国"……

　　但这样讲仍过于"浪漫"了一点，实际上呢？那却是一次次艰辛的也往往让人心酸的行旅！尤其是在早些年，我们有许多次都是一路站着回家的（根本就买不到坐票！），当火车拉着满车超载的人们，当你和那些扛着大包小包，与其说是回家过年，不如说像是逃难的人们挤在一起时，当你目睹着这个社会的巨大差异和种种问题时，那从车窗外闪过的，就不可能是什么"风景"了！

　　这样的行旅在给我们"上课"。而蓝蓝的这首诗，不仅把我们再次带到那列火车上，而且它更能给我们带来一种诗的现场感："我们晃动。我们也不再用言词／帮助低头的羊群，砖窑的滚滚浓烟"，这真是使我异常悲哀。这样的诗，不仅写出了一种无言的悲哀，不仅深入到我们"内在的绞痛"，还有一种对谎言的愤慨和尖锐嘲讽。它不仅把火车运行时车厢内那种物理的寂静转化为一种生存的隐喻（"我们的嘴已装上安全的消声器"），诗的最后一节，还出现了一种在中国当下男女诗人们的诗中都难得一现的犀利：

> 火车。火车。离开报纸的新闻版
>
> 驶进乡村木然的冷噤：
>
> 一个倒悬在夜空中
>
> 垂死之人的看。

读到这里我们不禁也打了一个冷噤，并惊讶于诗人的"厉害"！这个"倒悬在夜空中"的"垂死之人的看"是一种怎样的看呢，我们一时说不清楚，我们甚至不敢去正视它，但从此它就倒悬在我们一路行驶的"车窗"外了。

还需要注意的，是这首诗的写作对于蓝蓝整个写作的重要意义。如果我们这样来看，它所叙述的，就不仅是大地上的一段旅程了，这还是一种从语言到现实永不终结、循环往复的艰难行旅。对此，蓝蓝本人其实有着高度的诗性自觉，去年她新出的一本诗集就叫《从这里，到这里》（河南文艺出版社），显然，这个集名就出自《火车，火车》这首诗。当诗人穿越这片她所生活的土地（"头顶不灭的星星／一直跟随"），她喃喃地重复着这句话——它在该诗中出现了两次，一次比一次更深刻地体现了她对自己作为一个诗人的命运的认知。的确，这种"从这里，到这里"，已远远不同于那种曾在我们这里常见的"从这里，到远方"式的青春写作或乌托邦写作了。诗人已完全知道了她作为一个诗人的责任，她要"从这里"出发，经由诗的创造，经由痛苦战栗的词语，再回到"这里"，回到一种如哲人阿甘本所说的"我们未曾在场的当下"，回到一种诗的现场。

我认为，蓝蓝近些年的诗学努力就体现在这里，写作的真正"难度"也体现在这里。这些年来，一些人不断出来指责当代诗歌"脱离现实"，然而，什么是"现实"呢？仅仅是指那些"重大的"社会题材？或是指那些生活的表象？这里，我想起了诗人策兰的一句话："现实并不是简单地摆在那里，它需要被寻求和赢回"，还想起了一位学者在谈论一位东欧作家时所说的："那些文章不是'理论'，是深深扎根于捷克民族社会生活经验之中，是他所处社会中人人每天吸进与排出的污浊空气，是外人看不出来，里面人说不出来的那些。"[1]

我们所看到的蓝蓝，也正扎根于她作为一个中国诗人那些难言的"经验"之中。在她的写作中，很少有语言的空转。她也有力地与当下那些时尚性、炫技性的写作拉开了距离。她坚持从一个中国人艰难求生的基本感受出发（这也就是朋友们在一起时所说的，她没有"忘本"），坚持从她"自身存在的特定角度"出发，通过艰辛而又富有创造性的语言劳作（如"我们晃动。我们也不再用言词／帮助低头的羊群……"，一个"帮助"，还有一个"低头"，词语的运用是多么卓越！）来确立一种诗的现实感。她的语

---

[1] 崔卫平：《思想与乡愁》，北京航空航天大学出版社，2010，第8页。

言，真正深入到我们现实经验的血肉之中了。

我想，正是在这个艰巨而又复杂的过程中，在词语与心灵之间，在美学与伦理之间，蓝蓝形成了她的富有张力的诗学。她达到了她的坚定。她在众声喧哗中发出了她那不可混淆的声音。

说到这里，我不能不提到当代诗歌批评中的一些划分。在最近的一个研讨会上，就有人对当代诗歌写作做了"知识分子道德：'良知—批判'叙事"与"自我之歌：'认知—潜能'"这样的划分。这种划分也许出于梳理的方便，但我要问的是，是否有一种可以脱离自我真实存在的"'良知—批判'叙事"？而从不体现一个诗人良知的自我之歌又会是一种怎样的"自我之歌"？也许人们已习惯于这样看问题了，但像蓝蓝以下的这首《抑郁症》又该怎样划分呢——

疾病是不想死去的良知的消毒室，失眠是

长夜被簇簇摇曳着的苏醒。呼吸

在你麻木的肩胛骨砸进

长长的钢钉。

而你有一个带着高压电的悲伤脖子。

没有比伤痛更完整的人，你被

田野和诗行的抽搐找到。哭喊用它最后弯曲的微笑献给了窗外未被祝福的夏天。

只有寒冷在后背抓紧了你的滚烫。
这片大地的沉默
几乎装不下那样的生命。

　　诗本身就是更有分量的回答。如果我们的写作不能在"麻木
的肩胛骨砸进／长长的钢钉"，如果我们空谈自我而不是去深入那
内在的"伤痛"，也就很难找到那个"更完整的人"。我们既不会
有"批判"，也不会有对"自我"的真正发掘，同样，我们也不可
能抓住词语之间的那一阵真实的滚烫。

　　而蓝蓝的写作之所以值得信赖，就在于它是一种真实而"完
整"的写作，是一种立足于自身的存在而又向诗歌的所有维度和
艺术可能性敞开的写作。正像诗人自己在谈诗时所说，它充满"语
言的意外"，而又"不超出心灵"！同样，这也是一种不可简化的
写作。正如耿占春指出的那样，即使她的"批判"，也是一种"从
爱出发的批判"。因而她会超越那种二元对立式的叙事，在她的写
作中把批判与反讽、哀歌与赞歌、崇高与卑微等等，熔铸为一个
相互作用、不可分割的艺术整体。也正因为如此，她会写下像《永
远里有……》（2006）这样的既无限悲苦而又具有诗的超越性的
诗作：

永远里有几场雨。一阵阵微风；

永远里有无助的悲苦，黄昏落日时

茫然的愣神；

有苹果花在死者的墓地纷纷飘落；

有歌声，有万家灯火的凄凉；

有两株麦穗，一朵云

将它们放进你的蔚蓝。

　　诗最后的一个词"蔚蓝"，不禁让我们联想到诗人给自己起的"蓝蓝"这个笔名。的确，诗中不无感伤，但它却和自伤自恋无关。它和一个诗人的永恒仰望有关。可以说，这里的"蔚蓝"是一个元词，是一切的总汇和提升。它指向一种永恒的谜、永恒的纯净和"永远"的美。而写这首诗的诗人已知道她不可能从纯净中获得纯净，正如她不可能从美中获得美，她要做的，就是把那几场雨、一阵阵微风、无助的悲苦、黄昏时的愣神、死者墓地飘落的苹果花、万家灯火的凄凉，等等，一并带入这种"蔚蓝"，她要赋予她心目中的美以真实的内涵、以真实的伤痕和质地，不然它就不可能"永远"！

　　诗人对得起她所付出的这种努力，如用《抑郁症》中的诗句来表述，她已被语言的真切抽搐所找到。她不仅发出了她勇敢、真实的声音，也使她的写作获得了一种坚实、深刻的质地和超越性的力量。

的确，她已来到了"这里"，她穿越了艰辛的岁月而又带着它对一个诗人的滋养和丰厚馈赠。前年夏末，我和蓝蓝等中国诗人到瑞典朗诵，我们来到了位于波罗的海的哥特兰岛上，那里的黄昏美得让人绝望，也美得让一个中国人难以置信。我想我们都要写诗了，果然，后来我读到蓝蓝的《哥特兰岛的黄昏》：

> "啊！一切都完美无缺！"
> 我在草地坐下，辛酸如脚下的潮水
> 涌进眼眶。
>
> 远处是年迈的波浪，近处是年轻的波浪。
> 海鸥站在礁石上就像
> 脚下是教堂的尖顶。
> 当它们在暮色里消失，星星便出现在
> 我们的头顶……

读到这首诗，我首先是感动，是一下子被击中的感觉：诗一开始，无须描写，一句"在草地坐下"，辛酸便如潮水一样涌来。为什么一个中国诗人会忍不住她的辛酸和眼中的苦涩？这里已用不着解释了。接着读，然后就是惊讶了，是的，我再一次惊讶了，"远处是年迈的波浪，近处是年轻的波浪"，写得多好！而且这绝不同于一般的好，仅仅这一句，一个阅尽沧桑而又超然其上的诗人便出现在我们面前。

还需要再说些什么吗？在一首《从你——我祝福我自己》的最后，诗人给我们留下了谜一样的诗句："时间迎接我"。

是的，时间就这样迎接着它的诗人。

我的 80 年代

布罗茨基的回忆是从他和他父母在列宁格勒分享的那一间半屋子开始的：父母一间，他自己半间，一道书架为他挡住了一切。而这个"小于一"（"less than one"）的所在，正是他作为一个诗人成长的世界，甚至书架上摆放的威尼斯小船和奥登的肖像，都奇迹般地预示了他的未来。

而我们"这一代人"或我自己呢？命运却没有给予这样一个位置。我们没有那样的幸运，当然，我们或许也不具备那种惊人的才赋。我自己在成为一个诗人的路上付出了太多的代价。现在，当我回顾过去，也不得不付出更艰难的努力，以从事一种自我辨认。

在收到一个杂志的约稿后，我首先想到的就是这些。现在，既然约稿的主题是 20 世纪 80 年代"北京的诗歌地理"，那我就从我来到北京谈起。1985 年 5 月，我从湖北一个山区师专借调到北京诗刊社工作（我是 1982 年大学毕业那年被分配到那里的）。其实，在这之前我和我的大学女友已在北京成了家并有了孩子。在武汉上学期间，我也来过北京两次，我至今还留有那时在长城和圆明园废墟间的留影。对于我们这些经历过"文革"的人来说，来北京必上长城（我记得我和我的一些同学在那时都会背诵江河这样的诗："我把长城放在北方的山峦 / 像晃动着几千年沉重的锁链……"），也必到圆明园的残墙断柱间去凭吊一番。这在今天看来也许有点过于悲壮，但我们这一代人在那时的精神状况就是这样。

具体到在北京的生活，那时我每天从新街口马相胡同的家中骑车到虎坊桥诗刊社上班，虽然我对官方诗刊的那一套并不怎么认同，但这份工作可以解决我的"两地分居"问题，也使我有机会为诗歌做一些事情，这就行了。对于北京的市民文化尤其是那种拿腔拿调的"皇民文化"，我这个外地人也很难适应，常常有一种"被改造"之感，但北方在地理和气候上的广阔、贫瘠、寒冷、苍茫，却和我生命更深处的东西产生了呼应，也和我身体中的南方构成了一种张力。北方干燥，多风沙，而一旦下雨，胡同里那些老槐树焕发的清香，便成了我记忆中最美丽、动情的时刻。

更重要的是，在北京这个政治文化中心，在这个"文革"后期地下诗歌和今天派诗歌的发源地，我能"呼吸"到我渴望的东西。1979 年早春，当我还是大二学生，从北京回来的同学带回了北岛、芒克他们刚创办的蓝色封面的《今天》，且不说它发出的人性的呐喊是怎样震动人心，它在诗艺探索上的异端姿态和挑战性，也深深地搅动了我的血液。在当时"思想解放运动"的氛围下，我们武汉大学和全国十多家高校的文学社团也创办了一份刊物《这一代》，我是它的诗歌编辑和文学评论编辑，也是它的最激进的一员。我们在办刊过程中和《今天》有了更多的联系，也准备在第二期上转载《今天》的诗歌。我们有几位来自北京的同学，如张桦、张安东等，也在《今天》与《这一代》之间来回穿梭，一时间颇有一种"南北呼应"之势。

由于过于激进，《这一代》只办了一期就夭折了。不过，夭折也有着它的意义，使它获得了我们都没预料到的强烈而广泛的反响。回看我们办的这份刊物包括我那首发在上面的惹起很大麻烦的《桥》，我现在肯定会感到幼稚（其实，《桥》写出后不多久，我自己就不再提它了），但我依然感到庆幸，那就是我们正好赶上了"文革"结束后那个要奋力冲破重重禁锢的时代！正是那个年代赋予了我们那样一份诗歌冲动和精神诉求。诗，被禁锢的诗，地火般涌现的诗，如雷霆般在一个乍暖还寒的年代隆隆滚动的诗，它对我们的唤醒和激励，真如帕斯捷尔纳克一首著名的诗《二月》（荀红军译）所写的那样：

二月。墨水足够用来痛哭！

大放悲声抒写二月，

一直到轰响的泥泞

燃起黑色的春天。

到北京后，这一切慢慢沉淀下来，我和今天派诗人们也有了更多的实际上的接触。在大学时代，我和北岛、舒婷、顾城、杨炼等就有联系，记得有一次在顾城情绪低落期间我给他回了一封十多页的长信，极力肯定他和其他今天派诗人对中国诗歌的意义，他在回信中这样说："你知道我爸是怎么评价你的吗？他说你是中国的别林斯基！"顾城他爸即是老诗人顾工。不过当时我对此并不怎么在意，因为我那时的兴趣已转向了现代主义，一册新出版的袁可嘉主编的《外国现代派作品选》，尤其是那上面艾略特、叶芝、里尔克的诗，不知被我读了多少遍！

因此初到北京后的那些日子，我主要是和江河、顾城、杨炼、林莽、田晓青、雪迪、一平以及北大五四文学社的老木等人交往。杨炼住在中央党校，我那时很喜欢他的诗，也和他一样相信"太阳每天都是新的"。那时我们几乎每周都要见面，在他家里，他爱给我们展示他当年一次次穿着长风衣从党校图书馆里"顺"来的"战利品"（书），还慷慨地借给了我他珍藏的台湾出版的叶维廉的译诗集《众树歌唱：欧洲、拉丁美洲现代诗选》的复印本，并嘱我几天后一定要还。顾城则爱给我们讲他童年的故事，有一次还诡秘地告诉我他的名诗《一代人》乃为梦中所得（这句话刚出口，他又让我不要告诉任何人），说那两句诗本来放在一首长诗中，后来他单挑出来，并加上了"一代人"这个题目。江河则住在西四白塔寺的一个胡同里，离我们家较近，我和沈睿每次去都要带上两个大苹果，有一点朝拜大师的感觉。在江河那里我的确学到了不少，不仅了解了他们那一拨人的经历，他对艺术的见解也使我颇受益。只不过江河人很精明，谈事论人也比较刻薄，这和他的诗风有很大反差。不过对此他也无所谓，那时他最爱对我们谈的就是艾略特的"非个人化诗学原则"！

在北京这拨诗人中，因为种种原因，北岛要难以接近一些。还在上大三时，我来北京，听北大的黄子平讲到北岛的中篇小说《波动》发表屡遭挫折的事情，我听说后，就把它带给湖北的《长江》丛刊，并极力给他们做工作，后来《波动》的未删节本包括马德升的配画全部在该刊上刊出。因此我来北京后，北岛在他位于前门西打磨厂胡同的家中请客，那晚他本来要和他的画家妻子一起参加一个聚会，他让黄锐陪着去，他自己则亲自掌勺，并叫来杨炼、顾城作陪。我很感动。北岛在这方面没说的，可以说他总能给人一种"老大哥"的感觉。他在那些年也的确顶住了、承担了很多东西。只不过处在这样一个位置上，他也时不时流露出一种"美学上级"的感觉。记得下一次见面，他骑车到新街口马相胡同我家，送我一本油印诗集，那时正好杨炼也在。北岛便谈到了他前不久同艾青在电话中"绝交"一事，艾青说"别忘了你在我家吃过饭"，北岛说"那我把粮票给你寄回去！"后来不知怎的又谈到了江河，那时杨炼还有点和稀泥的意思，"朋友嘛"，他嘻嘻一笑，没想到北岛这样回了一句："这样的朋友，多一个不如少一个！"

冷冷的一句，听得我不寒而栗。

我要说的是，在那样一个年代，北岛"肩扛黑暗的闸门"、对中国诗歌所起的作用无人可以取代；他们那一代人，作为诗人和叛逆者，也是历史上光辉的不复再现的一代。但是，这只是就诗和他们曾体现的"诗歌精神"而言。作为"毛泽东时代的抒情诗人"（这里借用诗人柏桦的一个说法），权力和权力斗争，还有"唯我独革"那些东西，是不是也像毒素一样渗透到他们（或者说"我们"）的血液中了？人们与他们所反抗或厌恶的东西究竟拉开了多大的距离？对于这些，当然不会有回答，有的是北岛自己在那时的一句诗："大伙都是烂鱼"（见《青年诗人的肖像》）。他比我们更清楚这一点。

话再回到 80 年代中期，正当"朦胧诗"在与诗坛"保守势力"的角力中刚刚站稳脚跟时，"第三代诗歌运动"已烽火四起了。我在诗刊（那时我在作品组，具体分管华东片诗稿和外国诗），经常收到这类作品或宣言，似乎空气中也有了一种莫名的兴奋。那时"圆明园诗派"的大仙经常到我家来"侃诗"（我家那台 14 寸牡丹牌黑白电视机就是通过他那北京青年报体育记者的身份才买到的），一次他刚参加完一个聚会到我家，一见面就兴奋地谈到北岛在上面讲话，下面有人突然喊"打倒北岛"，并说把北岛"吓了一跳"。我问是谁喊的，他说是刑天。刑天也是圆明园诗派的一员。这一次刑天舞干戚了。

接着，徐敬亚他们的"中国现代主义诗歌大展"的约稿也来了，虽然我支持这种倾向，但我本人没有参与。说实话，我对这种"集体兴奋"有点兴奋不起来。"文革"时期因为父母出身不好，我连红小兵也入不了，这倒也好，从此形成了我内向的性格。记得我从小还在小本子上抄有"小动物成群结队，狮子独往独来"这类"外国格言"，看来它对我毒害甚深。我虽然不是狮子，但我却渐渐认定了诗歌是孤独的果实，是一项个人的秘密的精神事业。在中国现代诗人中，我感到最亲近的是冯至，他翻译的里尔克的一句诗，多少年来一直是我的座右铭：

> ……他们要开花，
> 开花是灿烂的，可是我们要成熟，
> 这叫甘居幽暗而自己努力。

因此，一次黄翔带了六七个人闹哄哄地到了虎坊桥诗刊社，我给他们递上了水，但说实话，我和他们没有什么话要说。还有一次廖亦武和他的崇拜者一起到我家来，嚷嚷着要吃回锅肉，好，我带他们去买，但对于这路豪杰，我只是以礼相待罢了。我既不想"结党"，更不想"入伙"。后来见到有些诗选或论述也把我的诗划入什么"第三代"，对不起，如果说起"代"，用欧阳江河的话来说，我也只能属于"二点五代"。更确切地讲，我什么"派"或"代"都不是。

80年代是属于我的"练习期"或"成长期"，我知道我还有更远、更艰巨的路要走。因此我希望自己更沉潜一些。如果要做什么事，我也只是想为一些年轻而优秀的、不被更多的人认识或"认可"的诗人和诗歌做一些事情。平心而论，80年代的《诗刊》是它办得最好、最开放的一个时期，担任过主编、副主编的邹狄帆、张志民、邵燕祥、刘湛秋以及王燕生、康志强（她是严文井的夫人，他们两口子一直支持青年诗人的探索）、雷霆、李小雨、唐晓渡、宗鄂以及后来调入的邹静之等编辑，都为诗歌做了很多事情。只不过对一个"主旋律"的刊物来说，它受到的牵制太多，做很多事情都比较难，而且那时人们对诗的认识也在那个"份儿"上，比如我曾在诗刊社送审过海子的诗无数次，我记得只通过了一首。还有一次诗刊作品组为1986年度"青春诗会"提名，我提了韩东、翟永明等，在场的另一位资深女编辑拿腔拿调地问："这个翟永明是谁——呀——"

但有眼光和勇气的人总是有的，1986年秋，沈阳春风文艺出版社的资深编辑邓荫柯来信，约我编选一个青年诗人诗选或先锋诗选，这正是我想做的事情，于是我约在诗刊评论组的晓渡一起来编。我们一起确定了名单和编选体例，并分了工，经过一两个月的工作，最后在我新搬入的家——前门西河沿街196号那座有着上百年历史的老楼里定了稿，并确定了"中国当代实验诗选"这个集名。记得在定稿时，我和晓渡对欧阳江河的《肖斯塔科维奇：等待枪杀》一诗还有些担心，担心它能否在出版社通过，但我们还是决定不抽下这首诗。因为晓渡主要从事批评，我提出把他的名字放在前面比较合适，他最后也就同意了。顺带说一下，在这本后来产生广泛影响的诗选中，我们并没有编入自己的诗。

这里还有一件事是，这本诗选在1987年出版后，可能是听到什么风声，当时的诗刊社常务副主编刘湛秋特意把晓渡和我叫到他的办公室里，要我们注意"倾向问题"。这个自由派副主编说得并不是那么认真，而我们依然是这个"倾向"。

这就是那个召唤我们、让我们为之献身的诗歌年代。难忘的是1987年夏在山海关举办的青春诗会。这不仅是历届青春诗会中比较有影响的一次，更重要的，是我在那里切身感受到一种能够提升我们、激发我们的精神事物的存在。与会的诗人有西川、欧阳江河、陈东东、简宁、杨克、程宝林、张子选等。不过，会前也有一段小插曲，我们的邀请刚发出去几天，有关部门就找到诗刊社，说"不止一位不适合参加这样的活动"。刘湛秋急得从诗刊社的四楼上咚咚地跑下三楼来找我，要我马上提供一份与会者名单，并介绍每位的情况，我一边列名单，一边说："我保证他们会没事！"但他哪里在用心听，还有人在等着他呢。

好在一切又"没事了"。诗会按原计划进行，我随同诗刊作品组组长王燕生一同前往山海关组织诗会。荒凉而开阔的山海关，以满山坡蓬勃的玉米和苹果树迎向整个大海的山海关。记得一次我们在山坡上散步时，有人随口就说出了一句"把玉米地一直种向大海边"！但我已记不清是谁说的了，是西川？也许谁说的并不重要，重要的是它体现了那个年代蓬勃的诗歌精神和诗歌想象力。

我至今仍清晰地记得我们在暴雨下冲向海里游泳的情景，一张张灌满雨水的嘴中发出"啊——""啊——"的声音，欧阳江河还站在雨中的海滩上当即作诗："满天都是墨水！"

正是在山海关，欧阳江河写下了他的名诗《玻璃工厂》。那一天我们在白天参观秦皇岛市玻璃厂，晚上我和他去彻夜看护因急病住院的女诗人李晓梅。夜已很晚，我们仍守坐在医院走廊的长椅上，我已困得不行了，欧阳江河灵感来了，但是没有纸，我就把我的香烟盒掏空给了他，他就在那上面写下了诗的初稿。这里还有一个细节，他的这首诗本来叫《在玻璃工厂》，我认为"在"字有点多余，他就把它去掉了。那时欧阳江河嘴快笔也快，最爱讲的玄学话题是"蛇的腰在哪里"（讲完就是他自己的一阵哈哈大笑），最爱谈论的是庞德、艾略特、史蒂文斯，因为不愿意听他"布道"，郭力家拒绝开会，整天穿着喇叭裤和尖头皮鞋在外面溜达，我看他满脑子转悠的就是怎样和欧阳江河打一架，好在此事并没有发生。

现在看来，山海关的相遇和相聚，的确预示了诗歌后来在20世纪90年代的某种发展。我想正是因为在那里的交流，陈东东后来有了创办《倾向》的想法。而"知识分子写作"或"知识分子精神"这种与"第三代诗歌"有所区别的说法，在这之后也在西川等人的文章中出现了。

也正是在山海关期间，我抽空去沈阳春风文艺出版社取回了刚出版的《中国当代实验诗选》样书，记得欧阳江河拿到这本书后就读里面张枣的诗，边读边赞叹："天才！天才！"在这本诗选中我们选了张枣的《何人斯》《镜中》《十月之水》等四首诗，在编选过程中我还写了篇读张枣诗的随感《朝向诗的纯粹》（后来收入我的第一本诗歌随笔集《人与世界的相遇》，1989），很可能，这是关于张枣诗的第一篇评论。张枣很高兴，到处给人看，包括给北岛看（这是北岛后来告诉我的）。那时张枣已出国，我时常收到他那有着一手娟秀字体的信，落款是"你的枣"。有一次他回国（应该是1987年冬），来到前门西河沿街二楼上我家昏暗的屋里，一进门，我放上了音乐磁带，他一听："啊，柴可夫斯基！"然后就坐在那里久久不说话了。我可以体会到他内心里的那种感情。说实话，我也真喜欢那时的面目清秀、裹着一条长围巾的张枣。但后来因为我回绝了在一件在我看来很严肃的、我的道德准则不允许我去做的事情上给他帮忙，我们的关系从此疏远了。

就在从山海关回来后，我还收到了骆一禾寄来的诗学自述《美神》，它一开始就抓住了我："我在辽阔的中国燃烧，河流像两朵白花穿过我的耳朵，它们张开在宽敞的黑夜当中……"这种诗性想象力是多么动人啊。那个年代常提到的"诗歌精神"，我以为在一禾的身上体现得最为充分。的确，这是一位立志"修远"、有着宏伟壮烈的诗歌抱负的诗人，虽然在我看来这种追求还需要相应的艺术限度意识，也还需要时间的磨炼。第二年夏天在北京十里堡举办青春诗会，诗刊社安排我和新调入的编辑李英主持，我们请骆一禾、萧开愚、南野、林雪、海男、袁安、童蔚等人参加，一禾本来要到西藏远游（我想很可能是和海子等人一起），他慨然留下来了。记得在会上我对他讲"为什么你要写'我伸出我亚洲的胳膊'呢？"不行，胳膊必得是亚洲的胳膊，我无法说服一禾。这正如谁在那时都无法说服写作《太阳·七部书》的海子。在今天看来，这种对"大诗"的狂热，这种要创建一个终极世界的抱负会多少显得有些虚妄，但这就是那个年代。那是一个燃烧的向着诗歌所有的尺度敞开的年代。欧阳江河在那时就宣称"除了伟大别无选择"！而"伟大的诗人"，在他看来就是那种"在百万个钻石中总结我们"的人！

谁是这样一个伟大的可以"总结我们"的诗人？是时间，是那发生在中国大地上的把我们每个人都卷入其中的历史，是骤然"闯入"我们生活中的命运。"闯入"，这正是西川90年代后用过的一个词。西川在80年代也曾写下《远游》那样的长诗，但我记得在1990年秋的一天，在时隔数月不见之后，在那依然荒凉的时代氛围中，他来到西单白庙胡同我的家，并带来一首他新写的《夕光中的蝙蝠》。我一读，便深感喜悦。那时我还读到开愚、孙文波、孟浪、王寅、莫非、张曙光以及在北大上作家班的非默的一批作品。我不仅从中感到了历史的重创所留下的压力和裂痕，我想中国的诗人可以重新发出他们的声音了！

而这就是命运对一代人的造就。叶芝在他的后期诗中曾这样写道："既然我的梯子移开了／我必须躺在所有梯子开始的地方，／在内心那破烂的杂货店里"。我想，这也正是90年代以后发生在许多中国诗人那里的"故事"。历史之手移开了他们在早年所借助的梯子，使他们不得不从自身的惨痛中重新开始，虽然这并不意味着他们对"高度"的放弃。

回想起来，结识诗人多多，不仅是80年代后期，也是我这一生中最重要的一件事情。我大概是在1987年冬才认识多多的。那时我家刚搬入西单白庙胡同一个有着三重院落的大杂院里，多多住在新街口柳巷胡同，他经常到木樨地看完他母亲后一个人骑车到我家来，而且往往是晚上9点半以后，我们一谈就谈到很晚，然后我推开门目送他推上停靠在院子里那棵大枣树下的自行车，像个地下党人似的离去。在那时北京的诗歌圈子里，虽然对多多的诗歌天才，人们已有所认识，也不能不服，然而对于他的那种傲气、"不讲情理"和"偏激"，许多人都受不了。他的一些老朋友也因此离他而去。然而很怪，对于他的这种脾性，我却能理解。那时我和莫非来往也很多，一次我们去莫非位于双秀公园家的一个聚会，多多一来神就亮起了他的男高音歌喉，来了一段多明戈，然后还意犹未尽地念了一句曼德尔施塔姆的诗"黄金在天上舞蹈，命令我歌唱"，接着又对满屋子正要鼓掌的人说："瞧瞧人家，这才叫诗人！哪里像咱们（的）这些土鳖！"

"黄金在天上舞蹈，命令我歌唱"，可以说这就是让我们走到一起的东西！虽然我亮不起他那样的歌喉。我们在一起时也只谈诗，不谈那些"乱七八糟的东西"。他对诗的那种全身心投入的爱和动物般的敏锐直觉，也一次次使我受到触动。多多还有个习惯，那就是遇到好诗必抄在他的本子里，光看不行，他一定要把它抄下来。那时我和沈睿正在组织编译《当代欧美诗选》，许多诗未出版前就给他看了。他也一再催着我们多译诗（1991 年秋冬我开始译策兰，我想就是为我自己和多多这样的读者译的，后来一到伦敦，我就把译稿寄给他看了）。当然，更令人惊异的是他的语言天赋，是他那神秘而强劲的创造力，1992 年初到伦敦后我读到他的新作《我始终欣喜有一道光在黑夜里》，我惊叹我们的汉语诗歌达到了一个怎样的境界！可是有人却不，在伦敦时我对赵毅衡和虹影谈起这首诗怎么好时，赵博士说他"看不出来"（虽然他和多多也是朋友），他找来《今天》上发的这首诗要我一句一句对他解释。这样的诗能解释吗？算了吧。

话再回到 1988 年，那一年秋天北岛回国，他做了两件很有意义的事情，一是设立"今天诗歌奖"，一是召开多多诗歌研讨会，其实这两件是同一件事情。多多诗歌研讨会在王府井的一个地方举行，去了很多人，屋子里满满的，许多都是《今天》同人和"文革"时期的"过来人"，我去稍晚一点，坐在靠近门口的一个桌子边。过了一会儿，廖大侠、李亚伟也来了，因为已没有了座位，也无人理会，廖大侠就在那里要"闹出一点动静来"，于是北岛赶快从里面出来制止。会结束时北岛找到我，说我的发言不错，问我能否把这个发言和其他人的发言一起整理一下给他，我当即推掉了。我自己的可以，但别人的发言我整理不了。后来《天涯》杂志准备出一个多多专辑，多多本人请我写一篇，我则好好写了一篇，但这个专辑后来因故未出，我们的稿子也全被弄丢了。

也就在这一年年底吧，在岁末的阴郁天气下，在团结湖一带一个仓库一样的活动场所里，北岛主持了"首届今天诗歌奖"授奖仪式。授奖仪式庄重、肃穆，北岛亲自撰写了给多多的授奖辞。这个授奖辞今天看来仍很经典，我认为这是北岛本人写下的最重要、最激动人心的文字之一，它不仅抓住了多多诗歌的特质，它对于在那样一种环境下坚持和延续由《今天》所开创的独立的诗歌传统都十分重要。在宣读这篇授奖辞之前，北岛还明确声言设立"今天诗歌奖"就是为了和其他非民间的文学奖"相抗衡"。我去参加了，去的人依然很多，有中国人，也有许多老外。我和人们一起站立着听着这声音（那里没有座椅），我又感到了那种能够召唤和激励我们上路的东西了！

然而，落实到具体人事的层面上，有些事情就超出了我的理解。在犹豫再三后，我在这里也不得不把它说出来——为了那历史的真实，也为了让后人看看我们这一代人是怎样"与时间达成的悲剧性协议"。就在这个授奖仪式举行后不久，应该是临近春节吧，我在已搬入农展馆南路文联大厦的诗刊社办公室里上班，忽然过道里传来了说话声和走动声，我出来一看，北岛出现在那里，原来他是来"领奖"的！因为那一年中国作协设立了10部优秀诗集奖，不知出于什么原因，他们也给了北岛。该奖由作协委托诗刊社具体办理，早在好几个月前已宣布了结果。北岛当然知道这个奖的性质，但他终于还是来了，在刘湛秋的带领下去诗刊社徐会计那里领了 2000 元的奖金。在过道里遇到我时北岛多少有点尴尬："唉，快过年了，没钱花了。"我则回到我的办公室里，像挨了重重一击似的坐在那里发愣。北岛离去时，我也没有力量出去跟他打招呼。我只是感到深深的沮丧和悲哀。当然，我知道我无权指责任何人或要求任何人，我也知道我们这些人还不能和我们所读到的那些俄罗斯知识分子和诗人相比。然而，还有什么是可以指望的呢？一时间，似乎什么都没有了……

而接下来的一年，不用多说，它对我们每一个人的震撼，更是言辞难以形容的了。要回忆它，也远远超出了我们个人的能力。这里只说一个细节：那一年早春，一禾匆匆地来到我在西单白庙胡同的家，这也是我最后一次见到他，我问他喝什么，他答道"酒"，我拿出一瓶烈酒（汾酒），他倒满一大杯，一仰首就全下去了，壮烈啊。

接着不久，就是海子在山海关卧轨自杀的消息！对此，我那时一点也不相信，甚至拒绝相信。那一年 3 月初，也就是在他自杀前的大半个月，他在安庆老家过完春节回来上班后还来过文联大楼找过老木和我，他一如既往地和我一起在办公室里谈诗，我们甚至还一起上楼去文联出版公司买书（因为是中午，那里没人上班，他顺手从过道的书柜里抽出两本书，其中一本塞林格的《九故事》，他给了我）。没有任何征兆！也许，唯一的迹象是他那篇诗学绝笔《我热爱的诗人——荷尔德林》。头年 10 月底，应《世界文学》编辑刘长缨之邀，我为他们的《中国诗人与外国诗》栏目组稿，我首先约了西川和海子，西川寄来了《庞德点滴》，海子也很快从昌平给我寄来了他这篇文章（写作时间是 1988 年 11 月 16 日），我一看，文中充满了语言破裂的迹象，如"这个活着的，抖动的，心脏的，人形的，流血的，琴"，如"诗，和，开花，风吹过来，火向上升起，一样"，等等。我当时就有些诧异，但我特意告诉刘长缨这不是语法错误，这是诗人有意这样写的，请一定照原文发。刘长缨听了我的话，该文后来一字不动发表于《世界文学》（双月刊）1989 年第 2 期。在这之前，我也告诉了海子这个消息。但他没有再回信，很可能，那时他已将一切置之度外了。他在他精神的黑夜里"流着泪迎接朝霞"，他要做的，是以他的身体本身来对他心目中的"伟大诗歌"进行最后一次冲刺！

这里还有一事，也就在海子自杀前不久，芒克等人开始筹划一个大型"幸存者"朗诵会活动。"幸存者"是 1988 年由芒克、唐晓渡、杨炼等人发起的一个北京诗人俱乐部，我是它的首批成员（"幸存者"是分期分批"发展"的）。我当然很尊重芒克，也知道他的诗歌贡献包括他在《今天》历史上所起的重要作用都没有得到应有的认识。不过，第一次在芒克位于劲松的家里开会时，我心里就有些打鼓，因为芒克宣布了"组织纪律"，如果三次缺席，就要被除名。会上，我对"幸存者"这个名字也提出异议，多多也接着插话，说他从来就不是一个什么"幸存者"，"嗨，你都这样了，怎么不是呢"，芒克赶快出来打断了我们的"异议"。纵然有所保留，后来我还是很认真地参加了"幸存者"的活动，也曾在我家举行过两周一次轮流的聚会（那次聚会的情况见我七八年前写的《火车站，小姐姐……》一文），我和沈睿甚至冒着风险托人在一个印刷厂偷偷免费印了一期《幸存者》杂志。到了4月份，朗诵名单定下来了，我一看，有点惊讶，因为上面没有我，也没有西川、莫非、童蔚等（我想海子如活着，也肯定不会有），我在诗刊办公室找到晓渡，晓渡解释说"可能是因为你有口音，芒克没安排吧"，"那么西川呢，他也有口音？"我回到家后，一时性起，就给芒克去了一封信，以傲然的口气（当然现在看来也有点可笑）宣布从此退出"幸存者"。据说芒克接到信后，气得他老兄够呛，拿着信跑到同样住在劲松的晓渡家的二楼下，嚷嚷着喊他下来，要问他这是怎么一回事。

就是这么一回事。我想我没有必要再和这些事情搅和在一起了。那就让我们各自走自己的路吧。我只知道那次芒克组织的朗诵会很成功，据说多多在台上一度声音哽咽，说出了他对海子之死的自责和愧疚。我知道他会这样，每个活着的人也应该这样。到了5月初，我和西川等人则参加了另一场纪念五四的大型诗歌朗诵会，当时一位著名话剧演员朗诵了我的《诗歌——谨以此诗给海子》，这首诗本来是我在海子死的前两天写下的，它是我在那些日子里内心危机的产物，海子自杀的消息传来后，我忍着泪加上了这样一个副标题，把它献给了死去的诗歌亲人："诗歌，我的地狱／我的贫困／我的远方的风声／我从来没有走近你／我的从山上滚下的巨石……"朗诵会上，当这声音传来，我已不能听，我一个人来到礼堂外面那昏暗的过道里。我自己已不能承受那声音……

而接下来的一切，都在一禾整理海子遗稿期间忍痛写下的这句诗里了："今年的雷霆不会把我们放过"。写下这话的诗人果然没有被放过：他死于脑出血。他定格于永远的28岁（"韵律护住了他们的躯体"）。而那雷火仍在高空驶过，仍在无情地、更无情地寻找着我们……

难忘的，还有那一年那些荒凉的冬日夜晚。朋友们都四散了。曾经磨得滚烫的钢轨已渐渐生锈。我也没有了工作。但还有"一张松木桌子"，桌子上还有索尔仁尼琴的《古拉格群岛》、帕斯捷尔纳克的《日瓦戈医生》《安全通行证》、米沃什的诗及诗歌自传《诗的见证》，等等。在西单白庙胡同那座有着低矮屋顶的老房子里，一夜夜，妻子和6岁多的儿子已在里屋入睡，而我彻夜读着这些书。有时我不得不停顿下来，听着屋外那棵大枣树在寒风中呼啸的声音，有时读着读着又无言泪涌。我感到了那些不灭的诗魂在黑暗中对我的"目睹"了。我在深深的愧疚中意识到了我们那被赋予的生命。我写下了我那首《瓦雷金诺叙事曲——给帕斯捷尔纳克》：

> 闪闪运转的星空，
>
> 一个相信艺术高于一切的诗人，
>
> 请让他抹去悲剧的乐音！
>
> 当他睡去的时候，

松木桌子上，应有一首诗落成，

精美如一件素洁绣品……

但问题是，我们的那些苍白文字能否抹去这悲剧的乐音？我们能否绕过这其实永远也无法绕过去的一切？我们又能否忍受住我们那内在的绞疼而在中国继续去做一个所谓的诗人？

1992年元月初的一天，家人借来一辆车送我去首都国际机场。在几乎无望地折腾了一年半之久后，我终于拿到了护照和去英国的签证。车从西单白庙胡同（它现在已永远从北京市区地图上消失了）里出来，沿着冬日的长安街越过西单路口，越过高高的电报大楼，越过故宫的红墙……而我在心里和它们一一道别时也知道了，正如我在去伦敦后所写下的，无论我去了哪里，"静默下来，中国北方的那些树，高出于宫墙，仍在刻画着我们的命运"。

"卫墙"与"密封诗"

要读解策兰后期的诗，我们就会遇上"密封诗"（"Hermetisches Gedicht"）这个概念。密封，其德文是"hermetisch"（英文为"hermetic"）。这是一个人们谈论策兰诗歌时常用的概念，纵然策兰本人对这个说法很反感。策兰诗歌最早的英译者米歇尔·汉伯格在《策兰诗文选》修订扩大版（*Persea Books*，2002）的后记中就谈到这一点：因为有人在伦敦时报文学增刊上发表的关于策兰的评论中称策兰为"密封诗人"，策兰猜测是汉伯格化名写了这篇文章，因此损坏了两人的关系。

策兰为什么拒绝这个标签，因为在他看来这类认知完全建立在对他本人的创作无知的基础上。他曾对朋友说："人们都说我最近出版的一本诗集是用密码写成的。请您相信，那里面的每一个字都和现实直接有关。不过，他们没有读懂。"[1]

　　但是，且不说一般的读者，德国的评论家，从阿多诺到伽达默尔，在评说策兰诗歌时仍使用了"密封诗"这一概念。伽达默尔就称策兰《换气》中的诗为"密封性的抒情诗"，并且这样发问："每首诗在这本诗选中都有着它的位置，在诗选的特定语境中，每首诗也都达到了相应的精确——但是整本诗集却是密封的、编码的。它们在说着什么？谁在言说？"[2]

　　看来无论我们赞同与否，我们都绕不开"密封诗"这个概念。这里顺带说一下，有的汉译者在翻译这个概念时，把它译为"隐逸诗"，这就偏离了德国诗特定的语境。

　　问题还在于，策兰拒绝了"密封诗"这个标签，同时又拒绝了对自己的诗做出任何具体的解释，甚至，他在出版诗集时索性把一些诗作在发表时曾落下的、也许有助于读者阅读的写作时间和地点一概去掉，"一点也不密封"，他这样对人说，"去读！不停地读，意义自会显现。"

　　在《策兰诗文选》序言中，美国的策兰研究者费尔斯蒂纳曾谈到一次他在法国的经历，当他问策兰的遗孀吉瑟勒策兰的诗是不是像他自己所说的那样都来自他的经历时，吉瑟勒这样回答：

---

[1] 转引自沃夫冈·埃梅里希《策兰传》，梁晶晶译，（台北）倾向出版社，2009，第6页．

[2] Gadamer on Celan : *"Who am I and Who are you?"* and other Essays, Translated by Richard Heinemann and Bruce Krajewski, State University of New York Press, 1997.

"Cent pour cent"（法语"百分之百"）。但当他又问怎样去找这些经历的出处时，吉瑟勒的回答像策兰生前一样：你自己从诗中去找。[1]

现在我们来看策兰收在其诗集《无人玫瑰》（1963）中的一首诗《卫墙》。这首诗，"百分之百"是策兰一生的写照，而又用了一种不同寻常的、在一般读者看来"高度密封"的方式。

卫墙

拆除这呼吸的硬币吧，
从围绕着你与树的空气中：

如此
多的
索取，在心坎路上
希望向上与向下
要付出的——如此
之多

就在拐弯处，

---

[1] *Selected Poems and Prose of Paul Celan*，Translated by John Felstiner，W. W. Norton，2001.

他遇上了面包之箭，

而它曾饮过他的夜酒，那

愁苦之酒，让国王不眠的

夜酒。

那双手没有来吗，带着它所值守的夜，

和幸福

浸入它们的苦杯深处

它也没有来吗？

那长睫毛的三月芦苇，

几乎带着人的声音，曾经发亮，

从那遥远处？

那只信鸽迷了路，她的脚环

被译解了吗？（所有围绕她的

云团——易懂。）鸽群

允许她吗？它们是否理解，

并接着飞，当她尚未归来？

屋顶石瓦之船台，——航行

已由鸽子的龙骨备下。血的讯息

从舱壁渗出。过期的日子

就那样年轻地下水了：

经由克拉科夫

你到达，在安哈尔特——

火车站，

你遇见了一缕烟，

它已来自明天。在

泡桐树下，

你看见刀锋林立，再一次

因距离而闪光。那里的人们

在蹦跳。（七月

之十四。另外再加九个多）

那横穿的，装蒜的，龇牙咧嘴的

全在冲你上演。裹着

带铭文的绶带，吾主

也在人群中出现。他拍下

一张小巧的

纪念快照。

那自动快门，就曾是

你。

噢这份——

友情。但，再一次

你知道你所到之处，还是那

精确无误的

水晶。

首先，该诗的标题就很重要。该诗原标题为法语 *La Contrescarpe*，指堡垒外的卫墙。临近巴黎拉丁区就有一处颇有名的"卫墙广场"（Place de La Contrescarpe），作家海明威在他的著名回忆录中曾写过这个地方，但对策兰来说，更重要的，是他母亲的弟弟生前就生活在附近一带（后来他作为法国犹太人被押送到奥斯维辛集中营并死在那里），这也是他自己早年到法国留学期间会见舅舅的地方；而就该诗后面的内容来看，"卫墙广场"很可能也是他于1948年7月从维也纳流亡到巴黎首先落脚的地方。策兰特意用这个法文词作为标题，以作为他流亡生涯的特殊标记。

重要的是，读完全诗，我们再来看"卫墙"这个标题，会感到它已成为一个诗的隐喻，一个尤其是和"密封诗"有关的隐喻。一道坚固的语言卫墙矗立在那里，既敞开又封闭，自成一个为一般读者所难以进入的世界。

现在我们来看诗的开头。按犹太人习俗，在死者的嘴里会放入一枚银币，策兰在献给曼德尔施塔姆的《一切，和你我料想的都不一样》中就有这样的诗句："银币在你的舌上熔化，/那是黎明的滋味，永恒的滋味"。但为什么在这首诗中要"拆除这呼吸的硬币"呢？这样的起句"很猛"，重要的是，它带出了诗人在回顾自己一生时所满怀的艰难苦恨。

诗的第二节不难理解，它凝聚了一个流亡诗人对其命运的至深感叹。但这里的"索取"，不仅是"拦路"的命运对人的索取（与此相关，策兰在诗中还曾用过"黑关税""过桥费"这类隐喻），也是诗本身对一个诗人的索取。在其他诗中，策兰都写到这种"索取"："当心，这夜，在沙的／支配下，／它会对我们俩／竭力索取。"（《我们，就像喜沙草》）

而接下来的一节，语言拐了一个弯："就在拐弯处，／他遇上了面包之箭"。可以想象这是诗人瞅见面包店里法式长面包（法棍）时产生的一个奇特意象，但它也是一个生死相依、互为作用的隐喻。策兰诗中屡屡出现过"箭"的隐喻，对此，迦达默尔曾这样解读："发送讯息的箭是死亡的必然性，它从不错过它的目标""它也是生命自身的拉力。……那种对每个人来说，经过箭之书写的突然打击，往往已被辨认出的生命"。

该节后面的诗句和第四节也都不难理解，夜酒、国王、苦杯这类隐喻，和一个诗人的苦难命运有关，只是"那双手"的出现有点突然，因为它没有主体，那是一双握着苦杯的手，但也可能更神秘。在策兰诗中经常出现眼、手、额、唇、嘴等意象，它们是身体的一部分，但在某种"瓦解的逻辑"下，又往往像凡·高"赠予的耳朵"（见策兰《权力，暴力》一诗）一样，具有了自己独立的隐喻的生命。

诗的第五节出现了跳跃和转折，诗的空间因此被拓展了："那只信鸽迷了路"，显然，"信鸽"和第六节的"船台"都指向了挪亚方舟的传说，在《旧约·创世记》中，挪亚从方舟中放出鸽子查看洪水是否消退，而在策兰这首诗中，鸽子并没有衔着橄榄枝归来，而是以它自己的龙骨作为献祭。这是策兰作为大屠杀的幸存者对古老的神话所做出的最悲痛的改写。

而在第五节，还写到个体与族群的关系。它不仅暗含了诗人在群体中不被理解的痛苦，还暗含了他不顾同胞的侧视、要继续用刽子手的语言（德语）写诗的决心。以信鸽的骨骸作为救赎的龙骨，这是一个惊人的想象，也是一种悲剧命运的写照，而到了"血的讯息／从舱壁渗出"，更深刻的意象出现了，正是它把全诗推向了一个高潮。

而紧接着的"过期的日子／就那样年轻地下水了"，很动情，也很耐人寻味。这是生命的重返。当难以忘怀的过去成为"当下"，诗人又回到早年那个决定性的时刻——接下来的那一长节诗，诗人特意以一种特殊的"插入语"的形式，使它错落出现在了诗的整体结构中：

> 经由克拉科夫
>
> 你到达，在安哈尔特——
>
> 火车站，
>
> 你遇见了一缕烟，

它已来自明天。

这里记录了一个命定的历史时刻：1938 年 11 月 9 日，尚 17 岁的策兰遵父母之命前往法国读医学预科，"就那样年轻地"进入了命运的轨道。他乘火车从波兰的克拉科夫启程，穿越德国前往法国，经过柏林的安哈尔特火车站时——也许正出于命运的"友情"（如诗人在该诗后面所嘲讽的那样），正好遇上了纳粹分子疯狂捣毁犹太人商店、焚烧犹太教堂的"水晶之夜"（"Kristallnacht"）。因为策兰到达柏林时已是 10 日凌晨，那焚烧的夜刚刚过去，所以他这样写道："你遇见了一缕烟 / 它已来自明天"。似乎就在那一刻，那来自"明天"的焚尸炉的浓烟，已为他和他的民族升起来了。

令人震动的就在这里：这是叙述和见证，但也是对未来的先知般的预感——他遇到的"烟"仿佛不是来自昨夜，而是"来自明天"！海德格尔曾在《存在与时间》中谈论过"死亡的先行性"，而策兰以自己的切身经历洞见了这一切。他通过这样的诗，也将自己永远留在那一历史时刻了。

接下来泡桐树的出现也提示着诗人自身的命运。泡桐，Paulownien，该树名就和策兰自己的名字"Paul"有关，而在那里"刀锋林立"，诗人再一次感到它"因距离"而闪射的寒光了。

问题是括号内那一组令人难以破译的"密码"："七月 / 之十四。另外再加九个多"。我曾请教过一位熟知法、德文学的法国翻译家朋友，她这样回复："对这个问题，即使德里达也难以回答。"但是，从策兰自己的生活中，我们仍可以找到一些线索：该诗写于1962年9月，自1948年7月由维也纳流亡法国起，诗人在巴黎已度过14个7月了。另外，自1948年7月他流亡法国上溯至1938年11月他第一次前往法国留学，这其间有9年多的时间。这些，都是诗人自己不能忘怀的"记忆码"（"Remembering Dates"），这一组奇特的数字在诗中被引入了括号，可以视之为诗人在为其记忆"加封"。

这种对记忆的编码，加重了诗的"密封性"，但它既隐藏又暴露，反过来说亦可。在这样的"暗语"里，恰如策兰自己在《示播列》一诗中所说"心：在这里暴露出你是什么"。

出人意料的，还在于接下来对排犹历史场面充满厌恶和嘲讽的描绘：那蹦跳的、横穿的、装蒜的、龇牙咧嘴的……这种策兰笔下的反犹狂热，让人联想到阿伦特所说的"平庸的恶"，也寄寓着诗人对伊凡·戈尔遗孀克莱尔所精心编造的"剽窃案"的愤慨。因为"不公正四处盛开"，因为"破烂如何伪证自己"（见策兰《偶然的暗记》一诗），在这一节诗里，策兰甚至对"主"的描绘都充满了嘲讽。当然，在戏谑和嘲讽之下，我们还可以体会到那种"本体论的质疑"，它包含了一个奥斯维辛的幸存者对"上帝之缺席"的沉痛。

而紧接着的"那自动快门，就曾是 / 你"，则是诗人对自己作为历史见证人的反讽了（它也让我想到了卡夫卡那句谜一样的箴言"在你与世界的搏斗中，你要协助世界"）。这也说明，在策兰创作的后期，他愈来愈多地把反讽与悖论作为了武器。

而在这一节长长的"插入语"之后，诗人以一个"噢"，极尽嘲讽和解脱之意。"这份——友情"，不用说，也够反讽的了。

但该节的重心和尖锐处还在最后：紧接着"但，再一次"，一个真正可怕的意象"水晶"在最后出现了！它不仅和全诗开头的"呼吸"相照应，和诗中所描述的"水晶之夜"也有着内在关联。它无形而又精确，到最后，它就是"命运的可见性"，历历在目，而又有着一种不容回避之力！

这是诗人对命运"友情"的一份回报。它本身就是一种奇迹般的语言和记忆的结晶。

它最终让我们感到——什么是策兰式的"痛苦的精确性"！

在 1962 年 6 月给早年的家乡朋友埃里希·艾因霍恩的信中，策兰曾这样写道："我从未写过一句和我的存在无关的东西——你看，我是一个写实主义者，以我自己的方式。"

的确，策兰的诗，无论怎么看，都立足于他自身的存在，正如拉库-拉巴特所评论，它们是"作为经验的诗"，都和他的生活、经历和命运深刻相关。

换言之，这样一位诗人是不可能"逃避现实"的。他的深重创伤不允许他这样，他那死于集中营的父母也不会允许他这样。只不过他对命运的承担，如他自己所说，有他"自己的方式"。在回答不莱梅一位高中老师时，策兰曾这样很耐心地说："对一首诗来说，现实并不是某种确立无疑的、已被给定的东西，而是某种处在疑问中的事物，是需要打上问号的东西。在一首诗里，真正发生的……是这首诗自身。只要是一首真正的诗，它便会是它自身（现实）发生的质询的意识。"[1]在1958年《对巴黎福林科尔书店问卷的回答》中，他说得更为明确：

> 真实，这永远不会是语言自身运作达成的，这总是由一个从自身存在的特定角度出发的"我"来形成它的轮廓和走向。现实并不是简单地在那里，它需要被寻求和赢回。

这也说明，策兰的后期诗歌之所以对一般读者来说变得那样困难，不仅像有的批评家所解释的那样，和他所采用的神秘象征和复杂指涉有关，和他诗中所暗含的个人的、历史的资讯码有关，在我看来，更和他对现实的不断"质询"和搏斗有关，和他深入自身的存在并寻求新的语言表现方式有关。正是以这种努力，策兰的写作日趋深化和陌生化，成为一个最"难懂"、最令人惊异但又最属于"我们这个时代"的诗人，这就像法比安·勒托夫在论述策兰时所说："经过漫长的歧途，诗歌分裂了自身，在内部产生了'自创的遥远和陌生'。"

"密封诗"的性质，也要从这里来读解。在毕希纳奖演说中，

---

[1] John Felstiner: *Paul Celan: Poet, Survivor, Jew*, p118, Yale University Press, 2001.

策兰在"为诗一辩"时还曾引用了帕斯卡的一句话:"不要责备我们的不清晰,这是我们的职业性。"这样的话,是多么委婉,又是多么坚定!

同样坚定的,是策兰对所谓"交流"的拒绝、对"被消费"的拒绝。这种"反交流",不仅像埃梅里希所说的那样,"主要被表现为一种障碍,阻拦人们进行照单全收的习惯性直接理解"(沃夫冈·埃梅里希《策兰传》),恐怕还在于,作为一个承受了太多伤害和误解的诗人,他早已对"交流"不抱什么指望了。

最后,我还想引述阿多诺的美学理论及其对策兰"密封诗"的看法。首先,在阿多诺看来,艺术就应该是"密封"的,它不是任何外部事物的模仿,而应忠实于自身的法则。虽然任何自律性的艺术,都存在于他律性的社会之中,但是艺术在与其自身的他律性纠缠的时候,必须被设定在它自身之中,"艺术只有拒绝追逐交流才能保持自己的完整性"。

这样,在一个文化消费和资本的逻辑一统天下的世界上,诗的"密封"被提升为一种艺术伦理,一种"最低限度的道德"。阿多诺在论贝多芬时就谈到了这一点:"人独自局限于音乐,与羞耻有关。"

这就是为什么阿多诺会认同策兰的后期诗歌。从策兰式的"密封"中,他感到的是对艺术尊严的维护,是某种顽强的"抵抗性潜能"。因此在《美学理论》中,他专门把"密封诗"的问题提了出来。他当然并不认同那种关于策兰的诗"与经验现实隔绝"

"晦涩难解"的论调。为此他回顾了马拉美以来现代诗歌的历史："密封诗歌可以说是这样一种类型诗歌，它并不取决于历史，而是完全依据自身来生产称之为诗的东西"，但同时，他又指出策兰诗歌与传统的"密封诗"的深刻区别：

> 密封诗歌曾是一种艺术信仰，它试图让自己确信生活的唯一目的就是一首优美的诗或一个完美的句子。这种情况已经发生变化。在保罗·策兰这位当下德国密封诗歌最伟大的代表性诗人那里，密封诗歌的体验内容已经和过去截然不同。他的诗歌作品渗透着一种愧疚感，这种愧疚感源于艺术既不能经历也无法升华苦难这一实情。策兰的诗以沉默的方式表达了不可言说的恐惧，从而将其真理性内容转化为一种否定。[1]

否定，是的，但它同时又是一种肯定：否定的肯定。

---

[1] T. H. Adorno: *Aesthetic Theory*, translated by.C.Lenhardt, Routledge and Kegan Paul, 1984, pp.443-444.

诗歌与消费社会 [1]

　　我的题目是"诗歌与消费社会",不是"消费社会的诗歌"。任何时代的诗歌都需要在它与现实的关系中来把握自身,因而"诗歌与现实"会不断成为一个话题。但什么是我们今天所生活的"现实",人们到底去想过没有?我想,诗歌到了现时代,显然还与这个社会的消费文化有了一种更"密切"的关系。甚至可以说,这个时代的消费文化,构成了作用于当下诗歌的最主要因素之一。

　　我们首先来看"消费社会"。我不是什么文化批评家,可以对它的特征做出理论上的描述和分析。我只是通过我们自己的生活本身来感受它的。比如说,在 20 世纪 80 年代初期,我们那时到商店或"供销社"都还叫"买东西",但后来却冒出了一个新词叫

---

　　[1]　该文为2012年9月15日在三联生活周刊·尤伦斯艺术中心"思想广场"的讲座。

"购物"。时代和文化的变化就体现在这个词上。"买东西"是买生活的必需品，而且不能多买，有限量，但这个"购物"就不一定了，它是一种完全有别于计划经济时代的文化和生活方式的体现。人们甚至什么也不买，但依然处在一个商品世界里，甚至不知不觉就成了这个世界中的一件商品。

20 世纪 90 年代以来，我们显然已完全进入了这样一个时代。消费时代一个主要特征，是物质基本温饱问题解决后，对生活还有了更多的需求。村里的大妈当然不会去买高档化妆品，但却会养一个宠物。她同样处在消费社会的逻辑中。

消费社会除了物质消费，还有另一种消费即文化消费（这两种消费形式往往混合在一起）。这就是说，"舌尖上的中国"也需要一点"心灵鸡汤"。消费社会不仅需要丰富的物质，也需要卡拉 OK，需要一点所谓的文学、艺术、诗歌，这就是为什么 80 年代后期以来余秋雨的"美文"会流行，汪国真、席慕蓉的诗歌会流行。记得朱大可曾在文章中谈到上海的警察逮到一个"小姐"，发现她的包里有三样东西：口红，安全套，还有一本《文化苦旅》。这可能是一个编出来的笑话，但颇能说明问题。这个消费时代最需要的，就是它的嘴上能有一抹艳丽的口红了。

我们现在是在人声鼎沸的 798 艺术区。798 艺术区就是现代消费文化的一个窗口。来到这里我们就知道了，消费社会是怎样以"艺术"的名义、以时尚和"先锋"的名义来激发消费、包装消费。世界真是愈来愈一样了。我去过许多欧美的艺术馆，所谓艺术已成为一种休闲方式或生活的补偿方式，人们（他们大多是退休的老头老太太）来到那里看看名画，在带有艺术情调的餐厅里吃一顿，买点美术纪念品，就回去"诗意地栖居"了。

不仅如此，消费社会还有着它巨大的贪婪的胃口和不断变化的消费形式。比如说舒婷大姐当年那些以痛苦写出的诗，很快就成为大众消费时代的读物。当初人们是"看不懂"，后来似乎一夜间人人都看懂了，然后就去寻找新的刺激。当然我也理解这些。如果没有这些，生活就更加难以忍受。比如那些在地铁里一手抓着吊环一面低头看手机屏幕上言情片或武打片的"上班族"，如果没有那些恩恩爱爱和打打杀杀陪伴，他们如何在地铁里打发那一段无聊的时光？

由此我们也可以看出：文化消费源于这个时代内在的贫乏，或者说，源于生活本身的贫乏、平庸、空虚、无意义。这个时代的文化消费就是要解决这种贫乏，但它解决了没有呢？我的体会是：我们"消费"一次，智力往往就下降一次。或者说，就深深地失望一次。消费时代以它外表的奢华掩盖了其内在的贫乏，不仅如此，它也在包装、推销着这种贫乏。经由所谓的"文化产业"，我们的贫乏可以批量生产了。

而消费时代的消费者们呢？下班之后歪在沙发上，拿着遥控器啪啪地换着电视频道，换着换着就哈欠连天了。这就是这个消费时代的一种写照。我见过一些熟人和老同学，头秃了，肚子大了，曾在他们身上存在的那个"灵魂"，却不知所向了。他们，已渐渐被这个时代给消费掉了。

以阿多诺为代表的法兰克福学派，对大众文化、消费主义和资本市场的逻辑有着深刻尖锐的批判，我们不妨去了解一下。我们也知道安塞姆·基弗，德国当代最重要的艺术家之一，他曾被称为"德国罪行的考古学家"，后来他意识到"奥斯维辛以另一种形式存在"：不再是把人扔进焚尸炉，而是"被经济的当代形式所毁灭，这种形式从内里把人们掏空，使他们成为消费的奴隶"。

这就是在消费时代我们所面临的最根本的问题。

回到诗歌。消费时代并不是不需要诗歌，它也需要消费诗歌，它甚至隔三岔五就在媒体上"呼唤诗歌"，这当然是指那些合乎它口味的、它能够消费的诗歌，比如说古典诗歌的一部分、现代的雨巷、余光中式的乡愁、海子的面朝大海春暖花开、已再别了多年还要去再别的康桥，等等。张枣逝世后，还得加上他那首"只要想起一生中后悔的事，梅花便落满了南山"。这就是说，死亡也会促进消费，会使消费时代的菜单发生变化。

我们都已体会到消费社会的强大。再严肃的问题，很快就会被娱乐化。在这个时代，甚至苦难、灾难也成了"消费品"。比如汶川大地震后，人们似乎一下子有了对诗歌的需求，而在人们的呼唤和媒体的炒作中，"感人"或"抒情"成为诗的唯一标准，传诵最广的，自然是那首《孩子快抓住妈妈的手》"共赴天国"的诗。

在这种"集体抒情"中，自然是泪水和小资情调淹没了诗歌。那些真正有深度、有艺术个性的诗，以及那些真正对中国诗歌重要的问题，反倒是被遮蔽、被边缘化了。

我想，这就是消费文化所带来的问题：它掩盖了文学和诗歌的真正标准。它降低了这个民族的智商。它模糊了人们的审美判断力。甚至可以说，它以蚊子的哼哼代替了缪斯的歌唱。

问题是，在这样一个所谓"大众"的、"多元"的社会，蚊子也有它哼哼的权利，你该怎么办？

我并不是反对大众审美。我们也没有权利要求大观园的刘姥姥去听贝多芬。我去过许多欧洲国家，那里的大众文化也很有市场，但人家并没有因此取代或混淆文学的标准。严肃的文学和诗歌在那里依然有一个崇高的位置。比如我这次去参加的斯洛文尼亚文学节，且不说他们的总统和文化部长亲自与会听诗，我发现许多上了年纪的农民也在听。他们也许听不太懂，但他们比谁都更虔敬地在听。这真是让人有点"不懂"。

而在我们这里呢？说实话，有时我真不愿说自己是一个什么诗人。叶芝当年有诗云"智者保持沉默，小人们如痴如狂"，这种精英的口吻也许有点过于刺耳，但它表达的沉痛感我们在今天却一再地感到了。"舞台搭起来了，只有小丑才能给孩子们带来节日"，这是我在 10 年前写的一个诗片段系列《冬天的诗》的最后一节。面对这个时代，我们还能说什么？

我想，今天的诗歌就处在这样的背景下，它也不得不与消费社会同行。作为一个诗人，怎样处理与这个消费社会的关系，便摆在了我们面前。我们看到的，是有人在迎合，有人在忽悠，当然也有人在拒绝，更多的人是不知不觉地被它所左右。我们都已了解当今的"粉丝文化"。我的七八岁的儿子就开微博，他不关心别的，就关心有多少人来粉他，"爸爸你怎么不开微博呀……"我说老爸不需要，有你就行啦。

在当下的中国诗人中，很少有人像多多那样坚决，在一次访谈中他这样说："诗人一定要有一种迷狂，就是强烈的自转，就像一个球，你自转一放慢，外界就进入，纳入公转，然后就绕着商业走，绕着什么走，就走了。自转，我抵抗你们。"

以"自转"抵抗"公转"——多多的创作本身一直体现着这种"拒绝的美学"，不仅是拒绝权力、市场、世俗的虚荣，甚至也"拒绝交流"，对"交流的虚假性"（这是阿多诺的一个说法），他可能早就看透了。

我当然赞赏这种态度，虽然在语言表述上不会那样决绝，但心里也一直是这样来要求自己的。前不久《星星》诗刊有一个访谈，其中一个问题是问我能否谈谈我的"诗歌理想"。我的"诗歌理想"，如果说有，就是我最近写的《鱼鸣嘴笔记》一诗的最后一节：

      基辛在演奏，

      无人。

      音乐在海立方上擦出火花。

基辛是我在那时听的一位俄罗斯天才钢琴家，"海立方"则是从"水立方"转化而来的一个意象。除此之外，无人。

但我想，这一切都不仅仅是限于做姿态。这次《三联生活周刊》的编辑在给我这个讲座做广告时用了"守望"之类的悲壮字眼，其实这个词我自己早已不再用了。我想诗歌不需要那样去"守望"。无论世道多乱，我相信只要人心不死，诗歌就不死，只要我们伟大的语言不死，它就不死。所以我不会再持那种姿态。让我多少还有点尴尬的是，这次他们在讲座广告下面还用了我早年的《在山的那边》那首诗。在座的一些朋友可能知道，这首诗选入了中学课本，但它让我真不好意思。多年前北京电台给我的诗做一个直播节目，男播音朗诵的第一首就是这首诗，"这首诗多好啊，你能不能再多给我们写一些这样的诗？"然后就"声情并茂"地开始朗诵了。幸好是电台直播，不是电视直播，不然我真不知道这张脸往哪里放。

我要说的是，我们不可能生活在消费社会之外，但我们一定要保持清醒。更重要的，是要通过我们的写作，拒绝成为消费的对象，或者说，让消费社会不那么好消费你的东西。几年前在山东的海边，我曾写了这样一首诗《牡蛎》：

聚会结束了，海边的餐桌上
留下了几只硕大的
未掰开的牡蛎。

"其实，掰不开的牡蛎

才好吃"，在回来的车上

有人说道。没有人笑，

也不会有人去想这其中的含义。

夜晚的涛声听起来更重了，

我们的车绕行在

黑暗的松林间。

你们看，从《在山的那边》到这首《牡蛎》，这好像是两个不同的人写的。但并不仅仅是风格的变化。《在山的那边》是一首在那个年代常见的"追求—挫折—信念"这类模式的诗，其中的"山""海"等意象系列，也都有着相对明确的象征性意义。但是《牡蛎》这样的诗，却暗含了一种拒绝，即拒绝"提供"意义，尤其是明确的意义。它看似随手写来，也就那么几句，但却让你难以琢磨。它让你伴着大海的涛声，永远"绕行在 / 黑暗的松林间"。

显然，这样的诗不可能"进入教材"，也不可能进入公共消费的渠道（虽然也有许多读者喜欢它），但在我看来，在某种意义上，这正是诗的胜利。说实话，我写了这首诗后，也有了一种"窃喜"——一种"逃脱者"的窃喜。

消费文化的特点是要它的消费品能"提供意义"，提供它能够即时消费（所谓"快餐文化"）的意义，除了那种小资型的美感或传统诗意外，最好还能提供一点格言和哲理，以供"励志"，因为在我们这个社会，有太多不动脑子的人需要有人对他们的人生进行指导了。这就是为什么汪国真的小格言能够流行，为什么顾城有那么多诗但人们最后只记住了那句"黑夜给了我们黑色的眼睛……"对此，尼采早就看得很清楚：一般来说，人们只是去吃蛋糕上的葵花籽，至于蛋糕本身，几乎等于不存在。

我之所以举出《牡蛎》这首诗，就在于它避开了消费社会"对意义的榨取"。它让你"掰不开"。它只能让你去想象或回味其中的"美味"。掰开了，榨取了，这首诗也就完了，就会像橘子皮一样被吐出去。消费社会，即是一个果汁压榨器。它留下的，也只是一地的垃圾和"意义的灰烬"。

我们谈了我们的文化现状。其实在任何时代，都带有消费文化的因素。任何时代的优秀诗人，对于公众对诗歌的接受和消费，如同他们对于自身的创作，都带有一种警惕。比如戴望舒，其成名作为《雨巷》，然而，就在《雨巷》写出后不久，他已把它完全抛开了。他的第一部诗集叫《我的记忆》而不是什么《雨巷》，他不想提醒人们他就是那位"雨巷诗人"。至于后期的戴望舒，早已不再是那个撑着油纸伞在雨巷中寻梦的文学青年，而是一位饱含忧患、日趋深沉凝重的诗人了，如他的《萧红墓畔口占》：

走六小时寂寞的长途，

到你头边放一束红山茶，

我等待着，长夜漫漫，

　　你却卧听着海涛闲话。

　　这一首诗怎样"含蓄"，这里就不说了。单说"我等待着，长夜漫漫"这一句中的逗号，它加得太好了！这一个逗号，不仅使全篇的句式和节奏发生了变化，也极尽等待的漫长。可以说，正因为这个逗号，漫长的苦难、无尽的等待和沉默都被引入了这首诗中。这真是一个伟大的逗号！

　　在这方面，策兰更是一个伟大的例证。我们知道，《死亡赋格》问世后在德语世界广被接受、消费的情况引起了他的警惕，甚至"刽子手"们（当然这不一定是指那些杀了人的刽子手）也在欣赏这首诗，这使他深感羞耻。他不想再给苦难"押韵"。所以他在后来拒绝人们将《死亡赋格》再收入各类诗选。他的创作也在变，变到后来，正如阿多诺所指出的那样："在抛开有机生命的最后残余之际，策兰在完成波德莱尔的任务，按照本雅明的说法，那就是写诗无须一种韵味。"

　　阿多诺这样来评价，是因为在这个消费主义一统天下的世界上，他从策兰的后期诗歌中看到了某种"抵抗性潜能"，某种不屈从于公众的审美趣味而是谋求艺术自身尊严的"隐秘的驱动力"。在阿多诺看来，在一个充满了"交流的虚假性"的社会里，"艺术只有拒绝追逐交流才能保持自己的完整性"。

　　这种富有勇气的对"消费"、对"交流的虚假性"的抵抗，我们在很多诗人和艺术家那里都可以感到。比如说钢琴家格伦·古尔德，在他 49 岁时，他毅然决定重新录制巴赫的《歌德堡变奏曲》。他第一次录制该曲时才 23 岁。这一次，他的节奏明显变慢了，早年的意气风发让位于一个步入生命之秋的人的深邃、谦卑和感恩，尤其是最后的咏叹调主题，那种无限的慢，那种深邃、超然而又揪心的音质。说实话，听了古尔德演奏的巴赫，马友友的演奏就没法听了，因为他太"甜"。而古尔德在他的职业生涯如日中天之时，却毅然决定不再在舞台上演出了，因为他感到音乐大厅扭曲了他的演奏。他在那里不迎合听众还真不行。所以他宁愿回到"像母亲子宫一样黑暗"的录音棚里去工作。

以上我们谈到这些诗人和艺术家，说明即使是在一个消费社会，诗歌照样会存在，甚至照样可以达到一个伟大、卓越的境界。所以不要埋怨生活对艺术抱着"古老的敌意"。世俗生活就是那个样子，任何时代都一样。问题只在于，我们这些从事诗歌和艺术的人是否具有足够的"拒绝的勇气"。以上谈到了策兰，这里我还想起茨维塔耶娃，这次我在卢布尔雅那的书店里买到一本她的英译诗集《我的诗》，回国的飞机上也在看，好啊，还是好啊。我们知道，茨维塔耶娃在流亡国外期间几乎穷到要行乞的地步，回国后要找个洗碗工的工作也很难，但是你读读人家的东西！是不是有一个字在出卖自己？！"一切都磨损了，一切都被撕碎了，只剩下两张翅膀留了下来……"这是她对自己"破烂的衣服"的描写。别的不说，就凭这两张"翅膀"，她可以从她的苦难中奋飞了！

这才是我们永久的艺术榜样！说到这里，我还要讲讲苏联导演塔可夫斯基，谁敢于像他那样拍电影啊，像他的《安德烈·卢布廖夫》，像他的《潜行者》，那样冗长、沉闷，一般的观众不打瞌睡才怪。但明眼人一看即知，这才是伟大的、不同凡响的艺术。在他那里，我们不妨这样说，愈伟大便愈"沉闷"。这样的艺术家是不会考虑什么观众或上座率的，他要不惜代价，完全彻底地实现他的艺术目标。这才是我心目中的艺术圣徒。因为塔可夫斯基在瑞典哥特兰拍下了他生前最后一部电影《牺牲》，所以前两年我一到那个岛上，就去寻找那棵在《牺牲》中出现的枯死而又奇迹般复活的树，我们当然无法找到那棵树，但我却有了这样一首诗《塔可夫斯基的树》：

　　　　一棵孤单的树，也许只存在于
　　　　那个倔强的俄国人的想象里

　　　　一棵孤单的树
　　　　连它的影子也会背弃它

　　　　除非有一个孩子每天提着一桶
　　　　比他本身还要重的水来

　　　　除非它生根于

以上为全诗的后半部分。这首诗我写出后放了两年，直到今年夏天在修改它时，我才想出了"除非有一个孩子每天提着一桶／比他本身还要重的水来"这一句。有了这至关重要的一句，我想，好，这首诗站住了，成立了。

每天提着一桶"比他本身还要重的水"来——伟大的艺术，不可能是对生活的屈从和迎合，它只能出自这样的非凡的努力。如果在我们这里也能出一些这样卓越的、坚定不移的艺术家和诗人，它就会是对我们的语言文化的一种提升。我们在今天最需要的，就是这样的"提升"。也只有这样才能给我们的艺术带来尊严和"不可能的光辉"，才能帮助我们战胜这个消费时代对我们的消费。好，就讲到这里，谢谢！

"嘴唇曾经知道" [1]

> 一条弓弦
>
> 把它的苦痛张在你们中间
>
> ——策兰《里昂，弓箭手》

保罗·策兰（1920—1970）和英格褒·巴赫曼（1926—1973）于 1948 年 5 月在维也纳相识并相爱。然而，维也纳对策兰而言只是一个流亡中转站，作为来自罗马尼亚的难民，他不能留在奥地利，只能去法国，而巴赫曼当时在维也纳大学攻读哲学博士学位。在后来的 20 年，两人在文学上都获得引人瞩目的成就。策兰与巴赫曼，代表着德国战后文学史上的一个时代。

---

[1] 该文为《心的岁月：巴赫曼、策兰书信集》序；芮虎、王家新译，中国人民大学出版社，2013。

巴赫曼比策兰小五六岁，生于奥地利与斯洛文尼亚、意大利接壤的克拉根福特。她父亲曾参加过纳粹军队，这使她长期以来对犹太人有一种负罪感。她本人自童年时期就对纳粹历史深怀厌恶和恐惧，在一次访谈中她说："就是那样一个确定的时刻，它毁灭了我的童年。希特勒的军队挺进克拉根福特，一切是那样的恐怖。从这一天起，我的记忆就开始了……那无与伦比的残忍……那疯狂的号叫、颂扬的歌声和行进的步伐——我第一次感到了死亡的恐惧。"[1]

这就是为什么她会和策兰走到一起，并始终和他站在一起。她和策兰认识的时候，已开始创作小说，同时撰写关于海德格尔哲学的博士论文。她是在策兰的激励下走上一条诗歌道路的（在她刚认识策兰时，策兰在她眼中已是一位"著名的超现实主义诗人"了，见巴赫曼给父母的信）。她也比其他任何人更能看到策兰身上那些不同寻常的东西。1952年，已在诗坛崭露头角的巴赫曼力荐策兰参加当年的西德四七社文学年会，为策兰在西德的成名起到了重要作用，在后来的"戈尔事件"中，她站出来为策兰辩护；1967年间，巴赫曼向自己的出版社推荐策兰做阿赫玛托娃诗歌的译者，后来，该出版社确定了另外的译者，是纳粹歌曲的作者，巴赫曼当即决定将著作出版权从该出版社收回。巴赫曼做了这一切。她深信作家卡尔·克劳斯的一句话："每种语言的优势都

---

[1] 转引自《巴赫曼作品集》，韩瑞祥选编，人民文学出版社，2006，第6页。

根植于其道德之中。"

几年前德国出版界一个重要事件是巴赫曼、策兰书信集的出版。书信集名为《心的岁月》，出自策兰《科隆，王宫街》一诗的首句，共收入两位诗人自 1948 年 6 月至 1967 年 7 月整整 20 年间的 196 封书信及电报、明信片。另外，还收入了策兰与巴赫曼的男友弗里希的 16 封信及巴赫曼与策兰妻子吉瑟勒的 25 封信。这部书信集根据出版惯例，要到 2023 年才可以问世。为了满足研究者和读者的需要，苏尔坎普出版社征得双方亲属的许可，于 2008 年 8 月提前出版了。

这些书信的重要意义在于，它们不仅是两位诗人富有戏剧性的爱情/朋友关系和人生、创作历程的记载，也是战后德国文学的见证，是与政治历史背景有广泛关联的个人档案。

在这"心的岁月"里，常常是巴赫曼不停地写信，而策兰保持沉默，或是只寄上"一小罐蓝"（策兰 1953 年 3 月在寄赠巴赫曼的诗集《罂粟与回忆》上写的赠言）。但他们都从对方吸收了思想、激情和灵感，对彼此的创作和翻译都产生了重要的激励作用（"我窃取了你的龙胆草，因此拥有金菊花和许多野莴苣"，策兰致巴赫曼）。他们之间的关系，和他们各自的"存在与死亡"深刻相关。当然，这种痛苦、复杂、持续了一生的爱和对话，也带有一种悲剧的性质。对这种"爱之罪"，对他们都感到的那"不可表达"的一切，策兰自己有诗为证："嘴唇曾经知道。嘴唇知道。/ 嘴唇哑默直到结束。"（《在嘴唇高处》，1957）

这些书信首先见证了他们的相爱。"保罗,亲爱的保罗,我向往你及我们之间的童话。我可以比别人更能理解你的诗歌,因为我们曾经在里面相遇,从那以后,贝阿特丽克斯巷[1]就不复存在。我常常想念你,有时沉湎于其中,和你说话,将你陌生而黝黑的头抱在我的双臂间,想把你沉重的石头从你的胸口搬开……让你听到歌唱。"这是巴赫曼 1949 年 5 月底从维也纳写给策兰的一封信稿。

有别于一般的情爱,这个故事中的年轻男主人公向对方奉献的信物是"罂粟花"。这也许是因为从这奇异的花中可以提炼鸦片,而鸦片是一种麻醉、镇痛的物质。幸存者也想忘却历史,因为他们要活下来,不被奥斯维辛的死亡幽灵所纠缠。因而罂粟会成为策兰诗中重要的意象,为巴赫曼的生日,策兰还写下了《花冠》这首名诗:"从坚果里我们剥出时间并教它如何行走:/于是时间回到壳中。"就在这个最隐秘的世界里,"我们互看,/我们交换黑暗的词,/我们互爱如罂粟和记忆,/我们睡去像酒在贝壳里,/像海,在月亮的血的光线中……"

为纪念这种爱,策兰 1952 年在西德正式出版的诗集就叫《罂粟与记忆》。

《花冠》深受巴赫曼的喜爱,她这样回复策兰:"我常常在想,《花冠》是你最美的诗,是对一个瞬间的完美再现,那里的一切都

---

[1] 策兰和巴赫曼在维也纳相爱时巴赫曼所居住的街道名。

将成为大理石，直到永远。""唉，是的，我爱你，而我那时却从来没有把它说出。我又闻到了那罂粟花，深深地，如此地深，你是如此奇妙地将它变化出来，我永远都不会忘记……"

为此，巴赫曼渴望去巴黎，"别问我为什么，为了谁，但是，你要在那里等我……带我去塞纳河畔，我们将长久地注视，直到我俩变成一对小鱼，并重新认识对方。"

但是，那些莫名的障碍和误解也一直存在于他们之间。策兰在1949年8月的信中写道："你知道吗，英格褒，为什么去年以来我给你写得很少？不仅仅是因为巴黎将我逼到一个如此可怕的沉默中……更重要的是，我不知道你对我们在维也纳的那短短的几个星期持什么看法……也许我弄错了，也许就是如此，我们相互之间要回避的地方，恰好正是两人都想在那里相遇之地，也许我们两人对此都负有责任。不过，我有时对自己说，我的沉默也许比你的沉默更容易理解，因为，我所承受的黑暗更久远。"

的确，作为一个大屠杀的幸存者和流亡者，策兰"承受的黑暗更久远"。这在他于维也纳期间写给巴赫曼的《在埃及》一诗中就体现出来：

你应对异乡女人的眼睛说：成为水。

你应知道水里的那些，在异乡人眼里寻找。

你应从水里把她们召唤出来：露特！诺埃米！米瑞安！

你应装扮她们，当你和异乡人躺在一起。

你应以异乡人的云发装扮她们。

你应对露特、米瑞安和诺埃米说话：

看哪，我和她睡觉！

你应以最美的东西装扮依偎着你的异乡女人。

你应以对露特、米瑞安和诺埃米的悲哀来装扮她。

你应对异乡人说：

看哪，我和她们睡过觉！

这首诗真是异常悲哀。异乡的爱情给诗人带来了安慰，使他感到了"水"，但也更深地触动了他的精神创伤。诗题"在埃及"，首先就喻示着犹太人的流亡。据《旧约》记载，犹太人曾在埃及为奴，后来在摩西的带领下出了埃及。诗中的三位女子，都是犹太女子常起的名字，其中露特为策兰早年在家乡泽诺维奇的女友，曾帮助过策兰躲避纳粹的迫害。米瑞安为摩西的妹妹的名字。"你应从水里召唤她们"，这一句不仅富有诗意，而且震动人心。诗人试图在过去与现在之间保持平衡，但他做不到。而这是用一般的"不忘旧情"解释不了的。它不仅透出了一种丧失家园的流亡感，还透出了作为一个幸存者的至深愧疚。策兰的一生，就带着这种艰难的重负。

而巴赫曼，也一直试图帮助策兰摆脱，她在 1949 年 11 月 24 日的信中写道："我应该去看你……我很害怕，看见你被滔滔的海水卷去，但是，我要造一条船，把你从绝望中带回来。为此，你自己也必须要做点什么，使我的负担不至于太沉重。时间和别的许多东西都在和我们作对，但是，它们不能将我们要拯救的东西毁灭。"落款是："我紧靠着你，/ 你的英格褒。"

后来，巴赫曼真的从维也纳去了巴黎，但策兰的精神重负也传给了她。她总是觉得在他们之间存在着一道阴影，她甚至"感到某种窒息。"这次旅行后她写的《巴黎》一诗，就传达出这种深深的迷惘。在此后的日子里还发生一件事，策兰要收回他送给巴赫曼的家传的戒指，这使巴赫曼很受伤，不过她也理解，她知道"这个戒指的历史，——对我而言，这历史是神圣的……而我只能对你说，我可以面对死者的良知佩戴这戒指"。在信中她还这样请求："请别忘记，因为你的诗歌我才写作；我希望，我们之间别的协议也不会由于我们的论争而受到伤害。"

也许，这就是命运：他们只能作为两个独立的诗人，甚至作为情人相处，但不可能生活在一起。策兰因为戒指一事而感到对巴赫曼"犯下了罪"，巴赫曼也接受了这种命运。在获得博士学位后，巴赫曼在维也纳盟军电台"红白红"得到一个编辑职务，她以忘我的工作来打发时光，并开始创作广播剧，在通信中她只是请策兰多给她寄诗来，"有时，我只是通过它们来生活和呼吸。"

在巴黎度过最初艰难的几年后，1951 年 11 月，策兰认识了后来的妻子、版画家吉瑟勒，并于一年后成婚。1952 年 5 月，他和巴赫曼一起参加了西德四七社文学年会（巴赫曼在信中嘱他一定要带上《死亡赋格》朗诵）。同年，他的诗集《罂粟与记忆》在斯图加特出版，其中《死亡赋格》一诗很快在德语世界产生广泛、重要的影响。

1953 年也是巴赫曼重要的一年。这一年，她以《大货舱》等 4 首诗获四七社文学奖，作为一个文学新星成为西德《镜报》的封面人物，同年 12 月，她出版了第一部诗集《延期支付的时间》，之后她辞掉了电台的工作，和音乐家恒茨到意大利的伊夏岛居住。1955 年，策兰在西德出版了诗集《门槛之间》，1956 年，巴赫曼的第二部诗集《大熊星座的呼唤》出版，他们各自将自己的创作推向了一个新的引人瞩目的高度。

这是战后德语文学"诗歌的十年"。1958 年，在接受不莱梅文学奖所做的获奖辞的最后，策兰这样说："我相信不仅我自己带着这样的想法，这也是一些年轻诗人的努力方向。"策兰所说的这些年轻诗人，主要包括了四七社诗人群，像艾希、巴赫曼、恩岑斯贝尔格，以及后来致力于小说创作的格拉斯，等等。相对于在战后复出的表现主义诗人本恩的"绝对诗"与布莱希特的社会讽喻诗歌，策兰显然与上述四七社诗人有更多的共同点。艾希于 1950 年第一个获得四七社文学奖，他的成名作《清单》，成为战后文学清算和语言净化的一个重要标志。巴赫曼的"到期必须偿还延期支付的 / 时间已出现在地平线上"（《延期支付的时间》），带着一种紧迫感和警示感，已成为战后时代意识的一部分。恩岑斯贝尔格的诗则更多地带着一种历史反省和批判的锋芒，如《写进高年级的课本》（刘国庆译）："不要读歌赋，我的儿子，读一下航空时刻表：/它们更为准确。趁为时不晚，/打开海图。要警惕，不要唱歌。/……和你一起/（把）磨就的细细的致命粉尘/吹进权力的肺脏"。

策兰和巴赫曼一起，经历了这样一个激发着他们的诗的年代。1957年10月11日，策兰到西德乌培尔塔尔参加"文学联盟"年会（该文学联盟于1945年末成立，全名为"精神革新协会"），并在那里与巴赫曼重逢。在4年没有联系之后，他们顺从了他们之间的那种引力，恢复了他们的爱情关系。会议之后，他们一起来到科隆，住在邻近大教堂和莱茵河畔的王宫街一家旅馆，该街区一带在中世纪为犹太人的居住地和受难地（不仅在纳粹时期，在中世纪发生的一场大瘟疫中，他们就曾作为祸因惨遭集体屠杀）。策兰后来写出了这首《科隆，王宫街》，并从巴黎把它寄给了巴赫曼：

心的时间，梦者

为午夜密码

而站立。

有什么在寂静中低语，有什么沉默，

有什么在走自己的路。

流放与消失

都曾经在家。

你大教堂。

你们不可见的大教堂，

你这不曾被听到的河流，

你深入在我们之内的钟。

多么好的一首诗！诗一开始"心的时间"，即给人一种平心静气之感，似乎诗人所经历的全部时间，把他推向了这一刻。接着是"梦者"的出现，他不是因为眺望星空而是因为"午夜密码"而站立——这种策兰式的隐喻，指向了历史和宇宙那黑暗的、解不开的谜。

接下来，由眼前所见延伸到历史的深处，"有什么在寂静中低语，有什么沉默，/ 有什么在走自己的路"，这是对王宫街周边喧闹过后的描述，但也可以说是对一个时代的隐喻，尤其是"有什么沉默"这一句。但不管怎么说，"流放与消失 / 都曾经在家"，这里的一切，都是那历史的见证！

于是诗人发出了他的追问："你大教堂"，句式很不寻常，而且在诗中单独成节，我们可以体会到当一个诗人在午夜面对宇宙的寂静和黑暗、面对那消失的苦难历史从而直接向"大教堂"发出呼喊时的那种内心涌动了！

诗写到这里，被推向一个高潮——"你大教堂"，这就是诗人要追问和述说的一切，而接下来的，不过是它的回声。因此在全诗的最后一节，诗人所追问的大教堂、所凝望的黑暗河流和所倾听的钟声，被转入到一个更深邃、内在、不可见的层面，从而有了更深长的意味。

尤其是"你深入在我们之内的钟"这最后一句，它成为两位诗人再次走到一起（"我们"）的深刻见证。在后来给巴赫曼的信中，策兰自己也曾引用过这一句。它已成为他们之间的一种精神暗号。

诗歌和爱一起被点燃。《白与轻》是策兰回到巴黎后不几天后寄给巴赫曼的。他在信中写道"读吧，英格褒，读吧：给你，英格褒，给你——"：

镰刀形的沙丘，未曾数过。

风影中，千重的你。
你和这手臂
我赤裸着朝向你
那失去的。

光柱，把我们吹打到一起。
我们忍受着这明亮、疼痛和名字。

而在诗的最后，诗人这样询问：

你睡着了吗？

睡吧。

海洋的石磨转动，

冰光和那未听到的，

在我们的眼中。

爱情的复发带来了诗。接下来，在一连数日的信里，都是策兰写给巴赫曼的诗：《碎石驳船》《在嘴唇高处》《万灵节》《日复一日》《一只手》等。对于这些接踵而至的诗，巴赫曼也有点不知所措，就干脆默默地承受着它们的冲击。

的确，现在，是巴赫曼在"承受更久远的黑暗"了。在该年10月28—29日致策兰的信中她写道："我要感谢你，你把一切都告诉了你的妻子，为了使她'节省时间'，我却要说，即使她能减轻，也是更加负债了。……我必须说明理由吗？""当我必须想到她和那孩子（即策兰和吉瑟勒之子埃里克，1955年生）时，——而我永远不可能避免这个问题——我就不可能和你拥抱。我不知道接下去会如何。"

这就是"爱之罪"。以下就是策兰的这首《在嘴唇高处》：

在嘴唇高处，可察觉：

变暗的生长。

（光，无须寻找，你留下

雪的陷阱，你攫住

你的猎物。

两者都有效：

触摸和未触摸。

两者愧疚地谈着爱，

两者都要存在与死亡。）

叶片疤痕，嫩芽，带着睫毛。

一瞥，陌生的日子。

豆荚，真实而绽开。

嘴唇曾经知道。嘴唇知道。

嘴唇哑默直到结束。

但在策兰那里，也有一种深深的喜悦，在收到巴赫曼的上封
信后他这样回复："毁灭吗，英格褒？不，当然不。……不必抱怨
那场暴雨，那场侵袭了我的暴雨——对我而言，无论什么后果，它

都是幸福和喜悦。""你也知道，当我与你相遇之时，你对我来说既是感觉也是精神，两者都是。它们永远不能分开，英格褒。""想想《在埃及》。当我读它，就看见你步入其中：你是那生命的泉源，也正因为这样，你是我言说的辩护者，并且将继续如此。……然而，如果仅仅是言说，就什么都不是，我只是想即使和你沉默地在一起也好。""英格褒，如果生命不迁就我们，还等待它并为此而存在，对我们而言，这将是一种最错误的方式。存在，是的，我们可以，并且可能。存在——为了相互存在。"

"存在——为了相互存在"，这话是多么坚定而富有激励性！就在接着的下一封信里，策兰还这样说："《科隆，王宫街》不是一首美丽的诗吗？……英格褒，通过你，通过你。如果你没有说过'做梦者'，它怎么会产生呢。只要你一句话，我就可以生存。而我现在耳边又响起了你的声音！"在信中他还告诉巴赫曼他将在11月底去慕尼黑，"回到跳跃之处"。

就在策兰说的这个时间的稍后几天，策兰去慕尼黑朗诵诗歌后又与巴赫曼相会了。关于此行，策兰写下了《日复一日》，并把它寄给了巴赫曼：

> 你这焚烧的风。寂静
> 曾飞在我们前头，第二次
> 真实的生命。

我胜了，我失败了，我们相信过

昏暗的奇迹，枝条，

在天空疾书，负载着我们，在月球轨道上

茂盛，留下白色痕迹，一个明日

跳入昨日，我们拿来，

丢失了那盏烛光，我把一切

扔进无人的手掌。

就在写这首诗后，策兰还从准备出版的诗集《言语栅栏》里选出 21 首诗编为一卷送给巴赫曼，又从诗集《罂粟与记忆》里选出 23 首诗送给巴赫曼。在他那时的信中，他还充满激情地记下了巴赫曼与他在慕尼黑火车站惜别的情景，记下了火车上那"不同寻常"的一幕：火车启动后，不仅他拿出巴赫曼的诗集在读（"仿佛一个沉溺者进入到一种完全透明的光中"），"当我抬起头来，发现坐在窗前的那位年轻女士正在拿出《音调》杂志，是最近一期，并开始翻页。她翻呀翻呀，我的目光可以跟随着她的翻页，我知道，你的诗歌和你的名字即将出现。于是，它们出现了，翻阅的手停留在那里……"

总之，巴赫曼已无处不在。她已占据了他的全部存在。

不过，这只能是短暂的爆发，而且会留下痛苦的伤口。就在巴赫曼与策兰相聚的时刻，她也在想着巴黎的吉瑟勒，并因此而深深自责（虽然策兰告诉过她吉瑟勒知道——也就是"默许"——

他去慕尼黑与她相会）。另外，她也需要有自己稳定、安全的生活，因此，从1958年11月起，她开始与瑞士著名作家马克斯·弗里希同居（此后他们在一起过了4年）。也许正因为如此，策兰在1959年出版的诗集《言语栅栏》里，把上面这首诗的最后几行改为：

> "……一个明日
>
> 跳入昨日，我们拿来，
>
> 丢失了那盏烛光，我把一切
>
> 扔进无人的手掌。"

看来命运是注定的，它会从明日"跳入昨日"。在这种跳跃中，丢失了未来，丢失了那盏烛光。手掌也成了"无人的手掌"。而他们都只能生活在一种致命的"缺席"里。策兰在1963年出版的诗集干脆就叫《无人玫瑰》。

在这之后，这两位诗人仍经常保持着联系，但他们都已理智多了。1959年5月，流亡、定居在瑞典的犹太女诗人奈莉·萨克斯获得德国梅尔斯堡的文学奖。由于多年前最后一分钟逃离柏林的恐怖记忆，她不愿在德国过夜，决定住在瑞士苏黎世，然后绕道到梅尔斯堡领奖。于是策兰一家专程从巴黎到苏黎世看望萨克斯，并在那里见到巴赫曼和弗里希。这两位诗人之间的关系，也变得更为复杂、微妙了。

而在这前后，策兰与巴赫曼之间的联系，更多的是和一些文学事务有关，和海德格尔生日庆祝专辑以及持续多年的"戈尔事件"有关。巴赫曼和策兰都是海德格尔很看重的诗人，因此他请他们在自己生日时写一首诗。巴赫曼对海氏在希特勒时期的表现当然持批判态度，但也"始终看到他思想和作品的突破之处"，因此写信给策兰询问是否给海氏写诗，策兰拒绝了。拒绝的原因，不仅在于海氏本人，更在于他不想和庆祝专辑名单上某些在他看来"并不干净"的政治投机分子为伍。策兰的态度，最后促使巴赫曼做出了同样的选择。

至于"戈尔事件"（即戈尔的遗孀对策兰"剽窃"的指控），不仅是深刻影响策兰本人的一件大事，它也把巴赫曼深深卷入了其中。

1949 年 11 月，策兰流亡到巴黎一年多后认识了超现实主义前辈诗人伊凡·戈尔，戈尔本人很看重策兰的诗歌才华，他请策兰将他的诗从法语译成德文，并在 1950 年 2 月的遗嘱中将策兰列为戈尔基金会的 5 位成员之一。

但是，戈尔逝世后，戈尔的遗孀克莱尔·戈尔对策兰的译文很不满，认为它们带有太多的策兰本人的印记，并阻止出版策兰的译作。这使他们的关系布下了阴影。1952 年策兰的《罂粟与记忆》出版后引起高度评价，这在克莱尔那里引发了强烈反应，从 1953 年下半年起，她就把指控策兰"剽窃"的"公开信"及相关"资料"寄给众多作家、评论家、出版社、杂志和电台编辑。她列举了《罂粟与记忆》与戈尔 1951 年出版的诗集中相似的句子和段落，但实际上，《罂粟与记忆》中除了一首，其他诗作均出自策兰 1948 年在维也纳出版的诗集《骨灰瓮之沙》（后来因印刷错误太多被策兰本人撤回），而且这本《骨灰瓮之沙》策兰也于 1949 年 11 月送给过戈尔本人。克莱尔的指控是很恶毒的，手法也很"精明"，她把她丈夫遗留的德文诗歌及断片仿照《骨灰瓮之沙》的风格做了手脚，并通过戈尔法语诗歌遗作及自己的作品加以补充，她甚至将这些遗作的日期改为 1948 年前，并在西德出版，以置策兰于不利的地位。另外，她还盗用了策兰的未能出版的戈尔诗歌的德译，把它们作为自己的翻译。

这样，关于策兰"剽窃"的传闻不胫而走。1954 年，在西德就有人指责策兰抄袭。1957 年策兰在不莱梅朗诵时，听众中还有人问起了克莱尔的指控，使策兰愤而离席。更使策兰难以承受的，是对他个人的这种诋毁与在西德死灰复燃的反犹浪潮的某种"同步性"。1957 年他在波恩大学朗诵时，反犹分子曾在他朗诵的教室黑板上写下恶毒的标语。更可怕的伤害还在后面：1960 年春天，慕尼黑一家新创办的诗歌杂志以"爆猛料"的架势，以《关于保罗·策兰一些鲜为人知的事》为题，发表了克莱尔的信。几家西德著名的报刊不加任何考证和辨别，就直接引用了这些诽谤性的东西。这实际上使对策兰的指控达到了一个高潮。

纵然巴赫曼、恩岑斯贝尔格、延斯、斯丛迪等著名诗人和批评家都曾出来为策兰辩护，德国语言和文学学院、奥地利笔会都一致反驳这种指控（正是在克莱尔的信公开发表以后，德国语言和文学学院决定将该年度的毕希纳文学奖授予策兰），但是伤害已经造成，以至于策兰很难从中走出。他不仅感到自己成为诽谤的对象，也感到自己成了新反犹运动的牺牲品，在1962年初写给阿多诺的信中他就这样称："这整个事情是一桩德雷弗斯丑闻，卷入的还有其他所谓的思想界精英"（但阿多诺并没有回复这封信，也许在他看来策兰过于敏感了）。在给朋友沃尔曼的信中，策兰还这样说："此事根本不再是关于我和拙诗的问题，而是关系到我们全体尚能呼吸的空气。"[1]

策兰的内心的确十分苦涩，在承受伤害的同时，他的反应也日趋极端了（实际上，从克莱尔那里发出的恶毒能量，已破坏了他的生活，并加速了其最终崩溃），以至于他把文学圈里的人分为两种：仗义的朋友与敌人的同谋。策兰的英译者汉伯格在策兰诗选修订扩大版的后记中也谈到了这一点，他也曾收到克莱尔寄来的那些东西，他请她不要再寄，不过，因为他不曾公开站出来"表态"，从此被策兰视为"叛徒、敌人，和摧毁者"。

这些，都体现在策兰与巴赫曼那几年的通信中。巴赫曼当然一直和策兰站在一起，为策兰做了她能做的一切，但她也在不断地劝策兰从中摆脱出来："关于新一轮戈尔事件，我恳请你，让这件事在你心中灭亡，这样，我认为它在外面也会死亡。对于我常常如此：那些迫害我们的东西只有在我们让它们迫害我们的时候

---

[1] 转引自李魁贤《德国文学散论》，（台北）三民书局，第123—124页。

才发生作用。……真实使你超越于其上，所以你可以从那上面将之拂去。"（1958年2月2日）

但是，巴赫曼的这种好心劝告，在策兰那里并没有起什么作用。这里还有一事，除了"戈尔事件"外，批评家君特·布吕克尔发表在1959年10月11日柏林《每日镜报》上对策兰诗集《言语栅栏》的评论文章，也引起了策兰的愤怒（该文称策兰的诗歌"缺乏实体的可感性，即使通过音乐性来弥补也无济于事。虽然，这个作者喜欢用音乐的形式来写作：比如名噪一时的《罂粟与记忆》中的《死亡赋格》……在这些诗歌中，几乎没有什么乐音发展到可以承载意义的作用"，等等）。他把这篇文章的复印件寄给了巴赫曼，以期听到反响，但是，巴赫曼在回信中仍是好心相劝，马克斯·弗里希在来信中则大谈"我们对文学批评究竟持什么态度"，这使策兰彻底陷入了绝望（他们可能没有想到，这样一篇"文学批评"，是怎样撕开了策兰的创伤）。策兰在1959年11月12日写信给巴赫曼，极其愤怒地说：

> 你还知道——或者是很多次：你曾经知道，我想在《死亡赋格》里试着说什么。你知道——不，你曾经知道——而我现在却要提醒你——《死亡赋格》对我来说至少也是：一篇墓志铭和一座坟墓。无论谁对《死亡赋格》写了那些，像布吕克尔这种人所写的那些，都是对坟墓的亵渎。

在这封信的最后，策兰甚至要求巴赫曼和弗里希不要再和他有任何联系，"请求你们，不要把我置于要将你们的信件退还给你们的境地！"

不过，就在这封信发出去后，策兰又给巴赫曼去了一信，态度也缓和了一些：

> 我的求救的呼声——你没有听它，你没有进入你自己的内心（我期待你能够那样），你在想着……所谓的文学。而马克斯·弗里希，他用了这个词"事件"——其实是一次呼叫！——它却是文学的起源……

就在巴赫曼因策兰的上一封"绝交信"而绝望时，她又收到了这封信，"感谢主。我又可以正常呼吸了"。她感到自己受到很大的伤害和委屈，同时她又抱着一线希望："我必须谈谈我们。我们不能让它发生，我们得再次找到使我们走到一起的路，我们不能失败，——如果那样，会毁了我。你说我没有进入我自己的内心，而是在文学里！不，我请求你，不要有这种错误的想法。我是，永远在我所在的地方……"

1960 年前后的那几年，他们就是在这种彼此伤害而又互相需要的情形下度过。巴赫曼，这位看上去坚强、理性的知识女性，实际上如她自己在给策兰的信中所说，也同样是一个"常常感到沮丧，在各种重负之下濒临崩溃，身上带着这样一个如此孤绝、充满自我解体和疾病的人"。在"戈尔事件"中她已为策兰做了很多，但她内心的"艰难"，也只能留在这封她从 1961 年 9 月 27 日之后陆续所写的未寄出的长信中。该信的起因是策兰的电话，在通话中策兰又在抱怨"过得怎样糟糕，并处于怎样无助的状态"，这使她深感沮丧，并感到"我没有更多的勇气再继续我们的友谊了"：

…………

　　亲爱的保罗，给你说这些，这也许又是不合时宜的时候，感到要说什么真是很困难。但是，正确的时候却不存在，不然，我早就讲出来了。我真的相信，在你自己的心中存在着巨大的不幸。从外部来的那些丑恶的事情，不需要你向我保证，那的确是真实的，因为我知道其中的大部分——会毒害你的生命，但是你可以穿过它们，你也必须穿过它们。现在，就全靠你，只有你才能正确对待它们。……

　　我到目前为止所遭受到的不公正和伤害，最严重的还是你施加于我的——因为我也不能以轻视或无所谓的态度加以回答，因为我不能在它们面前保护自己，因为我对你的感觉总是那么强烈，并使我自己处于不防备的状态。无疑，现在对你来说最重要的是对付别的事情，解决你的困境；但是，对我来说，要去处理那些问题，首先是要保证我们之间的关系，那样才可能谈到别的事情。……所以，我们应该开诚布公，不要失去对方。我也自己问自己，对于你来说我是谁，在这么多年之后？一个幻象，还是一个不再是幻象的真实存在？因为，对我来说，在经历了如此多的事情之后，我只是希望我作为我自己存在，今天，你是否真正看清了我是谁，今天？这个我也不知道，这令我绝望。有一段时间，在我们在乌培尔塔尔重逢之后，我相信了这个"今天"，我证实了你，你证实了我，在一种新的生命里，这对我来说就是这样的。我接受了你，不仅仅是和吉瑟勒一起，还有新的发展，新的苦难和新的幸福的可能性，它在我们共同承受的岁月之后到来。

　　…………

　　那就是你的不幸，我认为你比不幸更强大，而你却背道而驰。你希望自己成为受害者，但是，这取决于你，不去成为它……当然，它在到来，它将会继续到来，就从那外面到来，但是，是你批准了它来。……这就是为什么我一直不赞同你。你对它做出反应，就等于给它铺平道路。你想成为那人，被它撞沉，但是我却不赞成那样，因为你可以改变这种状况。你想要他们因为你的毁灭而良心不安，而我却不能够阻止你的这种意愿。你还是理解我一次吧……

　　我常常感到心酸，当我想到你的时候，有时我不原谅自己，因为自己竟然不恨你，为了你所写下的那些诗，竟然指责我犯有谋害罪。你越指责爱你的人犯有谋害罪，你是否就越没有罪了呢？我居然不恨你，那简直是不正常；如果你想要挽回并使事情朝好处发展，那就应该也从这里开始……

在这封长信的最后，巴赫曼还谈到了吉瑟勒："我为吉瑟勒想得太多……不过我真的想着她，并为她的伟大而坚强而感到钦佩，而你却缺乏这些。现在你必须原谅我，但是我相信，她的自我牺牲，她的美丽的骄傲和忍耐对我来说，比你的诉苦更重要。她跟着你并在你的不幸中从未抱怨，但是如果她有什么不幸你却不会这样。我期待一个男人的方方面面通过我得到证实，但是，你却不给予她这样的权利——多么不公平！"

巴赫曼的长信无疑是一份重要文献。它揭示了两人关系中更真实、更深刻的一面，也触及策兰的一些"症结"所在。但是，她仍没有完全"设身处地"地体会到策兰已被伤害到什么程度。策兰并不是不想"超越"，实际上除了信件和与人交谈外，他本人并没有正式出面反驳对他的诽谤和指控。他在给朋友的信中也说他不想"与那些死灰复燃的戈培尔势力搅在一起"。实际上呢，那黑暗中的"戈培尔势力"却又太强大！正如吉瑟勒（这的确是一位伟大的女性！）在 1960 年 12 月发给巴赫曼的求助信（她请巴赫曼和其他作家"尽快行动，谴责那些谎言和诽谤"）中所写的那样："英格褒，我再对您说一遍，保罗已经经受不起了。他每时每刻都在等待邮件的到来，等待报纸的刊出，他的头脑里全部是这些东西。对于别的东西已经没有位置了。——经历了 7 年之后怎么还会有别的东西呢？"

的确，策兰的反应并不能仅仅归结于其偏执和多疑。他也完全有理由把"戈尔事件"与对犹太人的迫害和仇视联系起来，和"死亡的追猎"联系起来（他曾在克莱尔"公开信"的以下这段话下面用双线重重地画出："他悲哀的传说，他描述得如此戏剧性，使我们感到震惊：父母被纳粹杀害，无家可归，一位伟大的不为人理解的诗人，他正是这样无休止地重复道……"克莱尔的这段话真是恶毒，这也是典型的反犹主义者的口吻，好像对犹太人的大屠杀是被编造出来似的）。其实，不独是策兰，很多大屠杀的幸存者，如萨克斯，也不时地被一种"被追逐恐惧妄想症"所控制，萨克斯在 1960 年 7 月 25 日给策兰的快信中就这样写道："保罗，我亲爱的，只快快写几行。一个纳粹主义联盟正用无线电报追捕我，他们老练得可怕，知道我的每件事以及我去过的每个地方。当我旅行的时候他们使用了神经毒气。他们秘密地在我的房间里，通过墙里的扩音器监听了好多年……"[1]

看来，一个没有策兰、萨克斯那样的经历的人，要进入他们所承受的"更久远的黑暗"还真难。即使是巴赫曼这样的"（策兰）言说的辩护者"，在这些方面仍有着她的重重困难。

好在这一切对策兰的创作本身来说也是一种激发和造就。策兰曾受到俄国犹太裔思想家舍斯托夫的影响，舍斯托夫曾引证克尔凯郭尔的这样一句名言："至于我，年轻时便被赐予肉中刺。若非如此，早已平庸一生。"

---

[1] Paul Celan.Nelly Sachs: *Correspondence*,Tanslated by Christopher Clark,The Sheep Meadow Press,1995.

读了策兰后期的几部诗集，我们就会真切地感到这"被赐予的肉中刺"。也许正是因为这"肉中刺"，这不肯愈合的伤口，使策兰后来的诗作更尖锐、更有深度，在艺术上也更令人惊异了。1963年9月21日，策兰几乎是满怀喜悦地重新给巴赫曼写信：

> 这几年我过得很不愉快——"已经过去了"，正如人们所说。

> 再过几周，我将出版一部新的诗集——编入的东西多样化，仿佛事先规定好的，我间或走上了一条正确的"远艺术"的道路。是一次危机的档案，如果你愿意，——也可以说是诗歌，会不会是太极端了的诗歌？

策兰所说的诗集，为《无人玫瑰》（1963）。在这之后，策兰又陆续出版了《换气》（1967）、《线太阳群》（1968）、《光之逼迫》（1970，死后同年出版）、《雪部》（1971）、《时间农庄》（1976）等。不仅在数量上惊人，策兰的"无与伦比"更在于：他忠实于他的创伤，挖掘他的创伤，并最终以他的创伤飞翔——正如他在献给茨维塔耶娃的长诗《带着来自塔露萨的书》（1962）中所写的那样：

> 他跳起并越入
> 生命，创伤之展翅
> ——从这

米拉波桥……

就在写出这首诗的七八年后，1970 年 4 月 20 日夜，策兰自己果真从那座桥上跳了下去。对此我们只能说：他可以那样"展翅"了，也只能那样"展翅"了！

就在这令人震动的消息传来后不久，巴赫曼在自己的长篇小说《玛丽娜》的手稿中添加道："我的生命已经到了尽头，因为他已经在强迫运送的途中淹死，他是我的生命。我爱他胜过爱我自己的生命。"

这里的"强迫运送"，指的是纳粹对犹太人的"最后解决"。在巴赫曼看来，策兰的自杀是纳粹对犹太人大屠杀的继续。巴赫曼完全有理由这样认为。在策兰之前，不止一个奥斯维辛的幸存者都这样做了。

策兰之死无疑也加深了巴赫曼的痛苦和精神抑郁（多年来，她一直靠药片来缓解她的抑郁症）。1973 年 5 月，巴赫曼到波兰巡回朗诵，特意拜谒了奥斯维辛集中营犹太人受难处——她在那里是否想到了策兰？肯定。就在同年 9 月 25 日晚，巴赫曼死于她自己在罗马寓所的一场无法解释的火灾，年仅 47 岁。

德国诗歌史上一个双星映照的时代，就这样结束。

而在这之前，1970 年 5 月 12 日，也就是策兰下葬那一天，莎克斯在她的病床上痛苦地离世（她死前也许已知道了从巴黎传来的消息）。次年秋天（具体日子无法确定），策兰生前最好的朋友、富有才华的批评家彼特·斯丛迪以和策兰同样的方式在柏林郊外跳湖自杀。他留下的最后一部未完成的著作是《策兰研究》。

在某颗小星下

——谈对辛波斯卡两首诗的翻译

可能性

我喜欢电影。

我喜欢小猫。

我喜欢沿着瓦尔塔生长的橡树。

我喜欢狄更斯甚于陀思妥耶夫斯基。

我喜欢令我喜爱的人甚于人类。

我喜欢手头留着针线，以备不时之需。

我喜欢绿颜色。

我喜欢不去论证理智应为一切负责。

我喜欢例外。

我喜欢早早动身。

我喜欢跟医生说点别的。

我喜欢老式的插图。

我喜欢写诗的荒谬甚于

不写诗的荒谬。

我喜欢爱情的非周年纪念

以便可以天天庆祝。

我喜欢道德主义者，

他们从不承诺我什么。

我喜欢狡黠的好心甚于过于天真的好意。

我喜欢平民的土地。

我喜欢被征服国甚于征服国。

我喜欢有所保留。

我喜欢喧哗的地狱甚于秩序井然的地狱。

我喜欢格林童话甚于报纸的头几版。

我喜欢没有花朵的叶子甚于没有叶子的花朵。

我喜欢没被剃去尾巴的狗。

我喜欢淡颜色的眼睛，因为我是深色的。

我喜欢桌子抽屉。

我喜欢很多在此没有提及的事物

甚于很多我也没有说出的事物。

我喜欢不受约束的零

甚于后面那些列队的数字。

我喜欢萤火虫甚于星星。

我喜欢敲在木头上。

我喜欢不去管还有多久以及什么时候。

我喜欢把可能性放在心上：

存在自有它存在的道理。

（李以亮译）

维斯拉瓦·辛波斯卡（Wislawa Szymborska，1923—2012，又译为"维斯拉瓦·希姆博尔斯卡"），波兰著名女诗人，1945 年发表第一首诗，1957 年随着诗集《呼唤雪人》出版，突破官方模式，风格向个人化方向转变，1996 年因"以精确的讽喻，让历史学和生物学的脉络得以彰显在人类现实的片段中"获得诺贝尔文学奖。2012 年 2 月 1 日在克拉科夫家中于睡眠中故去。

生活在一个"强求一律"的社会里，诗人通过这首诗，对自己的价值观和个人趣味做了机智而又相当坦率的表白。从头到尾，女诗人娓娓道来，既显示出存在的种种可能，又委婉地表达了她的态度和选择。诗人曾称她的每一个字词都在天平上量过，这首诗尤其如此，它微妙的语感、精确的讽喻、丰富的暗示性，等等，既召唤着翻译又对翻译构成了挑战。

关于这首诗的汉译，这里首先要提到的，是林洪亮的译本。林洪亮从波兰文中直接译出的《呼唤雪人》（漓江出版社，2000），对于全面了解辛波斯卡的创作，有着不可替代的重要作用。就翻译而言，他作为大量诗作的初译者，也为一些后译者提供了有益的参照。如果对照不同的译文，我们也会发现他在许多地方比其他译者更忠实些。但是遗憾的是，他所译的这首诗，在许多地方却不尽如人意，甚至有很大的问题，如他所译的这一句"我喜欢写诗的笑话／胜于不写诗的笑话"（请对照 Stanislaw Baranczak 和 Clare Cavanagh 的英译"I prefer the absurdity of writing poems/to the absurdity of not writing poems"）。林先生当然是从波兰文译的，但我想在原文中也一定会是"荒谬"（"absurdity"）这个词。对诗人及这首诗来说，这是多么重要的一个词！当年我读李以亮的译本，正是因为"我喜欢写诗的荒谬甚于／不写诗的荒谬"这一句，才真正领略到辛波斯卡的"了不起"的。的确，在当今，如果一个诗人要对世界做出回答，还有什么比这更睿智，也更令人精神一振的回答呢？没有。

　　诗人李以亮近些年来一直倾心于翻译波兰诗歌（从英译中转译），曾编印过一本《波兰现代诗选》（2006）。他翻译的扎加耶夫斯基、米沃什、辛波斯卡等人的诗，受到许多人的注意和喜爱。他的这个译本，充分注意到对语感的把握，在理解上和用词上也更会心一些，如"我喜欢手头留着针线，以备不时之需"中的"留着"，就比"我偏爱在手边摆放针线"（陈黎、张芬龄译本）中的"摆放"要好；同样，"我喜欢跟医生说点别的"，也比"我宁愿和医生谈论别的事情"（林译）更亲切，这种微妙的传达，到了能使我们如见其人、如闻其声的程度。辛氏是一位技艺娴熟、分寸感强、对语言极其敏感的诗人，在她那里也一直有对任何空洞言辞的抵制，她曾这样说"动物不是辞世，只是死了而已"。我相信正因为充分了解这一点，李以亮才会这样来译。

不仅在语气和用词的微妙上，李以亮对一些句子的翻译也更直接、到位，往往达到了一种格言式的隽永和简练，如"我喜欢爱情的非周年纪念／以便可以天天庆祝"（对照林译："我喜欢爱情的非整数的纪念年／宁可天天都庆贺"），"我喜欢写诗的荒谬甚于／不写诗的荒谬"，等等。在他的译文中，像"我喜欢敲在木头上"这类看似不起眼的句子，如果和"我偏爱敲击木头"（陈、张译本）相比，也更能传达出一种诗感。作为一个诗人，李的翻译有时还带上了一种他自己的改写，如把"I prefer the time of insects to the time of stars"这一句译为"我喜欢萤火虫甚于星星"，如果对照陈、张更忠实的译文"我偏爱昆虫的时间胜过星星的时间"，我们便知道李译已与原文有很大出入。但是，它也恰好传达了原作的精神，或者说这也是一种忠实：通过背叛达到的忠实。

现在，我们来看李译中那一连串的"我喜欢"，它更口语化一些，更合乎人们说话的习惯，而台湾诗人陈黎、张芬龄的"我偏爱"，虽然有点书面化，但可能更接近原作的精神及"prefer"这个词的意味（我想他们依据的都是同样的英译），因为辛氏的这首诗，就是一首要有意道出个人的偏好和个人选择的诗。此外，陈、张译本中的有些句子，也更好、更耐人寻味一些，如"我偏爱狡猾的仁慈胜过过度可信的那种"（"I prefer cunning kindness to the over-trustful kind")、"我偏爱混乱的地狱胜过秩序井然的地狱"，等等；这里，前一句译出了一句名句，后一句中"混乱的地狱"也比李译"喧哗的地狱"更有意味；尤其是"我偏爱及早离去"这一句，译得太好了！"及早"而不是"早早"，用词的微妙恰好传达了诗人的语感和诗的丰富暗示性。至于该诗的最后一句，陈、张译为"存在的理由不假外求"，与原诗在字面上有出入，但也似乎有如神助，一下子找到了这首诗真正要表达的东西！

的确，这首诗最根本的一点，就是不屈从于任何外界权威而从自身中发掘"存在的理由"。它从对存在的可能性敞开开始，最后达到了这种坚定。在当年，它是对波兰社会体制下那种"编了码的愚蠢"（诗人霍卢布语）的一种消解和嘲讽，在今天看来，它也依然闪耀着智性的光芒。

以上我们对照了李译与陈、张译本。一般来说，中国大陆的译诗语言更口语化、更有活力一些，台湾的译诗语言更典雅、更有文化内涵一些。但是陈黎的许多译诗都会改变人们的这种简单印象。作为台湾目前很有影响的诗人和翻译家，可以说他的译诗兼具了汉语言文化的功底与当下的活力和敏感性。他译的这首诗还比较一般，但他译的辛氏其他的诗，如《未进行的喜马拉雅之旅》等，无论是在对语感的把握上，还是在词语的运用和意象的营造上，都令人无限喜悦。就这首《可能性》来说，他把"I prefer the earth in civvies"译为"我偏爱穿便服的地球"，不仅准确，也创造了一个新鲜动人的意象，而李以亮却在这一点上卡住了，他译为"我喜欢平民的土地",这种属于不够细心造成的误译,顿使原诗减色不少。我们可以体会到,"我偏爱穿便服的地球"这一句,不仅见出诗人的性情,这对当时那个"穿制服"的波兰社会,又是多么有针对性的一击!

译本的对照,不仅见出各自的优长,也使我们有了更丰富的、不同的享受,但同时,我们也再次知道了"翻译是一门遗憾的艺术"。如李译本的"我喜欢没有花朵的叶子甚于没有叶子的花朵",陈、张译本的"我偏爱不开花的叶子胜过不长叶子的花",这都是"对"的翻译,但都未能完美地传达出原英译本"I prefer leaves without flowers to flowers without leaves"的音节之美,也未能"历历在目"地传达出那种辛波斯卡式的"讽喻的精确性"。也许,这受制于汉语自身的特性和差异性。也许,把这一句译为"我更喜欢无花的叶子甚于无叶的花朵"会更好一点?但似乎也不太理想。

这种在两种语言之间的转换上所受的折磨,让我不禁想起了策兰在翻译波德莱尔时深感绝望说出的一句话:"诗歌就是语言中那种绝对的唯一性。"

策兰的这句话,出自他翻译时的沮丧,但也正好向我们提示了诗歌翻译的一个至高目标:"绝对的唯一性"。它恰恰是在打开语言的多种可能性的同时为我们展现这一点的。所以在我看来,翻译就是聆听"语言的教诲",就是把我们不断奉献给语言本身那永无休止的要求。

在某颗小星下

我为把巧合称作必要而向它道歉。

我为万一我错了而向必要道歉。

请幸福不要因为我把它占为己有而愤怒。

请死者不要因为我几乎没把他们留在记忆中而不耐烦。

我为每一秒都忽视全世界而向时间道歉。

我为把新恋情当成初恋而向老恋情道歉。

原谅我，远方的战争，原谅我把鲜花带回家。

原谅我，张开的伤口，原谅我刺破我的手指。

我为小舞曲唱片而向那些在深处呼叫的人道歉。

我为在早晨五点钟睡觉而向火车站的人道歉。

原谅我，被追逐的希望，原谅我一再地大笑。

原谅我，沙漠，原谅我没有带一匙水奔向你。

还有你，啊游隼，这么多年了还是老样子，还在同一个

　笼里，

永远目不转睛地凝视同一个点，

宽恕我，即使你只是标本。

我为桌子的四脚而向被砍倒的树道歉。

我为小回答而向大问题道歉。

啊真理，不要太注意我。

啊庄严，对我大度些。

容忍吧，存在的神秘，容忍我扯了你面纱的一条线。

不要指责我，啊灵魂，不要指责我拥有你但不经常。

我为不能到每个地方而向每样事物道歉。

我为不能成为每个男人和女人而向每个人道歉。

我知道只要我还活着就没有什么可以证明我是正当的，

因为我自己是我自己的障碍。

不要见怪，啊言语，不要见怪我借来笨重的词，

却竭尽全力要使它们显得灵巧。

（黄灿然译）

  诗人黄灿然翻译的辛波斯卡这首诗，两年前读到时就很有印象，一直难忘，去年我在应约为一家出版社编选一部翻译文学选集时，特意找出这首诗并把它放在了该选集译诗部分的最前面。

  "总是在日落之后，那只蜘蛛出来，并等待金星"，记得当年我在译卡内蒂《钟的秘密心脏》译出这一句时，曾深感战栗。而辛波斯卡的这首诗（林洪亮译为《在一颗小星下》），并不着意写人与宇宙的神秘关系，在浩瀚无穷的星空中，她选择了一颗小星，只是作为她对自身卑微存在的定位。作为一个一直回避任何高调的智慧女性，她面向这颗小星的抒情，与其说是在扩展自身，不如说是在限定并拷问她自身的存在。

  但这却是一颗属于自己的星，因而诗人会很动情，她内心里的很多东西都被调动了起来。我想这就是为什么黄灿然会从辛波

斯卡的诗中挑出这首来译。他喜欢，他感动，而且他从中找到了一个中国诗人与一个东欧诗人最隐秘的会通点，而这往往就是译出好诗的前提。从他对这首诗的翻译来看，虽然有一些不完美和可商榷之处，但从总体上看十分动人，尤其是在语感、音调和节奏的把握上，明显比其他译本要好。他找准并确定了一种抒情语调，并使它形成了一种贯穿全篇的感染力，而这是一般的译者很难做到的。

我想这已涉及翻译更内在的奥秘了。美国诗人洛厄尔在谈翻译时就曾引用过帕斯捷尔纳克的这句话：一般所谓可靠的译者只能传达出字面意思，无法传达出语气，而在诗歌中，语气毫无疑问就是一切。

现在我们来看这首诗具体的翻译。该诗同诗人的其他诗一样，密度很大，一句是一句，每一句都很耐读，正因此，也给翻译提供了诸多的可能性。黄灿然对开头两句的翻译，有一种直接把人带入的力量，但他把 "My apologies to chance for calling it necessity/ My apologies to necessity if I'm mistaken, after all" 这 两 句 中 的 "necessity" 都译为 "必要"，我觉得还可以再考虑。我想还是译为 "必然" 为好。辛波斯卡不是一位一般的抒情女诗人，而是一位有着哲学头脑、长于把人生经验提升到形而上的层面来观照的诗人。这开头两句也很重要，它既表达了对错把个人存在的偶然机遇当成必然而对偶然本身的歉意，又委婉地表达了对 "必然" 的敬意。这也反映了诗人的两个方面：一方面，"我喜欢例外"（见《可能性》），另一方面，又时时感到人受制于自身的生物规律和历史规律。人生，便同时受"偶然"与"必然"的这种交互作用，她就是从这样的视角来打量她的一生的，这也构成了她这首诗的起点和基础。

接下来诗人一句一句表达了她的致歉，有些是真道歉，有些则是正话反说，带有一种反讽的张力和更丰富、微妙的意味，"请幸福不要因为我把它占为己有而愤怒"（"Please, don't be angry, happiness, that I take you as my due"），黄对这一句的翻译，充满感情，不拘泥于原作的句式而又很有张力（对此可对照李以亮的直译："请不要气恼，幸福，如果我把你攫为己有"），虽然"愤怒"一词稍感过了一些，因为"angry"在这里也可译为恼怒、生气等等；但接下来的"请死者不要因为我几乎没把他们留在记忆中而不耐烦"，就过于平实了，主要是"May my dead be patient with the way my memories fade"中的那个"fade"未能充分留意到，它所包含的"褪色""枯萎""变弱"之意也未能译出，在这一句上，李以亮的"请死者宽恕我逐渐衰退的记忆"显然要好一些。

至于"我为把新恋情当成初恋而向老恋情道歉"这一句，当然译得很准确，也是一句好诗，不过，我更喜欢林洪亮的"我为把新欢当成初恋而向旧爱道歉"，像"My apologies to past loves for thinking that the lates is the first"这样的诗，在翻译时会给我们提供一个充分开发汉语资源的机会，为什么不利用一下呢。附带说一下，这样一句堪称名句的诗，不一定是个人的自白（事实上辛波斯卡也很少把她的个人生活直接带入诗中），用艾略特在评价叶芝晚期的诗"那位姑娘站在那里，我怎能关心西班牙的政治"（大意）时所说的，这是"为人类说话"。这表现了诗人对人类本性的洞观，也表现了她的幽默。

幽默归幽默，到了"原谅我，远方的战争，原谅我把鲜花带回家""原谅我，张开的伤口，原谅我刺破我的手指"，我们就感到那更严肃的东西了。对后一句，我们还可以对照一下林译："请原谅我，敞开的伤口，我又刺破了手指头"，林本来为学者型译者，但这里的"敞开"比"张开"更妥帖，一个"又"字，也运用得非常之好。

道歉到这里，那更能引发诗人不安的一面就显现出来了，面对她的小星——其实那也正是她天赋良知的一种折射，她不能不为她的小步舞曲唱片而向另一些在深渊中呐喊甚至呼救的人致歉。米沃什就曾谈到有一次当他和朋友从一个狂欢聚会上回来，在夜半的街上正好遇上被秘密逮捕的人们被推上囚车的经历，说正是那样的经历促使他后来做出了脱离波兰的决定。辛波斯卡或许还没有这样的直言真实的勇气，但她的道歉同样出于一种感人的内省："原谅我，沙漠，原谅我没有带一匙水奔向你"（李译"沙漠啊，原谅我一小匙水也没有带来"，可能要更好些）。接下来诗人的目光由自身投向了一只游隼标本，也使我们感到了一阵刺疼："还有你，啊游隼，这么多年了还是老样子，还在同一个笼里，/永远目不转睛地凝视同一个点"，诗人因自身的自由而向这样一种可悲的存在致歉，而译者对这两句诗动情的翻译，其纯熟、流畅而又充满张力的语感，也使它的力量更为感人了。

这也正像谁说的：无论你歌唱的是什么，你歌唱的是自由。

至于接下来的"我为小回答而向大问题道歉"，这一句已成为名句，经常被人引用。这既真实地表现了诗人对存在之谜、历史之谜的谦卑，同时，也带着一种微妙的反讽，对那个爱提"大问题"的时代的反讽。然后就是诗人直接的抒情："Truth, please don't pay me much attention./Dignity, please bemagnanimous"（"啊真理，不要太注意我。/啊庄严，对我大度些"），黄灿然所译的这两句，从容有度，语调更好，用词也更为直接，而不像其他译本那样拖泥带水，他在"真理""庄严"前所加上去的"啊"，也带出了一种更感人的抒情的力量，虽然这里的"Dignity"是译为"庄严"还是"尊严"，还可以再考虑。

这样的翻译，也再次给我们以昭示。诗不仅是隐喻，是意象，从内里来看，它也是一种"讲话"，是一种发音的艺术，是一种精神乐器的演奏，因此其语气和音调就成为决定性的、需要一个译者尽力去把握的东西。就拿以上这两句诗的语调来说，就包含着远比字面上更丰富的意味，这里既有对自身的辩护，又有良心的愧疚，既是对"不要太注意我""对我大度些"的请求，但同时，又更加表现了真理和尊严的那种逼人的力量。

辛波斯卡是一位善于结尾的诗人，尤其是那种"必然而又意外"的结尾，这首诗又是一例。该诗的最后部分，诗人由"容忍吧，存在的神秘，容忍我扯了你面纱的一条线"，层层递进，最后落实到她作为一个诗人的存在：

> 不要见怪，啊言语，不要见怪我借来笨重的词，
>
> 却竭尽全力要使它们显得灵巧。

这样，诗人最终回到对她所终生侍奉的语言讲话。"笨重的词"不过是一个隐喻，诗人以它最终道出了生活本身的沉重性质（我以为还是将"weighty words"译为"沉重的词"为妥），并表达了未能表达出其沉重而是使它显得灵巧的愧疚。这种愧疚，折射出一个诗人在现实承担与艺术规律之间的那种"两难"，全诗因而获得了更深刻感人的力量。

但虽然是愧疚，这最后一句，诗人的用词仍是很微妙的："then labour heavily so that they may seem light"，黄译精确地传达了这一点："使它们显得灵巧"，而不是真的变"轻"了。诗人当然不得不承担生命之重，这对辛波斯卡来说也是一个道德律令，但却要以艺术自身的方式，在诗人的另一首诗《特技艺人》中，她就耐人寻味地写到要跨越惊险的高空，他就必须"比体重更轻灵"。显然，这不是通常的轻，而是一种"费劲的轻巧"，是一个诗人要"竭尽全力"才能达到的"轻"。

遗憾的是，在林译中不仅未能传达出这一点，也完全不对。他的这首译文，前面都还不错，如以上已列举过的，一些句子甚

至比其他译者译得更好，但就是在最后这两句最关键的地方"掉了链子"："言语啊，请不要怪罪我借用了庄严的词句，/ 以后我会竭尽全力使它们变得轻松"，在这里，"重与轻"的重要对照被取消了，"以后我会竭尽全力使它们变得轻松"，这也有点像将功补过式的表态，却完全不合乎诗人的原意及其语感。

也许，林先生这样译，和原文中也有一个类似于"then"（见以上英译）这样的副词有关。但是，这个"then"在这里却不能理解为"以后"或"后来"，而只能理解为"而又"。

至于另外一个译本的"语言啊，不要怪我借来了许多感人的辞令，/ 我要尽心雕琢使它们变得活泼轻盈"（张振辉译），这里就不谈了，因为天知道这样的"辞令"是谁的辞令。它已和辛波斯卡这样的诗人无关。

看来翻译的问题并不仅仅在于是否精通外语，更在于能否进入到诗的内在起源，能否与一颗诗心深刻相通。黄、李之所以能够那样译，是因为他们深谙创作之道，而且他们作为一个中国诗人，对该诗最后所显现的那种心灵的"两难"也都有着深切的体会。幸而有这样的诗人译者，一首堪称伟大的诗（虽然它以"低姿态"出现），在另一种语言中找到了再现和重写它的手。

一切都不会错过

"亲爱的读者，千万别在／从威尼斯到维也纳的火车上打盹儿／斯洛文尼亚小得／让你极有可能／错过"——斯洛文尼亚著名诗人萨拉蒙在他的一首诗中曾这样幽默地写道。好在我不会错过：从威尼斯机场一出来，文学节安排的一辆白色小车就在那里等着，而在去卢布尔雅那的路上，我也听从了萨拉蒙诗兄的教导：把脑袋尽量"贴在车窗上看"！那么，我看到些什么？

我是来参加斯洛文尼亚第27届维伦尼察（Vilenica）国际文学节的。我已去过欧洲很多国家，但斯洛文尼亚的美还是让我惊异。这个美丽的、绿宝石一样的中欧小国，西邻意大利，北接奥地利，南部为克罗地亚，东部通向匈牙利。从车窗里望向北部的阿尔卑斯山脉，在这夏末，可以感到积雪闪耀，而已落在我们身后的亚得里亚海，它那钻石般的光，也仍打在我们的车框上。森林，村舍，小教堂的尖顶，森林，森林，光和空气！

怪不得在卢布尔雅那遇上的从其他国家来的作家和诗人，脸上也都洋溢着一种兴奋和喜悦之情了。"在我们都柏林，天总是灰蒙蒙的……"（啊啊，他还没有去过北京呢！）来自爱尔兰的诗人柯姆对我说。都柏林我没去过，无从比较，但这个只有二三十万人口的斯洛文尼亚首府，比我去过的贝尔格莱德美丽多了，且不说它那无与伦比的清新空气，它那著名的山上古堡，它那沿着山下的萨瓦河铺展开来的秀美、典雅的老城区，就说它的书店吧，那里居然有两大排英文诗集专柜（我一下子就在那里买了4本！），单凭这一点，连慕尼黑、布鲁塞尔这样的非英语大城市也没法比。

当然，让人难忘的，还有文学节本身。我参加过许多国家的国际文学节和诗歌节，在我看来，这个文学节是最为"丰富多彩"也最为"隆重"的一次。说它"丰富多彩"，指的是它的文学活动。它以距卢布尔雅那六七十公里的著名养马场和休闲胜地里皮察（lipica）为主场，一二十场朗诵会、专题座谈会、颁奖活动、新书发布会，文学节的两辆大巴，每天拉着作家、诗人们奔赴不同的活动地点，从结满累累葡萄的古老石头村，到卢布尔雅那庄重的演讲大厅，从山上接待过英国女王、美国总统的古堡，到地下神奇壮观的大溶洞——文学节的名字"维伦尼察"，即是以斯洛文尼亚最古老、著名的溶洞命名。当今年的"维伦尼察文学奖"宣布授予前塞尔维亚杰出的犹太作家、现居加拿大的阿尔巴哈尼时，全场的几百听众，在巨大的钟乳岩下纷纷起立鼓掌——那情景，真让我禁不住周身战栗（我相信，这并不是因为地下太冷）。

说它"隆重"，不仅在于它邀请了众多来自中欧和其他国家的作家、诗人、翻译家（许多著名作家、诗人，如奥地利作家汉德克、捷克作家昆德拉、瑞典诗人特朗斯特罗默、波兰诗人赫伯特、扎加耶夫斯基等等，都曾参加过该文学节并获过"维伦尼察文学奖"），还在于斯洛文尼亚"举国上下"的重视：文化部部长在开幕式上致辞，文学节期间卢布尔雅那市长设宴招待，总统图尔克先生则出席了闭幕式并致辞。在卢布尔雅那市区，到处可见文学节的橙红色广告。这样一个国家，如此重视文学和诗歌，真有点让人惊异。但这就是它的文明传统。在卢布尔雅那市中心最热闹的广场上，没有别的塑像，只有一座手执诗篇、在天使庇护下的斯洛文尼亚民族诗人弗朗斯·普雷瑟恩（1800—1849）的青铜塑像，它在告诉人们：这就是斯洛文尼亚！

也正因为如此，我庆幸我自己有机会成为第一位应邀参加该文学节的中国大陆诗人。而这里的诗人和读者，除了中国古典诗歌，也把目光投向了"文革"之后的中国当代诗歌。在 2010 年，斯洛文尼亚出版了一个中国当代诗选，选有北岛、食指、芒克、多多、顾城、舒婷、杨炼等 14 位诗人和我本人的作品。今年，我的一些诗又被著名诗人、斯洛文尼亚作家协会主席维劳·托菲尔（Vono Taufer）从英译中转译为斯洛文尼亚文，并发表在当地刊物上。已是满头白发的托菲尔先生，一见面就让我感到说不出的亲切。这是一位德高望重的人物，他不仅平易近人，也非常睿智，他的几次演讲和致辞，讲完之后台下都是持久的掌声。在里皮察期间，有一次他特意叫我坐他的车走（而不是随大家一起坐大巴），路上他给我讲到了他的生活，讲到了前南斯拉夫"五个民族、四种语言、三种信仰、两种书写、一个政党"的历史，讲到了他们为争取"自由思想"而从事的斗争，而我明白了他为什么会选择我的《瓦雷金诺叙事曲》等诗来翻译了！临别头一天，他还送我了他在美国出版的英译诗集，上书"送给我亲爱的诗歌兄弟"，在那一瞬间，我的眼睛都有些湿润了。

当然，我还很高兴这次与我的另一位"诗兄"托马斯·萨拉蒙（Tomaz Salamun）的重逢。我们是三四年前在中国黄山的一个国际诗歌活动时认识的，很多中国诗人都很喜欢他的诗。他本来是维伦尼察国际文学节的评委，每年都要参加文学节活动的，这次因为要不断去看牙医，才留在家中。知道我到了卢布尔雅那后，他刚看完牙医，就约我在古堡下面吃晚饭。他带来了那本装帧精美的 15 人的中国当代诗选送我，我打开一看，选有我的《帕斯捷尔纳克》《带着儿子来到大洋边上》《八月十七日，雨》《日记》《尤金，雪》等诗。在这之前我一点不知道这个诗选的编译情况，便问他译得怎么样，他则一边翻书细看一边竖起大拇指：《带着儿子来到大洋边上》，好！《帕斯捷尔纳克》，好！……这位"诗兄"就是这样让人感到可亲！

这次来，还出乎意外地遇到了我早就关注的爱尔兰诗人保罗·穆顿（Paul Muldoon）。穆顿曾是希尼的学生，现在也被视为继希尼之后最重要的爱尔兰诗人。我早在编选《欧美现代诗歌流派诗选》时就选过他3首诗。1987年后穆顿移居美国，现在他是普林斯顿大学诗歌教授兼《纽约客》的诗歌编辑。去年他应北岛邀请参加香港的诗歌节时，据说爱尔兰驻华大使特意从北京到香港去看他。不过纵然如此，穆顿仍保持着他那顽童般的机智、幽默、散漫和可爱，人也活得比实际年龄年轻（他生于1951年）。开幕式结束后的晚会上，我们一见面似乎就不陌生，他拉我在一个桌子边坐下，问我怎么还没有在美国出版诗集，我笑了，说再等一等吧。然后我谈到我和很多中国诗人对叶芝以来爱尔兰诗歌的特殊关注，还谈到他的诗在中国的翻译情况，他则问我香港给他出的那本小诗选翻译得怎么样，我说译得不错，他放心了。

　　第二天早餐时间，穆顿走到了我和汉娜·阿米亥的餐桌边坐了下来，似乎还有些睡眼惺忪的样子。他对我和汉娜说他早上起来收到电邮，因为机场闹罢工，他明天提前飞回都柏林再飞回纽约的航班取消了。汉娜不知道说什么为好，我说："你可以骑一匹这里的马回去啊。"（我们在的里皮察附近就是一个养马场）他和汉娜一听都笑了。我接着说："对，你的诗中也常写到马，比如《布朗尼……》"他一听，笑着把《布朗尼为什么离开》这首诗的题目补齐了。这首诗写的是一个离家出走的爱尔兰农民布朗尼，他"为什么离开，他去了哪儿，/到现在还是个谜"，他最后被人瞅见是出去犁地，在一个3月的大清早，而诗的最后是如此让人难忘：

到中午布朗尼就出名了;

人们发现被他遗弃的一切,

最后的轭具还未解开,他的那对

黑马,像男人和妻子,

轮换着腿蹄支撑重负,并凝望未来。

当然,让我没有想到并使我深受感动的,还有与以色列著名诗人耶胡达·阿米亥的遗孀汉娜·阿米亥(Hana Amichai)的认识。很巧的是,这次来时,我就随身带着一本李魁贤译的《博纳富瓦/阿米亥》袖珍版诗合集,那还是几年前我在台北买的,这次我在飞机上一一读了。我记住了他这样的诗:"雨下在我朋友的脸上。/我活着的朋友,/用毯子覆盖着头部——/而我死去的朋友,/却没有"(《雨下在战场上——怀念 Dicky》)。我也理解了为什么以色列前总理拉宾会这样推荐阿米亥:"我认为他是这片土地的桂冠诗人,他的作品深深领会这片古老的、产生了伟大信仰和文化的土地的价值,以及它的痛苦和迷误……"

这就是我在飞机上受到的触动,没想到一来到这里,我就听到了"汉娜·阿米亥"的名字!因此,在从卢布尔雅那到里皮察的大巴上,当有人把我介绍给汉娜时,我从座位上站了起来,并在过道里向她鞠了一躬,然后才去握手。是的,我要向这位曾陪伴着一位伟大诗人的女性表示我的尊敬!

就这样,我和汉娜·阿米亥认识了。这是一位高贵而又平易近人的女性。第二次见面，她就送我了一本阿米亥的英译诗选，并在上面题写了赠辞。那几天，我们常在一起交谈。在这之前，她只知道傅浩翻译阿米亥的诗，因此我把李魁贤译的这本诗集在宾馆里复印后送给了她。我还告诉她阿米亥的重要诗集《开·闭·开》也被译成了中文，在上海还有一家以"开闭开"命名的小诗歌书店呢。听我这样介绍，汉娜真有点惊讶了。

　　而在后来当我告诉她我翻译保罗·策兰时，她不仅感到惊讶，也一下子振奋了："你知道吗？策兰去过我们家！"我当然知道，费尔斯蒂纳在他的《策兰传》里就写到策兰与阿米亥的交往。策兰曾在 1969 年 9—10 月间访问过耶路撒冷，这是他生命后期最重要的一次行旅，带有精神回归的性质。就在这次访问期间，策兰会见了阿米亥，阿米亥把策兰的诗译成希伯来语，并读给策兰听，在他送给策兰的诗集上还写下"满怀热爱"的字样，没想到半年后策兰却跳进塞纳河了，这使阿米亥和汉娜都深受震动。汉娜问我"家新，你知道吗？阿米亥为策兰写过两首诗"，我告诉她我读到过其中一首，即《耶路撒冷和我自己之歌》中关于策兰之死的那一节。我还问起策兰在耶路撒冷重逢的早年泽诺维奇时代的女友施穆黎的情况，问她是否还在，汉娜很遗憾地告诉我她在几个月前刚刚去世。记得在最初，当汉娜得知我已译了二三百首策兰的诗时，她曾深感惊异，"怎么可能？策兰的诗是那样难译"！但当她看到我对策兰是这样熟悉，更重要的，是看到我如此"投入"，她不再讶异了——或者说，一切都变得更默契了。

不仅是汉娜，在知道我翻译策兰后，与她同行的几位以色列作家和诗人也一下子和我拉近了距离，有一种"亲人般"的感觉了。女诗人哈娃·品哈斯-柯恒（Hava Pinhas-Cohen），我们到卢布尔雅那的第二天早上就认识了，后来知道我翻译策兰后，她一定要做一个采访，请我谈策兰、阿米亥和中国诗歌，说是给以色列的一家报纸。我接受了这个访谈，第二天我还收到她一封电邮（其实她就住在我的隔壁），说她内心里怎样"充满感激"！

这就是这些犹太作家和诗人！他们至今仍保持着人类最古老的精神基因，他们经受的苦难，也使他们更能触及我们人性中更深厚的那些东西，因此，文学节期间的以色列文学专题朗诵座谈会，我也不会错过。我坐在最远处的一个角落里，当汉娜朗诵阿米亥诗歌的声音传来时，我不仅再次受到感动（虽然我完全不懂希伯来语），也真切地感到了那"声音的种子"是怎样在黑暗中飞翔、扎根！

难忘的斯洛文尼亚之行。这一次，我还和其他一些诗人有了更深入的交流，比如奥地利诗人、翻译家路德维格·哈廷格尔（Ludwig Hartinger），我们是今年3月在萨尔茨堡附近的劳瑞舍国际文学节上认识的，没想到在这里又见了面！原来，他不仅是斯洛文尼亚诗歌的译者，还是维伦尼察文学节的国际评委，因此他每年都要开车来这里参加活动，如用他自己的话说，从事"词语的偷运"！

因此在里皮察一见面，我们就约好一起出去散步，他边走边向我介绍这里的著名白马，就在山坡上马车的"嘚嘚"声中，他忽然想起什么似的对我说庄子也曾谈过白马,接着就用英语念了一通,而我一听就明白了,我找出纸来给他写下了庄子的原话:"人生天地之间,如白驹过隙,忽然而已。"他一看,有点傻了,"啊,就这几个字?""对,就这几个字!"

让我感到亲切的,就是这位"老外"朋友对"中国"的迷恋,以及他结结巴巴地"蹦出"几个发音不准的汉字时的可爱。他说他有300多种关于中国的藏书。他崇拜石涛大师,也学着画水墨画。他说他喜欢鲁迅的《阿Q正传》和《野草》。不过当我说鲁迅受到过尼采的影响时,他又没有想到了。他说他喜欢李白、李贺、杜甫、苏东坡,我说我很难想象杜甫能翻译成德语,然后我打了个比喻(当然这只是一个比喻):李白说"我要喝酒",李贺说"酒来喝我",而杜甫的诗呢,那是一种连中国人也会累死的句法!

说到翻译,哈廷格尔又一发而不可收了:他说在他们那里有一句关于翻译的老话:忠实而不美丽,美丽而不忠实。我说不尽然,我举出策兰翻译的莎士比亚的十四行诗,他又"服了",说要回去找来看。说到策兰,他盛赞策兰对勒内·夏尔《战时笔记》的翻译(因为他也翻译法语诗歌):"译得太好了!你简直不知道是夏尔的好,还是策兰的好!"

后来他给我讲德语的特点:德语不像英语那样擅长韵律,词汇也没有英语那样丰富,但德语有个优长,就是"造句",你看托马斯·曼,那简直是造句大师。我则给他讲"七律"与"七绝"的区别。后来不知怎的(也许是里皮察过于安谧的缘故吧),我谈到了策兰的"无人",他则像鱼儿吐泡似的，嘬着嘴，一连对着前方发出了好几个"空""空""空"……

看来这位老兄悟性很高啊。那几天，我们散步在一起，坐车在一起。闭幕式结束后的野外晚餐会上，我们又喝在了一起。坐在那里，看着斯洛文尼亚总统也像我们一样排队领份餐时，我深受触动，便对他感叹"我知道我来到 个什么国家了"！他则要拉我去见总统先生，说要把我介绍给他，而我的动作有点迟缓，我对他说"你知道杜甫是怎样写李白的吗，'天子呼来不上船'！"黑暗中，他的眼睛一下子又睁大了，"是吗？"他兴奋地把这句诗向同桌另一头的人传递，然后回过头来高高地跷起了大拇指：牛啊，我也要崇拜李白了！

不过，我却不能再喝了，明天我还得早起。我还有另一个我早就想去的地方，那就是位于斯洛文尼亚与意大利交界处的海滨城市的里雅斯特，里尔克的杜依诺城堡就在那里！

再见，我的这些说着不同语言的作家诗人同行们！再见，美丽的斯洛文尼亚！明天，我将在回北京的路上在的里雅斯特停留几个小时（然后坐火车去威尼斯机场），我将独自去造访那个矗立于悬岩之上、迎向远风和大海的里尔克的命运城堡，我怎能"错过"？！是的，一切都不会错过……

"喉头爆破音"

——英美诗人对策兰的翻译

"策兰是一位必不可少的诗人，不仅对 20 世纪，对所有年代都如此。"（保罗·奥斯特）

"策兰的伟大进入英国和美国的诗歌，给我们的诗歌留下了标记；很难想象有其他任何外国当代诗人像他那样，在我们这里魔咒般唤起了诗是什么的感觉。"（《纽约时报》书评）

"20 世纪诗人中，没有人像策兰那样，以如此敏锐的锋芒穿透语言的内部。"（查尔斯·伯恩斯坦）

以上是一些美国诗人、作家对策兰的评价。英美评论家中，最早关注策兰的是乔治·斯坦纳。这位"人文主义宗匠"，带有犹太背景、通晓多种语言文化、独具慧眼的评论家，很早就在他的曾产生重要影响的《巴别塔之后》（*After Babel*，1975）中探讨过策兰诗歌的读解问题。他毫不犹豫地称策兰的诗为"德国诗歌（也许是现代欧洲）的最高峰"。

几年前，我在中国认识了美国著名诗人、米沃什的杰出译者罗伯特·哈斯及他妻子、女诗人布伦达·希尔曼，也直接感受到策兰在英语世界的影响。哈斯曾称策兰的《死亡赋格》为"20世纪最不可磨灭的一首诗"，布伦达在北京大学的充满激情的演讲中，除了谈到美国诗人雷克斯罗斯翻译的杜甫的《旅夜书怀》，还谈到在她的身边总是放着另一首诗，那就是策兰的《永恒老去》：

> 永恒老去：在
> 切尔维泰里，日光兰
> 以它们的白
> 相互发问。
>
>
> 以从死者之锅中
> 端出的咕咕哝哝的勺子，
> 越过石头，越过石头，
> 他们给每一张床
> 和帐篷
> 舀着汤。

"切尔维泰里"为意大利城市，"日光兰"为希腊神话中地狱之神的花，据说可保灵魂安宁。除此之外，这首诗就要靠我们自己来读了。至于它为什么会久久地伴随着一位美国女诗人，这更是一个谜。

诗的影响很难谈，这也不是本文主要考察的内容。策兰在给巴赫曼的信中曾这样说："我窃取了你的龙胆草，因此拥有金菊花和许多野莴苣。"我们不妨也这样来想象吧。

我所了解到的情况是，策兰对美国诗人产生"实质性"的影响，大概是近一二十年的事。这和在我们这里的情况差不多。

而美国诗人感兴趣的，主要是策兰中后期的诗：它的"晚期风格"，它的"去人类性"，它那陌生而诡异的语言，它的"不加掩饰的歧义"（undissembled ambiguity），既激发探秘般的热情，又提供了无穷的翻译（或者说"窃取"）的可能性。

而这必将导致的，是对语言的重新发现。正如伽达默尔所看到的那样，当人们与策兰诗歌相遇，将会发现"这地形是词的地形……在那里，更深的地层裂开了它的外表"。

也可以说，美国诗人翻译家更看重的，是策兰"后现代"的一面（这和一般读者把策兰的诗仅仅视为"奥斯维辛"的历史见证很不同），或者干脆说，他们把策兰变成了一个讲英语（当然不是那种"通行"的英语）的"后现代"诗人。

——这又不禁使我想起了法国哲学家利欧塔的著名论断："一部作品只有首先是后现代的才能是现代的"，"后现代主义是现代主义的新生状态"。

对策兰的英译，应首推英国德裔诗人、翻译家米歇尔·汉伯格，他在策兰在世时就开始翻译策兰了。他翻译的策兰诗选（企鹅版，1990年初版），包括了策兰一生不同时期的163首诗（策兰一生大概有800多首诗），这是第一个在英语世界产生广泛影响的译本。它的意义在于较早、较全面地介绍了策兰诗歌，只是很难见出其"重心"和诗学"取向"何在，尤其让人不满足的，是对策兰后期诗歌关注不够。2002年，汉伯格的策兰诗选修订扩大版改由纽约 Persea Books 出版，也只是增加了《狼豆》等不到10首诗。

我本人自1991年以来对策兰的翻译，最初主要依据汉伯格的译本，到后来，我更看重彼埃尔·乔瑞斯（Pierre Joris）的翻译。与有些译者有选择性地译介不同，乔瑞斯给自己定下了更艰巨的任务，那就是一本一本地译介策兰后期那些艰涩的诗歌。到目前为止，他至少已提供了三个策兰后期诗集《换气》（1995）、《线太阳群》（2000）、《光之逼迫》（2005）的译本，还编选过一个策兰诗文选集（2005）。

更重要的是，我认为乔瑞斯比其他有些译者更深入地把握了策兰后期诗歌的精髓。从他长篇译序中的一些标题，如"阅读之站台，在晚词里""诗歌是语言必然性的独一无二的例证"，等等，我们即可看出他的眼光和关注点。他的一些读解也相当透彻，富有启示性。例如策兰的"Fadensonnen"（"Threadsuns"，"线太阳群"），这是一首诗的题目，也是他的诗集《线太阳群》的题目。但是，这个极为重要的"主题性"意象，到了一些汉译者手里就变成了"棉线太阳""串成线的太阳",或是变成了"缕缕阳光"(见李魁贤《策兰/波帕》,袖珍版"欧洲经典诗选"之一,台北桂冠,2002年12月初版),等等。这几种译文,看似富有诗意,但却背离了原文,它们其实是以"美文"和"通顺易解"的方式抹去了原文。

我们来看乔瑞斯的读解。在乔瑞斯看来,这在"灰黑的荒原"上高悬、延伸的"线太阳群",提示着诗人继"换气"之后所展示和确立的新的尺度——一种后奥斯维辛的美学尺度:"这些线的太阳群交迭进入词语,显示出延伸的线,它们比一般的线'thread'更丰富,它们还带有英语中'fathom'一词中的某种意思,即'测深线'。……因此,这线是测量空间的,或是'声测'深度的(诗中提到了'光的音调'或声音),也许,这线就是一种尺度,一种对世界和诗歌来说新的尺度。"

这样的读解,才深入到一种写作的"内部",揭示了策兰在奥斯维辛之后要摆脱西方"同一性"的人文美学传统的诗学努力。这种努力,也可以说就是一种"去人类性"。当然,这又是一个需要专门探讨的美学话题。但这的确是策兰后期诗歌的一个趋向。自1958年创作《紧缩》以来,策兰的创作不仅一直带着奥斯维辛的死亡记忆,他也把生活在"冷战"、核威胁和现代工业技术文明中的那种存在感融入了其中。作为一个诗人,他不仅对他所生活的"一个人造之星飞越头顶,甚至不被传统的天穹帐篷所庇护的时代"有着不祥的感知,也深切意识到人类的那一套文学语言都快成了"意义的灰烬"。他的"线太阳群",他那要唱出"人类之外的歌"的努力,就是建立在这样的背景下的。也可以说,正是因为尼采所说的那种"人性了,太人性了",因而策兰在后来会朝向"无人",朝向"未来的北方的河流",朝向一个陌生的词语的异乡。他正是以这种努力,用斯坦纳的术语来说,摆脱了人类理性的"主宰语法",解除了那种"古老的诅咒",又回到了那"冰"(这是策兰后期诗歌中常出现的意象)一样的起源,并在那里等待着人类的访问者。(起源,这本来就是"非人"的——斯坦纳在谈音乐时曾如是说。)

我想,这也就是为什么美国的诗人会为策兰的"陌生"和"异端"所吸引的重要原因。史蒂文斯的诗,纵然高超而美妙,但那仍是从他们的美学传统中发出的声音,但在策兰那里,他们遇到了一种真正的"外语"。

策兰诗歌对翻译构成的根本挑战,也正在这里。而乔瑞斯的翻译之所以应被看重,就在于他不仅仅在枝节上做文章,而是迎向了这根本的挑战。作为一个诗人,一个从欧洲移民美国的翻译家,乔瑞斯对策兰的语言有着更为透彻的洞见。他也正是从这里入手自觉加大其"翻译难度"的。比起一些早先的译者,他的翻译显然更忠实于策兰的独特句法、构词法和语言风格(因为这就是策兰的秘密所在),也更为"精确"(如他在《晚木的日子》的译注中就谈到"Tierbluetige Worte"这一短语,如译为"动物血的词语"就不行,因为"Tierbluetige"其实为策兰自造的新词,含有

"绽开""流出"之意，因此应译为"出动物血的词语"）。也许，乔瑞斯的译文看上去不如有的译者那样"流畅""可读性强"，但这正是他的可贵之处。他没有迎合、照顾一般英语读者的阅读口味和习惯，而是坚持提供一种"策兰式的"（Celanian）诗。可以说，他要做的，不是把策兰的诗译成英语，而是译成策兰自己的语言。

而什么是策兰式的语言呢，在《换气》的译者导言中，乔瑞斯这样说：

> "策兰的语言，尽管其表面上是德语，其实即使对讲德语的人来说，它也是一种外语。……策兰的德语是一种诡异的、几乎是幽灵般的语言；它既是母语，牢牢地抛锚于一个死者的国度，又是一种诗人必须激活，必须重新创造，重新发明，以带回到生命中的语言。""策兰说过：'现实并不是简单地在那里，它需要被寻求和赢回'……在被彻底剥夺了任何其他现实性后，策兰着手创造自己的语言——像他自己一样处于绝对流亡的语言。试图翻译它，好像它是一种通行的、普遍使用的或可提供的德语，换言之，试图用一种相似的通用的'白话'英语或美语来译，将会丢失这种诗歌的最本质的方面。"

一个具有如此洞见的译者，才有可能是策兰诗歌所"期待"的译者。

著名作家 J. M. 库切曾在《纽约时报》书评副刊（2001 年 7 月 5 日）上专门发表过一篇谈策兰诗歌及其翻译的长文《在丧失之中》（"In the Midst of Losses"），这样的标题一语双关，它既指向策兰作为一个大屠杀幸存者的命运，也指向了翻译过程中的丧失。显然，这双重的丧失，在这位极具诗性敏感的作家看来，隐喻着诗歌和诗人在今天的命运。

库切在文中提到并进行比较的美国译者主要有费尔斯蒂纳、乔瑞斯、尼古拉·波波夫和麦克休。

斯坦福大学教授费尔斯蒂纳是一位很有影响的策兰学者。他所著的策兰传《保罗·策兰：诗人、幸存者、犹太人》（2001），曾获国家图书评论奖提名，也很快被译成德文。两三年前它的中文版也已面世，这对国内希望了解策兰的众多读者来说本来是一件好事，但它的翻译却过于草率，这里就不去多说它了。

除了策兰传外，费尔斯蒂纳还编译了《保罗·策兰诗文选》（2001），收有策兰不同时期大约 160 首诗作。

"费尔斯蒂纳是一位令人敬畏的策兰学者"，库切在文章中如是说，我想这也是很多人的同感。正因为有深入、全面的研究做基础，费氏对策兰的翻译比较可靠，具有相当的权威性（虽然他也会犯错误，比如他把"koln, am hof"一诗误译为"科隆，火车站"，其实应译为"科隆，王宫街"）。而且，他比一般的学者更具有诗的敏感和语言功力，正如库切所指出过的，他用不会德语的读者也能明白的语言，来解答策兰为译者所预设的问题，从无法解释的典故，到复合或自创的词语，尤其是那种策兰式的"打了结的、压缩的句法"（"Celan's knotted、compacted syntax"），他都能够较好地处理。因此库切会觉得"在费尔斯蒂纳和波波夫-麦克休之间很难选择。对策兰所设置的问题，波波夫-麦克休发现的解决方案有时有一种耀眼的创造性，费尔斯蒂纳也有自己辉煌的时刻，最突出的是在他所译的《死亡赋格》里，在这首诗里英语最终被德语盖过"。

库切所说的，是指《死亡赋格》中"你的金色头发玛格丽特""你的灰色头发苏拉米斯"以及"死亡是从德国来的大师"这几句"主题句"，它们在费的译本中第一次以英语形式出现后，以后均以德语原诗再现，并一直延伸到诗的最后，最终"定格"在那里。据我有限的视野，这在翻译史上可以说是一个创举。但我相信英语读者不仅会接受这种奇特的译本，这也会给他们带来更强烈、丰富的感受。

不过，对我来说，也有很不满足的地方，那就是费氏对策兰后期诗歌的翻译也很不够，虽然他很有眼光地看出策兰在其后期"以地质学的质料向灵魂发出探询"，并曾举出策兰的一首后期诗"以夜的规定给超——/ 骑者，超——/ 滑者，超——/ 嗅觉者，// 不——/ 唱颂诗者，不——/ 驯服者，不——/ 遍体鳞伤者，在 / 疯帐篷前种植 // 带胡须的灵魂，有着——/ 冰雹之眼，白砾石的——/ 结巴者"，说"只有这样的诗才有可能成为他的自传"，但他仍偏重于选取具有社会历史和传记意义的诗来翻译。他的选本从"诗人、幸存者、犹太人"这样的角度为读者提供了一个了解策兰的框架，但是，在那里仍有大量的"漏网之鱼"。而策兰后期诗歌的脉动和能量，或许恰恰是从这些"黑洞"中发出的。

也许，有些诗人读其"选集"就够了，但策兰却是一个需要读其"全集"，尤其是需要读其"晚期"的诗人。我想，正是策兰后来的五六部诗集以及一些散诗，不仅把他的创作推向了一个令人惊异的境地，也最终使他的一生成为一个"炽热的谜语"。

比较独特的译本是尼古拉·波波夫（Nikolai Popov）和麦克休（Heather McHugh）的《喉头爆破音：101 首策兰的诗》（*Celan: Glottal stop, 101 Poems*，Wesleyan University Press，2000）。它不仅主要选取的是策兰的后期诗歌，也明确体现了译者的"后现代主义"取向。波波夫为华盛顿大学的学者和翻译家，麦克休为驻校作家、女诗人，他们为夫妻，共同分享着策兰的秘密。他们的译本出来后颇受欢迎，曾同策兰有过交往的以色列著名诗人耶胡达·阿米亥说它"在语言、音乐性和精神传达上都很完美"，美国著名诗人、翻译家罗伯特·（品）平斯基（Robert Pinsky）则称它为"奇妙的、极具意义的译本""有着策兰那独一无二的声音所要求的无畏的音质和表现主义的句法"。这部译诗集出版后，曾获 2001 年度格里芬国际诗歌奖。

这部译诗集还有一个特点，那就是打破了惯例，"决定不以德英对照的形式出现"（译者语）。波波夫和麦克休视翻译为"自我与他者相遇的一种神秘样式"，在译者前记中称"我们寻求更高的忠实"，并尽量寻求那种"允许我们在英语里再创造"的可能性，最终"使一首诗只是存在于译文中，一种以惊奇、歧义、钟爱和暴力所标记的相遇"。

对此，《纽约时报》书评称：这两位译者"冒了极大的风险，所得到的诗的报赏……激动人心"。

比如"Aus Den Nahen"一诗的第一节，如严格按照原文来译，是这样几句："从近处的 / 水泵 / 未醒之手 / 挤压出灰绿"，而波波夫和麦克休在语序上做了很大变动："灰绿 / 从近处的水泵 / 挤压出来 / 被未醒之手"，显然，他们这样译是为了强调"灰绿"，使它成为诗题，使读者给予其特殊的注意力。这就完全是"庞德式的翻译"了。另外，这首诗原为12行，他们的译本多出了两行，在形式上也很难对照，这就是译者"决定不以德英对照的形式出现"的一个原因。

库切在文中多处比较了费氏与波波夫和麦克休的翻译，他这样说："费尔斯蒂纳是一位令人敬畏的策兰学者，但波波夫、麦克休在学识上也不逊色。当策兰转向一种轻快的尝试时，费尔斯蒂纳的局限性就显现了，例如在依据民歌模式和无意义套话的《一些三，一些四》中，波波夫、麦克休的译文是诙谐和抒情的，费尔斯蒂纳的则太刻板了。"

为印证库切所说的，我们不妨举出波波夫、麦克休该诗译文的第五节：

> I make one，and we make three，
>
> One half bound，One half free.

这不仅传达了原诗那谣曲式的韵味，而且句式简洁、活泼，富有生气——可以说在这样的译文中活跃着一个诗性的精灵。而费氏的译文则显得过于笨拙。以下为这首诗全诗的汉译，为了在英文中再现原作的诗感和韵律，波波夫、麦克休对原作有多处变动，同样，为了在汉译中达到同样的效果——纵然这很难，我的译文也做了些变动：

一些三，一些四

> 皱薄荷，薄荷皱，
>
> 在屋前，在屋后。

> 这时辰，你的时辰，
>
> 你的和我的嘴要押韵。

> 以嘴，以它的沉默，
>
> 以那些不屈从的词。

以那轻的，以那重的，
以所有灾难的临近。

以我一人，以我们三个，
一半被捆绑，一半自由。

薄荷皱，皱薄荷，
在屋前，在屋后。

　　该诗依据了诗人从小就熟悉的罗马尼亚民歌，另外也包含了
他与瑞典犹太德语女诗人奈莉·萨克斯的对话。萨克斯在来信曾称
策兰一家三人为"神圣家族"。策兰与萨克斯亲如姐弟，但他同时
也以"更彻底"的艺术姿态有别于萨克斯的虔信。可以说，他有着
萨克斯所没有的狡黠和"诡异"，而这正是美国的"后现代"诗人
感兴趣的地方。

　　这些，从这首诗的标题"一些三，一些四"（Selbdritt，Selbviert/
Threesome，Foursome）就可以看出，因为这样的"词语游戏"，
我们甚至可以说到后来策兰有意要写得"不三不四"，以摆脱意义
的捕捉——他要走向那"神圣的无意义"（见《灵魂盲目》）。只不
过策兰的"词语游戏"绝不是表面上的，策兰自己曾声称"在我构
词的底部并非发明，它们属于语言最古老的地层"，我想，它们同

时也来自诗人自己最痛苦的部分，如该诗中的"以所有灾难的临近"，就明显带上了"戈尔事件"在当时给诗人带来的深重创伤。

库切的比较在继续进行。"策兰的诗不是扩展的音乐：他似乎不是以长的呼气为单位，而是逐字逐句地，一个词一个词、一个短语一个短语地创作。为给每个词和短语以足够的重量，译者也必须创造节奏性的推动力。"也正因此，他肯定了波波夫、麦克休的译本。他举出了《带着酒和绝望》中的一节，策兰的原诗为：

> ich ritt durch den Schnee，hoerst du，
>
> ich ritt Gott in die Ferne—die Naehe，er sang，
>
> es war
>
> unser letzter Ritt...

费尔斯蒂纳译为：

> I rode through the snow，do you hear，
>
> I rode God into the distance—the nearness，he sang，
>
> it was
>
> our last ride...

> 我驰过了雪，你是否听到，
>
> 我骑着上帝去远方——近处，他唱，

这是

我们最后的骑驰。

而波波夫、麦克休译为：

I rode through the snow, do you read me,

I rode God far—I rode God

near, he sang,

it was

our last ride...

我驰过了雪，你是否在看我，

我骑着上帝远——我骑着上帝

近，他唱，

这是

我们最后的骑驰

然后库切说："费尔斯蒂纳的诗行在节奏上缺乏生气。波波夫、麦克休的'我骑着上帝远——我骑着上帝近'，已脱离了原文，但很难指证它的驱动力是不适当的。"

的确，这种创造性的翻译，不仅更富有节奏感，也恰好传达了策兰原诗那种精灵般的诗性。这也说明，创造性翻译的前提是与一颗诗心声息相通，是完全知道原作"在说什么"和"要说什么"，不然，就会像女诗人夏宇在《翻译》一诗中所反讽的那样："翻不出来的 / 只好自行创作 / 但最好看起来像翻译一样"。

当然，库切也指出了波波夫、麦克休译本中的一些不当和不足之处。"在另一首诗里，策兰写到一个词落到他前额后面的凹处，并在那里继续生长：他把这个字与 Siebenstern（七枝星花）相对应……而在一个除此以外都不错的译本中，波波夫-麦克休只是把 Siebenstern 简单地译为'星星花'，没能把它与犹太人特有的大卫六角星和七支烛台联系起来。费尔斯蒂纳则将该词扩展为'sevenbranch starflower'（'七枝星花'）。"

七支烛台，原本是犹太教礼仪用品，七支烛台中间一支略高，代表安息日，其余六支代表上帝创世的六天。它已成为犹太教的神圣徽号。而费氏之所以将原诗中的"七星花"一词扩展为"七枝星花"，因为他太了解写作此诗时的策兰。该诗写于 1960 年前后，正是伊凡·戈尔的遗孀克莱尔对策兰的"剽窃"指控达到一个高潮的时期，因此策兰的这首诗，可视为一个回答。实际上，在那些困难的日子里，策兰在送给他妻子的曼德尔施塔姆译诗集上也写有"靠近我们的七支烛台，靠近我们的七朵玫瑰"这样的话，在策兰一家的乡下别墅里，也的确摆有一盏策兰在塞纳河边的旧书摊上买下的七支烛台。因此，费氏这样翻译，不仅有依据，也大大加强和扩展了全诗的意义。以下为我根据费氏的译本译出的中文：

那里是词，未死的词，坠入：

我额头后面的天国之峡谷，

走过去，被唾沫和废物引领，

那伴随我生活的七枝星花。

夜房里的韵律，粪肥的呼吸，

为意象奴役的眼睛——

但是：还有正直的沉默，一方石头，

避开了恶魔之梯。

读了全诗，我们就知道"七枝星花"是多么重要的一个词！一词之动，用本雅明在《译者的使命》中的话来讲，使原作的本质得到了"新的更茂盛的绽放"！

而这种"一词之易"使全诗骤然改观的"创造性翻译"，我这里不妨再举出一例。首先我们来看以下这首我依据乔瑞斯的译本并参照德文原诗译出的诗：

Haut mal

你这未抵罪的，

嗜眠的，

被众神玷污之女：

你的舌头是烟熏的，

你的尿也发黑，

你的凳子上溅满渍液，

你拥有，

就像我，

淫邪的话语，

你一只脚放到另一个面前，

把一只手搭在另一个身上，

蜷缩在山羊皮里，

你圣化

我的肢体。

    诗的题目很难译，因为它同时可以作为德文和法文来读，作为德文，它指"胎记"或"痣"；作为法文来读，有癫痫、淫邪的意思。作为法文，"Haut mal"在字面上还有着"崇高的邪恶"或"崇高的疾病"的意思。据乔瑞斯的译注，这也可能是对法国现代诗人米歇尔·莱里斯（Michel Leiris）一首诗的题目的引用。

读了这首诗，我们自然会感叹策兰那罕见的勇气。的确，这样一位诗人写诗，不是为了什么美学或道德上的"正确"，而是为了接近存在的奥义。这也就是为什么他说过他要使用一种"更事实化"（"more factual"）的语言的本意。

不过，也许是波波夫、麦克休觉得策兰的原诗还不够"直接"，他们进行了某种改写。对于这首诗，波波夫、麦克休的译本与乔瑞斯的译本比较接近，除了全诗的最后一句："consecrate/my cock"。

这真是令人惊骇。仅仅是这"大胆"的、"美国化"的一句，一切都变得更赤裸、更本质了，甚至，策兰作为一个诗人的一切也需要我们刮目相看了。

但波波夫、麦克休这样翻译也自有根据，并非"胡来"。策兰在原诗最后所使用的"Glied"一词，首义为"肢体""四肢"，但也包含有男性阴茎之义。波波夫、麦克休这样来"大胆取义"，这就是他们所说的"更高的忠实"？不管怎么说，这也是一种读解，而且让我们感到了存在于策兰创作生命中的那种张力。不过，纵然波波夫、麦克休在这些地方的"冒险"颇"激动人心"，从诗学的角度而言，我本人最感兴趣的，或者说感到有什么一下子照亮了我的，是波波夫、麦克休译本"喉头爆破音"这个命名。的确，它抓住了策兰后期最隐秘的东西，而且也会将我们引向对诗歌和语言更重要的发现。"喉头爆破音"，出自策兰的《法兰克福，九月》一诗（它收在《线太阳群》中），以下为全诗：

盲目，光——
胡须的镶板。
被金龟子之梦
映亮。

背后，哀怨的光栅，
弗洛伊德的额头打开，

外面
那坚硬、沉默之泪
与这句话摔在一起：
"为这最后一次心理
学。"

这冒充的
寒鸦
之早餐，

喉头爆破音
在唱。

　　该诗源于一次法兰克福书展，尤其是书展上弗洛伊德、卡夫卡等德语作家的著作对诗人的触动。诗的题目及开头部分，也隐含着对诗人自己几年前写下的《图宾根，一月》一诗的回应（该诗的开头即是"眼睛说服了／盲目"，后来还提到了荷尔德林那种"族长的稀疏胡须"）；诗中间的"为这最后／一次／心理学"，则指向卡夫卡，他曾对精神病治疗表示过深深的怀疑。寒鸦是卡夫卡的自喻，同时也是他父亲在布拉格所开的商铺的标徽。最后，一个更重要的细节是：卡夫卡死于喉结核。

这首诗我主要是依据乔瑞斯和费尔斯蒂纳的译本并参照德文原诗译出。我没有想到，并且使我受到震动的是，波波夫、麦克休把"喉头爆破音"与策兰母亲的死联系了起来！让我们来看看他们在译者前记中是怎样说的：

> 声门不是一件东西而是一种空隙：一个声带之间的空间。喉头爆破音，用韦伯斯特的话说，"一种由瞬间完成的声门关闭所产生的说话的声音，随之被爆破声所释放"。策兰在《法兰克福，九月》的结尾运用了这一概念："喉头爆破音／在唱"。在这首诗中，每个障碍物系列都引起了相应的表达，盲目之于光辉，哀悼之于超越的心智，喉头爆破音之于歌诗……策兰的诗往往指向母亲在集中营的死这一主旨：她死于喉管的枪伤。如果发音出于枪洞的裂口，涌出的会是血——这敏感脆弱的部位也正是诗的产生之处。

这样的阐释对我们当然是一个重要的、富有激发性的提示。但我想，不仅是母亲在集中营的惨死，策兰所经历的一切，都会作用于他的诗学：荷尔德林的疯癫、卡夫卡的喉结核、"戈尔事件"所带来的伤害、存在之不可言说和世界之"不可读"，等等，都会深深作用于他的诗的发音。

　　同时我们看到，策兰一直都在试图进入"自身存在的倾斜度下、自身生物的倾斜度下讲述"，一直都在寻求最"精确"的表达及其隐喻。他在1957年写给巴赫曼的《在嘴唇高处》的最后是"嘴唇曾经知道。嘴唇知道。/嘴唇哑默直到结束"，到了《图宾根，一月》的结尾，他在对口吃的模仿中最后道出的是"Pallasch, Pallaksch"这一句不可译的"话"（据说这是荷尔德林晚年疯癫期间的"口头禅"，它有时意味着"是"，有时意味着"不"，有时什么意义也没有，只是一句"哇啦哇啦"）。而到了这首《法兰克福，九月》的最后，他则集中于一个诗人的喉头（当然那是一只"寒鸦"的与一个诗人的重叠），而且是那黑暗的看不见也几乎听不见的艰难发音的内部！

　　在策兰晚期的诗作中，他多次写到生命的这个最隐秘部位，如《什么也没有》中的那个"在喉咙里带着/虚弱、荒沼的母亲气息"的孤单的孩子，如收在《光之逼迫》（1970）中的《你如何在我里面死去》：

　　　　你如何在我里面死去：

仍然在最后穿戴破的

呼吸的结里

你，插入

生命的碎片

这不禁使我想起了另一个奥斯维辛的幸存者凯尔泰斯所说的一句话："即使现在：有谁谈论文学？记录下最后的一阵挛痛，这就是一切。"

的确，这就是一切。而这一切，正如有人在论策兰时所说，它体现了"从沉默的语言到语言的沉默"（"from the language of silence to the silencing of language"）这一历程。策兰的晚期创作，就处在这样的"终结点"上。

然而，也正是在这最终的沉默中，在被历史和形而上学的强暴"碾压进灰烬里"的那一刻，语言发出了它最微弱，但同时也是最真实、最震动人心的声音——这就是策兰的"喉头爆破音"。

《法兰克福，九月》这首诗最后给我们留下的，正是这种对语言的"倾听"。

这已有别于海德格尔的"倾听"了。也正是在这种策兰式的倾听中，诗歌才有可能在它的"终结"处重新获得自己的声音。

策兰在写给勒内·夏尔的"Argumentum e Silentio"（拉丁语，意为"默默的争辩"）一诗中有这样的诗句："你被沉默赢回的词"。

而他自己最终要写出的诗，正是这种被沉默所"赢回的词"。

库切在他的文章中也提到了"终结"这个概念。他这样说："在法国，策兰被解读为一个海德格尔式的诗人，这就是说，似乎他在自杀中达到顶点的诗歌生涯，体现了我们这个时代艺术的终结，与被海德格尔所断定的哲学的终结可以相提并论。"

在库切看来（虽然他没有明说），这样的"相提并论"合适而又不合适。我们不妨这样来看：海德格尔没有疯掉，而策兰疯了（在1962年3月给夏尔的一封未发出的信中，他甚至认为他不可能再出版作品，那些人要"灭绝"他）。海德格尔一直在说着"哲学行话"，而策兰在他的晚期发出的，却是一连串人们很难听懂的"喉头爆破音"（也正因此，策兰很难学——正如我们看到的，纵然策兰成为"后现代诗"的一个源头，但很多人从他那里学到的不过是些皮毛）。

策兰是真疯了。比荷尔德林疯得更为痛苦，也更为真实。因而他的后期诗歌，是深重危机中的诗，也是尖锐搏斗中的诗。他"以夜的规定"重新命名了痛苦、荒诞的存在，也以一种惊人的创造力挑战着语言。这些，我们也许只有在深入的翻译中才会确切地感知。

令我们惊异的只有一点：即使在陷入错乱和疯狂的情形下，即使在充满自杀冲动、难以自控、"赤裸裸地展现身心失禁"（斯坦纳语）之时，策兰写的诗仍是"准确无误"的。他那首写于精神病院里的《疯碗》就不用再说了，我们来看这首《视听的残余》：

> 视听的残余，在
> 一千零一病房里。
>
> 日与夜
> 熊的波尔卡：
>
> 他们再教育了你：
>
> 你将再次成为
> 那个他。

　　这首写于强制性"精神治疗"期间的诗（它为诗人死后同年出版的《光之逼迫》的第一首），一开始就与那与死亡博弈的"一千零一夜"发生了关联，后来甚至还有意挪用了当时中国"文革"期间的一个词"再教育"（re-educating）。这说明了什么？这说明诗性本身自有一种抵抗或者说穿透巴别塔混乱的力量？这到底出自一种怎样的意志？诗人自杀前 3 周去医院探望一个濒死的朋友后，还写有一首题为《死亡》的诗：

死亡是只绽开一次的花。

它就这样绽开，开得不像它自己。

它想绽开就绽开，它不在时间里开放。

它来了，一只硕大的蛾子，装饰摇晃的花茎。

让我成为这花茎，足够健壮，让它高兴。

策兰晚期的诗，即是在死亡中自己绽开的词语之花。它"开得不像它自己"。它是我们迄今所见到的最"难以形容"、并且"带毒性"的词语之花。

在论述了策兰及其在美国的翻译后，库切最后这样说：

策兰是 20 世纪中叶最顶尖的欧洲诗人，他不超越他的时代——他也不想超越那个时代，只是为人们最害怕的放电充当避雷针。他那不懈地与德国语言的私密搏斗，构成了他所有后期诗歌的基质，这些在翻译中，在最好的情况下，只能偶然听到，而不能直接听到。在这种意义上，对其后期诗歌的翻译必然总是失败。然而，两代译者以他们的努力奋斗，以无可比拟的智谋和奉献精神，为英语带来了能够带来的东西。对于新一代译者的工作，我们只能心怀感激。

库切是非常富有眼光的。他深刻洞见了策兰诗歌的性质，而在谈翻译时，既看到了其"丢失"和必然的失败，又看到了它为英语所带来的能够带来的东西。

　　在这个意义上，翻译也正是一种本雅明所说的"赎回"。不仅如此，那些优秀的翻译还创造了差异，创造了语言的回声。重要的是，它使人们在这样一个时代再次听到了语言对他们的召唤。

　　而我在这里冒昧地考察和谈论了策兰在英语世界的接受和翻译，是因为我相信它对我们中国的诗人、译者和读者也有意义，是因为我一直相信维特根斯坦在其《哲学研究》中的一句话："人类的共同行为是一种参照系统，我们通过它译解一种未知语言。"

　　最后，我还想补充一点：除了以上谈到的几位主要英语译者，实际上，在英美有更多的诗人和翻译家参与了对策兰诗歌这种"未知语言"的翻译，如英国的伊恩·费尔利，就翻译出版有《线太阳群》(2001)、《雪部》(2007)，美国的凯瑟琳·沃什伯恩和玛格丽特·吉尔曼也曾从策兰的最后三部诗集中选译过一部《策兰：最后的诗》，等等。去年，我还收到美国旧金山著名诗人杰克·赫希曼（Jack Hirschman）的来信，他知道我翻译策兰后，特意寄来了他的策兰后期诗歌译文，有40余首，都是从意大利译文中转译的，因为他被策兰诗歌中那种"存在与虚无之间的张力"所深深吸引，他在译序中一开始即说："任何对策兰诗歌的发现都是一个重要的事件。"

　　想想吧，的确如此，只要它称得上是"发现"。

从"晚期风格"往回看

——策兰对莎士比亚十四行诗的翻译

> 伟大的翻译比伟大的文学更为少见。
>
> ——乔治·斯坦纳

作为一个诗人译者,在英语中,策兰主要致力于翻译艾米丽·狄金森和莎士比亚。

据传记材料,早年在纳粹劳动营强制劳动的间隙,策兰在写诗的同时就尝试翻译莎士比亚。1963 年夏秋,也就是在他进一步确立他的"晚期风格"的阶段,他在以前多次翻译的基础上译出了21 首莎士比亚的十四行诗。

人们很早就注意到策兰的这种翻译,因为就像费尔斯蒂纳在

《策兰传》[1]中所说，在策兰的译文里，"莎士比亚经受了巨大的变化，变成了丰富而又奇怪、往往非常奇怪的东西"。就在策兰逝世后不久，策兰的朋友、富有才华和洞察力的批评家斯丛迪就曾写过一文，专门探讨策兰对莎士比亚十四行诗第105首的翻译。苏黎世大学教授弗雷在后来也探讨过策兰对莎士比亚十四行诗第137首的翻译，并为其"差异"辩护："差异不仅不是翻译的缺陷，它也是允许自身作为另一种话语从原文区别开来的东西。"[2]

但是，那里仍有一些重要的问题，首先，为什么策兰会选择莎士比亚？策兰翻译狄金森比较好理解，因为正如有人所说"狄金森是照耀他启程的星，而非猎取的目标"。狄金森对孤独与死亡的承担，她的简练句法和隐喻性压缩，对策兰都会是一种深刻的激励，但莎士比亚却是一位和他的风格如此不同的文艺复兴时期的诗人（如从风格和个人趣味而言，策兰可能更喜欢英国17世纪玄学派诗人邓恩、马维尔，他也曾译过数首他们的诗），另外，我们还要注意到一个事实：不同于里尔克，策兰一生从未写过十四行诗。

我想，如果说策兰翻译狄金森基于一种深刻的认同，莎士比亚，这则是他同"西方经典"进行对话的一个对象，尤其是在他作为一个更成熟的诗人重新回到翻译上来的时候。的确，如果要同

---

[1] John Felstiner: *Paul Celan: Poet, Survivor, Jew*, Yale University Press, 2001.

[2] Word Traces: *Readings of Paul Celan*, The Johns Hopkins Press, 1994, p346.

"经典"展开对话，还有谁比莎士比亚更合适的呢——如按布鲁姆在《西方正典》中的一个说法，对西方人来讲，"上帝之后就是莎士比亚"。

而这种对话，也绝非一般意义上的对话：在策兰这样一位奥斯维辛的幸存者和见证人那里，必然包含着一种重新审视，包含着一种内在的争辩和质询。曾十分关注策兰诗歌的法国著名哲学家埃·列维纳斯认为"语言的本质"是一种"质询"。在策兰对莎士比亚的翻译中，我们会发现，正深刻体现了这一"本质"。

而这种语言的自我质询和"重写"的可能，其实也潜在于莎士比亚的文本中。莎士比亚十四行诗的主题是生、死、爱、时间、诗歌和语言创造本身等等，通过对这些主题的进入，诗人最终达到了他的肯定："我的爱能在墨痕里永放光明"（第65首，卞之琳译文）。这一切，对策兰肯定是有吸引力的。按佩珀的说法，这些主题对策兰来说都是"主题性伤疤"（"the thematic scar"），[1] 它们"永不愈合"。

正因为莎士比亚的十四行诗具有了如此的"经典"意义，对策兰来说，也就有了重写的空间和可能性，更具体地讲，有了"借"与"还"的可能性。斯坦纳在他的《巴别塔之后》中认为翻译是一个"信任"（trust）、"攻占"（aggression）、"吸纳"（incorporation）、"恢复"（restitution）或"补偿"（compensation）的过程，其间充

---

[1] Word Traces: *Readings of Paul Celan*, the Johns Hopkins Press, 1994, p353.

满了"信任的辩证，给予和付出的辩证"。策兰对莎士比亚的翻译，正充满了这样的"辩证"。而这种优异的、充满创造性的翻译，最后让我想到的，是勒内·夏尔的一句诗："我们只借那些可以加倍归还的东西"。

如策兰对莎士比亚十四行诗第 79 首的翻译，原诗的第 7 句、第 8 句、第 10 句的后半句、第 11 句、第 12 句为：

> Yet what of thee thy poet doth invent
>
> He robs thee of and pays it thee again.
>
> ...beauty doth he give,
>
> And found it in thy cheek；he can afford
>
> No praise to thee but what in thee doth live.

> 然而，你的诗人所创造的
>
> 那从你劫走的，会归还于你
>
> ……他所给予的美，
>
> 又在你的面颊浮现；他不能赞叹别的
>
> 除了在你身上那活生生的一切。

策兰对后 3 句的译文为：

> ...er kann dir schoenheit geben:

Sie stammt von dir—er raubte, abermals.

Er ruehmt und preist: er tauchte in dein leben.

……给你他能够给予的美：

而它来自你——再一次，他窃取。

他赞颂并获取：他突入你的生命。

显然，这样的译文更有强度，但也如费尔斯蒂纳所说，冒着"篡改的风险"。

策兰完全知道他在做什么。他把原诗第 8 句的"rob"（抢劫，掠夺）挪到第 11 句，并使它在句中占据了一个更突出的位置。策兰爱用"窃取"这个字眼，并赋予了它积极的含义，在给巴赫曼的信中他就这样说："我窃取了你的龙胆草，因此拥有金菊花和许多野莴苣。"（对此可以参照的是，卡夫卡说过犹太人的德语是"窃"来的，曼德尔施塔姆认为"诗是窃取的空气"。）

正是通过这样的重写，策兰的译作带来了一个重要的转变，即把原诗中诗人与"你"的关系，变成了译者与原作、诗人与诗歌本身关系的一个转喻。如果说莎士比亚是在赞颂他的爱人，策兰则是在对语言本身讲话。斯丛迪很早就留意到这一点，他联想到福柯对"词与物"关系的重新界定，指出在莎士比亚原作中对爱的对象的称颂（这些十四行诗原本就是献给一位神秘的"W. B."的），在策兰这里变成了"语言对自身的言说"。

的确，这是"语言对自身的言说"——通过策兰这样一位诗人，通过他的"借"与"还"，通过他的"晚期风格"对 300 多年前一位经典诗人的重写和修正。这种重写如此令人激动，它"突入你的生命"，进入到语言的黑暗内部，给出"他所能够给予的美"，而它"来自你"——在此，一个诗人所做的，就是听命于语言的召唤，"赞颂并获取"，反过来说一样，获取并赞颂。

　　这一切，也都体现在策兰对莎士比亚十四行诗第 5 首的翻译中。这首诗的翻译，费尔斯蒂纳已做过一些分析，但它仍具有许多我们尚未完全领会到的重要意义。我们首先来看原文：

> Those hours, that with gentle work did frame
>
> The lovely gaze where every eye doth dwell,
>
> Will play the tyrants to the very same
>
> And that unfair which fairly doth excel;
>
> For never-resting time leads summer on
>
> To hideous winter and confounds him there,
>
> Sap check'd with frost and lusty leaves quite gone,
>
> Beauty o'ersnow'd and bareness every where.
>
> Then were not summer's distillation left
>
> A liquid prisoner pent in walls of glass,
>
> Beauty's effect with beauty were bereft,
>
> Nor it nor no remembrance what it was.

But flowers distill'd, though they with winter meet,

Leese but their show; their substance still lives sweet.

以下，我们将读到梁宗岱先生的汉译。近百年来，对"莎翁"十四行诗的翻译一直是数代中国诗人翻译家的重要目标，从梁宗岱、卞之琳到屠岸等等，都做出过他们各自的贡献。而梁先生的翻译，不仅为全译（154 首，卞先生只选译了 7 首），也广受好评，它们不仅影响了数代中国读者，也影响了一些后来的译者。现在我们来看梁译（选自《莎士比亚全集》第 11 卷，人民文学出版社出版）：

那些时辰曾经用轻盈的细工

织就这众目共注的可爱明眸，

终有天对它摆出魔王的面孔，

把绝代佳丽剃成龙钟的老丑：

因为不舍昼夜的时光把盛夏

带到狰狞的冬天去把它结果；

生机被严霜窒息，绿叶又全下，

白雪掩埋了美，满目是赤裸裸：

那时候如果夏天尚未经提炼，

让它凝成香露锁在玻璃瓶里，

美和美的流泽将一起被截断，

美，和美的记忆都无人再提起：

　　但提炼过的花，纵和冬天抗衡，

　　只失掉颜色，却永远吐着清芬。

　　梁先生的译文，大体上忠实于原文，虽然一些地方也有问题，如第 4 句中的"绝代佳丽""龙钟的老丑"（老态龙钟），这类现成习语的套用就显得不那么合适，其间的一个"刹"字也未免太"猛"了点。此外，把第 9 句开头的"Then"译为"那时候"，也值得商榷，从原作来看，这里的"Then"其实最好译为"那么"。

　　但从总体上看，这首译作在许多方面都堪称优秀，难以为人超越，其中许多句子，如第一句和最后两句，到今天也仍令人喜爱。梁先生没有像有的译者那样，为原诗的"五音步抑扬格"所限定，而是力求触及其脉搏的跳动，并在汉语中再现其诗的质地。他基本上实现了他的目标。可以说，梁译以及卞译，都是我们能拥有的最好的译本，不具备他们那样的诗心、个性和语言功力，也译不出来。

　　但是，纵然如此，如果我们读了策兰的译文，我们不仅会有一种惊奇之感和被照亮之感，也会回过头来重新打量我们自己的翻译：在我们这里，是不是也可以这样来译？我们是不是需要变革和刷新我们那"老一套"的翻译？我们在今天怎样从我们的时代出发展开对经典的对话？等等。

　　现在，我们来看策兰对莎士比亚十四行诗第 5 首的翻译：

Sie, die den Blick, auf dem die Blicke ruhn,

Geformt, gewirkt aus Zartestem: die stunden—:

Sie kommen wieder, Anderes zu tun:

Was Sie begruendet, richten sie zugrunde.

Ist sommer? sommer war. Schon fuehrt die Zeit

Den wintern und verfinstrungen entgegen.

Laub gruente, Saft stieg…Einstmals. Ueberschneit

Die Schoenheit. Und Entbloesstes allerwegen.

Dann, blieb der sommer nicht als sommers geist

Im Glas zurueck, verfluessigt und gefangen:

Das Schoene waer nicht, waere sinnverwaist

Und unerinnert und dahingegangen.

Doch so, als geist, gestaltlos, aufbewahrt,

West sie, die Blume, weiter, winterhart.

以下对策兰译作的汉译，除了依据德文原文，[1] 我也参照了费

---

[1] 在翻译过程中我也得到了芮虎先生在德语上的帮助，在此致谢。

尔斯蒂纳的英译。在具体的翻译上，除了第4句为"意译"，大都为逐字逐句的"直译"（当然不可能那么严格）。我尽量忠实策兰译作的语言方式，包括语序及标点符号形式。

> 它们，以最优雅的手艺，打造
> 打造凝视，让所有眼神歇息：这时辰——
> 它们再次来临，并做着不同的事情：
> 那从泥土培育的，它们打入泥土。
>
> 夏天？曾经是夏天。时光
> 已把它引向了冬天和黑暗。
> 绿的叶，涨满的汁……消逝。雪
> 掩埋了美。满目尽是赤裸。
>
> 那么，如果夏天尚未作为精华留存，
> 反复蒸馏，被囚于玻璃瓶内：
> 美将不复存在，只是一阵掠走的感觉
> 远远消逝并且不再被人忆起。
>
> 因而，作为精华，无形，依然被保存，
> 它活着，这花朵，更芳馨了，严冬。

读了策兰的这篇译作，首先，我不禁想起了萨克斯满怀惊喜的称赞（虽然她读到的是策兰对曼德尔施塔姆的翻译）："亲爱的兄弟，亲爱的保罗·策兰，你给予了我如此的安慰，如此的欢欣——这死亡的 11 月和它一起发光！再一次，曼德尔施塔姆——从眼窝深陷的家族而来。你是如何使他从黑夜里现身，带着他所有的语言风貌，依然湿润，还滴着它所来的源泉之水。奇妙的事件。变形——一种新的另外的诗和我们在一起了。这是翻译的最高的艺术。"[1]

这样的称赞，用在策兰的这篇译作上也正合适："依然湿润，还滴着它所来的源泉之水"，不仅如此，它还是一件"奇妙的事件。变形——一种新的另外的诗"！

的确，这是一首"新的"既忠实于原作而又为原作无法取代的诗！它与原文，构成了一种"光辉的对称"。

对策兰的这篇译作，费尔斯蒂纳也这样做了概括："它兼具莎士比亚的'实质'，又带有策兰自己的句法（syntax）和发音（diction）——他的'表演'（show）。"

"表演"这个词耐人寻味——它可理解为译者自己的出场、个性的呈现和艺术的表现过程本身。

现在我们来具体考察策兰的译文。除了把一首莎士比亚式的十四行体变为一首分为四节的十四行变体外，在具体的翻译上，策

---

[1] Paul Celan: *Nelly Sachs:Correspondence*,Tanslated by Christopher Clark,The Sheep Meadow Press,1995.

兰一开始就对原文做了变动，即以"它们"来替代"那些时辰"。这种看似不起眼的变动，却起到了"一锤定音"的作用：它一下子与原作达成了更深的默契。不直接称呼，而是以"它们"来暗示，这就道出了时间的那种"不言自明性"，也比原文更能表现它那莫名的力量。到了第二句的最后，才点明"这时辰"，这不仅揭示了时间的"真面目"，也以一个破折号，使它构成了下一句的叙事动因。这种巧妙的转换和连接，恰好展现了时间的既创造又毁灭的二重性。

写到这里，我又想到了哈姆雷特的那句著名道白，从朱生豪的"生存还是毁灭，这是一个值得考虑的问题"，到卞之琳的"活下去还是不活，这是个问题"，等等，我们已有了多种译本，但现在看来都还不够理想：相对于原文，这几种译文的前半句多少都有点简化了，而在后半部分，也未能完全进入到哈姆雷特言说的语境，或者说，达成的默契不够。"To be, or not to be: that is the question"（这里姑且译为"存在，还是不去存在：这就是那问题"），哈姆雷特对自身存在的追问就是从这里开始的，他的全部遭遇和内在矛盾把他推向了这样一个临界点：这不是"一个"新冒出的问题，这就是"那问题"，或者说，这就是"问题所在"，这就是"那个"他一直不得不暗自面对、躲都躲不开的问题。

联想到这一点，我们会更加感到策兰译文与原文所达成的那种默契，那种以"它们"来替代所达成的"秘而不宣"的效果。的确，它不动声色，但更能对那些对时间和死亡有至深体验的读者讲话：去一步步感受"它们""再次来临"的力量。

第二节的开始，又是惊心动魄的一句："夏天？曾经是夏天。"对照原文，这又是一种大胆的重写。它不仅把"夏天"单独提了出来，而且以一个加上的问号，指向了对生命的追忆和辨认。费尔斯蒂纳也指出了这一点："当英文十四行诗移向现在时……德文（译文）已经在往回看了。"而这种"往回看"，拓展了时间的纵深感，也使全诗带上了一种回溯的力量。显然，策兰把自己的一生都放在这样的诗句中了。至于冬天后面所加上的原文没有的"黑暗"，出自他的笔下，更不难理解。德文版本中的冬天，其色调因此而加重，也更难辨认了。

至于第三节"反复蒸馏"中的"反复"，是我加上去的，原文和德译中都没有，主要是出于汉语节奏上的考虑，也强调了"提炼"本身；"美将不复存在，只是一阵掠走的感觉"也可译为"美将不复存在，只是感觉的孤儿"，策兰所运用的"Sinnverwaist"，即包含了这个意思，这是他独特的构词法的一个例证。

而到了结尾两句，则完全是策兰自己的句法和发音了。它显得格外刺目（因为它和原文如此不同！），但也最具创意。策兰的艺术勇气在这里再一次体现出来：他毫无顾忌地打破了莎士比亚的流畅，拦腰把原文切断，再切断，形成了一种策兰式的停顿，甚至由此把全诗带向了"口吃"的边缘。

我们会首先感到：正是这种对原文的切断，使词"成为词"，它突出了每个词各自的质地、分量和意味，它们相互脱节，但又相互作用——就在那严寒中，那兀自呈现的"这花朵"（"die Blume"）也显得更芳馨、动人了！的确，那是一朵奇迹般复活的花的精魂——它不仅是莎士比亚的，也是马拉美的（"我说，一朵花！自遗忘中升起，遗忘里我的声音排除所有的轮廓，它不同于我们熟知的花萼，它是所有的花束里所找不到的，一种意念、芬芳的、音乐般升起……"马拉美[1]），但说到底，它是策兰自己的。他的这朵历经生死、在"严冬"中犹自绽放的花魂，让我们想到了他在"不莱梅文学奖获奖致辞"（1958）中所说的"在所有丧失的事物中，只有一样东西还可以触及，还可以靠近和把握，那就是语言……"也让我们想到了他在《子午线》（1960）获奖演说中所说的"诗歌在一个边缘上把握着它的立身之地。为了忍受住，它不住地召唤，把它自己从'已然不再'拽回到'还在这里'（Still-here）"。[2]

的确，它还活着，"还在这里"！但同时——这多少也出乎我们意料，因为它打破了寻常的表现模式——冬天也依然在那里，并且愈加严酷了！这就是策兰译文中的最后一个词"winterhart"（"严冬"，英文"winterhard"）。在生与死、艺术与自然的持久抗衡中，策兰最终也达到了对"这花朵"的肯定，但他并没有因此而取消"冬天"的存在。他让对立面"共存"（因为这就是存在本

---

[1] 转引自叶维廉译诗集《众树歌唱》，（台北）黎明文化事业出版公司，1976。

[2] Paul Celan: *Collected Prose*, Translated by Rosemarie Waldrop, Carcanet Press, 2003.

身！）——让它们共存于一句破碎而又极富张力的诗中！

一般说来，莎士比亚十四行诗的最后两句，往往是概括诗意、点明并强化主题的所在。但在策兰这里，一个"winterhart"成了全诗最后的发音，而它不绝如缕，把我们引向更深邃、幽静、无限的境界，引向了"语言的沉默"（当然，要体会到这一点，我们得实现由"视觉读者"到"听觉读者"的转变）。由此，策兰也去掉了莎士比亚原诗的哲理意味（其实他从原作中吸取的是诗的能量，而非哲理，这在他译的其他十四行诗中也体现出来），在保留、深化其实质的前提下，力求使他的译文成为"诗的现场"；换言之，不去阐发什么哲理，而是使它成为一种"存在之诗"。

这就是策兰的这首译作。莎士比亚的诗最后以这样的样貌、形体和气息呈现，看上去就像一个挥之不去的"语言的游魂"，我猜想，这恐怕多少也出乎策兰本人的意料，但它正是语言的神奇赐予。（斯丛迪在他的文章中就借用了本雅明的概念，认为策兰的翻译体现了"朝向语言的意图"。）

但在策兰那里，这一切又是必然的。从第二节引入的"冬天"（wintern），到全诗最后的"严冬"（winterhart），一切都在递进，或者说，更为本质化了。它最后发出的，已不是莎士比亚自信的声音，而是策兰式的在艰难压力下所释放的"喉头爆破音"！

正因为这样一个更严峻也更耐人寻味的结尾，我们可以说，策兰对莎士比亚的翻译，在很多意义上，就是阿多诺所说的"晚期风格"对"古典风格"的重写。

在阿多诺关于贝多芬的论著中，[1]"晚期风格"是一个核心概念。他这样描述贝多芬的"晚期风格"：压缩（"和声萎缩"）、悖论、嘲讽、非同一性、脱逸（"脱缰逃跑的公牛"）、分裂、突兀停顿、"微观"眼光、碎片化，等等；"晚期风格兼含两型：它完全是外延型所代表的解体过程的结果，但又依循内凝原则，掌握由此过程散离出来的碎片""作为瓦解之余、弃置之物，这些碎片本身化为表现；不再是孤立的自我的表现，而是生物的神秘本性及其倾覆的表现"，等等。

在阿多诺看来，"晚期风格"反映了一种特殊的、更成熟的成熟性："重要艺术家晚期作品的成熟不同于果实之熟。这些作品通常并不圆美，而是沟纹处处，甚至充满裂隙。它们大多缺乏甘芳，令那些只知选样尝味的人涩口、扎嘴而走。它们缺乏古典主义美学家习惯要求于艺术作品的圆谐。"

需要我们注意的是，阿多诺是相对于贝多芬的早期和"古典"阶段来谈论"晚期风格"的，他指出："贝多芬的晚期风格，本质上是批判性的，……也就是说，它对已获致、已'完成'的全体性表达一种不满意。"它"视'圆满'为虚荣"。它具有一种自我颠覆、自我修正的性质。阿多诺由此还这样说："最高等艺术作品有别于他作之处不在其成功——它们成了什么功？——而在其如何失败。它们内部的难题，包括内在的美学的问题和社会的问题（在

---

[1] 阿多诺：《贝多芬：阿多诺的音乐哲学》，彭淮栋译，（台北）联经出版公司，2009。

深处，这两种难题是重叠的），其设定方式使解决它们的尝试必定失败，次要作品的失败则是偶然的，纯属主体无能所致。一件艺术作品的失败如果表现出二律背反的矛盾，这作品反而伟大。那就是它的真理，它的'成功'：它冲撞它自己的局限。……这法则决定了从'古典'到晚期的贝多芬的过渡。"

显然，阿多诺所说的这"法则"，也决定了策兰对莎士比亚的重写，虽然策兰本人并没有使用过"晚期风格"这类说法。他使用的是另一个他自造的词"Spätwort"（"晚词"）。但这几乎就是同一回事。

也正是以这种"晚期风格"对"古典风格"的重写，策兰对莎士比亚的翻译有了它的特殊的重要的意义。可以说，它构成了现代诗歌的一个事件。

作家库切在评介策兰的长文中也曾谈到这一点："至于莎士比亚，他一次次回到他的十四行诗里。他的译文是令人屏息的、紧迫的、质疑的；它们不想复制莎士比亚的优美（grace）。就像费尔斯蒂纳所说，策兰有时'把与英语的对话演变成了冲突'，他依照他自己在他那个时代的感觉来重写莎士比亚。"[1]

的确如此，策兰不想复制莎士比亚的优美，而且要使它变得困难；不想重现莎士比亚的自信，而且要使它变得吃力；不想模仿莎士比亚的流畅，而是拦腰把它切断，亮出彼此之间的深渊。

---

[1] J. M. Coetzee: *In the Midst of Losses*, The New York Review of Books, July 5, 2001.

这就是他与一位经典大师的"对话"。这种对话当然往往是冲突性的。正因为如此，它对策兰本人，对我们这个时代的诗歌来说，都会是一种激发。

这种重写，来自一个诗人"晚期"的授权，来自"语言自身"变革自身的要求，同时，如库切所看到的那样，也来自诗人所生活的"那个时代"的授权。在一封写给维尔曼斯的信中，荷尔德林曾提出翻译"应是校勘、体现、显晦，但也要修正"。斯坦纳这样阐发说："这种修正和改进之所以可能乃至必需，是因为译者是以历史发展的眼光来看待原作的。时间的推移和人们感情的演变使得译者能够完成这一任务。译者所做出的修正是潜存于原作之中的，但只有译者才能使它表现出来。"[1]

如是，我们可以说策兰的翻译让莎士比亚来到了一个所谓"后奥斯维辛"时代，并重新打量他自己，修改他自己。

当然，这只是一种说法。在策兰的译文中我们强烈感到的还是策兰本人。有一种观点，认为翻译是一种两种语言之间、译者与原作者之间"妥协的艺术"，然而策兰毫不妥协。他的翻译，如同他的创作，都是"围绕一个提供形式和真实的中心，围绕着个人的存在，以其永久的心跳向他自己的和世界的时日发出挑战"（《曼德尔施塔姆诗歌译后记》，1959）。[2]

---

［1］ 乔治·斯坦纳 *After Babel* 节译本；《通天塔——文学翻译理论研究》，庄绎传编译，中国对外翻译出版公司，1987，第57页。

［2］ Paul Celan: *Collected Prose*, Translated by Rosemarie Waldrop, Carcanet Press, 2003.

这种策兰式的翻译，对人们不能不是一种冲击。[1] 我们这个时代的诗歌最需要的，也正是这种冲击。

这种冲击不仅是颠覆性的，也是生产性的。请注意以上策兰引文中的一句"围绕一个提供形式和真实的中心……"，策兰对莎士比亚的重写，其重要意义，不仅在于内容和感受力的深化，还在于语言形式的重新锻造和提供。正因此，它会成为一个"奇妙的事件。变形——一种新的另外的诗和我们在一起了"（萨克斯）。

我们通过以上的译文及其分析已清楚地看到了：策兰在翻译莎士比亚时，绝不像大部分译者那样在语言形式和节奏上亦步亦趋（如卞先生的翻译，首先就是从"形似"上着手的），而是以"离形得似"的大手笔，重造另一种形式。这种形式的重造，体现在结构、语序、句法上（如以"它们"来替代"那些时辰"，这不仅是用词的变化，也是结构上的调整），也体现在对原作诗句的切断和"破碎化"上。这种策兰式的"停顿"（Zaesur），拓开了"换气"的空间，也形成了更为迫人的、完全不同于原作的节奏。

这当然和策兰自己的写作习性和风格有关。正如库切看到的

---

[1] 在一封给策兰的未寄出的信中，巴赫曼这样说："你说，有人败坏了你翻译的兴致。亲爱的保罗，这也许是我唯一不怎么怀疑的东西，我不是说你的报告，而是它们的影响。但是，我现在完全相信你，我现在对那些专业翻译家的恶毒也有所闻，我也没料到他们会掺和进来。有人在讨论我（在翻译翁加雷蒂时）所犯的翻译错误时，曾这样调侃说，那些意大利语很差的人不会伤害我，而那些也许更懂意大利语的人，却完全不知道一首诗歌在德语里应该是什么样子。你明白吗，我相信你，相信你的一切，你的每一个用词。"（Ingeborg Bachmann—Paul Celan: "Herzzeit，Der Briefwechsel"，Suhrkamp Verlag, 2008）

那样："策兰的诗不是扩展的音乐。他似乎不是以长的呼气为单位，而是逐字逐句地，一个词一个词、一个短语一个短语地创作。"而他的翻译也正是这样，为了给每个词和短语以足够的分量，也为了形成译作自身的节奏。

不仅如此，这样的"停顿"，在费尔斯蒂纳看来还有了更多的意味：停顿，这是一行诗内部的断裂、休止，"这样的停顿给了策兰一个物理的标志，使他感到每一样都影响着他的裂口。当他翻译莎士比亚时，那里只有一处停顿，他却使它变成多个。荷尔德林关于停顿的看法是，在古典诗剧中那是一个决定性的时刻"。

无独有偶，阿多诺在论述贝多芬的"晚期风格"时也谈到了"停顿"，说那是"困难的决定"，"以引进一个出乎意料的新东西来界定这个新的时刻"。在这种停顿中，"形式深深吸一口气。这中断是道地的史诗刹那。但这是音乐自我省思的当口——它游目四顾"。这样的停顿是"一个逗留，不急着赶路，旅途即是目标……既不前行，亦非浮现，而是'游息'……音乐在底下持续"。

这种富有意味的"停顿"，我们在策兰那里都一再地感到了，"夏天？曾经是夏天""它活着，这花朵，更芳馨了，严冬"，这些，都是一首诗"自我省思的当口——它游目四顾"！

其实，策兰自己也多次写到这种"停顿"："我从两个杯子喝酒／并草草划过／国王诗中的停顿……"（《我从两个杯子喝酒》）；"穿越大地／裂隙的梳子，／停顿，便来索取"（《词在拳中硅化》）。

至此，我们多少已看清了，"停顿"，这就是"晚期风格"之使然。在策兰的早期就不是这样。他曾对人讲过，在《死亡赋格》之后，他不再那样"音乐化"了。当他翻译时，他也不再能"容忍"莎士比亚的流畅和雄辩。他所携带的深重创伤，所体验到的存在之难、之不可言说，所面对的"语言的沉默"，等等，也迫使他以口吃对抗雄辩，以停顿来代替流畅。如果说在莎士比亚的十四行诗中，表达的爱丰富而又相对明确，但到了策兰这里，正如佩珀所说："一个人总是失败于言说他到底爱的是谁或爱的是什么。"[1]

这一切，也总是会对语言有所要求。维特根斯坦在他的哲学笔记中曾这样说："当困难从本质上被把握后，这就涉及我们开始以新的方式来思考这些事情。例如，从炼金术到化学的思想方式的变化，好像是决定性的。"[2]

在策兰对莎士比亚的翻译中，我们感到的正是这种对"困难"的更本质的把握，感到的是诗歌语言自身"从炼金术到化学"的决定性裂变。而他这样做的结果，是完全改变了译文对原文的那种传统的"模式—复制"关系，而把它变成了一种文本上的"共生"关系——恰如德里达在谈论策兰时所说："给语言一副新的身体。"[3]

也只有策兰这样的译者，才能完成这种对"古典风格"的多重

[1] Word Traces: *Readings of Paul Celan*, the Johns Hopkins Press, 1994, p363.

[2] 维特根斯坦：《文化与价值》，黄正东、唐少杰译，清华大学出版社，1987。

[3] Jacques Derrida: *Sovereignties in Question, The Poetics of Paul Celan*, Fordham University Press, 2005.

重写，才可以担当起这伟大的翻译。

而这种跨越时空的对话，也在具体的翻译外进行。据传记材料，1963年10月，就在翻译莎士比亚期间，也许正因为莎士比亚诗中的"冬天"和"雪"，策兰写了这样一首诗：

> 你可以充满信心地
> 用雪来款待我：
> 每当我与桑树并肩
> 缓缓穿过夏季，
> 它最嫩的叶片
> 尖叫。

这里的"你"，的确可以和诗人与之对话的莎士比亚联系起来。

"款待"这个词的运用也很有意味。莎士比亚早已是"经典"了，他留下的遗产，他对生与死的思考，对后人已是某种"款待"。

策兰交上了自己的答卷。如同他在那时对莎士比亚的翻译，在这首只有6行的诗中，"雪"与"桑树"并存，它们相互对峙而又相互映照、相互问候。"雪"也许也来自遥远的英格兰，"桑树"则来自诗人自己的生活——策兰一家人在诺曼底乡下农家别墅的园子里，就有一棵繁茂的桑树。另外，诗人在那里翻译时，他的儿子埃里克，也许就在那棵桑树下发出成长的欢叫。

这一切都折射进一首诗中，并被语言本身所吸收。

对话带来了激发。那黑暗中的力量也重新回到一个诗人身上，策兰 1967 年出版的诗集《换气》的第一首，即为这首《你可以充满信心地》。这部诗集的创作和问世，把策兰的创作推向了一个新的令人惊异的高度：它成为"晚期风格"的一个伟大标志。

诗人盖瑞·斯奈德

    像许多同代人一样，我是 20 世纪 80 年代初中期接触到赵毅衡等人译介的斯奈德的。说实话，即使在那时，我对金斯伯格等"垮掉一代"的"号叫"也不怎么感兴趣，但这位在崇山峻岭间"用铁皮杯子喝寒冽的雪水 / 越过高爽宁静的长天 / 遥望百里之外"的诗人，这位"在岩石的内脏中摸到 / 矿脉和裂口"的诗人，却一下子吸引了我，让我认同、喜悦和振奋。

    我是一个来自山区的孩子，斯奈德那些书写大自然和户外劳作、间或向中国古代大师致意、带着汗水闪光和靴子的吱嘎声的诗篇，不仅让我深感亲切，也在我身上如梦初醒般地唤醒了很多东西；或者说，读了那么多诗，在这位搬动"砌石"的诗人的语言中才真正为我显现出一种生命的质感。不仅如此，这样一位独树一帜的诗人，在我看来还是对我们这个时代的某种必要的"诗的纠正"——就在 80 年代后期，我曾在岛子的译文中摘记下了斯奈德的这样一段话："作为一个诗人，我依然把握着那最古老的价值观，它们可以追溯到旧石器时代晚期：土地的肥沃，动物的魅力，与世隔绝的孤寂中的想象力……我力图将历史与那大片荒芜的土地容纳到心里，这样，我的诗或许更可接近于事物的本色以对抗我们时代的失衡、紊乱及愚昧无知。"

多么孤绝而又富有历史洞见的诗人！正因为如此，他那些杰出的诗篇，如《皮由特洞》《火畔读密尔顿》等等，每过一段时间我都想去重读一遍。作为一个诗人，他那质朴、明澈的语言风格让我很认同，他对文明和自然的洞察力给我以启示，他那"知行合一"的一生对我也是一种激励，虽然我还不能够像他那样去践行。让我佩服的还有，他就像他生活的内华达山区里的耐寒树木，长久以来一直保持着一种非凡的精神耐性和创作活力。不少人认为他是美国自"垮掉一代"以来创作成就最大的诗人，这个且不论，在我看来他最起码是那种随时间的消逝愈来愈能显示其独特价值和"先知气质"的诗人。他的诗不仅耐读。他贡献的也不仅是一些好诗。他是那种能给我们不断提供想象力资源的诗人。"蜻蜓／遗尸在雪丛／你怎样来到这高处／你死前／曾否在山间池塘里／留下你后代的种子"（桴夫译，该诗曾被米沃什选在《明亮事物之书》中）。这首我在后来读到的短诗使我再次感到惊异。这不是一般的奇思异想，读了这样的诗我们看世界的眼光也会因此发生某种变化的。"你怎样来到这高处？"或者问，怎样把佛家"众生平等"的思想资源重新引入当下，怎样把它与环境和生态保护，把它与我们对大自然的爱、对生命万物的想象和同情有效地结合起来，等等。在这些方面，诗人都给我们提供了启示和范例。这样的诗歌实践，也注定会指向未来。

现在，我们又有机会读到由诗人杨子翻译、江苏文艺出版社出版的《盖瑞·斯奈德诗选》。这本诗选不仅更充分、全面地展示了诗人一生的创作历程，也在很大程度上拓展甚至刷新了我们对诗人的认识，尤其是对他后来几部诗集如《斧柄》《山河无尽》的译介，让我们得以一睹诗人晚近的艺术进展和风貌（虽然《山河无尽》中根据宋人长卷《溪山无尽图》创作的长诗《溪山无尽》未能译出，这不能不是一个遗憾）。值得称道的是，比起其他译者，杨子的翻译更注重语气的传达。他给我们带来了一个更为可喜可爱、充满活力、性感和魅力的斯奈德。读诗人后期诗作，其老当益壮，其率真、大气、幽默、智慧、语言和形式的开放（那种动物般的好胃口！）和化平凡为神奇的创造力，都使我不能不赞叹。可以说，它们给我带来了某种久违的愉悦和创作上的启示。在当今这个所谓后工业的时代，却能完成一种"大地神话"的重构，这简直就是一个奇迹。

说来也是，就在半年前，我有机会见到了这位我所崇敬的诗人。去年夏秋，我在爱荷华期间，美国著名诗人罗伯特·哈斯邀请我去伯克利朗诵，哈斯在信中很郑重地说"你将和盖瑞一起朗诵"。那是 9 月底一个下午，一个诗歌节的最后一场，就 5 位诗人在市中心大花园平台上对公众朗诵。我和哈斯朗诵完后（哈斯读的是我的诗的英文译文），斯奈德出场。他上场时迎面向我走来，大拇指一翘："你的诗很棒，我喜欢！"这就是我们见面的第一句话！

斯奈德一出场，整个朗诵会的"气场"更足了。诗人内穿红色旧T恤，外套一件灰色的工作夹克，戴着一顶牛仔阜帽。83岁的老人了，除了背有点驼，身板和精神仍很硬朗，声音也很洪亮。他的朗诵紧紧抓住了全场听众。多少年以来，伯克利一直是"垮掉一代"和自由派的大本营，诗歌的气氛也很活跃。看得出，诗人朗诵时，他那些"粉丝"们的脸上都洋溢着一种兴奋之情。朗诵会结束后，不用说，也有很多听众手持斯奈德的诗集在排队，等待着他们的"偶像"签名！

那一天的晚餐也让我难忘。哈斯本来带我们去一家有名的餐馆，但那里人太多，便改去一家普通的越南菜馆。斯奈德为自己点了小吃和一碗越南米粉面，他吃得很少，但酒兴却很高。餐桌上，我们边喝边谈，从他早年对中国诗的翻译谈起，谈到庞德、雷克斯罗斯即"王红公"（他哈哈笑起来了"啊，他不懂中文！"），谈到在中国对他的诗的翻译。我们当然是用英文谈，但他也不时蹦出几个汉语单词来。我发现他对中国了解真多，从唐诗、佛教到近年的重庆！谈到开心处，他往往身子往后一仰，眼睛笑成了一条线！对了，他还说他喜欢中国的茅台酒！

晚餐后，哈斯开车送我去旅馆，问斯奈德要不要送，他摆摆手，意思是不用，便提着他的包（像一个干完活的老电工？），消失在马路边侧的人流中……

这位永不改其本色的诗人仍住在内华达州山区里。我多么希望有一天能去拜访他！能吗？不久前，我受上海国际书展之托，邀请他参加今年 8 月中旬的国际文学周，老头回信了，他谈到我们上次的美好相会，谈到对上海的向往，但他在 8 月份要按计划"进山"，为他的下一集《山河无尽》工作。他说 8 月份是最好的季节，他不能错过。收到回信后我不免有点遗憾，但却是更由衷地起敬了。还说什么呢，这才是我心目中真正的诗人！

她那“黄金般无与伦比的天赋”[1]

多少次，在教室的桌椅间：

什么样的山岭在那里？什么样的河流？……

——玛丽娜·茨维塔耶娃《新年问候》

翻译和出版一本茨维塔耶娃诗选是我本人从未想到过的。这首先要感谢读者和一些诗人朋友的热情鼓励和期待，感谢出版人的约稿和催促。它使我不得不在我的“战场”上又燃烧了整整一冬。

但对我来说，这又出自必然。多少年来，茨维塔耶娃、曼德

---

[1] 该文为《新年问候：茨维塔耶娃诗选》序言，王家新译，花城出版社，2014。

尔施塔姆、阿赫玛托娃、帕斯捷尔纳克这几位俄罗斯诗人一直伴随着我。在我的生活和写作中，他们一直是某种重要的在场。有时我甚至感到，他们是为我而活着的——当然，反过来说也许更为恰当。

尤其是茨维塔耶娃，我曾在文章中回顾过20年前在泰晤士河桥头的路灯下偶尔读到她的《约会》一诗英译本时的情景，从它的那个使我骤然一哆嗦的开头"我将迟到，为我们已约好的相会；/当我到达，我的头发将会变灰……"到中间的"活着，像泥土一样持续"，到最后的那个甚至令我有点不敢往下看的结尾"在天空之上是我的葬礼！"——我读着，我经受着读诗多年还从未经受过的战栗……

从此我也只能带着这样的"创伤"生活。正是在伦敦，我试着译出了《约会》一诗，也正是那"第一眼"，注定了这是一个要用我的一生来读的诗人。这里的"读"，其最好、最私密的方式就是"译"。多年来我和其他很多中国诗人一样，关注于俄罗斯文学和诗歌的译介。我们都受益于已有的翻译包括对茨维塔耶娃的翻译，但我们仍有很大的不满足。这种不满足，从根本上，如按木雅明在《译者的使命》中的话讲，乃是出于对"生命"的"不能忘怀"，出自语言本身的"未能满足的要求"，何况我们对茨维塔耶娃的翻译本身也远远不够。别的不说，她一生有1000余首诗，目前翻译过来的可能还不到三分之一，尤其是她的一些重要长诗如《在一匹红色骏马上》《终结之诗》《捕鼠者》《房间的尝试》《新年问候》《空气之诗》，等等，还从未译成中文。

因此，2013 年年初，当我收到一位朋友从美国给我带回的一本《黑暗的接骨木树枝》，我又开始了翻译。伊利亚·卡明斯基和吉恩·瓦伦汀的这个译本，虽然只收有 16 首译作，但却很优秀，它刷新了我对茨维塔耶娃的认知。然后是更多译本的到来，如埃莱恩·费恩斯坦的茨维塔耶娃诗选、妮娜·科斯曼的译本《终结之诗：叙事诗和抒情诗选》，等等。我不懂俄文，只能读英译。但是在我看来，像茨维塔耶娃、曼德尔施塔姆这样的诗人，也不妨通过英译来"转译"。即使直接从俄文译，也最好能参照一下英译。在英文世界有许多优秀的俄罗斯诗歌译者，他们不仅更"贴近"原文（他们本身往往就是诗人，或是俄语移民诗人），对原文有着较精确、透彻的理解，而且他们创造性的翻译、对原文独特的处理和在英文中的替代方案，都值得我们借鉴。最后，还有一点，由于种种历史和文化原因，英语对我们中国读者已是一种"更亲近"的语言。通过它，我们更容易和翻译对象建立起一种语言上的亲密性。

总之，我感谢这种经历，它使我更深入地进入到一个诗人的世界中。我不仅真切地感受到其脉搏的跳动，更清晰地听到她的声音，更使我激动的是，随着这种阅读和翻译，一个令人惊异的茨维塔耶娃渐渐展现在面前。她不仅仅是那个"诗歌青春"的象征了，其生命的激情和勇气，心智的深奥和伟大，语言的天赋以及驾驭各种形式的能力，还有其全部创作所达到的深度和高度，都超出了我们的想象。

在一封给里尔克的信中茨维塔耶娃这样写道:"俄耳甫斯冲破了国籍,或者说远远延伸和扩展了它的边界,把所有以往的和活着的诗人都包括了进来。"她自己就是这样一位诗人。费恩斯坦在译序中谈到一些英美女诗人"尤其被她情感的激烈和表达的残酷所打动",这些比较容易想象。但是还有一些更强烈的冲击和启示,却往往是难以形容的。布罗茨基就曾这样谈道:"在阅读《树木》中的一首的时候,我被完全震撼了。诗中茨维塔耶娃这样写道,'朋友们!兄弟般的一群!'这是什么?她真的是在讨论树木吗?"[1]

对于茨维塔耶娃的生平,我想许多中国读者已有所了解:1892 年生于莫斯科一个知识分子艺术家家庭,从小学弹钢琴,从少年起就写诗,第一本诗集《黄昏纪念册》(1910)所崭露的天赋,很快引起人们注意。十月革命后内战爆发,丈夫谢尔盖·埃伏隆加入了白军,这决定了诗人在后来的命运,1922 年 5 月她得知丈夫还活在国外,遂带着孩子前往,先是在柏林短期逗留,后来生活在布拉格,1925 年 11 月移居巴黎,1939 年抱着一线希望回国,但两年后,1941 年 8 月 31 日——夏天的最后一天——即自杀于俄罗斯中部的一个小城。

---

[1] 本文中布罗茨基的话,均译自 Solomon Volkov: *Conversations with Joseph Brodsky*,The Free Press,1998。

纵然一生不幸，但茨维塔耶娃从未放弃写诗，其心灵力量和诗歌天才的持续迸发都让人不能不惊异。"文学是靠激情、力量、活力和偏爱来推动的。"她的诗如此，她的生命也如此。怎样来向读者介绍这样一位充满激情、创作数量巨大的诗人，这首先就是一个难题。据我了解，她的诗歌在英语世界至今仍无全译本。但困难还不仅在这里。科斯曼希望她的翻译"至少能够带来一些活生生的血肉，一些火焰"。她说的是"至少"，这是有技艺的译者可以做到的。困难就在于把握其抒情音质并使一本诗选从头到尾下来都能确保其"声音的真实性"。布罗茨基最看重的就是这一点，他在访谈中说："茨维塔耶娃的确是俄罗斯最真诚的诗人，但是这种真诚，首先，是声音的真实性，就像人们因疼痛而发出叫声。这种疼痛是个人化的，然而这声尖叫却与任何一个个体之间都存在距离。"

而我的目标，除了尽力把握其"声音的真实性"和清晰度，在中文世界已有大量译文并已形成某种"接受印象"的背景下，我首先要做的就是"翻新"。我尽量去译一些从未译成中文的作品，如这部选集中的绝大部分长诗和一些抒情诗，均属首译。当然，这种翻新更在于语言上的刷新和某种程度上的陌生化。有心的读者完全可以通过译文对照感到这一点。这种刷新，在我看来，其实还往往是一种"恢复"，即排除一切陈词滥调，恢复帕斯捷尔纳克在称赞茨维塔耶娃时多次谈到的语言的"纯洁性"。

对我来说，翻译还是一种"塑造"。我们知道茨维塔耶娃本人也是译者，她就认为是要与那些"千人一面"的翻译进行斗争，要找到那"独特的一张面孔"。而什么是她身上最独特、闪光的东西呢？人们在译介和解读俄罗斯文学时似乎已习惯于去渲染苦难，的确，那是俄罗斯历史，茨维塔耶娃的一生也很艰难不幸，但是她却没有那些人们给她添加上去的伤感、矫情和滥情，因为这与她心灵的禀赋和骄傲不符。费恩斯坦就认为茨维塔耶娃"是最不自我的诗人，尽管她如此多伟大的诗生发于她的痛苦，她维护着对她来讲是诗的本质要求的东西"。完全是这样。请看她早期一首抒情诗中的一节：

> 我记起了第一天，那孩子气的美，
>
> 衰弱无力的柔情，一只燕子神性的抛洒。
>
> 手的无意，心的无意
>
> 像飞石——像鹰——撞入我胸膛。

有诗人在网上读到这首诗后留言："令人颤抖的美"。不仅有"令人颤抖的美"，在我看来还是"一只燕子神性的抛洒"！而我作为译者的任务，就是尽力去接住这种"神性的抛洒"！

至于苦难，对于茨维塔耶娃这样的诗人，生命本来就是受难（"他们标戳我们——以同样的烙铁！"《致天才》），她似乎从一开始就知道她的"天职"所在。她就像她写给她丈夫那首诗的著名结尾一样，即使在走向"断头台"时也会吟咏诗句。只不过这个

"断头台"已远远超出了或高过了现实政治的范围。对此，布罗茨基就曾这样提示："茨维塔耶娃并不（是那种通常的）叛逆。茨维塔耶娃是'天上的真理的声音／与俗世的真理相对'这句话的基本注脚。"

茨维塔耶娃的一生就处在这两种声音、两种真理、两种力量之间，并由此产生了她的冲动，她的决绝、偏执和惊人的力量（"你的旗帜不是我的！""我们处在两个行星上！"《你的旗帜不是我的》），也产生了她的自我要求和牺牲。因而费恩斯坦在译序中谈到的一点，也恰是我本人想要说的："令我最受震动的，用帕斯捷尔纳克的话来说，是她那决心要实践'黄金般无与伦比的天赋'的要求……"

躺在我的死床上，我将不说：我曾是。

无人可责怪，我也不会感到悲哀。

生命有更伟大的眷顾已够了，比起那些

爱的功勋和疯狂的激情。

但是你——我的青春，翅翼将迎着

这只箱柜拍打，——灵感的起因——

我要求这个，我命令你：去成为！

而我将顺从并保持耐心。

这是诗人早期最让我感动的诗之一。正因为这种至高无上的"去成为",使茨维塔耶娃成为茨维塔耶娃,使她能够生活在"更伟大的眷顾"下并由此对抗尘世生活本身。而我的翻译,就必得要让人在死亡的围困中,能清晰地听到那种拍翅声和搏击声,能"目击"到那种迎着箱柜展翅的姿态。那是诗人最内在的生命,我要让她在汉语中显形……

的确,我所面对的,首先就是这样一个诗歌圣徒,纵然她也有着她的至深柔情(她的许多爱情诗是那么哀婉动人),纵然在她那里也一直存在着肉体与灵魂的剧烈冲突。她还在很年轻时就写出"死床不再可怕,/爱床不再甜蜜"(《黑色的天穹铭刻着一些字词》),真是让我有点惊异,而这首诗接下来的部分更为动人:"而汗水来自写作——来自耕耘!/我们知道另一种炽热:/轻盈的火围绕着卷发舞蹈——/灵感的微风!"

"我们知道另一种炽热"!茨维塔耶娃 1921 年创作于莫斯科的长诗《在一匹红色骏马上》,为诗人的一篇生命和美学宣言,它把诗人早年的追求和对诗歌的激情推向极致:

> 没有缪斯,没有缪斯
>
> 歌唱过我破旧的
>
> 摇篮,或用手拉起过我。
>
> 没有缪斯用她的手温暖过我冰凉的手,
>
> 或是冷却过我燃烧的眼睑……

没有缪斯，但在这首具有童话和传奇色彩的长诗中，却有着一匹闪电般的红色骏马驶过（"他的盔甲像太阳……／他的一只马蹄／踏入我的胸膛。"）。对于这首长诗献给谁，一直有不同说法，但现在人们倾向于是献给阿赫玛托娃，序诗中的"没有缪斯，没有黑色发辫，没有念珠"明显暗示了这一点，因为这几样东西几乎就是阿赫玛托娃的象征。的确，这首诗本身就是一个女诗人对另一个女诗人的挑战。有别于阿赫玛托娃哀婉的、有耐心的女性的缪斯，茨维塔耶娃的缪斯是一个更勇猛、更有力量的男性化的缪斯——正是因为他，诗中的女主人公由小女孩变为女武士，变为一个跨上战马、"被我的天才"劫持而去的歌唱着的诗人。

这首长诗在诗人早期创作中有着特殊意义。不过，比起"红色骏马"这类浪漫想象，我本人更喜欢她后期诗歌中"书桌"这一意象。在我看来，它更能显现一个诗人的真实命运。她在流亡巴黎期间写下的《书桌》组诗，堪称一组伟大诗篇，有着真实感人的力量。"书桌"，诗人一生的陪伴，既是她的"伤疤"又是她的"守护"（"你沉着的橡木重量／压过了吼叫的狮子，怨恨的／大象……"），是负重累累的骡马，又是光的柱石，荒凉的宝座；是承载者，但也是更强有力的捕获者和裁判者（"你甚至用我的血来检验／所有我用墨水写下的／诗行……"）。

显然，这张"书桌"就是诗人一生所侍奉的诗歌本身和语言本身。正如我们看到的，无论一生怎样不幸，茨维塔耶娃都忠诚于她的"书桌"。她在日记中甚至这样写道:"我可以吃——以一双脏手,可以睡——以一双脏手,但是以脏手来写作,我不能。(还在苏联时,当缺水的时候,我就舔干净我的手。)"

这真是令人震动!一个诗人心灵的圣洁和力量由此而生。

而通过这一次的翻译,我发现早在《书桌》组诗之前,"书桌"就出现在了长诗《房间的尝试》(1926)中:

> 书桌是一辆四轮马车的
> 制动器?总之,桌子被胳膊肘
> 喂养。胳膊肘向外的倾斜
> 使你的桌子成为桌子。

"制动器"的比喻非常有力,它显示了写作与生活、精神的定力与生命冲动之间的矛盾张力关系。"桌子被胳膊肘 / 喂养",同样是耐人寻味的隐喻。而"胳膊肘向外的倾斜 / 使你的桌子成为桌子",不仅很形象,它达成的,乃是一种"诗的揭示":一个诗人的命运由此向我们敞开了。

如果茨维塔耶娃并不漫长的一生创作也可以分期的话,1922年5月的离国应是一个标志。而她的后期即流亡时期,又以1922年至1927年(布拉格—巴黎等地)为最富有创造力的阶段,这一阶段其创作不仅数量多,种类多(抒情诗、长诗、组诗和诗剧),

而且达到了她一生的艺术顶峰。

比起冷漠的巴黎，布拉格无疑是诗人的第二故乡，虽然她在那里只生活了3年多（1922年8月—1925年11月）。即使移居法国后，她也念念不忘，"她感觉到她最快乐的时光是在布拉格，尽管遭到失败的爱情。在那里她感到整个城市弥漫在一种强烈的痛苦与生机里"。这也正是她在那时频频写作长诗和组诗的原因，她在给朋友的信中说："我无法把自己限制在一首诗里——它们总是成组地，或是随着一个家族到来，几乎像漏斗或旋涡，让我在其中翻腾。"

《电线》为茨维塔耶娃在捷克期间写给帕斯捷尔纳克的一组诗：

> ……歌唱的电线从一极
>
> 到另一极，支撑起天堂，
>
> 我发送给你一份
>
> 我在此世的尘灰……

茨维塔耶娃与帕斯捷尔纳克，那是精神之恋，或是一种现代版的俄耳甫斯与欧律狄克神话。而《山之诗》（1924）和《终结之诗》（1924），则和与康斯坦丁·罗泽耶维奇的充满激情和折磨的失败爱情直接相关，虽然它们远远超越了个人自传，如布罗茨基所说"它们讨论的是普遍意义上的破碎"。这两部长诗完成后她在给帕斯捷尔纳克的信中说："《山之诗》要早一点，那是一个男性的侧面……从一开始就是燃烧，一开始便进入最高的音调，而《终结之诗》是女性痛苦的爆发，涌流的泪水。我躺下的地方不是我起来的地方。《山之诗》是从另一座山上所看见的山。《终结之诗》是一座压在我身上的山。我在它下面。"

我曾访问过布拉格，并乘车穿过捷克前往波兰，路上我一直在看那些蒙雪的山岭。但茨维塔耶娃的《山之诗》仍远远超出了我的想象。如按诗人的自述，长诗中的山和一场痛苦的爱有关，但它们的力量、姿态和意味都超出了任何限定。山，远离世俗，高于世俗，本来就是一种召唤，一种神话般的更伟大的存在，以下为《山之诗》的序诗：

> 一个肩膀：从我的肩上
>
> 卸下这座山！我的心升起。
>
> 现在让我歌唱痛苦——
>
> 歌唱我自己的山。

任何人读了都不能不为之震动，"那山就像是一声雷霆！／巨鼓胸膛被提坦擂响"，有谁这样描绘过山、歌唱过山吗？所以，当布罗茨基被问到何时第一次接触茨维塔耶娃的作品时，他举出的正是这首诗："我不记得是谁拿给我看的了，但是当我读到《山之诗》的时候，觉得'咔嚓'一声，万物顿然不一样了。之前我读过的任何俄语作品都未曾给过我这样的感受。"

"'咔嚓'一声，万物顿然不一样了"，大自然的山变成了一个生命呈现、巨灵往来的世界（这就像树木因诗人的到来变成了"兄弟般的一群！"）。这里也透出了诗人的一个创作奥秘："重复那些已经存在的东西毫无意义。描写你站在上面的一座桥，你自己就成为那座桥，或者让桥成为你——二者统一或合二为一。永远要——意在言外。"[1]在《山之诗》中，我们看到的正是山与诗人的相互征服、相互捕获和拥有。

"'咔嚓'一声"也提示着茨维塔耶娃诗歌特有的力量。茨维塔耶娃崇尚的就是这种语言的重量和语言的劈砍。她曾谈过抒情诗就是一场劫难。的确，从这样的"山之诗"中出来，我们不能不遍体鳞伤。

当然，《山之诗》之所以是一部伟大作品，不仅在于其"生猛"，还在于其深度、强度和高度。"痛苦一直从山里发源。/山——俯瞰着人寰"，诗人巧妙地运用俄文中"山"（"ropa"）与"苦难"（"rope"）的谐音，赋予她的燃烧以真实性。"而他们说凭着深渊的/吸力，你才可以测量高度。"她对山的赞颂，也就是她对宇宙更高法则的屈从。在这场剧烈奔突的"造山运动"中，我们始终感到的是那燃烧的痛苦的内核，而在痛苦达到它的"最高音"时——"仿佛在它的手掌上天堂被赐予，/（如果它太灼热，别去

---

[1] 转引自安娜·萨基扬茨《玛丽娜·茨维塔耶娃：生活与创作》，谷羽译，广西师范大学出版社，2011，第523页。

碰！）"

这是一次令人惊异的爆发，也是一次巨大的提升，艺术表现获得了它神话般的力量。茨维塔耶娃的"山"从此永远屹立在那里了。因而在后来的《新年问候》中，诗人会说"我以塔特拉山来判断天堂"（塔特拉山，横贯捷克边境的山脉）。她完全拥有了这种权力。

而接下来的长达八九百行的长诗《终结之诗》则更多地回到"两人交往"的具体场景，它更为戏剧化，叙事与抒情自白交织，心理表现更为微妙和尖锐，充满了反讽性张力。帕斯捷尔纳克读了这部长诗后回信说："这是第四个晚上，我把多雾、泥泞、满天阴霾的夜的布拉格塞入大衣的口袋里，远处的桥，突然出现在我眼睛前面的——是你……你是多么崇高，多么惊人的大演员，玛丽娜！"[1]

"多么惊人的大演员"，这可能指的是茨维塔耶娃的戏剧化才能，不过它仍不同于一般的性爱悲剧，如同忍受着日常生活"推搡的肘子"，诗的女主人公也不得不忍受着她的爱情。这真是很难解释。据说诗人的丈夫曾这样对人说：她追求的不是"水平线式的"爱，而是"垂直线的"爱。不管怎么说，这注定了会是一场"惨败"。当诗人和罗泽维奇的关系结束后，她在给她朋友的信中写道："被爱是一种我依旧没有掌握的艺术……"而她的另一句话，

---

[1] 转引自利莉·费勒《诗歌、战争、死亡：茨维塔耶娃传》，马文通译，东方出版社，2011，第177页。

对我们读解她的命运之谜包括这部长诗也许会更管用："我对一生中所有的事物都是以诀别，而不是以相逢，是以决裂，而不是以会合，不是为了生，而是为了死才爱上并且爱下去的。"[1]

一切是如此奇特，并且难解难分。有的研究者认为《终结之诗》还暗含了一个古老的"伊甸园"主题：亚当，夏娃，家。"七点钟。我们是否去电影院？／我喊出来：回家！"这是第一节的结尾，它令人震动。然而，家在哪里？或者问"这就是家？"也许，《终结之诗》的根本主题并不在于性爱，而是人在这个世界上的归属——这个世界是"继母 不是母亲！"——正是出于这种痛苦的冲动，长诗的第十二节竟转向了犹太人隔离区："向着选好的禁区。墙和／沟渠。别期待怜悯。／在这 基督教教化之地／所有诗人——都是犹太人！"

"所有诗人都是犹太人"，策兰献给茨维塔耶娃的长诗《带着来自塔露萨的书》开头就引用了这句诗。它就这样成为两位诗人在一个异己世界里的"接头暗号"！

布拉格时期为茨维塔耶娃的一个创作爆发期，除了这两部长诗，诗人还创作有一部叙事性讽刺长诗《捕鼠者》，它在俄国和西方已被公认为杰作；《诗人》《窃取过去》等抒情诗也同样令人惊异，它们不仅显示了诗人的艺术进展，也在很大程度上超越了俄

---

[1] 转引自苏杭《活到头——才能嚼完那苦涩的艾蒿……》（译序），选自《刀尖上的舞蹈：茨维塔耶娃散文选》，苏杭译，广西师范大学出版社，2012。

语抒情诗的传统，指向了"存在之诗"。不过，更让我本人叹服的，是诗人移居法国后的头一两年内相继完成的长诗《房间的尝试》《新年问候》《空气之诗》，从多方面看，它们堪称姊妹篇或是"三部曲"，尤其是《新年问候》，把茨维塔耶娃一生的创作都推向了一个顶峰。布罗茨基称这首挽歌"在许多层面上都堪称是里程碑式的作品，不仅对她个人的创作如此，对整个俄罗斯诗歌而言也是如此"。[1]

1926 年对茨维塔耶娃来说是极不寻常的年份。这一年春，经帕斯捷尔纳克介绍，茨维塔耶娃开始与里尔克通信。"三人通信"已成为现代诗歌史的一个精神事件，它对三位诗人都是一种激发（如苏珊·桑塔格所评论的那样，他们在互相要求一种"不可能的光辉"），尤其是对茨维塔耶娃，如我们在"三人通信"中看到的，她才思奔涌，光彩熠熠，在许多方面甚至盖过了其他两位。

1926 年夏在法国海滨圣吉尔—维完成的《房间的尝试》，正写于"三人通信"期间。它首先与帕斯捷尔纳克有关。帕斯捷尔纳克是茨维塔耶娃整个流亡时期重要的精神支撑，在一封信中他曾谈到他们在一个房间相会的梦，这成为触发该诗的直接因素。关于该诗，茨维塔耶娃在 1927 年 2 月 9 日给帕斯捷尔纳克的信中说："这首诗关于你和我……它写出后，作为一首诗也关于他（里尔克）和我，每一行都如此。这是一种很有趣的替换：这首诗写于我对

---

[1] Joseph Brodsky: *Footnote to a Poem, Less Than One*, Farrar Straus Giroux, 1986.

他极度专心的日子，但它却直接地——以它的意志和良知——指向你。……但是关于他——现在，在 12 月 29 日之后（指里尔克的逝世日），它成为一种预感，一种洞见。我直接告诉过他，在他活着时，我不准备加入进去！——我们如何未能见面，我们会面会如何不同。这就是这首诗如此奇怪……不爱、弃绝、否定的原因，在它的每一行里。这首诗题为《房间的尝试》，它的每一行——每一种（尝试）都是否定。"

但诗人自己只说对了一半，或只说了一半。读了该诗我们会感到，在它里面不仅有否定，更有肯定——通过对现实和物理条件的否定而达成的更高肯定——它指向了另一个维度，指向"灵魂的指定会见地"。而这首诗在结构和节奏上的不断延宕和转折，也产生了一种饱满的层层推进的力量。正是在这奇特的"房间的尝试"中，"墙"成为"走廊"，"椅子将带着客人升起"，而它的结尾是："天花板明显地在唱／像所有的——天使！"

这看上去像是一场扑朔迷离的游戏。"房间的尝试"，也就是等待着"客人"的女主人公试图冲破现实俗套和身体局限（从"身体"中出去）、达到灵魂之爱的尝试。即使在深切的期望中，诗人也意识到了，她与任何一位最好不见面，也正是在这不断的"否定"中，诗人意识到"只有风是对诗人的奖赏！／我所确信的是走廊""只有在普绪克的门厅里／有什么会同我打招呼"。这里再次出现了"普绪克"——古希腊神话中灵魂的化身。茨维塔耶娃的灵魂之爱归根到底出自她最充分、深刻的自我意识，并上升到神话的层面。

而这一切也是"通过语言来征服空间"的尝试。"在走廊里标下 / '如此向前':距离变得亲密。"多么动人!它不仅展现了一种生命的姿态,也构成了一种叙事的内驱力。科斯曼认为茨维塔耶娃并不把语言作为目标,而是把它作为一个要克服的障碍。但在实际上,茨维塔耶娃那种强有力的、往往出人意料而又令人惊叹的语言本身就是对这障碍的克服("一个修建(挖出)走廊的人 / 知道在哪里弄弯它们——……雷霆的磁铁……")。看来,诗人所确信的不仅是"走廊",还有语言的创造本身,因而在长诗的最后,天使歌唱之时,出现了诗人的这一名句:"靠一条破折号,诗人把一切 / 连接在一起……"

现在,我们来看《新年问候》。1926 年 5 月 3 日,经帕斯捷尔纳克建议,里尔克首先给茨维塔耶娃去信,并随信赠寄了《杜伊诺哀歌》和《献给奥尔甫斯的十四行诗》。在《杜伊诺哀歌》的扉页上,里尔克还题写了一节赠诗。茨维塔耶娃很快回了她的第一封信。她完全知道和她通信的是一位怎样伟大的诗人,她在经柏林到布拉格时就曾带着里尔克的诗集读("我爱上了布拉格,从第一天起——因为您曾在那儿学习。")。现在,她又读到了诗人晚近这两本或许让她更为激动的诗集,因而她在信的一开始就这样称:"您并非我最喜爱的诗人——'最'之类是一种级别;您是——一种大自然现象……它的第五元素的化身:即诗本身……""在您之后出现的诗人,应当是您。也就是说,您应当再次诞生。"

"您应当再次诞生"——这就是茨维塔耶娃自己的这首《新年问候》。它是对馈赠的接受，但也是一种伟大的回报。是献给里尔克的一首动人挽歌，也是茨维塔耶娃自己的一次惊人的完成。1926年12月29日，里尔克在瑞士的一家疗养院逝世，茨维塔耶娃于31号得知消息后，当晚用德语给里尔克写了一封信："一年是以你的去世作为结束吗？是结束？是开端！你自身便是最新的一年。……亲爱的，既然你死了，这就意味着，不再有任何的死（或任何的生！）……莱纳，我始终感觉到你在右肩之上。……是的！明天是新年……但是不许伤悲！……你先我而去（结果更好！），为着更好地接待我，你预订了——不是一个房间，不是一幢楼，而是整个风景。……莱纳，给我写信！（一个多么愚蠢的请求！）祝新年好，愿尽享天上美景！"[1]

显然，这封"悼亡信"已包含了挽歌的一些最原初的东西，后来茨维塔耶娃还写过一篇散文《你的死》（"莱纳，我被你的死亡吞噬了"）。而《新年问候》的落款时间是1927年2月7日，这就是说，为完成它，诗人前后用了两个月时间。

这是一首真正伟大的挽歌，远远突破了一般的哀痛与爱的抒情，"如果说《房间的尝试》是征服空间的尝试，《新年问候》则是征服死亡的尝试"（劳拉·韦科斯）。置身于其中，我们就可以一步步感到诗人之死是怎样打开一个奇异的"新年"，诗人通过她的

---

[1] 引自《三诗人书简》，刘文飞译，中央编译出版社，1999。

"新年问候",是怎样在实现她的飞升和超越。在给里尔克的信中茨维塔耶娃曾谈到诗歌写作就是一种"翻译",就在这首诗中,她把死亡翻译成了一种可以为我们所真切感知到的更高的生命。或者说,她创造了一种灵魂的"来世"。

这首挽歌所采用的"书信体"形式,在挽歌的写作中也很少见。它是两位诗人对话的继续,但又跨入到新的领域。死亡不仅打开了泪水的源泉,也最终使这两个伟大灵魂相互进入和拥有。有读者读到这首挽歌后来信说自己"被带入那样深的感情和灵魂的对话中,不能抽身——茨维塔耶娃对里尔克的每一句问候都让我忍不住流泪……"是的,除了"里尔克的玛丽娜",谁能达成如此动人的灵魂对话的深切性和亲密性呢:"告诉我,你朝向那里的行旅 / 怎么样?是不是头有点晕但是并没有 / 被撕裂?……""在那样的生命里写作如何? / 没有书桌为你的胳膊肘,没有前额 / 为你的手掌?"

这是一部深婉周转而又大气磅礴、浑然一体的作品。要全面深入地谈论它,需要像布罗茨基那样写出一篇长文,甚至需要一句一句地读(布罗茨基正是这样来读的,他那篇《对一首诗的注脚》在英文中有 70 余页的篇幅)。当然,人们也可以从不同角度来看它:从对时间和死亡的征服维度("你诞生于明天!"),从对生与死的思考和存在本体论的维度,从不同世界的转换和那惊人的双重视野的角度,从高难度的技艺和崭新的语言创造角度,等等。布罗茨基在其解读中还别具慧眼地指出挽歌作者到后来是以孩子般的眼光来提问：天堂是不是一个带两翼的剧院？上帝是不是一棵生长的猴面包树？等等，指出这不仅创造了独特、新颖而亲切的宇宙性意象，也指向了一个永恒的童年。是的，这本身就是对死亡的克服。

这些，有心的读者会感受到的。我愿在这里引用一下诗人卢文悦的来信："我只能用战栗来定义自己的感受。她的'新年'越过了时间和空间，她的问候越过了国度和生命。她把我们带进生和死的'阴影'和'回声'中，感受生命'侧面'的突然闯入。有谁能这样宣叙和咏叹，他们是合一的：茨维塔耶娃的里尔克，里尔克的茨维塔耶娃——'血的'神性纽带！这血的纽带成为'冥冥中的授权'。她的纯粹让死亡温暖。她是站在一个世纪的高度问候。在这里，技巧的翅膀合住，诗飞翔。我被这样的错觉错愕：诗人的光芒在译者身上的强烈，一如译者。"

感谢这样的朋友和读者，他读到的是完成的译文，可能还不太了解一个译者所经受的具体磨难。这首挽歌长达200多行，句式复杂，多种层次扭结在一起，而又充满了互文回响。说实话，这是我遇上的最艰巨、最具难度、最富有挑战性的作品之一，在翻译过程中备受折磨，但又充满感激，因为伟大作品对我们的提升（"像我渴望的夜：／那取代脑半球的——繁星闪闪的一个！"）。这里我还要感谢王嘎博士在一些俄国语言文化和历史典故上对我的帮助。此外我还说一下，该诗我在一年前已依据卡明斯基的译本译过，但他只节译了少许几节，纵然清新动人，却未能展现其全貌、巨大的难度和分量。读到布罗茨基的长文后（该文尚未被译成中文），我意识到这是一部多么伟大的作品，因此也给自己定下了更艰巨的任务。我抛开了已译出的那几节译本，依据科斯曼的英译本，也参照了布罗茨基的部分译文及解读，重新译出了全诗。不全力译出这部杰作，并让它在汉语中站住，我想，我就对不起茨维塔耶娃！

"心灵天赋和语言达到平衡者——才是诗人。"这是茨维塔耶娃的一个著名定义。在翻译《新年问候》时我就时时感到这一点——在打开的"新年"里，是巨匠般的语言功力，是词语中涌现的新的水流："向着那可以看到的最远的海岬——／新眼睛好，莱纳！新耳朵好，莱纳！"这是多么新颖、动人！更出人意料的还有"新的伸出的手掌好！"这"新的伸出的手掌"是"莱纳"的，但也来自语言本身，正是它在拉着一个飞升的心灵向上攀登……

而《新年问候》之后的《空气之诗》，再一次令我惊异了，它不仅展示了一次我们意料不到的精神冲刺，也在一个耀眼的"水晶刻度"上再一次刷新了诗歌的语言。

1927 年 5 月 20 至 21 日，美国飞行员林德伯格驾着"圣路易斯精神号"从纽约起飞，飞越大西洋，最后在巴黎降落，飞行长达三十三个半小时，成为当时的轰动性新闻。茨维塔耶娃受此激发，写下了这首长达 400 行的长诗。从多方面看，它与诗人在这之前的《房间的尝试》《新年问候》都有着联系，也折射出它们的回声，但又焕然一新，与诗人一生相伴随的"客人"再次在这首诗的舱门口出现，但已变得不可辨认、要让人屏住声息了："这安静的客人（像松树／在门口——询问寡妇）"。这是怎样的一种感觉！也许正因为如此，布罗茨基称这首诗为"象形文字式的"："像它描述的第一层空气那样稠密、不透明……"

它的主题并不难看出。诗人似在继续着她在《新年问候》里打开的一个维度：时间与空间、大地与天空、存在与虚无、永恒与上帝。人们也容易把它和《新年问候》联系起来解读，布罗茨基早年的诗友阿纳托利·奈曼就称它为"主人公灵魂死后的行旅"。还有人对照但丁的《神曲》，称它的"七层空气"结构是一种"但丁式的导游，一层接一层，通向最高天"。但是悖论的是，尘世中的、时间中的一切又不时闯入诗中，构成了长诗的一些难忘的场景和隐喻："时间的围困，／那就是！莫斯科的斑疹伤寒／已完成……"而大饥荒时代的"一辆蒸汽火车"也被适时引来："停下，为了装载面粉……"

耐人寻味的，还有全诗最后部分的一句："地面是为了／高悬的一切"，反过来说不也正是这样？这不仅构成了一种奇妙的相互关系，重要的是，它保证了这首诗的真实性，使一场虚幻的太空之旅成为精神本身的必然体验。"（空气的）细薄性渗透了指尖……""母亲！你看它在来临：／空气的武士依然活着。"还有什么比这样的诗句更真实？它的每一行都在保证着全诗的真实性。总之，无论它是什么，都是为了空气和呼吸，为了冲破"时间的围困"，为了"进入的必然性"，为了获得一种听力（"舱门由上而下，／耳朵是不是也如此？"），为了一种生命的实现（"头脑从肩膀上完成了／独立"），为了"一种生翅心灵的／充分的准确的感知"。

敏感的读者同样会体会到这些的，一位年轻诗人很快发来了她的读后感："像《新年问候》一样，她发现了一片空气的新大陆，尽管也许与死亡相连。她飞翔的难度和高度让每一句诗都值得一读再读。啊我看了很多遍！稀薄的空气，稠密的感受，像但丁式的导游……很奇特也很难的诗，不断提示着一种呼吸和声音的感受，是空气的声音，也是诗人或诗从内部发出的声音……让人震动。"

"没有两条路，／只有一条——笔直！"《空气之诗》无疑体现了诗人一贯的精神冲动，而又更为决然。的确，这样一位诗人的爱和精神构成都是"垂直线的"（甚至她的上吊自尽的死！）。她的飞行并非像一般飞行那样沿着"地平线"（沿着地表），而是沿着"垂直线"一直向上、向上（"尖顶滴下教堂！"），直到进入到"另一个世界"的大气层。对此，诗人的传记作者也看得很清楚："生活的地平线与精神的垂直线，日常生活与生存意识"，这就是茨维塔耶娃的"哲学范畴"。令人惊异的是这首诗写得如此冷静和超然："别为领航员怜惜。／现在是飞行。"如果说在它的"最高天"是由窒息导致的死亡，那也正好应和了诗人《约会》的最后一句："在天空之上是我的葬礼！"

也可以说，在这首诗中仍贯穿着茨维塔耶娃作为一个诗人的命运：活于大地而死于天空。诗人当然爱大地、爱生命（"泥土的春天返回／稳稳的，犹如／女人的乳房……"），但她同时更要求她的诗"服务于更高的力量"。这就是这首诗为什么依然会产生一种真实感人的情感力量。

让人惊叹的，当然还有诗人在写这首诗时所体现的非凡的艺术勇气，她一意孤行，完全抛开了读者（"没有人会喜欢它！"一次她对朋友说），而她这样做，正如她赞扬的帕斯捷尔纳克，不仅"带来了新的实质，由此（也）必然导致出一种新形式"。她以决绝的勇气摆脱"地球引力"，正是为了刷新她的语言，为了让"鸽子胸脯的雷声／从这里开始"，让"夜莺喉咙的雷声／从这里开始……"

阿赫玛托娃也看到了这一点，虽然她有所保留。她在晚年的日记中这样写道："玛丽娜撤回到一种超理性的语言，回到 Zaum。[1]看看她的《空气之诗》就知道。"

怎样来评价？我只能说，天才之诗！而且这和早期未来派先锋派诗人们的语言实验也不是一回事，因为她在刷新语言的同时刷新了我们的感知（"灰发，像透过祖先的／渔网，或祖母的银发／看见的——稀少……"），因为她真正如德勒兹所说："在语言中创造了一种新的语言，从某种意义上说类似一门外语的语言，

---

[1]　Zaum（俄文：заумь），俄国未来主义诗人克鲁乔内赫创造的一个词，由俄文的前缀"за"（"超越"）和名词"умь"（"思想，常识"）构成，被英译为"transreason"，"transration"。"zaum"作为一种超逻辑、超理性的语言，为未来派诗人们的一个艺术目标。

令新的语法或句法力量得以诞生。"

这就给翻译带来了挑战。费恩斯坦就这样谈道："在不冒着使读者困惑的危险情况下，不可能全部保留她那令人吃惊的词语搭配的变形手法。……有时，为了一首诗能够以自然的英语句法顺利推进，一些连接词不得不引入，在这个过程中，与我意愿相违的是，我察觉到她的一些奇兀之处被削平了……"

而我的原则是，尽可能保留其奇兀之处（甚至保留住那些谜一样的东西，如《空气之诗》的第一句："看，这就是那打开的对句，／第一个钉子钉进去。"这是什么意思呢？），因为正是它使茨维塔耶娃成为茨维塔耶娃（布罗茨基在谈论茨维塔耶娃时的第一句话就是："首先，需要记住的，是她的句法多么罕见。"），因为只有这样才能保有它的特质、难度和强度（那种一般语言已不能承受的强度）。与其说她"撤回到一种超理性的语言"，不如说她是为了把俄耳甫斯、赫尔墨斯的歌声和琴声的神奇力量重新带回到语言中，那才是她追求的一瞬："血的器皿跳动。没有敲门声／而地板飘浮，／舱门跳落入我的手中！"

这就是为什么诗人自己会特别看重这首诗（谁说她不讲究形式和"手艺"？），她也知道它会给俄国语言和诗带来什么。1939年回国后，在见阿赫玛托娃时，她曾特意复印了一份这首诗。1941年8月29日，即她自杀前的两天，她在朋友家朗诵的两首诗之一即是这首诗（另一首是《这种怀乡的伤痛……》）。只不过在当时听的人中，可能没有人会完全意识到"空气""窒息"这类隐喻究竟意味着什么。

《房间的尝试》《新年问候》《空气之诗》之后，茨维塔耶娃的精力更多地投入散文创作（许多带有回忆录性质）。她的散文无疑同样是留给世人的宝贵遗产。她在这之后的诗，也更多地由神话创造转向个人存在和历史的维度，《这种怀乡的伤痛……》（1934）即是这方面的代表作。它也是诗人长期孤独的产物。这首诗在俄国和中国都很有影响，以至于人们把茨维塔耶娃和该诗中写到的"花楸树"等同起来。全诗分为十节，每一节都紧揪人心，不过，人们在提到它时大都无视于前九节，只注意到它的最后一节：

> 每一个庙宇空荡，每一个家
> 对我都陌生——我什么都不关心。
> 但如果在我漫步的路上出现了一棵树，
> 尤其是，那是一棵——花楸树……

通常的情况是，一谈到流亡期间的茨维塔耶娃怎样"思乡"或"爱国"，必定会引用这首诗，尤其是它的最后一句。不用说，对它的阐述往往也很煽情、简单化，甚至意识形态化（按照一些学者的看法，民族主义、爱国主义在当今世界已成为一种最主要的意识形态）。著名诗人叶夫图申科在《诗歌绝不能没有家……》（苏杭译）中就认为该诗的最后一节"使全诗的内涵转化为一幕撕心裂肺的热爱祖国的悲剧"，他还特意提到诗最后的那"三个圆点"（俄语的删节号为三个圆点）所表达的"强烈的爱"："也许，最崇高的爱国主义永远正是这样的：用删节号，而不是用空话？"

利季娅·丘可夫斯卡娅在回顾茨维塔耶娃的《临终》[1]一文中也曾谈到这首诗，她对这首诗的看法接近于叶夫图申科，但她却提供了更具体的历史见证。1941年，茨维塔耶娃被疏散到奇斯托波尔市，但因为她的丈夫和女儿被捕，当地不给上户口，她向当地作协申请到作家食堂当洗碗工，也未能实现。当时利季娅与茨维塔耶娃一起在一位朋友家里，应女主人要求，诗人朗诵了这首诗，但她只朗诵到第五节便不再读了。利季娅写道："她朗诵到这里沉默了。'我不在乎——陌生路人听不懂我的语言！'是用极其轻蔑的语调念出来的。……诗戛然而止，仿佛扔掉没吸完的烟头。"利季娅说她到20世纪50年代才听到该诗的最后一节，"那时才明白，为什么在绝望中，在奇斯托波尔，她不愿意朗读最后的四句。因为在所有决然'否定'之后，在所有的'不'之后，在最后四行中出现了'是'，出现了肯定，倾诉出自己的爱。"

利季娅是一位伟大的女性和见证者，但是我更认同于安娜·萨基扬茨的批评，她认为"只要看到花楸树，就会激发出对祖国的思念"这类读解，有点属于"自我欺骗"，或"过于简单化，甚至歪曲了原作的含义，把一首伟大的作品当成了偶然的试笔之作"。

---

[1]《捍卫记忆：利季娅作品选》，蓝英年、徐振亚译，广西师范大学出版社，2011。

实际上诗人多次写到花楸树，比如早年的"常嚼花楸果，不怕味苦涩"，等等。她认为在这首诗中"在路上看到花楸树丛，诗人心中回荡的并非乡愁。这里涉及另外的情感"。这些情感在诗中都有所表达了。"难道不思念祖国了？""不思念。她只沉浸于自己的心灵，沉浸于心灵的源头，沉浸于自我的发源地"，而祖国"并非通常所说的领土，而是割不断的记忆，切不断的血脉"，何况她所怀念的那个俄罗斯"早已不复存在了"。[1]

是的，它早已不存在了，诗人在国外流亡期间就曾这样写道："俄国（这个词的声音）不再存在了，那里只存在 4 个字母：USSR（苏联的缩写）——我不能并且也不会去那个没有元音，只有这几个发出"嘶嘶"声的辅音字母的地方。并且，他们也不会让我去那儿，这些字符不会对我敞开。"

即使它还存在，诗人也早已超越了它。一个写出过《新年问候》《空气之诗》这样的伟大诗篇的诗人，一个早已喊出过"所有诗人都是犹太人"的诗人，是由国家、民族这些概念可以限定得了的吗？我们还是来看利季娅提到的诗人对他们朗诵过的前五节：

> 这种怀乡的伤痛！这种
>
> 早已断了念头的烦人的纠缠！
>
> 反正我在哪里都一样冷漠

---

[1] 安娜·萨基扬茨：《玛丽娜·茨维塔耶娃：生活与创作》，谷羽译，广西师范大学出版社，2011，第 786—787 页。

——孤独，完全孤独。

我是，犹犹豫豫地走在

从菜市场回来的路上，回到那个

家，那个看上去像是营房

我至今仍不知道是否属于我的地方。

我在人们中间也一样冷漠，

——一头被捕获的狮子，毛发耸起，

或是从栖身之地，从那房子

被排挤出来——命定如此地

进入我自己。堪察加的熊

不能忍受没有冰（我已筋疲力尽了！）

我漠然，什么都无所谓，

甚至羞耻和屈辱。

而在这些日子，那时常对我唱歌的

家乡语言，也不再能诱惑我。

我不在乎用什么语言

也不在乎路人是否听得懂！

如此深透的忧伤，如此倔强不屈的生命，这就是诗人留给我们的最后的自画像（一般的女诗人会以"毛发耸起的、被捕获的狮子"来比谷自己吗？一位多么了不起的诗人！）。诗中最令人震动的，即是这样一种孤绝的个人存在，这样一位承受着长久的孤独和"排挤"但却坚持成为自己、决不妥协的诗人形象。她在诗中坦言"我已筋疲力尽了！"但她仍在绝望地坚持，不仅坚持着她的对抗和不屑（"而我——不属于任何时代！"），还要迎来自己的再生："所有的标记都被抹去了。…… / 我的灵魂——诞生于无名之地。"

但是如果在她的路上出现了一棵树，"尤其是，那是一棵——花楸树……"又会怎样？思乡吗？尤其是，那个国家还会成为她的寄托吗？已不可能。该诗中已写到了："我的出生地未能把我保护—— / 它只是到处搜索着我的灵魂"（实际上她回国也主要是因为她丈夫和儿女）。她当然关注俄罗斯的命运，但她给里尔克的信中说得很清楚，"我不是一位俄国诗人"，她拒绝将自己简单地归属于哪一个国家、哪一种语言文化。

那么为什么她又假设在她的路上会出现一棵"花楸树"——家乡的花楸树？这当然很难说清，记忆的纠结？全部过去的再现？甚或，诗人在那一刻又看到了她自己的遥远的童年？

也许，我们谁都难以说清，也不可能把它说出。我只知道诗人曾多次赞叹过帕斯捷尔纳克的一句诗"啊，童年！心灵深处的长柄勺"。我还知道她生前最希望死后能安葬在奥卡河畔的塔露萨，因为正是在那里的山坡上和接骨木树丛下，她度过了她的金色童年，她作为一个诗人的生命被赋予……

当然，诗人的这个愿望未能实现。帕斯捷尔纳克在晚年曾这样悲痛地说："我认为茨维塔耶娃……从一开始便是一个已经成熟的诗人……这是一个有着男性心灵的女人。同日常的事情的斗争赋予她以力量。茨维塔耶娃寻找并且达到了完美的清晰度。较之我经常对其朴素和抒情性表示赞赏的阿赫玛托娃，她是一位更伟大的诗人。茨维塔耶娃之死——是我一生中最大的一次悲伤。"[1]

因此，我的翻译只能是"作为一种敬礼"，献给我心中永远的玛丽娜，也献给那些热爱这位诗人的中国读者。我并非一个职业翻译家，我只是试着去读她，与她对话，如果说有时我冒胆在汉语中"替她写诗"，也是为了表达我的忠实和爱。我不敢说我就得到了"冥冥中的授权"，但我仍这样做了，因为这是一种爱的燃烧。就在我翻译的初期，我曾写下了一首《献给玛丽娜·茨维塔耶娃的一张书桌》（"书桌上，一个烟灰缸和一杯／不断冒着热气的中国绿茶，／还有一把沉甸甸的橡木椅子，／一支拧开一个大海的钢笔……"），但现在，在译出《新年问候》这样的伟大诗篇之后，我知道它的分量已远远不够了。我们只能用诗人自己献给里尔克的诗句来献给她自己：

---

[1] 转引自苏杭《活到头——才能嚼完那苦涩的艾蒿……》（译序），选自《刀尖上的舞蹈：茨维塔耶娃散文选》，苏杭译，广西师范大学出版社，2012。

这片大地，现在已是一颗朝向你的

星⋯⋯

后记

虽然早在我上大学时，我就曾暗自立下志愿，要做一个像闻一多那样的诗人兼学者，但我不是一位"诗论家"，也不是一位"批评家"。作为一个习诗者，我们在创作的同时不得不从事一种诗学探讨，这就是我写作许多诗论文章的一个内在动因。

至于我在后来所涉足的诗歌翻译研究，这也是一个足以吸引我的领域。乔治·斯坦纳说"伟大的翻译比伟大的文学更为少见"，对此我深以为然。我从事这方面的研究，不仅引领自己洞悉翻译艺术的奥秘，而且同我其他的诗学探讨一样，也试图以此彰显出语言的尺度、诗的尺度，甚至试图以这种方式"对我们这个时代讲话"。

自20世纪80年代前后到现在，我在诗歌的路上已跋涉了40多年了。这三卷诗论随笔集就折射出这一曲折历程。说起来，我出版的诗论随笔集远多于自己的诗集，我在这方面所耗费的心血和精力也超过了我在创作上的投入。但是我也"认了"，因为这同样出自一种生命的召唤：成为一个自觉的而非盲目的诗人，加入我们这个时代的诗学锻造中来，并在今天尽力重建一种诗人、批评者和译者三者合一的现代传统。这就是这些年来我和我的一些同代人所要从事的"工作"。

在诗学探讨、诗歌批评和研究之外，我也写有许多和我的诗歌经历、人生经历相关的随笔文字。这些随笔文字，有更多的生命投入和"燃烧"，在语言文体上，也更多地带有我个人的印记。不管怎么说，"把批评提升为生命"，这就是我要试图去做的。

我也曾经讲过，我的全部写作，包括创作、评论、随笔写作和翻译，都是以诗歌为内核，也都是一个整体，虽然它看上去"不成体系"。我没有那种理论建构能力和野心。我也从来不喜欢那种模式化的体系。

谢谢广西师范大学出版社"纯粹"的约稿，谢谢多年来读者和诗人们的激励。30多年前，我的第一本诗论集《人与世界的相遇》出版后，我以为那是一本薄薄的小书，但是当我听到一些年轻的诗人满怀感激地谈到它时，我感到了一种责任。在后来，当我收到海峡对岸一位杰出的女诗人来信，说她整个傍晚都在阳台上读我的诗论集《没有英雄的诗》，天黑后又移到屋子里开灯继续读，读到最后发现自己脸上已流满了泪时，我不由得想起了汉娜·阿伦特的一段话：

即使在最黑暗的时代中，我们也有权去期待一种启明（illumination），这种启明或许并不来自理论和概念，而更多地来自一种不确定的、闪烁而又经常很微弱的光亮，这光亮源于某些男人和女人，源于他们的生命和作品，它们在几乎所有情况下都点燃着，并把光散射到他们在尘世所拥有的生命所及的全部范围。

这是我一生中读到的最激励我的一段话。我感谢这种激励。不用多说，我的许多随笔写作就来自这样的激励。

这三卷诗论随笔集是从我已出版的 10 多种诗论随笔集中选出来的，其中第三卷《以歌的桅杆驶向大地》的大部分文章为近两年来尚未结集出版的新作。编选这三卷诗论随笔，对我来说是一件难事，有时真不知道怎么编选才好，尤其是早些年的一些诗论文章，它们在今天很难让我满意。因此，这次我在"尊重历史"（因为它们已出版发表过）的前提下，又对许多"旧文"进行了修订。我想这种修订还会伴随我们的，因为艺术和人生就是一个需要不断"重写"自己的历程。

王家新

2021 年 7 月 28 日，望京

诗人与他的时代
SHIREN YU TA DE SHIDAI

图书在版编目（CIP）数据

诗人与他的时代 / 王家新著. --桂林：广西师范
大学出版社，2023.2
（王家新作品系列）
ISBN 978-7-5598-5673-9

Ⅰ. ①诗… Ⅱ. ①王… Ⅲ. ①诗歌评论--中国—
当代—文集 Ⅳ. ①I207.22-53

中国版本图书馆 CIP 数据核字（2022）第 225538 号

广西师范大学出版社出版发行

广西桂林市五里店路 9 号　邮政编码：541004
网址：http://www.bbtpress.com
出版人：黄轩庄
全国新华书店经销
广西民族印刷包装集团有限公司印刷
南宁市高新区高新三路 1 号　邮政编码：530007
开本：880 mm × 1 230 mm　1/32
印张：17.25　字数：300 千
2023 年 2 月第 1 版　2023 年 2 月第 1 次印刷
印数：0 001~7 000 册　定价：82.00 元

如发现印装质量问题，影响阅读，请与出版社发行部门联系调换。